T0003174

# DARIEN

## El Imperio de sal

LIBRO PRIMERO

OTROS LIBROS
DEL AUTOR EN DUOMO:

*La guerra de las Dos Rosas. Tormenta*
*La guerra de las Dos Rosas. Trinidad*
*La guerra de las Dos Rosas. Estirpe*
*La guerra de las Dos Rosas. Amanecer*

C. F. IGGULDEN

# DARIEN

## EL IMPERIO DE SAL

LIBRO PRIMERO

Traducción de Antonio-Prometeo Moya

DUOMO EDICIONES

Barcelona, 2019

Título original: *Darien. Empire of Salt: Book One*



Primera edición: junio de 2019

Duomo ediciones es un sello de Antonio Vallardi Editore S.u.r.l.
Av. del Príncep d'Astúries, 20. 3.° B. Barcelona, 08012 (España)
www.duomoediciones.com
Gruppo Editoriale Mauri Spagnol S.p.A.
www.maurispagnol.it

ISBN: 978-84-7128-01-2
CÓDIGO IBIC: FA
DL B 3347-2019

Composición:
David Pablo

Impresión:
Grafica Veneta S.p.A. di Trebaseleghe (PD)
Impreso en Italia

Para Jillian Taylor

# PRIMERA PARTE

# 1
# Riesgo

Elias Post era cazador, un buen cazador. Los ancianos del pueblo hablaban de su habilidad con grandísimo orgullo, como si fueran dueños de parte de su talento. La gente de Wyburn esperaba que les llevara comida, incluso en los meses más oscuros del invierno, cuando en otros lugares perdían a sus ancianos y niños.

El terreno que los rodeaba estaba yermo, aunque ellos aún trabajaban con ahínco, protegiendo de los cuervos y las voraces palomas silvestres las cosas que tanto tardaban en crecer. Todavía había ovejas pastando en las colinas peladas. Torcaces que daban picotazos y miraban con odio dentro de sus cajas. Abejas que revoloteaban sin objetivo en las hileras de colmenas. Habría habido suficiente para alimentarlos a todos si algunos bosques no hubieran sido quemados y sembrados con semillas de plantas oleaginosas para la ciudad y así conseguir plata en lugar de comida. Elias no conocía los pros y contras de estas decisiones. Cuando el almacén de grano se agotó años atrás, cuando pusieron trampas en las madrigueras y las vaciaron, el huesudo dedo del hambre se incrustó en el pueblo y señaló a los ancianos que se mecían al lado del fuego.

Él había salido por primera vez siendo un niño y había vuelto con su madre en triunfo, con brazadas de patos o liebres colgadas del cinturón como una falda de piel gris. En el verano había abundancia, pero era en lo más profundo del invierno cuando Elias se ganaba los elogios del consejo del pueblo. Cuando llegaba el hielo y el mundo quedaba blanco y silencioso, él había sido un seguro proveedor de carne de venado, perdices, liebres, incluso lobos y osos si la capa de nieve era muy gruesa. Ponía trampas para las zorras, aunque las atrapaba para permitir que las liebres crecieran. La carne de zorra sabía muy mal y no soportaba su olor.

Cuando cumplió cuarenta años le ofrecieron un puesto en el consejo del pueblo. Se sentía orgulloso de asistir a las reuniones el primer día de cada mes. Además de su habilidad, tenía una autoridad innata que crecía cada año, como una capa hecha para él tanto si quería como si no. No hablaba mucho, y si lo hacía era porque conocía el tema lo bastante bien para estar seguro de su opinión.

El único punto de desacuerdo era su negativa a tener un ayudante, pero incluso entonces sabían que su hijo lo seguiría cuando creciera. ¿Qué importaba que Elias prefiriese enseñar su arte a su propia descendencia? Siempre había algunos que gruñían cuando algún otro cazador iba a los bosques y volvía flaco, con las manos vacías y escarcha en la barba. Y entonces llegaba Elias, encorvado por el peso de un animal muerto sobre sus hombros, cubierto de sangre congelada y ennegrecida. Aunque no reía ni presumía ante los otros cazadores, algunos lo odiaban. También ellos eran hombres orgullosos y no les gustaba que los pusieran en evidencia delante de sus familias, por mucho que compartiera la carne a cambio de otros productos o de dinero. No decían nada, porque no eran tontos y el pueblo necesitaba a Elias Post más que a los otros cazadores. Ninguno quería ser expulsado y verse obligado a ir a la ciudad a trabajar. Allí no había buenos finales, todo el mundo lo sabía. Cuando las jóvenes huían a Darien, sus padres incluso celebraban un sencillo funeral, sabiendo que era más de lo mismo. Quizá también para advertir a las otras chicas.

La epidemia había llegado aquel verano en el carro de un vendedor de pociones de la ciudad, o eso decían. Primero había caído sobre la ciudad, donde la gente vivía apiñada y en contacto con pulgas y piojos. Sin duda era un castigo por los apareamientos pecaminosos. No había que vivir mucho para saber que las vidas saludables no acarreaban mucho placer. La epidemia comenzó con erupciones y para la mayoría la cosa no pasó de ahí. Unos días de fiebre y picores antes de recuperar la salud. Todos comenzaron abrazados a esa esperanza, solo que algunos se quedaban fríos y con la mirada fija al cabo de una semana de sufrimiento y dolor. Fue algo cruel aquel año, y no tenía favoritos.

Cuando los supervisores del pueblo se reunieron aquel otoño, no se sorprendieron al ver vacío el asiento de Elias. Entonces murmuraron el nombre de Elias Post con tristeza y compasión. Todos se habían enterado. Wyburn era un lugar pequeño.

Su hijo Jack había muerto en solo una semana, un niño risueño de cabello negro que había caído enfermo y al que le habían arrebatado la vida, dejando un río de hielo en el corazón de su padre. Aquella última noche, sentado a su lado, el cazador había envejecido tantos años como había vivido el niño. Hacia el final, Elias había recorrido kilómetro y medio para rezar en el templo que había a las afueras de Wyburn y que se alzaba solitario en el camino que llevaba a la ciudad. Hizo una ofrenda: un puñado de heno dorado de la cosecha. La Diosa de la cosecha había dado un tirón a su cadena de hierro y había mirado hacia otro lado. Cuando volvió atravesando los campos y llegó a su casa, cerca de la plaza del pueblo, el niño estaba frío e inmóvil. Elias se había sentado a su lado y había permanecido allí un rato, solo para mirar.

Cuando salió el sol, su mujer y sus hijas lloraban y procuraban no rascarse los verdugones que les habían salido en la piel, mudas de miedo, pálidas como la carne arrancada. Elias las había besado a todas con la sal del sudor en los labios.

Había esperado que la epidemia se lo llevara a él, y cuando se durmió y volvió a despertar, casi fue un alivio descubrir que también tenía verdugones y la frente húmeda. Su mujer gimió al verlo enfermo, pero él la atrajo a ella y a sus dos hijas para formar un nudo de brazos, lágrimas y pesar.

–¿Y qué iba a hacer solo, amor mío? Tú y las niñas sois lo único que me queda. Ahora que Jack se ha ido. Tenía una oportunidad de ser feliz y me la han arrebatado. ¡No estaré solo, Beth! Dondequiera que vayamos, iré con vosotras. ¿Qué importa ya, amor? Iremos en busca de Jack. Lo alcanzaremos. Nos pondremos a su paso, esté donde esté. Se alegrará de vernos, sabes que se alegrará. Vaya, incluso puedo ver su rostro ahora mismo.

Con la llegada de la oscuridad, Elias se dio cuenta de que no soportaba estar allí escuchando las respiraciones entrecortadas en el silencio. Se levantó de la silla y se acercó a mirar por la ventana el camino iluminado por la luna. Acababa de oscurecer y sabía que la taberna estaría abierta. Aunque no era cerveza lo que quería, ni licores puros. Ni tenía dinero para pagarlos ni le gustaban. Había otras cosas que buscar en la luz y el ruido de una multitud.

Sabía que los hombres asustados podían expulsarlo, incluso matarlo, si veían las hinchazones de sus brazos y su estómago. Hizo una mueca de indiferencia, irritado por el picor. Quizá pensaba en el asesinato, aunque no lo creía. Unos hombres morían, otros se salvaban. Así eran las cosas entonces. Sabían que el contacto extendía el contagio; nadie entendía realmente cómo era. Había habido epidemias antes.

Surgían en los veranos y estallaban en los fríos meses que seguían. En cierta manera, eran tan habituales como las estaciones, aunque eso no era un consuelo para él.

Se encogió de hombros. Una vieja camisa y un abrigo largo esconderían las marcas. Tenía una hinchazón bajo el pelo y otra en la base del cuello. En el espejo parecía un mapa de islas blancas en un mar de tono rosa. Sacudió la cabeza y se abotonó la camisa hasta arriba.

Cazar era limpio, sobre todo en medio de la oscuridad y el frío. Salía y utilizaba su don para cazar venados con las manos. Era una habilidad que no había enseñado a nadie, aunque había esperado que su hijo aprendiera el oficio cuando fuera mayor. El pensamiento lo sumió en un dolor tan intenso que no pudo quedarse en la casa. Cogió ropas gruesas de un montón maloliente y se las puso, añadiendo, para ocultar el rostro, un sombrero de fieltro con el ala rota. No podía limitarse a permanecer acostado y morir. Esa había sido siempre su debilidad.

En la ciudad había medicinas, todo el mundo lo sabía. Había médicos que podían hacer que los muertos se levantaran y bailaran, o eso decían. Pero esos milagros requerían más monedas de las que un cazador de pueblo había visto en su vida. En otoño mataba cerdos en las granjas locales y a cambio le daban magras y riñones. O cortaba leña a cambio de un par de tarros de miel. Cuando caían en sus trampas zorras blancas o rojas, las despellejaba e inmediatamente vendía las pieles a un colega que vivía a unos kilómetros río abajo, a cambio de auténticas piezas de plata. Elias nunca había estado en la ciudad, pero sabía que allí vivía todo tipo de hombres cultos, capaces de hacer cualquier cosa. Pero por dinero, no por amabilidad o afecto. Se sobreentendía y lo aceptaba. El mundo no le debía nada a nadie. También él se ganaba la vida de ese modo.

Guardaba sus preciosas monedas en un bote que tenía sobre la repisa de la chimenea, en previsión de años venideros, cuando ya no fuera capaz de cazar en la nieve, cuando sus dedos ya no pudieran aferrar bien el cuchillo. Quizá también para cuando sus habilidades se redujeran, como la vista o el oído de cualquier hombre. Tocó el monedero que llevaba en el bolsillo. Horas antes había vaciado y contado el contenido en la mesa de la cocina. Quizá su intención había sido esa todo el tiempo, no lo sabía. La mente era un animal extrañamente complejo, lento y profundo, capa tras capa. Su padre le había dicho que a veces se sentía como un chico cabalgando sobre un buey corpulento, sin saber qué pensaba el buey.

El fruto de una docena de años de comerciar con pieles y carne le cabía en una sola mano. Ni siquiera sus preciosas piezas de plata serían suficientes, pero Elias no lo ignoraba. Los médicos eran ricos. Los hombres ricos esperaban oro, monedas con la cabeza de otros hombres ricos troqueladas en el suave metal. Elias nunca había visto una moneda de oro, pero sabía que un doblón valía veinte piezas de plata y ellos venían a valer más o menos lo mismo. Era un poco como los capitanes de las tropas que pasaban a veces en primavera, buscando hombres jóvenes para reclutarlos. Cada capitán tenía unos veinte hombres a sus órdenes, y les decía qué hacer y por dónde ir. Mientras caminaba, Elias se preguntaba cuántos capitanes mandaría un general. ¿Una docena? ¿Una veintena? ¿Habría algún metal que valiese más que el oro? Si era así, él no sabía ni su nombre.

Pensaba en estas y otras cosas mientras recorría el camino de la posada, con la mente oscilando entre el dolor, la ira y la temeridad. Había trabajado duro y había criado cuatro hijos. Uno había sido enterrado tras estar unos pocos días en el mundo. Su mujer y él eran más jóvenes entonces, más capaces de asumirlo y seguir adelante. Le había dicho a Beth que tendrían otro, la había consolado de esa manera. Dijo que aquel dolor era el diezmo que les tocaba pagar por su derecho a existir.

Pero no había sido parte del trato la pérdida de su hijo Jack, ni que la epidemia del escozor alcanzara a sus hijas. Elias se había enterado de que casi todos los que caían enfermos se recuperaban. Al principio había estado tranquilo, convencido de que pasaría, negando lo que estaba sucediendo hasta el momento en que sintió que la mano de su hijo estaba fría. La carne había conservado el color, pero antes siempre había estado caliente. Entonces lo había sabido.

Había enseñado al muchacho a leer, letra por letra. Sencillamente, no era posible que las lecciones hubieran cesado, que no volviera a oír su voz entrecortada ni a sentir el riente peso del muchacho cuando saltaba a sus brazos desde el umbral de la puerta. Puede que fuese una especie de locura, pero Elias no sentía ningún freno en él esa noche, como si hubiera visto su vida a través de un cristal y hubiera entendido por fin que nada importaba ya, solo aquellos a quienes amaba y que lo amaban a él.

Sabía que aquella era una de las dos noches del año en que los granjeros vendían su lana. La gran Víspera de la Cosecha se acercaba y sería una jornada de fiesta, donde se cortarían gruesas lonchas de jamón y, por un día, los habitantes del pueblo beberían a la salud de los demás y comerían hasta no poder moverse. Lo primero era la venta de la lana, al final del verano. Aquella noche habría hombres con cantidades de plata en la taberna, encantados consigo mismos y bebiendo jarra tras jarra de sabrosa cerveza parda.

Elias se humedeció los labios con la lengua, pero sintió que el aire frío volvía a secarlos y a endurecerlos. Nunca había usado su habilidad con los hombres. Ese don secreto suyo era para los profundos silencios, para las oscuras colinas y los hielos. Utilizarlo bajo miradas ajenas sería como pasearse con el culo sobresaliendo de los pantalones. Se dio cuenta de que estaba sudando y empezó a rascarse. No, esa noche no. Esa noche tendría que tener las manos quietas, aunque fuera un tormento insoportable. Todo el país estaba lleno de advertencias sobre la epidemia y todos sabían que su hijo había muerto.

Entonces recordó que la Diosa había mirado a otra parte cuando le rezó por su hijo Jack. Elias tuvo que morderse el labio al recordarlo, hasta que el dolor le hizo temblar, cualquier cosa antes que maldecirla. Puede que hiciera oídos sordos a los que necesitaban su ayuda, pero oía todas las palabras pronunciadas con maldad. Era difícil borrar de la mente las furiosas palabras que hervían y bullían en ella. Avanzó dando bandazos hasta la luz que se derramaba sobre la calle, atraído por el rumor de las risas y el tintineo de las jarras oscuras.

Se deslizó entre los que bebían y los que hablaban sin que su presencia fuera notada en absoluto. No era un hombre alto y llevaba la barba corta, con mechones grises. Había vivido cuarenta y cuatro años en aquella ciudad y si aquel iba a ser el último, había vivido más momentos buenos que malos. Saludó con la cabeza a uno o dos que conocía y siguió adelante mientras los otros se quedaban con los ojos como platos. Nadie había visto a Elias en la taberna, no en todos los años que llevaba cazando. No era un hombre sociable. Nunca sería un supervisor de Wyburn, aunque puede que ayudara a elegir a algún candidato.

En un extremo del local estaban las mesas de juego que buscaba, con los granjeros que esperaba ver. A pesar de su seria finalidad, torció la boca al recordar las palabras de advertencia de su madre sobre aquella taberna en concreto y los vicios que contenía. Ella llevaba mucho tiempo bajo tierra, en un agujero cavado con sus propias manos. Había acumulado tierra dos veces, para que hubiera un montículo que se había hundido mientras tanto. Aun así, recordaba sus palabras.

Frente a los hombres sentados a la mesa había montones de monedas de plata. Elias rebuscó en el bolsillo y sacó la docena que poseía. Las enseñó como prueba de que tenía derecho a estar allí, buscando al cabecilla, quienquiera que fuese. En términos generales no conocía a ninguno de aquellos hombres, aunque a algunos los había visto por las tiendas del pueblo. Uno de ellos tenía una mirada más penetrante que los demás, y eso que eran hombres acostumbrados a sacar a una oveja de entre los espinos o de una zanja llena de barro. Al notar que los ojos del extraño recorrían su rostro, desvió la mirada, convencido de que oiría un grito de asco y la alarma de la epidemia. Tenía más aspecto de portero de burdel. Más joven que el resto, llevaba un elegante chaleco amarillo sobre una camisa blanca que lo distinguía de los demás. Las camisas blancas se guardaban normalmente para los entierros y las bodas, cuando acontecían. Los demás clientes llevaban colores en los que la suciedad era como un brillo en una prenda que se ha usado demasiado. El amarillo y el blanco eran un desafío en sí mismos. Quienquiera que fuese, aquel hombre no trabajaba la tierra.

Elias se dio cuenta de que su mirada quedaba atrapada por la curiosidad de aquel hombre. De anchas espaldas, al extraño le faltaba la corpulencia de los granjeros de la mesa. Era más perro ovejero que mastín, concluyó Elias, más rápido que musculoso. Aun así, había en sus ojos un sentido de la amenaza que lo dejaba petrificado.

Pese a todo, mantuvo las monedas a la vista, apretadas entre sus dedos de uñas ennegrecidas. Nunca había utilizado su habilidad de aquella manera y notaba que le temblaba la mano, inseguro hasta ese momento de que fuera a funcionar.

El joven se encogió de hombros y señaló una silla vacía. Cuando Elias se acercó, vio en la cadera de aquel sujeto uno de los nuevos revólveres que fabricaban en la ciudad, un objeto de metal negro que parecía resbaladizo y bien lubricado dentro de la funda. Se decía que hacía mucho ruido y que podía abrir un agujero en un lomo. Elias miró el objeto con reverencia y miedo, y el propietario del arma sonrió ampliamente al darse cuenta de su interés.

–¿Ha visto mi juguete, guerrero? No tema, *meneer*. Me llamo Vic Deeds. Si ha oído hablar de mí, sabrá que no desenfundo con esta clase de compañía.

–No tengo miedo –dijo Elias.

Hablaba con tal veracidad que el hombre lo miró con cara extraña. Antes de que el pistolero hiciera más preguntas se repartieron las cartas, Elias tomó asiento y puso su primera moneda en el centro de la mesa. Nunca había jugado en público, solo alguna que otra partida en la mesa de su cocina con su mujer y su hijo. Se sentó dando la espalda a la multitud y sabía lo suficiente para acercarse las cartas al pecho. Había oído hablar de hombres que ponían a sus amigos detrás de otros jugadores para que les señalaran si llevaban o no una buena mano.

La partida comenzó con una apuesta, luego la oportunidad de mejorar las cartas y al final una última ronda de apuestas. No parecía que hubiera límite para una mano, así que Elias sabía que podía perderlo todo en una sola ronda. Sus primeras cartas no valían nada, así que las puso boca abajo y esperó que aquella ronda llegara a su fin, esforzándose por conseguir la calma que necesitaba.

Ya. Allí estaba. Sentía el don tan fuerte como siempre. Incluso rodeado de gente, con charlas, risas y hombres que tropezaban con su silla, estaba allí para ser invocado. Sintió un brote de confianza y sonrió mientras destapaban las cartas. Cuando levantó la vista, vio los ojos del pistolero fijos en él otra vez, observándolo con una concentración que lo ponía nervioso, como si aquel Vic Deeds pudiera ver el don que había llevado a Elias a aquel lugar olvidado de Dios, con todas sus esperanzas sacadas lentamente del mundo, a unas pocas calles de distancia.

Consciente de sus ampollas, Elias bajó nuevamente los ojos, dando gracias por el sombrero que llevaba y por la longitud del pelo que le caía sobre el rostro. Vio que una moneda de plata que había sido suya pasaba a formar parte del montón de ganancias de otro hombre. Representaba una semana de poner trampas, más o menos. Y eso que Elias había visto cada carta.

Cuando se repartió la segunda mano, utilizó de nuevo el don, pero frunció el entrecejo para *llegar* todo lo lejos que podía. Aquella mano iba a ser lenta, ya que los hombres carraspeaban y vacilaban ante cada apuesta. No podía mirar más lejos de lo que necesitaba. Se dio cuenta a regañadientes de que tendría que ir a todas las rondas, y luego estirar el don todo lo posible para ver los resultados.

Jugó dos rondas más antes de ganar una, pero recuperó todo lo que había perdido más cuatro piezas de plata. El pistolero gruñó irritado, porque había apostado la mayor parte de su propio montón en una mano débil y fallida. Elias reunió las monedas y se preguntó si la taquicardia podía causarle un desvanecimiento. Si ganaba lo suficiente, le pediría prestado el caballo a Joan la Viuda e iría a la ciudad en busca de medicamentos. Si no agotaba ni el caballo ni sus fuerzas, estaría de vuelta pocos días después con lo que su mujer y sus hijas necesitaban. Lo conseguiría. Estaba a su alcance.

Cuando se repartió la siguiente mano, sintió que todo se derrumbaba a su alrededor. El hombre sentado a su derecha había estado mordisqueándose la barba amarilla y mirando a Elias con expresión agria desde el mismo momento en que se había sentado. Sin previo aviso, el granjero alargó la mano para tocar el abrigo de Elias. Sus dedos se cerraron en el aire cuando Elias se echó hacia atrás y su emoción se desvaneció al ver su sueño hecho pedazos.

–¿Qué escondes en la manga, hijo? –dijo el hombre.

La mitad de la mesa se quedó petrificada y el pistolero se reanimó, enseñando sus blancos y agudos dientes. El viejo granjero ni siquiera se dio cuenta de que sus palabras parecían acusar a Elias de tramposo. Señaló a este con una mano huesuda.

–Estás sudando a mares, pero no te quitas el abrigo. Ese viejo sombrero tuyo tiene polvo en el ala. No es de los que te pones todos los días, ¿verdad? ¡Enséñame los brazos, hijo! Si estás limpio, te estrecharé la mano y te pediré perdón. Qué coño, incluso te invitaré a un trago. Pero antes demuéstrame que no eres portador de la epidemia.

Elias se puso en pie, llevándose una mano al ala del viejo sombrero.

–No quiero problemas, señor. Solo quería jugar a las cartas.

Hizo una mueca antes de que la voz que se oyó detrás de él pronunciara una sola palabra, pero la presión era demasiado fuerte y tenía la mente nublada por la debilidad y la fiebre. Un hombre había perdido aquella noche todas las ganancias de la temporada. Mientras gritaba, comenzó a ponerse en pie, asido al borde de la mesa, medio volcándola por culpa de su cólera y su avaricia.

Elias supo entonces que había sido un error, una fantasía salvaje que aún podía costarle la vida. Así que *se estiró*, mientras la pelea empezaba a su alrededor.

Vic Deeds se retrepó en la silla para cuidar que nadie acabara muerto. En su vida había visto nada igual, y eso que durante la mayor parte de sus veintiséis años había cabalgado tanto con ladrones como con militares: y a veces con tan poca diferencia entre ellos que no recordaba quién era qué. A pesar de la ira de los granjeros que se daban puñetazos unos a otros, ninguno osó atacar a Deeds, que siguió sentado e inmóvil, con la mano apoyada suavemente en el largo revólver que tenía sobre el muslo. Uno de ellos, que tropezó con sus piernas estiradas, incluso se quitó el sombrero para disculparse, pero no fue eso lo que sorprendió al pistolero. Casi todos los granjeros advirtieron que era un asesino, del mismo modo que las ovejas tienden a agruparse en presencia de un perro al que nada le apetecería más que destrozarles la garganta.

Lo que hizo que dilatara los ojos con escepticismo fue aquel pequeño individuo que había apostado fuerte en una mano peligrosa y había ganado un buen montón de monedas antes de que le llamaran la atención por lo de la epidemia. Esa parte al menos le traía sin cuidado. Le habían aplicado una tintura medicinal en el brazo pocos meses antes... y había tomado un trago amargo de la misma sustancia cuando se lo dijeron. El ejército que le había confiado los nuevos revólveres había insistido. El jarabe cuesta una fortuna, ese era el problema. Seguro que nunca se abriría paso hasta los pueblos de mierda en los que se compraba y vendía lana húmeda.

En opinión de Deeds, a nadie hacía daño reducir la manada, sobre todo si los que desaparecían eran los viejos y los débiles. Eso era sentido común y no era problema suyo saber en qué gastaban el dinero las Doce Familias de Darien. De todas formas, se le había estropeado la noche. Había esperado ganar lo suficiente en la mesa para estar en forma un par de meses. Los granjeros que no sabían calcular probabilidades eran precisamente sus favoritos.

Deeds se fijó en el desconocido que se movía entre la multitud en dirección a la barra, como si caminara por una brecha que todos habían accedido a abrir. El cazador del abrigo largo daba cada paso con cuidado, deteniéndose para que un puño pasase delante de su cara o que un bastón trazara un arco completo. Elias, con la elegancia de un gato, esquivó una mesa giratoria, desviando ligeramente su curso para que no cayera sobre un hombre caído, poniendo la palma de la mano sobre la pulimentada madera. Era como contemplar una danza, pero Deeds creía que nadie más se había dado cuenta. Estaban todos tan ocupados con sus rencillas y su jubiloso bullicio que se perdieron una docena de episodios que rompían todas las normas que regían el mundo.

Deeds no había sido blando de niño y tampoco lo era de adulto. Tomó una decisión repentina y levantó el revólver cuando Elias estaba solo a dos pasos de la calle. Deeds hizo fuego dos veces sin vacilar y los estampidos sonaron tan fuertes en aquel espacio cerrado que los oídos le pitaron con un tono agudo. El pistolero se quedó boquiabierto al percatarse de lo que había visto al final de la línea que salía del cañón de su arma.

Elias lo había mirado a través de la multitud antes de efectuar el primer disparo y se había movido lo imprescindible para esquivar el proyectil. Al hacer el segundo disparo Deeds afinó la puntería, basándose en su instinto para apuntar y corregir a una velocidad que habría hecho llorar a un hombre más viejo. Vio pasar el proyectil por debajo del brazo del tipo, entre su cadera y su codo. La bala había alcanzado en el pie a uno de los camorristas que estaban detrás de él y a Deeds no le quedó más remedio que quedarse atónito y mirando. No les separaban más de cinco metros. Nunca había fallado a esa distancia.

Ya en la puerta, Elias miró atrás entre una nube de humo con una mezcla de ira y tristeza. En el repentino silencio, abrió la puerta de golpe y desapareció en medio de la noche.

## 2
# EL CHICO NUEVO

El anciano había sido soldado en su época; o eso decían cuando estaban seguros de que no los oía. Si era cierto, tuvo que ser cuarenta años antes. Puede que Tellius hubiera tenido en tiempos un pecho como un tonel, pero con el paso de los años los brazos se le habían quedado como las patas de un cuervo y más o menos igual de secos. Fuera cual fuese la verdad, se enfadaba muy pronto con los muchachos; eso era bien sabido. Si no trabajabas, no comías. Si no comías, tu única esperanza era el gran horno de ladrillo para pobres que había en la calle Estuario. Quizá solo fuera mala suerte que el orfanato de la ciudad pareciera un horno de panadería, pero así era. Había muy pocas ventanas en el edificio y las historias que contaban de él no eran agradables. Ninguno de los chicos que robaba para Tellius habría esperado dormitorios limpios ni la oportunidad de aprender a leer y escribir allí.

A veces, los guardias de la ciudad, aquellos guardias nuevos a quienes llamaban Hombres del Rey, detenían a amigos que habían conocido. Al comparecer en los juzgados, los jóvenes habían escondido su miedo, con la cara bien lavada y el cabello peinado hacia atrás con brillantina. Habían prometido volver en cuanto pudieran escapar y contar a los demás cómo era aquello. Ninguno había regresado jamás y nadie había vuelto a verlos. No, ellos robaban porque las alternativas podían ser muy lúgubres. Eso era lo único que les pedía el anciano y, aunque no fueran totalmente limpios, al menos no pasaban hambre. Incluso corría el rumor de que cuando cumplieran catorce años el viejo Tellius les conseguiría un puesto de aprendiz en una herrería o en el taller de un alfarero. Nadie le preguntó nunca si esa parte era cierta, por si acaso no lo era. Mejor no poner a prueba los sueños, eso lo sabían todos. Con cuidado y lustre, un buen sueño podía dar esperanza y consuelo durante muchos años.

Tellius avanzó arrastrando los pies por delante de la hilera de niños sucios y malolientes. Llevaba un saco de fieltro con un cordel y se detenía junto a cada chico para ver qué le habían llevado. Su mente chascaba como bolas de un ábaco cada vez que metían unas monedas, o un broche, o una horquilla de plata. Nunca se le había visto con un libro de contabilidad, ni siquiera con un papel. Aunque había veces que estiraba su largo brazo y cogía por el cuello a algún muchacho de manos lentas o que comía más de lo que llevaba a casa. Tellius se daba entonces golpecitos en la sien y, mientras el chico se retorcía, el viejo le recitaba una lista de todo lo que el chico había llevado a su taller, casi como si lo tuviera en una mesa, delante de él. A veces, incluso alargaba el brazo para coger un objeto imaginario y acercarlo. Después los enviaba fuera a pasar hambre durante un par de días, sin ni siquiera darles el azote con el cinturón que habían esperado. La calle era dura para aquellos que no tenían a nadie. Los que volvían, tiritando y más flacos, habían aprendido una lección. Los que no volvían, a veces eran encontrados en el río.

Tellius arrugaba la nariz mientras recorría la ordenada fila de chicos, enseñando los huecos que tenía entre los dientes y la lengua que siempre parecía demasiado grande para su boca y que en cierto modo amortiguaba su voz. Tenía que guardarla en el hueco interior de la mejilla cuando quería hablar con rapidez y la medida le daba una expresión asimétrica, sarcástica, con un ojo levantado y destellante y el otro escondido entre los párpados y la ceja, toda la cara hecha un nudo.

Miró al último chico de la hilera, que al menos no había sido tan estúpido como para fingir que había metido algo dentro de la oscuridad del saco. Todos lo habían intentado alguna vez después de una mala noche. Algunos hacían que un amigo lo distrajera en el momento exacto en que abrían la mano, incluso echaban una piedra dentro, para que las monedas tintinearan. Pero en todas aquellas ocasiones Tellius los había cogido por la muñeca con tanta fuerza que los había dejado sin resuello.

–Va a ser tu única oportunidad, hijo –decía entonces–. Mejora o vete.

El chico que no se había movido se llamaba Donny, era uno de los menos espabilados y Tellius sabía que tendría que mandarlo a la calle. Tendría que haberlo echado en cuanto llegó a Darien. El proceso había sido gradual mientras pasaban las estaciones y los decenios. Ni siquiera entonces reconocía Tellius las pocas veces que expulsaba a un chico. Le habría sorprendido que le dijeran que no había hecho nada parecido durante años.

No creía que Donny se quedara nada para sí, el muchacho estaba desesperado por quedarse y solo la Diosa sabía de dónde habría escapado para encontrar consuelo en aquella mugrienta familia. Pero el mundo es duro y solo había una verdad permanente: Tellius no podía crear comida de la nada.

–¿No hay nada para mí, Donny? –dijo con dulzura.

–He encontrado un chico nuevo –respondió Donny a toda prisa. Sabía que había agotado todas sus oportunidades–. Usted dijo que eso valía. Lo dijo.

Tellius miró más allá de Donny, aunque la verdad era que había visto al chico nuevo en el momento en que entró en la habitación. En aquel extremo había habido quietud mientras los demás corrían de un lado para otro, presumiendo y empujándose. Tellius había conocido en sus tiempos a algunos perros heridos que echaban a la habitación la misma mirada cauta, más bien huraña, con un asomo de violencia en ella. Ya había visto aquello antes, aunque el chico que estaba con Donny debía de haberse caído en un pozo ciego para haber acumulado tanta mugre. Tellius arrugó la nariz al inclinarse para echarle un vistazo.

Donny levantó la vista y vio su cara de asco.

–Tuvimos que correr y todo eso. Y se metió en un montón de mierda. Yo me metí debajo. Los otros pasaron de largo.

–¿Y por qué os perseguían, Donny? No deja de ser extraño que lo menciones, porque no has traído nada para el estofado ni para merecer un sitio en tu rincón.

–Mi navaja no tenía filo y no cortaba, o sea que cuando tiré del bolso, ella lo notó...

–Y echaste a correr –dijo Tellius dando un suspiro–. Con las manos vacías.

–Pero he traído a este. Lo vi y parecía tener hambre y le dije que viniera conmigo, porque recordé que usted dijo que un chico nuevo era tan bueno como un pendiente de perlas.

–Muy bien, Donny. Sé lo que dije. Ve y come estofado con los demás. Esta noche es de pescado. Con pimienta, para que os lagrimeen los ojos.

Donny agachó la cabeza y se alejó, diez años y todos huesos, con la piel pecosa tan tirante que parecía que fuera a romperse solo por sonreír.

Tellius se volvió hacia el recién llegado.

–Bien. ¿Quién eres? Además de un monumento a la porquería.

El chico le devolvió la mirada en silencio, ojos grandes. Estaba tan flaco como Donny y la fetidez que emanaba hizo que Tellius tosiera y carraspease. No es que el viejo se preocupara por la limpieza de los chicos, pero estuvo tentado de meter a aquel en el barril de recoger lluvia que había en la parte de detrás, para que no apestara toda la casa. Tellius olisqueó otra vez el aire, contento de que su resfriado hubiera vuelto y le hubiera bloqueado al menos un orificio de la nariz.

–¿Te ha comido la lengua el gato? ¿Eh? ¿No hablas?

El chico negó con la cabeza y las peludas cejas de Tellius se elevaron más de dos centímetros.

–¿No hablas? –repitió.

El chico volvió a decir que no con la cabeza, solemnemente.

–Pero ¿puedes entenderme? –preguntó Tellius.

La cabeza bajó y subió muy despacio.

–Diosa, esto no puede ser verdad –murmuró.

Ya había conocido antes a chicos que por desgracia no sabían hablar. A menudo eran muchachos con una historia tan sombría que había aprendido a no preguntar. No podía hacer nada por aquellos pobres mudos. Algunos duraban. Otros se desvanecían al cabo de un tiempo. Él no podía ser un padre para todos, bien lo sabía la Diosa. Solo podía hacer un poco por ellos y si no era suficiente... Se mordió la lengua rápidamente. La Diosa escuchaba a los ancianos que la desdeñaban, todo el mundo lo sabía. Y ella visitaba a aquel hombre en medio de la oscuridad de la noche y lo sacaba a rastras de la cama. Era mejor contener la lengua en la ciudad real de Darien.

–Donny y los otros chicos trabajan para mí –dijo–. Solo tengo esta planta, que fue mi taller hace mucho tiempo, pero es mío y no pago alquiler. Ni tampoco impuestos, ya que el edificio fue condenado. Así que utilizamos la puerta trasera para ir y venir. No puedo mantenerte si no trabajas y si no puedo encontrarte trabajo, saldrás y me conseguirás un jornal diario con tus manos. Traerás un bolso, o una hebilla de zapato, o un par de magras para la cena. ¿Entendido? Si haces eso, tendrás a cambio dos comidas y una cama caliente y nadie te hará daño. Cuando crezcas, bueno, podrás hacer lo que te dé la gana, aunque aún me quedan algunos amigos a los que siempre vienen bien unos trabajadores empedernidos. Ah, y te darás un baño con agua fría, porque apestas.

El chico lo miraba con ojos de búho. Tellius le sonrió y le habría revuelto el pelo con la mano si no hubiera sido una masa pringosa.

–Así que necesitas manos rápidas, muchacho. ¿O prefieres colarte por las chimeneas con un trapo alrededor de la cara? Necesito las dos categorías casi todos los días, para seguir adelante. Parece que tienes un estómago fuerte. Podrías cavar para construir retretes en las casas de los ricos. ¿Bien? Ah, sí. ¿Qué tal si dices que sí con la cabeza? ¿Manos rápidas y robos?

Al ver la mirada fija del pequeño, Tellius se preguntó cuánto habría entendido. Quizá era uno de esos huérfanos que a veces vagaban por la ciudad. Movido por un brote de inspiración, el viejo miró en sus bolsillos y sacó una manzana arrugada, un dedal de cristal verde y un tapón de papel, todavía manchado de vino tinto.

–Así, muchacho. Manos rápidas.

Lanzó los tres objetos al aire y se puso a hacer malabarismos con ellos. Vio que el chico los seguía con la mirada. Tellius trató de no sonreír con orgullo. El chico alargó las manos.

–Vaya, te gustaría intentarlo, ¿eh? –dijo Tellius, dándole los objetos–. Pero estas cosas son mías; quiero que me las devuelvas...

Calló al ver que el chico las lanzaba exactamente de la misma forma que había hecho él, reproduciendo sus movimientos. El anciano lo miró un rato, pero como no caía ninguno al suelo, los atrapó en el aire, dejando al muchacho sin nada en las manos y con un frunce en la frente.

–Eso ha estado bien... eh... Por las Llagas de la Diosa, ¡tengo que llamarte de alguna manera! No puedo llamarte «chico» en este lugar, ¿no crees? ¿Cómo te llamas, hijo? ¿Sabes eso al menos? ¿Puedes escribirlo? ¿No? –El chico negaba con la cabeza otra vez–. No, no lo creo. Bueno, voy a llamarte... Arthur. ¿Qué tal suena? Arthur. Creo que significa oso.

El sucio muchacho lo miró en silencio hasta que el viejo dio un suspiro.

–Bien. Sabes hacer malabarismos, lo que significa que sabes coordinar los ojos y las manos. Pero eres pequeño, así que no vas a ser un soldado, a menos que crezcas de la noche a la mañana. Aun así, creo que serás una buena adquisición. Ahora le diré a Donny que te enseñe el barril. Tendrás que utilizar el cepillo del suelo y un cubo. Sé concienzudo, Arthur. Habrá estofado para ti después, o nada, si tardas mucho.

Elias salió dando bandazos de la taberna y se vio rodeado por la oscuridad; de todos modos, solo había un camino en el pueblo y lo cruzaba de un extremo a otro. Estaba al borde de las lágrimas mientras echaba a andar; todos los bonitos sueños que habían precedido a aquella velada ya no eran más que trapos quemados. Ya no ganaría lo suficiente para comprar medicinas. No correría a la ciudad con el caballo de la viuda ni salvaría a su mujer y a sus hijas. Lejos de ello, las vería morir o moriría él mismo. Que la epidemia se los llevara a todos. Sin un médico de la ciudad, no era mejor que tirar los dados. Eso era lo que le había hecho cambiar de opinión sobre aceptar su suerte: la idea de que su mujer y él pudieran morir y dejar solas a las niñas.

En cierto modo, la tristeza resultante de su fracaso era más aguda por la forma en que había ocurrido. Había usado su don y le había fallado. Se sentía manchado por la experiencia, como si hubiera cometido un pecado y hubiera transmitido algo que había sido solo para él. Aún podía sentir en él la mirada de aquel pistolero, llena de incredulidad cuando Elias *se estiró* y vio dónde poner los pies para evitar las balas.

El peor momento fue cuando utilizó su don y vio que la bala alcanzaría a otro hombre cuando él se apartara. Aunque Elias había sentido la epidemia en sus entrañas y la muerte en su espalda, se movió, incapaz de morir con la dignidad intacta. La vergüenza le remordía y se detuvo en mitad del camino, solo unos momentos antes de oír pasos que raspaban las piedras a sus espaldas.

Vic Deeds lo había seguido a la luz de la luna, pero se había quedado muy atrás hasta que comprendió que aquel sorprendente cazador que gemía en la oscuridad no representaba ningún peligro. Sin embargo, cuando Elias se volvió para mirarlo, el joven desenfundó los dos revólveres y le apuntó con ellos. Casi todos los cachorros de la nueva hornada de pistoleros daban preferencia a una mano, pero Deeds podía disparar igual con la izquierda que con la derecha. La verdad es que le gustaba ver a los hombres encogerse cuando oían su nombre.

Lo que hacía latir más deprisa su corazón no era solo el poder destructivo que llevaba en las manos. Lo que Deeds había observado en la taberna lo había turbado. Sabía que era bueno con las armas. Había hecho que los revólveres encajaran en su mano como un guante después de practicar miles de horas. Gracias a eso se había vuelto aterrador, incluso para los espadachines expertos, cuya habilidad trabajosamente conseguida no servía para nada ante el cañón de un arma de fuego. Y a pesar de eso, Deeds había visto a un hombre, situado entre la multitud, esquivar y luego despreciar la amenaza de sus balas. Ni siquiera estaba seguro de lo que decir, pero sabía que tenía que llevarse al campamento a aquel cazador tan especial. El general no era un hombre al que pudiera distraerse con nimiedades, Deeds lo sabía. Pensó que un hombre que podía caminar entre una lluvia de balas no era una nimiedad, fuera cual fuese su truco.

Haciendo un esfuerzo, enfundó los revólveres y levantó las manos para enseñar las palmas desnudas.

–Siento haberle apuntado. Me asusté cuando vi que se volvía. No quiero hacerle daño, *meneer*, y siento profundamente haber estado a punto de herirlo en la taberna.

–Le faltó mucho para eso –dijo Elias Post.

Deeds sonrió forzadamente y prosiguió:

–Soy un hombre de palabra, *meneer*. Y le doy mi palabra de que no le haré daño ni intentaré hacérselo. Yo no comencé la pelea.

–Pero me disparó dos veces –replicó Elias–. No lo conozco, solo sé de usted lo que dicen en los campamentos de leñadores.

Deeds decidió no preguntar qué era lo que decían. Los leñadores tenían una vena mezquina.

–Soy un hombre responsable, al igual que usted, *meneer*. Trabajo para la legión, para el general Justan, no sé si lo conoce. Me paga un salario, sí, y una bonificación cuando le complazco. Usted es cazador, ¿verdad? Ha pagado el diezmo el Día de la Diosa, sin duda. ¿Ha enviado productos a los mercados? Por supuesto que sí. Y reina la paz, porque las Doce Familias de Darien dijeron que tenía que haber leyes en todo el país. El general Justan paga a unos cuantos como yo para que cacemos a los hombres que no quieren jugar limpio. Me envía cuando se entera de que ha habido un asesinato o una contienda. Y yo impongo su venganza. O su justicia. Es casi lo mismo. Piense en mí como si fuera un funcionario público, *meneer*.

–¿Qué quiere de mí? No permitiré que me abata de un disparo, esta noche no.

–No, no lo permitirá, seguro que no –dijo Deeds, sobrecogido–. Y por eso exactamente estoy aquí fuera, sin haber traído siquiera el abrigo, para hablar con usted. Lo que quiero es que cabalgue unos kilómetros conmigo hasta el campamento de la legión Inmortal del general Justan Aldan Aeris. Ahora dígame lo que quiere usted y veremos si podemos encontrar una forma de estar contentos los dos.

Elias se limpió la nariz con la manga, dejando un brillante reguero en el tejido.

–Tengo la epidemia, señor Deeds –repuso débilmente–. No querrá estar cerca de mí.

–¿Y qué? Yo soy inmune, o eso dicen. Entonces, ¿quiere un médico? ¿Ganaría un día de su vida... a cambio de que yo se la devuelva entera?

–¿Conoce alguna cura?

Elias vio que Deeds asentía lentamente con la cabeza. Tuvo que hacer un gran esfuerzo para calmar la excitación que se apoderó de él. Sabía que los hombres como Deeds pasaban de largo mientras los extraños morían en las orillas del camino. No se detenían a ofrecer consuelo ni acercaban agua a los labios de los agonizantes. Ni siquiera bajaban los ojos para mirar.

–Lo necesito. No para mí –respondió Elias con firmeza–. Yo acabo de empezar. Es para mi mujer y mis dos hijas.

–Hecho –dijo Deeds–. Lo juro por mi honor. Tengo un caballo en las cuadras de ahí atrás. Nos llevará a los dos. Si viene conmigo al campamento, enviaré al médico y hará lo que pueda. ¿Conforme?

Elias sintió que el corazón le latía con miedo. El pistolero sonrió mientras le alargaba la mano derecha. Elias no se atrevía a tener esperanzas, pero no podía impedirlo.

–Muy bien, pero puedo pedir prestado un caballo. Tiene usted un día, señor Deeds. Si envía al médico a curar a mi familia, yo veré a su amigo.

–Oh, no es mi amigo –dijo Deeds, riendo por lo bajo mientras firmaban el pacto con un apretón de manos–. Pero querrá conocerlo, de eso estoy seguro.

# 3
# ESTUDIO RÁPIDO

La lluvia componía una especie de música al caer goteando en una docena de cubos y vasos de metal a través de las tejas y las viejas vigas. Eran chasquidos y chapoteos, pero de vez en cuando sonaban casi como compases de una canción medio recordada.

Tellius se lo pasaba bien oyendo las charlas y viendo los juegos de los chicos que tonteaban en el inmenso y viejo desván. Nunca hablaba de su propia infancia ni de nada referente a la vida que había llevado antes de llegar a Darien. Después de todo, lo que hubiera hecho y a quién hubiese matado no era asunto de nadie.

Desde luego, no había intentado enseñar a los muchachos los bailes de su juventud, al menos al principio. Tellius había aprendido medio siglo antes los pasos del *Mazer* en un campamento militar, donde había hecho tanta instrucción que le habían salido ampollas y se había retorcido de dolor. Incluso en Darien había leyendas de legiones orientales que saltaban y daban volteretas y pasos complicadísimos. En realidad, describirlo así parecía fruto de la imaginación. Con el paso de los siglos, las historias se habían vuelto tan irreales como las leyendas de los oráculos y los grandes animales. Nunca recorrerían más de quinientos kilómetros de mar y tierra, y sí mucho menos. Un mundo diferente, eso era todo.

Empezara cuando empezase la tradición, los tiempos en que el taller todavía daba beneficios y Tellius era un relojero y joyero medio respetable eran anteriores a la época en que habían llegado los chicos que más tiempo llevaban allí. Ellos habían aceptado que las cosas eran como eran. Practicaban todas las mañanas antes de salir a trabajar y Tellius los hacía bailar a todos cada siete días, cuando se decía que la Diosa se había quitado los zapatos de tacón para deleitarse en el mundo que había encontrado. No creado. Pues había habido un dios más antiguo que había desaparecido del mundo. Decían que aún podían oírse sus himnos en algunos rincones.

Cuando entró el chico nuevo, se había frotado la piel con tanta fuerza que tenía arañazos rosados en la cara y los brazos. Los harapos que vestía eran tan malolientes y estaban tan llenos de suciedad como antes, aunque algunas partes estaban húmedas. Su pelo era más oscuro sin el polvo callejero, y le caía sobre la cara, de modo que para ver bien tenía que apartárselo con manotazos carentes de mal humor.

Los chicos habían terminado de comer. Arthur se acercó al gran caldero vacío y lo miró sin expresión. Lo habían rebañado tanto que era como si lo hubieran pulido. No reaccionó cuando Tellius le apretó las costillas con un cuenco en el que había un trozo de pan de espelta hundido en una sopa de judías y pescado que desprendía un olor delicioso.

–Te lo he guardado –avisó Tellius–. No lo volveré a hacer, recuérdalo, pero pensé que como era la primera noche... Los chicos son como lobos cuando tienen hambre, todo manos rápidas. Así que te guardé un plato. Toma, cógelo.

El viejo parecía avergonzado por el gesto y lo sujetaba como si quisiera alejarse. Arthur lo cogió asintiendo con la cabeza, se agachó y se encogió en el suelo, comiendo con los dedos y escondiendo el cuenco para que nadie pudiera robarle el contenido. Tellius sacudió la cabeza. Ya había visto anteriormente aquellos modales callejeros, cuando había que robar la comida y comerla a toda velocidad. No volvió a hablar hasta que los ruidos animales amainaron.

–Arthur, mira lo que hace Donny. Lo aprenderás en seguida si te quedas. Fortalece las piernas.

El chico levantó el cuenco para lamerlo hasta dejarlo limpio y miró por encima del borde el punto que señalaba Tellius. Los chicos batían palmas y aceleraban el ritmo con alegre crueldad para que el chico no pudiera seguir el compás. Donny tenía los brazos cruzados, saltaba sobre los talones en cuclillas, estirando una pierna y luego la otra, adelante y atrás, con rapidez, para no perder el equilibrio. El muchacho estaba colorado y sudaba, pero no dejó de sonreír en todo el rato.

Arthur lo observó, luego se puso en pie y devolvió el cuenco. Hizo una ligera reverencia a Tellius y entró en el círculo de muchachos por donde Donny había caído sobre sus compañeros, riendo y pataleando. El ruido había subido de volumen, pero se hizo un silencio repentino cuando se acercó el pequeño muchacho, que los miró de frente con la cara arañada y el cabello negro colgando.

Tellius guiñó el ojo al solemne y pequeño búho. Puede que el muchacho estuviera tocado del ala.

–Dad la bienvenida a Arthur, chicos. Parece que no sabe hablar, pero entiende.

La mitad de los presentes ya se habían dado la vuelta o hablaban entre sí. Casi todos habían visto llegar a otros como aquel. Unos no habían sido capaces de adaptarse y se habían esfumado poco después, volviendo a su vida anterior o a otras peores. En cualquier caso, los de aquel desván no iban a perder mucho tiempo con un chico nuevo, al menos hasta que llevara una temporada entre ellos.

Arthur se puso como Donny, sentado sobre los talones, con los antebrazos cruzados y estirados ante sí. Tellius se echó a reír al verlo y sacudió la cabeza. Pensó poner fin al ejercicio, pero el chico ya había recibido un cuenco de su mano aquella noche, había obtenido un trato especial a la vista de todos. No quería que pensaran que tenía un favorito. Podían ser duros con quienes pensaban que se les trataba de una forma diferente. Tellius se mantuvo en silencio y esperó a que Arthur se cayera y fuera humillado.

Tiempo después recordaría siempre aquel momento. Evocaría una casa elegante y el amor de su vida... Evocaría la muerte de algunos chicos que había en la habitación aquella noche. En el recuerdo todo comenzaba siempre con un sencillo paso del *Mazer*, y con Arthur manteniendo el equilibrio de tal forma que parecía sujeto con cuerdas.

Todos lo miraban, como es natural, aunque al principio nadie batió palmas. Arthur era mucho más pequeño que la mayoría, pero saltaba y brincaba como si su equilibrio y su fuerza fueran perfectos. El viejo Tellius recordó tiempos en los que no había pensado hacía mucho, así que se olvidó de sí mismo y se abrió paso entre los chicos para levantar a Arthur por el brazo.

–*Ethou andra Mazer*? ¿Conoces los pasos del *Mazer*? –preguntó.

Después recordaría que el chico no dio muestras de tener miedo. Debería haberse dado cuenta entonces. El miedo era lo que echaba de menos en Arthur, no la inteligencia. El miedo y la voz. Todo lo demás en él era como una brillante antorcha.

Arthur negó con la cabeza y Tellius lo soltó con exasperación:

–Micahel, ¿puedes enseñarle a este chico lo que quiero decir?

Micahel era el mayor de todos, tenía quizá dieciséis años. Algunos pensaban que sería el jefe a la muerte de Tellius. Ciertamente, llevaba allí más tiempo que ningún otro y a pesar de todo el viejo no lo había echado, así que podía haber algo de verdad en todo aquello. En cualquier caso, Micahel había bailado los pasos del *Mazer* durante ocho años y tenía unos músculos de atleta y la gracia de un asesino nato. Solo Tellius sabía que el entrenamiento era para eso. Los pasos no podían hacer que un hombre corriera más rápido, aunque tampoco mermarían su velocidad. Los pasos del *Mazer* eran para reforzar el hueso, para poner recuerdos en los músculos, para que cuando quisieran golpearlos con una espada, supieran esquivar el ataque o hacerse a un lado y devolver el golpe con más velocidad y más fuerza. Tellius había sido un buen bailarín en su día, a una vida de allí, a miles de kilómetros de aquel dormitorio de madera que estaba encima de una botica.

Micahel se encogió de hombros, como si el hecho de que Tellius lo hubiera llamado no significara nada. La verdad era que el joven estaba orgulloso de su habilidad con los pasos del *Mazer*. A menudo los ejecutaba diez veces seguidas cada noche antes de irse a dormir, hasta que acababa empapado en sudor, buscando la excelencia en cada postura y en cada giro de sus pies y sus manos. En consecuencia, Micahel se movía con una gracia que le había sacado de unos cuantos apuros, ligero como un pensamiento y una amenaza en las calles, haciéndose un nombre por derecho propio. A Tellius le había preocupado más de una vez que alguien del viejo país pudiera un día ver a Micahel moverse y cayera en la cuenta. No había forma de esconderse de quienes tenían ojos para ver. Ese era un problema cotidiano y Tellius sintió una oleada de orgullo cuando el joven dio un paso adelante y le hizo una reverencia a Arthur con una ligera sonrisa.

–El *Chiung Moon* –indicó Tellius.

Los chicos se concentraron más al oír aquello y se empujaron para colocarse en el mejor sitio. El *Moon* era el octavo de diez y el más exigente en muchos aspectos. Incluía una voltereta completa en el aire, una patada de impulso y una serie de movimientos parecidos a los de las serpientes de una cesta que pugnaran para salir en todas direcciones. Se necesitaba espacio y los chicos se retiraron todo lo que pudieron para ampliar el círculo. Tellius tuvo que dar a Arthur un golpe en la frente para que prestara atención, ya que el chico estaba exactamente donde tenía que ponerse Micahel. Micahel ocupó su sitio y Arthur se quedó en pie al lado, observándolo con el entrecejo fruncido.

Comenzaron a batir palmas, aunque con más lentitud que antes. No forzaban a Micahel a correr, en parte porque se tomaba los pasos muy en serio y nadie quería ponerse en su contra. Tellius era un adulto, dueño del lugar donde dormían, así que temían su autoridad. Pero Micahel era más peligroso que ninguno de los chicos callejeros y que los guardias que los perseguían por los callejones cuando robaban. Tendría su nombre en la ciudad de Darien cuando estuviera preparado. Esa era la verdad, aunque no la expresaran con palabras.

–Empieza –dijo Tellius.

Y su mejor pupilo evolucionó hasta la primera posición, volviéndose hacia la izquierda y apoyando su peso sobre la pierna retrasada, para levantar la otra con un rápido movimiento. Obviamente, a aquella velocidad no era un golpe, pero la necesidad de controlar la fuerza era mucho mayor. Tellius movió la cabeza afirmativamente al ver que los músculos del muchacho no temblaban. Bien. Su abuelo habría estado orgulloso de aquel estudiante. Segundos antes de matar a Tellius por entregar secretos militares a los súbditos de una nación enemiga, por supuesto.

Arthur miraba sin parpadear mientras Micahel realizaba cincuenta y ocho movimientos, cada uno en representación de los años que Chiung Moon había vivido saqueando con los ejércitos del este, unos mil años antes. Tellius suspiró para sí. Él no había enseñado a los chicos ninguna de las historias y en realidad no había pretendido transmitirles tanto de su viejo entrenamiento.

Al principio solo había sido una manera de mantenerlos en forma y ocupados mientras estaban allí. Todos corrían, trepaban y volvían corriendo por los tejados, pero eso solo hacía ágiles a los hombres, no combatientes. Le había parecido una cosa de lo más natural empezar a entrenarlos durante las horas muertas. Eso había sido casi dos años antes. Tellius aún se preocupaba por los resultados y se mentía a sí mismo sobre sus efectos.

No solo eran un grupo de chicos inusualmente musculosos, como si fueran artistas circenses. Al enseñarles las danzas, Tellius les había transmitido miles de recuerdos de su juventud, aunque guardándose para sí la finalidad y la teoría que había tras cada movimiento. Ellos lo seguían llamando baile, y «pasos del *Mazer*», aunque los movimientos no eran un baile y nunca lo habían sido. Recordaba que en la patria no batían palmas. Cada golpe era imaginado contra un oponente, cada grupo de movimientos estaba pensado para romperle los huesos a un hombre.

Tal vez fuese porque el viejo Tellius veía saltar y voltearse a Micahel a través de los ojos de un chico nuevo, pero se dio cuenta de que se ponía tenso. Puede que no se hubiera contenido tanto como creía, pensó, humedeciéndose los labios con nerviosismo.

Micahel terminó el ejercicio hincando una rodilla, con tanta fuerza que arrastró el pie por el suelo detrás de él, con los brazos levantados como los cuernos de un toro. Dio un fuerte grito al hacerlo y los muchachos lo vitorearon, cautivados por el espectáculo. Micahel quedó jadeando ante ellos, brillante de sudor y sonriendo, sabiendo que lo había hecho bien. Tellius vio que se había detenido en el sitio exacto en el que había empezado y le hizo una reverencia desde el margen, orgulloso de él.

Arthur se acercó a Micahel con los ojos abiertos. El chico mayor lo miró desde su altura y enarcó una ceja. Dio un paso atrás y Arthur se situó de inmediato en su sitio, colocándose en la misma postura que Micahel había adoptado al principio.

Divertido, Micahel lo rodeó, asintiendo con la cabeza al ver la postura.

–Vamos, Arthur –dijo Tellius–. Los chicos son muy escandalosos y tengo vecinos a los que no les gusta estar despiertos hasta tan tarde. Se quejarán al ayuntamiento y harán que nos echen a la calle a todos. A la cama, chicos. Ya es suficiente.

Nadie se movió de su sitio y menos cuando vieron que Arthur estaba en aquella postura y preparado. Tellius había esperado terminar la primera noche del muchacho con la excelente ejecución de los pasos del *Moon* por Micahel, pero parecía que iba a terminar con risas. Muy bien. La ciudad de Darien era un lugar difícil y él le había dado una oportunidad al muchacho.

–Ya veo. Pues entonces el octavo paso del *Mazer*, Arthur, como lo recuerdes. *Chiung Moon*. Empieza.

Se pusieron a batir palmas, pero cesaron tan rápidamente como habían comenzado. En el espacio de que disponía, Arthur se puso a bailar el *Chiung Moon*. No solo extendió las piernas y los puños, y saltó reproduciendo los movimientos que había visto, sino que también adaptó el paso y la forma de moverse. Cambiaba el peso de un lado a otro, luego se levantaba y arremetía como si hubiera caído sobre un enemigo. Y todo el tiempo pasaba de un número a otro sin vacilar, con pautas de ataque y defensa y, al final, otra vez de ataque. Su equilibrio era soberbio, lento y rápido, hasta el rodillazo final y los brazos levantados para aterrorizar al enemigo. La habitación estaba en silencio y los chicos miraban fijamente, confusos y, en cierto modo, asustados.

Con los primeros movimientos, Micahel se había vuelto a mirar al viejo con ojos acusadores. Había pasado años aprendiendo los pasos. ¿Cómo es que aquel muchacho, aquel forastero, tenía los mismos conocimientos? Lo único que Tellius pudo hacer fue abrir las manos para expresar sorpresa total. Los chicos de su dormitorio de ladrones lo miraban atónitos, pero no tenía respuestas para ellos.

Arthur había terminado en el lugar exacto en que había empezado, la prueba final de que sus cálculos habían sido correctos y sus giros, precisos. Tellius habría podido decirle que el movimiento completo formaba la octava letra del nombre secreto de dios, pero mantuvo la boca cerrada. El chico no era del este. Su piel era de un azul pálido como el mármol bajo la barbilla, tan rosa y restregada tras lavarse con el cepillo que parecía haber pasado la vida entera en las cloacas. Al parecer, todo su presunto bronceado no había sido más que suciedad.

Los muchachos seguían esperando a que Tellius hablara, mientras en la mente de este pasaban los pensamientos como cuentas de cristal en un hilo. Aunque el chico procediera de un lugar situado a quince mil kilómetros de allí y quizá hubiera sido esclavo, nunca habrían podido enseñarle el octavo paso del *Mazer*. A los esclavos no les daban medios para romper cadenas. Ni siquiera se les permitía llevar un arma. No, los pasos eran para el ejército.

Tellius pensó entonces en su abuelo, aunque rechazó la idea en cuanto se le ocurrió. A los hijos de algunos hombres de alto rango se les enseñaba desde muy jóvenes, eso era cierto. Sus padres querían que triunfaran y ninguna ley del vulgo podía influir en el noble juicio de un padre sobre sus hijos. ¿Y si el muchacho al que llamaba Arthur era hijo de una gran casa? ¡Menuda coincidencia! Era imposible. Si existiera un chico así, ¿qué posibilidad tenía de que lo sacaran de la calle y lo presentaran al único hombre de Darien que podía reconocer su entrenamiento? No, la Diosa no interfería en la vida de los hombres de esa manera. Ni tampoco el dios antiguo de su patria, o al menos Tellius no creía que fuera posible. Sacudió la cabeza para despejarse.

–¿Cuántos pasos conoces? –preguntó a Arthur, recordando, cuando el chico lo miró, que no habría respuesta.

Tellius estaba realmente turbado por lo que había visto y le resultaba difícil pensar con claridad. Recordó la ejecución que había hecho el muchacho un rato antes, con la misma concentración, el mismo equilibrio perfecto, como si estuviera capacitado para hacer aquello todo el día.

Tellius estiró el brazo. Por la manga le resbaló una hachuela que apareció en su mano como por arte de magia. Los presentes ahogaron una exclamación, aunque Tellius vio que la mirada de Arthur se posaba en su codo. Tellius tuvo la desconcertante impresión de que el muchacho le había visto soltar el pasador de piel.

–Toma esto, chico. Tírala contra esa viga. Los demás podríais alejaros un poco por si os cae encima.

Cuando le alargó el hacha, Arthur la miró con curiosidad, sopesándola con ligeros movimientos de muñeca. Se volvió y la lanzó mientras Tellius gesticulaba de nuevo. El hacha surcó el aire y se estrelló con el mango por delante. Un muchacho dio un grito y se tiró a un lado para apartarse del camino de la herramienta. Los demás se rieron de aquella reacción de pánico, pero también de alivio. Había habido algo inquietante en lo que habían visto anteriormente. Advertir que el muchacho fallaba ahora volvía a poner las cosas en su sitio.

–Traédmela –dijo Tellius, sin apartar los ojos del chico que le entregó el hacha.

El anciano la cogió firmemente por el mango cuando la tuvo en su poder. Entonces se quitó la camisa, dejando al descubierto un pecho delgado, cubierto de vello gris y de tatuajes de un azul desvaído que formaban una frase que nadie había visto hasta entonces.

–Fíjate –dijo Tellius, aunque Arthur no había desviado la mirada.

El anciano miró el lugar en el que había clavado una correa de piel para afilar la navaja de afeitar todas las mañanas. Hacía muchos años que no lanzaba un hacha, pero el conocido ademán estaba allí, la echazón. Se balanceó un par de veces y estiró el brazo con brusquedad, clavando la hoja del hacha en el centro exacto de la correa, astillando la madera que había detrás.

Los chicos, casi instantáneamente, se volvieron hacia Arthur para observar su reacción. Este seguía impávido, aunque no se negó a empuñar el arma cuando la arrancaron de la madera y se la dieron.

–¿Bien? ¿A qué estás esperando, hijo? Lánzala –dijo Tellius.

El chico la arrojó y todos contuvieron la respiración, maravillados, mientras el hacha cruzaba la habitación y se clavaba exactamente en el mismo sitio de antes.

–Por la Diosa –susurró Tellius–. Jamás he visto... ¿Fue igual con el baile? ¿No habías bailado antes?

Arthur negó lentamente con la cabeza. Parecía incómodo.

–Extraordinario. Es más que un recuerdo. Es... es como si solo tuvieras que mover los músculos de la misma forma, como si pudieras apoderarte de la habilidad... –Tellius se interrumpió y sus ojos se ensombrecieron como si se le hubiera ocurrido algo. Había habilidades cuyo robo valía la pena, si tenía un chico capacitado para eso.

Vic Deeds era muy conocido en el campamento de la legión: eso quedó bastante claro por la forma en que los guardias lo saludaron, con sonrisas y bromas, como granujas que se reconocen entre sí. A pesar de todo, no cabía duda de su disciplina. Elias y él fueron detenidos dos veces, la primera en la barrera exterior, formada por zanjas y terraplenes, y la segunda en un puesto de control interior. Elias no había creído que el pistolero mantuviera su palabra, pero vio que Deeds entraba en una tienda gris y llamaba silbando a un hombre que le doblaba la edad, de pelo blanco, con un rostro bronceado y con cicatrices. Elias lo miró y se retorció las manos hasta que el médico empezó a hacerle una serie de preguntas. Cuando Elias volvió la cabeza para enseñarle las ampollas que también tenían su mujer y sus hijas, el médico levantó los ojos y se volvió a medias hacia Deeds.

–¿Ha traído a un hombre *infectado* al campamento? –dijo con cara de incredulidad.

–¿Y qué? Usted me dio ese jarabe de las viruelas locas. Le prometí que también se lo daría a él.

–Pues no debería habérselo prometido –le espetó el otro–. ¡Tomar el jarabe contra la varicela antes de estar enfermo no es lo mismo que curarla! Sinceramente, estoy seguro de que se lo expliqué cuando vino en busca de la dosis.

–En todo caso, no es peligroso, ¿verdad? –replicó Deeds–. Así que suavice su tono, *meneer*. Todos los que están aquí han recibido ese tratamiento.

–Aun así –dijo el médico, frunciendo la boca.

Deeds se limitó a mirarlo y el hombre dejó de protestar. Palpó el cuello de Elias y le quitó la camisa para ver las ampollas, que ya se habían convertido en bultos duros en su pecho. Elias gruñó de dolor cuando el médico los tocó con dedos rígidos, asintiendo con la cabeza y chascando la lengua.

Deeds levantó los ojos cuando el médico metió la mano en el cajón de un escritorio de campaña y sacó una botella y una cuchara.

–¿Le he pedido que le dé una dosis?

–Pero ¿a qué viene esa tontería? ¿Es un juego para usted, Deeds? Y ha visto las ampollas. Morirá si no le doy nada. Mañana o pasado mañana.

Conversaban como si Elias no estuviera allí escuchando y volviendo la cabeza hacia uno y otro hombre según hablaban.

–No se preocupe por eso –dijo Deeds encogiéndose de hombros–. Le dije a *meneer* Post que enviaría la medicina para su esposa y para sus hijas. No para él. Un trato es un trato... un pacto ante la Diosa. Si el general quiere salvarlo, él hará su propio trato. Y creo que lo hará cuando vea lo que yo he visto.

El médico miró a Elias y otra vez a Vic Deeds. Los dos parecían igual de tozudos. Suspiró y vertió parte del contenido de la botella en otra más pequeña, sellándola con un rápido giro de la mano.

–Encontrará mi casa en el pueblo de Wyburn, a menos de cinco kilómetros de New Cross –dijo Elias, farfullando a causa de la urgencia y la esperanza–. En la calle Morecombe, a cuatro puertas de la fragua. Pregunte por Post. Elias Post.

El médico afirmó con la cabeza. Llamó a un joven mensajero para que se hiciera cargo de la medicina y le repitió la dirección mientras salían.

–¿Y eso las salvará? –preguntó Elias.

–Si llega a tiempo, sí –respondió el médico, volviéndose–. Esta enfermedad responde muy bien a las raíces que contiene el jarabe. Es una lástima que el estiércol sea tan caro, si no...

–Muy bien, doctor. Yo ya he hecho lo que dije que haría por su mujer –intervino Deeds–. Y ahora, *meneer* Post, el general.

Los dos hombres cruzaron un campo en que había centenares de jinetes y soldados de a pie cargando y blandiendo armas, haciendo muchísimo ruido, clavando picas en enemigos invisibles una y otra vez, y corriendo a continuación. Elias vio que los Inmortales no habían engordado ni se habían vuelto perezosos en aquel lugar. Subían corriendo por una colina central y golpeaban y derribaban postes de dos en dos como si esperasen que de un momento a otro estallara una guerra. Se preguntó qué imbécil habría caldeado los ánimos para tenerlos a todos corriendo de un lado para otro de aquella manera.

Elias y Deeds fueron detenidos por tercera vez ante la tienda del general, donde cachearon a Elias concienzudamente. Les dijeron que esperasen donde estaban, al aire libre. Dos soldados armados con pistola los miraban fijamente. Elias vio por el rabillo del ojo a un tercero que empuñaba un cuchillo, esperando a que hicieran un movimiento sospechoso.

El sol había salido por encima de los grandes terraplenes que rodeaban el campamento, dando luz pero poco calor aquella mañana. El aire olía a humedad y era frío. Elias miró a su joven compañero más de una vez, tratando de estar tranquilo. Lo único que quería era volver al caballo de la viuda y cabalgar hasta su casa para ver si habían entregado la dorada medicina. Todas sus esperanzas estaban puestas en aquella pequeña botella.

Las dudas lo torturaban. ¿Se estarían burlando de él? Por lo que sabía, Deeds podía prometer aquello todos los días para conseguir cualquier cosa que quisiera y enviar al ayudante del médico con una cucharada de aguamiel. Elias intentó alejar de sí este pensamiento, aunque no entendía que los soldados se medicaran contra la epidemia y que el rey permitiera que los aldeanos cayeran víctimas de ella. Aunque Johannes fuera un monarca cruel, las Doce Familias necesitaban hombres para cuidar los campos y recoger los frutos. Necesitaban mujeres que parieran soldados, trabajadores y granjeros. Puede que el rey no supiera cuánta gente estaba muriendo en los pueblos. Puede que alguien hubiera llegado a la conclusión de que el precio era demasiado alto. Lo peor de todo era la idea de que el mundo estuviera tan mal organizado que hubiera una cura y no llegara a los que la necesitaban.

Alrededor de una hora después de su llegada se oyó una voz que los llamó dentro de la tienda. Un guardia apostado en su interior levantó la lona y la sostuvo para que pasaran. Deeds entró sin decir palabra y Elias lo siguió, agachando la cabeza, aunque la tienda era mucho más grande que su casa y dos veces más alta hacia el centro, donde había un poste de sujeción. Dentro vio sofás de cuero y mesas de madera pulida, y una litera militar muy limpia, pegada a la lona exterior. La tienda olía a humedad, aunque había un brasero que crepitaba al lado del único ocupante, calentando e iluminando su brazo derecho.

El general Justan levantó la cabeza cuando entraron; era un hombre con el pelo cortado al cero y profundas arrugas en el rostro, tras acampar durante años en todo tipo de climas. Sonrió brevemente al ver a Deeds, poniéndose más rígido al ver al desconocido que lo acompañaba.

–He preguntado por usted esta misma mañana, *meneer* Deeds. Estaba seguro de que tenía obligaciones que cumplir en el campamento. Al fin y al cabo, espero recibir la orden de marchar dentro de poco.

–Mi lugar está siempre a su lado, general –replicó Vic Deeds.

Elias lo fulminó con la mirada al oír aquel tono irreverente. No hubo respuesta humorística por parte del general y Elias sintió un brote de pánico. Se encontraba en medio de algún peligro y su confusión no hacía más que empeorarlo.

Mientras Deeds y el caudillo militar más importante de Darien cambiaban unas palabras, Elias sintió una especie de presión dentro de sí. Había algo en curso, lo sabía, lo sentía en su piel como una ola que podía derribarlo. Miró con severidad a Deeds, que hablaba de él en aquel momento. El general Justan respondió alejándolo con la mano y volviéndose hacia sus mapas y planos.

–Me temo que no tengo tiempo para juegos, *meneer*. Venga a verme después del almuerzo. Tengo una acusación de corrupción del nuevo jefe de pozos del Paso de Bernard. Ha encarcelado al anterior jefe de pozos y espera un juicio. Tengo una orden del consejo de Darien para ejecutarlo por rebelión contra la autoridad legal. Puede que necesite su habilidad para que la mina vuelva a funcionar.

–Voy a hacerle una demostración –dijo Deeds, como si el general no hubiera hablado.

–¡No, Deeds! –gritó Elias.

La cólera que había en su voz fue suficiente para que los dos guardias apostados en el exterior entraran corriendo en la tienda. Un tercero salió de detrás de una pantalla empuñando una pistola. Deeds había desenfundado la suya, pero no apuntaba al general. De todos modos, el hombre de más edad se volvió bruscamente al oír el grito de Elias y sus ojos brillaron de furia ante lo que vio.

–¿Cómo se atreve a desenfundar un arma en mi tienda, Deeds?

–Ninguna que pueda herir a este hombre –repuso el interpelado.

Disparó cuatro veces y todos, salvo Elias, se encogieron al oír los estampidos. Elias se volvió y dio un paso. Una bala era un objeto muy pequeño. Si se sabía con seguridad dónde iba a estar, no era difícil moverse un poco para esquivarla. Las espadas eran mucho más difíciles de eludir, aunque fueran mucho más lentas.

Un guardia se acercó a Deeds y apoyó en su cogote el frío cañón de su pistola. Deeds se quedó paralizado al notarlo y dejó que su humeante revólver quedara colgando de sus dedos.

–¿Lo ven? –dijo–. No se le puede disparar. Tómese su tiempo, general. Pruébelo a su entera satisfacción. ¡Dígame si le he hecho perder la mañana! Creo que un hombre al que no se puede matar podría serle de utilidad.

El general Justan se quedó totalmente inmóvil mientras pensaba, con una expresión extrañamente tranquila. Hizo un gesto a los hombres que habían apuntado con sus armas a su engreído pistolero. Deeds le había servido bien durante años, pero el general se preguntaba si sabía lo cerca que había estado de recibir un balazo por culpa de su demostración. Los hombres que protegían al general eran hombres de buen juicio, los mejores del ejército. Si Deeds hubiera movido el cañón de su arma hacia el general, habría muerto al instante. Mientras Justan pensaba, distinguió una chispa de alegría salvaje en los ojos del hombre más joven. Entonces comprendió que Deeds había corrido el riesgo por el puro placer que implicaba.

Justan sacudió la cabeza ante la insensatez de los jóvenes que creían que podían sobrevivir a todo solo con su encanto. Hizo una seña secreta a sus guardias para que se quedaran quietos, un simple chasquido de los dedos a su espalda. No era un rehén y Deeds no lo había traicionado. El general se alegró. Habría sido una pena tener que matarlo.

Tras hacerles una seña para que lo siguieran, el general Justan salió al sol de la mañana. Elias miró a Deeds cada vez más irritado, pero el pistolero le sonrió y le dio un golpe en el hombro. Ambos hombres sabían que podía haberse evitado.

–Un día de su vida, ¿lo recuerda?, a cambio de las vidas de su mujer y sus hijas. Ese fue nuestro trato, Elias, un trato muy bueno para los dos. Creo que hará otro con el general.

–No lo haré. En cuanto sepa que Beth y las niñas están a salvo, me olvidaré de todo esto.

Elias Post señaló con mano irritada el enorme y bullicioso campamento de la legión Inmortal que los rodeaba, una ciudad en medio de la jungla, con carreteras, forjas, incluso tabernas para los oficiales, construida y desmantelada como si fuera un juego de construcción infantil, todo para alejar a unos asesinos a unos cuantos kilómetros de la frontera.

Elias gruñó al sentir otra vez la presión. El general estaba en silencio delante de una caja de madera pulida que le habían regalado, inspeccionando un par de revólveres nuevos que había dentro. Eran objetos negros y mortales, de metal azulado, con las puntas respingonas de las balas visibles en el tambor. La presión aumentó cuando los guardias se dispersaron, cuidando de no ponerse en la línea de fuego del general o de uno de sus compañeros. Elias sonrió con acritud al darse cuenta. Muy fácil de hacer cuando estaba inmóvil.

Deeds tenía el revólver en la funda, colgando bajo del cinto. Se cruzó de brazos y se puso al lado del general.

–Un día de su vida, Elias –dijo–. Y no mentí sobre la cura. Soy un hombre de palabra.

Elias apenas tuvo tiempo de insultarle; sus palabras fueron ahogadas por el ruido del tiroteo que hizo añicos la paz del campamento entre el humo y las llamas.

# 4
# THREEFOLD

No fue una gran sorpresa descubrir que era una ladrona, aunque la cosa podía tener su lado gracioso. Daw escrutó la oscuridad con los ojos entornados, consciente de que la mujer tenía las manos dentro de su morral. A juzgar por el ruido, no era muy profesional. Ni de la clase que pone un cuchillo en el cuello y se lleva la bolsa entera y todo lo que pueda quitarle a uno. Él estaba preparado cuando ella se levantó de la cama que habían compartido, silenciosa y cautelosa, pero no lo bastante avispada para saber que él tenía una pequeña navaja, como un pétalo oculto en la mano. Si intentaba matarlo, la sorprendería, le daría una lección. La típica lección que nunca se aprendía.

Algo tintineó cuando metió la mano más profundamente en el morral. Daw trató de no sonreír cuando el bulto de la muchacha morena se detuvo y se volvió bruscamente hacia él para comprobar si seguía durmiendo. El tintineo de las monedas lo habría hecho saltar de la cama en cualquier otra ocasión, pero no en aquella. En alguna parte de aquel morral había una trampa que le había comprado a su hermano aquella misma tarde, algo medio vivo que le enseñaría que no se roba a los hombres dormidos. Daw casi temblaba por el esfuerzo que hacía conteniendo la carcajada que iba a soltar cuando se activara la trampa y le clavara los dientes en la carne. Quien miraba dentro del morral se arriesgaba a perder un dedo, había dicho su hermano James. Mejor aún, la criatura no estaba totalmente viva, ya que estaba hecha de bronce y dotada de movimiento. No necesitaba un cuidado especial del propietario, aparte de la única palabra que Daw había aprendido para inmovilizarla. Después de morder, se enroscaba donde caía, se ponía en punto muerto y quedaba lista para la próxima ocasión. Para Daw Threefold, una protección así valía el chorro de piezas de plata que había pagado.

Abrió los ojos del todo cuando Nancy sacó el monedero y lo levantó para que le diese la luz de las estrellas. Vio el brillo de los dientes femeninos cuando sonrió y se lo guardó bajo la blusa. Daw la miró entre estupefacto e irritado mientras ella sacaba la mano del morral. ¿Dónde estaba el grito? Tenía cosas valiosas allí dentro. Si la muchacha no gritaba en seguida, la llevaría a rastras hasta aquel mentiroso que tenía por hermano y le exigiría... Levantó la cabeza. Aunque no había mucha luz en la habitación, Daw pudo ver que Nancy sujetaba un lagarto de bronce. Él había visto aquel ser inútil, que la Diosa maldijera, arrastrándose por la encimera de la tienda aquel mismo día, con sus diminutas zarpas raspando el cristal y la caoba. Pues claro que no había funcionado. Su hermano tenía debilidad por los tratos, por vendedores de lengua rápida que siempre le vendían bronce y lo llamaban oro. Threefold apretó los dientes y los puños, sintiendo la hoja roma de la daga-pétalo clavándosele en la palma.

Bajó de la cama de un salto, rodeó a la muchacha por el cuello con el brazo y le hizo sentir la cálida presión del cuchillo. Jadeaba después de contener la respiración tanto tiempo. Daw transformó el jadeo en risa sorda de alivio y apretó la tenaza.

–¿Qué clase de chica es capaz de robarle a su amante? –le dijo al oído.

–Normalmente, una que no tiene dinero –respondió Nancy. Su voz era tranquila y desenvuelta, como si no tuviera una navaja a punto de rebanarle el pescuezo.

–No sabes la suerte que tienes por no estar gritando en este mismo momento. En el morral tengo algunas chucherías para protegerme de los ladrones. Y una podría haberte arrancado la mano de un mordisco. ¿Sabías que te estaba observando? Solo esperaba que te mordiera el lagarto, pero parece que me han vendido una falsificación.

–Entonces el tonto eres tú –dijo la joven–. La magia es un juego, un juego para los niños y los crédulos. Para los tontos de la calle. No eres un niño. ¿Eres uno de esos pobres tontos? Déjame ir y quizá hayas aprendido algo que te cambiará la vida, Daw Threefold. ¿Magia? Es todo mentira.

Daw parpadeó al oírla y cabeceó. A pesar de su irritación, lo que decía la mujer era tan absurdo que quería demostrarle que estaba equivocada. Su tío le había contado una vez que la gente estaba más dispuesta a creer las grandes mentiras que las pequeñas, pero aquello era ridículo.

Se apartó de ella y se sentó.

–Has tenido suerte, Nancy, eso es todo. Cualquier otra noche habrías perdido un dedo. ¡Vives en Darien, por la Diosa! Tenemos calles de boticarios... y en los escaparates de todas las boticas hay algo para llamar la atención. Tienes que haber visto algo mágico, algún objeto o algún hechizo que no puede explicarse.

–Tenéis calles de buhoneros y embaucadores... y yo me crié en el otro lado de la ciudad, donde no tenemos cosas así. –Respiró hondo, como si le doliera hablar–. En las colonias que hay en las orillas del río, ¿entiendes? No tenemos bonitos espectáculos de magia en Cinco Caminos ni en Esquinas

Rojas. Una vez vi un tragafuegos, pero vi que le chorreaba algo por la barbilla, así que comprendí que no era nada mágico. Y he vivido un mes con un malabarista, aunque, para ser sincera, era más bien un cuentista y un carterista. Tampoco había nada de magia en estos tipos, a no ser que tengamos en cuenta que sabían sacarles el dinero a los idiotas. ¡No soy tonta, Daw! No me dedico a apostar, como esas buenas familias que se pasean por la circunvalación, asisten a espectáculos y hablan sobre vino... y todo eso.

Daw miraba a Nancy casi con preocupación. Mientras hablaba y agitaba las manos, se había ruborizado ligeramente. Era como si la delicada y sonriente flor que había conocido la tarde anterior no hubiera sido nada más que una invención, un papel que ella hubiera desempeñado.

–Escucha –dijo.

La muchacha cabeceó.

–No sé dónde creciste, aunque tienes esa confianza que viene de saber que siempre tendrás comida suficiente. No estoy resentida, Daw. El mundo debería ser así para todos. Pero no lo es. Quizá creas que la ciudad es un lugar donde la ley cuenta para todos y las Doce Familias pasan las noches sin dormir preocupadas por los pobres habitantes de las colonias.

–Tú no sabes dónde crecí –respondió Daw. Nancy levantó la cabeza, esperando. Daw se ruborizó ligeramente–. La calle del Tejo, al lado de la pista de atletismo.

–Cuánto has debido de sufrir, Daw. No me había dado cuenta.

–Allí había bandas, ya sabes.

–No, Daw. Las bandas son la gente que te aterroriza y te apuñala. Recorren las calles de Cinco Caminos... y no se acercan a los sitios bonitos. La verdad es que no tienes ni idea.

Daw frunció la frente. Le irritaba sentir la obligación de demostrar a la chica que había crecido en medio de la pobreza, aunque fuera mentira. Sus padres eran los dueños de su casa, aunque el papel se caía a pedazos y una vez habían visto una rata. Pero sospechaba que si lo mencionaba, Nancy contaría que en su casa se las comían.

–Si tus colonias son un lugar tan delicioso, ¿qué haces a este lado del río? –preguntó.

–Vine cuando se extendió la fiebre por los muelles. Demasiados cadáveres y nadie para llevárselos. No vi mucha magia por allí, con niños tirados al sol, y moscas zumbando a su alrededor. –Se estremeció y bajó la mirada–. Creí que esta parte de la ciudad estaría más limpia... y tenía razón. Por aquí no dejan los cadáveres tirados, al menos no mucho tiempo. Trabajo para Basker, no me toca, y eso ya es una ventaja. Si veo un joven que me gusta, a lo mejor dejo que me invite a beber y a pasar la noche con él. No me estoy quejando, Daw. Fuiste mucho más lento la segunda vez.

Daw la miró fijamente. Parecía de mala educación seguir empuñando la navaja, así que empezó a limpiarse las uñas con ella.

–Pero puede que hayas visto magia... –continuó obstinadamente, dispuesto a conseguir que lo admitiera.

Nancy suspiró.

–No me gasto el dinero en las calles del centro, Daw, donde un panecillo pegajoso me costaría el salario de un día. Tendrás suerte. Ahorro cada moneda y algún día tendré suficiente para comprar un par de habitaciones en alguna parte, todo porque ahorro.

Cerró la boca con fuerza tras las últimas palabras, como si hubiera hablado más de lo que quería.

Para enfado de Daw, se inclinó y apoyó la mano en su brazo, hablando lentamente como si el iluso fuera él.

–Los jugadores pierden la bolsa todos los días mirando a algún mago callejero. Es todo truco. Trucos de la mano y el ojo –dijo–. ¿Quieres ver cómo hago desaparecer una moneda? Puedo hacerlo. Me lo enseñó un niño.

Sacó una moneda y movió las manos encima, señalando finalmente una mano con la otra y abriendo las dos. Estaba muy bien hecho. Nancy parecía totalmente tranquila y algo apiadada. Daw se dio cuenta de que quería convencerla, aunque solo fuera para disipar lo que en su opinión era una fantasía en toda la extensión de la palabra. Como servicio público, quizás, o porque, en el fondo, quería que ella entendiera que él tenía razón y ella estaba equivocada.

Se le ocurrieron tres maneras sin moverse de aquel sitio. Sonrió, se guardó la navaja en un bolsillo y acercó su morral. Palpó el bulto de otro bolsillo exterior de lona.

–Puedo enseñarte la magia, Nancy. Si lo hago, espero una disculpa.

Estaba a punto de deshacer los nudos cuando vaciló. ¿No habría sido esa su intención desde el principio? ¿Engatusarlo para que descubriera sus objetos más poderosos? Pero ¡por los pezones de oro!, eso habría incluido el lagarto mordedor. Después de todo, le había pagado a su hermano una fortuna por él. Mientras ella lo miraba enarcando una ceja, él señaló su blusa. Ella rebuscó por debajo y se lo devolvió.

Nervioso al principio por si volvía a la vida, y luego con la frente profundamente fruncida, Daw solo sintió la inmovilidad y el peso de un objeto de metal inerte. Lo golpeó bruscamente contra el poste de la cama, luego se sentó con las piernas cruzadas y lo dejó caer dentro del zurrón.

–Nancy, te habría despedido con mi agradecimiento más sincero esta mañana, y quizá con monedas suficientes para una buena comida. Darien puede ser un lugar difícil para vivir, y créeme, yo he estado abajo al menos tantas veces como he estado arriba. Si hubieras sido franca conmigo, te habría tratado bien. Pero intentaste robarme y, ya que estamos, devuélveme también la bolsa que te has escondido en la blusa, a menos que quieras que la coja yo. Vamos. No me hagas enseñarte el pétalo otra vez.

–Enséñame antes la magia –replicó Nancy, palpando la blusa abierta por la que había deslizado el monedero–. Y yo también tengo un cuchillo, Daw. Antes me has pillado por sorpresa, pero te cortaré las orejas si vuelves a intentarlo. Aun así... –vaciló y, a la luz de las estrellas, Daw pensó que parecía muy joven–. Siempre me lo he preguntado. He visto las brujas y las boticas, los amuletos que lleva tanta gente... y todos parecen creer, pero yo siempre he sabido que es mentira. Una gran mentira que quizá nadie niega porque, en tal caso, toda la ciudad se le echaría encima.

–Si te enseño algo mágico, ¿me devolverás el monedero? –preguntó Daw.

Su madre siempre le había dicho que era un tarugo negociando. Comprendió que en cierto modo había perdido la ventaja en la conversación, pero todavía tenía un artículo mágico que ella no podría negar, y mientras lo mirase, él volvería a empuñar el cuchillo. No le había gustado el comentario sobre cortarle las orejas.

–De acuerdo, Daw. Y puedo decirlo porque sé que no tendré que devolverte nada. Es un trato. Enséñame la magia y te devolveré el bolso.

–La bolsa, Nancy. Una bolsa no es un bolso.

–Y si fracasas, me la quedo –terminó, alargando la mano para sellar el pacto.

Daw se la estrechó con expresión dolorida. Al final eso no iba a ser importante.

–Enciende la lámpara y saca bien la mecha, cariño. Creo que tengo algo que ampliará tu mente.

La lámpara aún estaba caliente y había una caja con eslabón y pedernal encadenada a la cómoda. Nancy giró la rueda con el pulgar y cuando saltó la chispa sopló la yesca hasta que se encendió. Luego prendió la mecha empapada en aceite, llenando la habitación de luz dorada.

Daw la miró y dio un suspiro al ver la esbelta figura de la muchacha. Estaba sentada frente a él en la única silla de la habitación, con los pies cruzados por los tobillos como una señora elegante e inclinada para apoyar los codos en las rodillas. A Daw le resultó inevitable sonreír al ver su seriedad. Incluso hizo una floritura en el aire con la mano, señalando los dos objetos que había sacado del zurrón. Uno era una simple cajita con adornos de oro y ónice. El otro era una daga con la correspondiente funda, no mayor que su dedo pulgar, pero que valía más que todas sus demás pertenencias juntas. Podría comprar la posada y la media docena de casas que la rodeaban por el precio de aquella daga en particular. Era la razón de que hubiera gastado otra pequeña fortuna en un lagarto protector, aunque sin saber que no servía absolutamente para nada.

–Ah, mi querida Nancy, esta noche has dado con el hombre indicado. Puede que al mirarme solo veas un gallardo aventurero...

–Puede –murmuró Nancy.

Daw dejó de hablar para hacerle una mueca, sabiendo que se estaba burlando de él.

–... lo que ciertamente soy. Aunque en los pocos años que han transcurrido desde que cumplí los dieciocho, me he convertido en un verdadero conocedor de la magia. Un experto en...

–¿Un «verdadero» conocedor? –dijo la muchacha sonriendo–. No creo que esa sea la forma apropiada de decirlo. Puede que seas muy valiente, o muy apuesto...

–Soy ambas cosas... además de impaciente. No olvides, Nancy, que podría haber gritado «Al ladrón» en cuanto te vi rebuscando en mi morral. Habrías podido perder tu trabajo aquí, permíteme que te lo diga. A Basker no le gusta que haya ladrones en su establecimiento. Pero en vez de eso, estoy aquí, haciéndote un favor y respondiendo a la gran pregunta de tu vida de una vez para siempre. Si sientes un poco de respeto por mi extraordinaria paciencia y no me interrumpes cada dos por tres, es posible que aprendas algo.

Esto último lo dijo malhumorado. La muchacha retrocedió y se cruzó de brazos.

–Muy bien, Daw, no volveré a interrumpirte.

–Yo diría que no. –Daw cogió la caja y la puso ante ella–. Esto fue hecho mediante una bendición, eso me dijeron. La magia está en las piedras y ha durado... tres años de momento. Pasará más o menos una docena antes de que tenga que llevarla a reparar.

Nancy se inclinó hacia delante y sus ojos reflejaron el brillo de la lámpara.

–¿Y qué hace? –preguntó rápidamente.

Daw se dio cuenta de que disfrutaba acaparando su atención y se preguntó brevemente si la primera parte de la noche había llegado a su fin o si, como la lámpara, iba a encenderse de nuevo. Decidió ser amable, por si las moscas.

–Es como una brújula, aunque señalará a un hombre en particular solo con ponerle una gota de su sangre. La he utilizado muchas veces y nunca me ha fallado.

–¿Persigues hombres, Daw? –preguntó la joven.

Él se encogió de hombros con actitud modesta.

–Hago muchas cosas. Y tengo muchas formas de hacerlas. A veces, aquellos a quienes persigo no son tan amables como para darme una gota de sangre y entonces tengo otros recursos. Pero este buscador señalará la presa, lo ponga como lo ponga. Venga, dame la mano.

Nancy alargó la mano sin pensar, aunque silbó y la retiró cuando él la pinchó con un alfiler que llevaba en la solapa. Gruñendo y refunfuñando, la chica se apretó el dedo hasta que asomó una perla roja y brillante. Daw la recogió con su propio dedo y abrió la caja, dejando al descubierto un diminuto disco dorado con algo que parecía una vela del mismo metal, que giraba caprichosamente sobre una serie de pivotes que tenía debajo. Nancy la miró con placer, comprendiendo que era un objeto caro incluso sin todas aquellas patrañas. Miró a Daw cuando este tocó la punta de la vela con la sangre y la puso en alto con aire triunfal, girando la caja de un lado a otro mientras ella lo miraba preguntándose si debía echar a correr hacia la puerta o arriesgarse a saltar por la ventana de guillotina.

–Espera... No. Mira, está girando... ¡No! –Daw sacudió la caja, abriendo y cerrando la tapa y dándole golpecitos con el canto de la mano.

–Sí, veo que gira –dijo la muchacha, sin impresionarse en absoluto–. Es un objeto muy bonito, Daw.

–¡No funciona! ¡No gira como debería! –exclamó el hombre, realmente afligido y por primera vez afectado por el pánico. Casi ni se atrevía a mirar la daga que había dejado allí–. Diosa, tengo que saberlo... –dijo.

Tiró la caja por encima del hombro, como si careciese de valor, y cogió la vaina. Nancy se quedó paralizada cuando sacó la daga, curvada, corta y malévolamente afilada. El mango terminaba en un ribete de marfil o hueso de un par de centímetros. Había una letra impresa con resina de tono ocre, como un viejo sello de tinta. Para sorpresa de Nancy, le pareció ver colores que destellaban a lo largo del arma, morado y oro, el tiempo suficiente para que Daw Threefold lanzara una exclamación de alivio, antes de que la hoja de aspecto cruel se oscureciera y los colores volvieran a ser nuevamente hierro gris.

Daw pasó la daga sobre las ropas de la cama, dejando un surco.

–Oh, Diosa, ¿qué has hecho? –susurró–. Eres tú, ¿verdad? –Sus ojos buscaron los de la joven y esta vio traición y auténtica cólera en ellos–. ¿Cómo lo haces?

–He visto los colores, Daw –dijo Nancy.

Esta cambió ligeramente de postura, preparándose para saltar y correr o para defenderse si aquel salvaje que empuñaba una daga se le echaba encima de repente. Ella no había mentido al decir que llevaba un cuchillo. Sentía su presión en los riñones.

Daw abrió y cerró la boca mientras miraba fijamente la hoja de la daga.

–¿Los colores? –susurró–. No eran nada. Este cuchillo puede cortar *cualquier cosa*, Nancy. O podía hacerlo antes. Piedra, hierro, hueso... cualquier cosa, con una firme presión y un poco de músculo. Me ha salvado la vida... –Levantó los ojos, su mirada era implacable–. Eres tú, ¿no es cierto?

–¿Me echas la culpa de que se hayan estropeado tus bonitos objetos? –inquirió la muchacha.

Encogió las piernas en la silla y se inclinó hacia delante, con la mano izquierda lista para correr a la espalda. Daw estaba más pálido que nunca, pero también más imperturbable. No había rastro del sonriente joven que la halagaba y presumía al principio de la noche. Ahora la miraba y sostenía el cuchillo recto, como si no pudiera decidir si clavárselo a ella o tirarlo al otro lado de la habitación, como la brújula.

Cuando Nancy se movió, fue en el momento exacto en que él desvió la mirada. Si hubiera vacilado lo que dura un latido del corazón, habría cruzado el cuarto y habría salido por la puerta antes de que él pudiera alcanzarla. Pero él le había dado aquella oportunidad deliberadamente y se movió para bloquearla cuando ya bajaba de la silla. La joven se apartó del camino de la daga, volviéndose y recibiendo un golpe en la cabeza que la dejó inconsciente en el suelo de madera.

Daw puso los ojos como platos al ver que la había dejado inconsciente. No había sido su mejor momento, aunque en ese instante no le importaba, ciertamente no. La crudeza de su pérdida lo consumía.

Lentamente se sentó en la cama y se frotó la mandíbula con la mano dolorida. Con la otra aún sujetaba el cuchillo que había robado en la casa de un muerto, arriesgando la vida para entrar. El otro, un anciano, era un famoso coleccionista, soltero, el menor de la Casa Sarracena. Daw había cruzado Darien a toda prisa para saquear su casa antes de que se le ocurriera a algún otro. Casi lo habían capturado entonces y casi se rompió el tobillo al salir. Había escapado en el momento en que los guardias de la finca sarracena cerraban con llave la propiedad; había sido una de sus primeras y más divertidas aventuras. Nunca se denunció el robo.

Con expresión sombría, trató de serrar el extremo de la cama con el cuchillo sarraceno y vio que apenas arañaba la madera. El cuchillo había estado en una caja de cristal en el mismo centro de una habitación de aquella vieja mansión. Los vigilantes de la casa tocaban silbatos fuera, pero él rompió el cristal y lo cogió, esperando que valiera la pena. La valía. La marca de la empuñadura demostraba que la valía: era uno de los doce grandes tesoros de Darien.

Nunca se atrevió a afilarlo, por miedo a estropear el hechizo que se hubiera utilizado en su creación. Apuñaló el aire, moviéndolo adelante y atrás, viendo que era sorprendentemente romo. Sin la magia, tal vez pudiera servir para cortar una rebanada de pan, pero no mucho más. Se desplomó. Aquella pequeña daga había ocupado un lugar de honor por algo. Había sido la ventaja secreta de Daw en la ciudad.

En su mundo, las cosas podían estropearse en un abrir y cerrar de ojos. Cuando ocurría, solía ser por algún tipo de violento enfrentamiento. Los hombres como él a veces tenían que esgrimir una buena arma si eran amenazados; ese era el precio de comerciar en Darien. Con el paso de los años lo habían acorralado tres veces. Dos por estar donde no debería haber estado y la última por un competidor. En las tres ocasiones se había abierto paso a cuchilladas, literalmente. El arma lo había salvado y sentía adoración por ella. Verla yerta y gris era como perder un buen amigo.

Dilató los ojos. ¿Y si era un efecto local? En cuanto se le ocurrió, corrió desesperado a comprobarlo, con el corazón latiéndole a toda prisa. Miró el bulto inconsciente de Nancy en el suelo y murmuró una maldición. No podía dejarla ir sin más cuando despertara. Fuera cual fuese la causa de lo que le había pasado a su cuchillo y a su brújula de sangre, y a su lagarto protector de bolsas, necesitaba meditarlo más detenidamente, al margen de sus intenciones. Sacó los cordones de repuesto que llevaba en el morral y le ató las manos y los pies con rapidez y efectividad.

Cerró la puerta de la habitación al salir. No podía cerrar con llave por fuera e hizo una mueca al pensar en los otros objetos del morral. Darien era una gran ciudad, alegre y caótica, al menos tan llena de vida como una pata de cerdo dejada demasiado tiempo al sol. Pero no era un lugar de perdón, ni tampoco de errores. Siempre había alguien deseoso de tirarte a la cuneta, complacido por haber tenido un día mejor que tú. Puede que hubiera crecido en la calle del Tejo, en el lado elegante de la pista de atletismo. Puede que hubiera merendado pan con mermelada todos los días y tenido unos padres cariñosos, pero eso no lo había hecho más blando, estaba convencido.

Daw echó a correr por el pasillo y bajó la escalera hasta la planta baja de la posada, sorteó la docena de mesas casi pegadas unas a otras para que cupiera el máximo de jugadores, y salió a la calle mientras el viejo Basker le gritaba que tenía que pagar lo que debía.

Cada veinte o treinta pasos se detenía y clavaba el cuchillo sarraceno en algún poste o en el lateral de algún carro que pasaba. A pesar de su aflicción no era tan tonto como para dejar que se viera el sello de la Familia que había en la empuñadura, no en una calle pública. Lo ocultaba con la palma cada vez que asestaba un golpe.

Aunque aún era muy temprano, atrajo algunas miradas de extrañeza y hubo un par de carreteros enfadados que le gritaron mientras corría. Aunque a juzgar por el daño que había causado, lo mismo habría podido tratarse de una cuchara. El efecto parecía permanente y en su pecho se marchitó la esperanza cuando por fin dio media vuelta para volver con paso cansino. En aquel momento habría podido matarla por lo que le había quitado. Aquella mañana llevaba siete amuletos encima. Ahora sentía su peso muerto mientras caminaba, insensible y vacío.

–¡Threefold! ¡Creí que habías huido! –exclamó Basker cuando entró en el mesón, que ya empezaba a llenarse.

Daw siempre se quedaba en la posada Old Red cuando iba a Darien. Era bastante limpia y tranquila. Basker había sido soldado de infantería y era un buen hombre cuando hacía falta, aunque no creía en el crédito y reaccionaba ante la idea como si le dijesen que se convirtiera a una nueva religión. Daw hizo un gesto de indiferencia y se detuvo acariciando con una mano la pulida madera de la barra del bar. Basker no había esperado respuesta y se había situado al otro lado, para recibir pedidos y gritárselos a su esposa, que freía huevos y tiras de carne en la diminuta cocina. Aunque todavía no había amanecido del todo, el local de Basker estaba al lado de la muralla de la ciudad y Daw sabía que a los granjeros les gustaba levantarse antes de que el sol estuviera alto, para aprovechar bien el día. Suspiró, pensando en la joven que estaba en la habitación y que tanto le había arrebatado. La tristeza y la sensación de pérdida lo envolvían como un olor a especias.

Daw Threefold no venía de una familia próspera de la calle del Tejo, no importaba lo que Nancy pensara. Sus padres no habían tenido suficiente dinero para pagarle una escuela apropiada, aunque durante un año un inquilino le había enseñado a leer y escribir y algo de historia. Con veinticuatro años, Daw no era un hombre rico, pero había trabajado varios años y tenía gran habilidad para robar piezas valiosas, lo bastante pequeñas para llevarlas encima. Todas lo bastante poderosas para ayudarle a conseguir más. Iba camino de lograr una pequeña fortuna y una carencia total de fama cuando una sola noche de placer con Nancy lo había devuelto a los dieciocho años, más o menos. Sin las monedas, sin el cuchillo, sin la brújula, sin los amuletos, era poco lo que podía enseñar como fruto de los seis años que había pasado en la ciudad, exceptuando algunas cicatrices y el dedo al que le faltaba una falange. Era desolador, y levantó los ojos cuando el reloj de la taberna dio la hora.

Se quedó inmóvil mirando el reloj que habían regalado a Basker al licenciarse. Era un rostro pintado que colgaba de una cadena de plata sujeta a una viga del techo, quizá a la altura de un hombre subido en la barra. Se veían cosas así en cualquier mercado, con una pequeña fórmula de protección en el cristal trasero. Daba bien la hora y las manecillas eran rayas de luz que brillaban pero no quemaban. Daw lo había mirado cientos de veces, siempre que Basker gritaba que llegaba la última copa, aunque nunca con tanta atención como en aquel momento. Era un objeto mágico, y también barato y chillón, no la clase de recompensa que merecía un hombre con veinte años de servicio como Basker. Pero el caso es que estaba colgado en el mismo edificio en el que se encontraba Nancy... y a pesar de todo funcionaba. Efecto local. Tenía que ser eso.

Se subió a la barra con agilidad, dio un salto y arrancó el reloj del clavo. Basker lanzó un rugido de desconcierto cuando Daw bajó con el reloj apretado contra el pecho y atravesó el establecimiento corriendo, mirando las manecillas del reloj mientras aceleraba. La puerta de su cuarto estaba a una docena de pasos y a un tramo de escaleras.

# 5
# PALANCAS

Elias miró a través de los barrotes, con las manos apoyadas en la puerta. No sabía cuánto tiempo había estado dormido, aunque se encontraba mejor de lo que se sentía en los últimos tiempos. La pequeña jaula que lo alojaba era como un ataúd puesto de pie en medio del campo, lo bastante grande para contener a un hombre, con sitio para sentarse si doblaba las piernas o las estiraba entre los barrotes. Al menos podía ver el bullicio y el humo del campamento, con todos los soldados que lo rodeaban, al parecer empeñados en no advertir su presencia.

Lanzó una exclamación de fastidio. Por lo visto, el jefe de los Inmortales era un hombre inteligente. El general Justan había vacilado solo lo que se tarda en guiñar un ojo. El ruido de los disparos cesó y como Elias seguía en pie, el general había dado una orden que sorprendió a todos los Inmortales tanto como al mismo Elias. «Dense las manos y formen un círculo» no era la típica orden que un general de Darien daba a sus hombres, pero los subordinados habían obedecido. Elias se había encontrado en el centro de un cerco infranqueable.

En el fondo, Elias pensaba que habría podido liberarse fácilmente: unos hombres asidos de la mano como niños estaban indefensos. Un pulgar en un ojo o un rápido puntapié a una rodilla y el círculo habría abierto una brecha suficientemente amplia para poder escapar. Si hubiera gozado de buena salud, habría hecho que el cerco se rompiera, para demostrar que no podían contenerlo. No le gustaba estar encerrado y rodeado. Elias prefería el campo abierto o el bosque profundo, donde podía respirar.

Pero por culpa de los disparos se había visto obligado a *estirarse* más en aquellos pocos momentos que en una cacería. Y es que estaba enfermo, y tan débil que podía echarse al suelo y morir. Había dejado que formaran el círculo y creyeran que lo habían atrapado. Eso lo recordaba. Había oído al general llamar al médico y luego Elias se había caído o desmayado... De lo que siguió no recordaba nada.

Se dio cuenta de que tenía la vejiga llena, además de hambre y mucha sed. El sol estaba saliendo y supuso que había dormido toda la noche, un sueño reparador. Con manos temblorosas se había tocado la piel donde había sentido antes los verdugones. Definitivamente, eran más pequeños, pero también diferentes, así que pensó que había desaparecido el veneno. El picor era mucho menor y los bultos de las axilas más blandos, aunque uno había estallado, dejando un rastro hediondo dentro del abrigo. Aun así, se estaba recuperando, lo creía. Había una diferencia entre ser consumido por dentro y sentir náuseas y debilidad. Empezó a tener esperanzas. Si lo valoraban lo suficiente para curarlo, quizá también cumplieran su palabra en lo referente a Beth y las niñas.

El pensamiento le produjo tal mareo que tuvo que asirse a los barrotes. Se había resignado a perderlo todo cuando salió tambaleándose de la taberna de Wyburn. Una parte de él había aceptado que había llegado a su fin, que había jugado la última carta. Encontrarse vivo y de nuevo con esperanza era casi demasiado doloroso. Quedó apoyado en los barrotes y de repente rompió a llorar por su hijo Jack como si se le hubiera abierto una herida. No, era peor. Una herida no le habría hecho llorar.

Un pelotón de soldados que cruzaba el campamento miró al hombre que sollozaba, pero Elias no los vio a ellos. Al cabo del rato pasó el brote de pesar y pudo respirar lentamente una vez más, sin sentir escalofríos.

El sol ya estaba a medio camino del cenit cuando se dio cuenta de que lo buscaban. Vic Deeds era inconfundible incluso de lejos. Un buen cazador estudiaba la forma de andar y el perfil de todo lo que veía, y Elias sabía reconocer a los miembros de una manada de lobos y podía identificar de lejos a uno de ellos. Le resultó extraño sentir aprecio por el pistolero en el momento en que lo reconoció. Sacudió la cabeza al advertir su debilidad en cuanto comprendió lo que ocurría. Vic Deeds era el único hombre que conocía en aquel vasto campamento, eso era cierto. No obstante, el pistolero no era amigo suyo. Deeds lo vendería por un penique si lo necesitara. Incluso era probable que ya lo hubiera hecho.

–Buenos días, *meneer* –dijo Deeds alegremente, deteniéndose ante la jaula–. He de admitir que no creí que lo consiguiera, estando tan enfermo. –El pistolero se inclinó hacia delante para mirarlo–. El general me habría arrancado la piel si hubiera muerto, después de lo que le enseñamos.

Hizo un gesto hacia la jaula y un soldado introdujo una llave en la cerradura. Deeds levantó la mano para detenerlo, sin dejar de observar a Elias.

–Puedo leer sus pensamientos en su cara, *meneer*, ¿sabía eso? Incluso con esa cosa extraña que sabe hacer, no creo que las cartas sean lo suyo, la verdad es que no. ¿Cómo iba a dejarlo ir sabiendo que puede esquivar a una docena de hombres? No, no. Si lo dejamos salir, no podremos impedir que se vaya a casa, ¿verdad? Ni con todas nuestras pistolas, espadas y flechas.

–Quizá –replicó Elias–. Averigüémoslo.

Deeds se echó a reír.

–Pero una jaula... funciona bastante bien, ¿verdad? No puede salvar barrotes ni ver por dónde van a ir... –Lo observó con atención. Elias trató de conservar la impasibilidad de su rostro, aunque el hombre parecía adivinar sus pensamientos y sonreía–. Es eso, ¿verdad? El general tenía razón, el astuto y viejo cabrón. Puede ver una pequeña parte de lo que va a pasar. Eso explica las cartas, e incluso las balas. Pero ¿con cuánta anticipación? Esa es la clave, ¿no? ¿Hasta dónde puede ver? ¿Y si alguien opta por dar un paso hacia otro lado? ¿Podría hacerlo?

Elias lo miraba en silencio, exasperado por aquel hombre y su charla. Percibía una crueldad tranquila en su interlocutor, o quizá frialdad. La había visto a veces en cazadores y casi siempre en su provecho. No había mucho espacio para los sentimientos cuando estaban solos en campo abierto. Ni mucho espacio para la compasión.

Deeds golpeó el barrote de hierro con los nudillos.

–¿Sabe?, el general Justan quedó impresionado. Dijo: «Busque una jaula para encerrarlo, Deeds». Así de sencillo. Pero esta caja no sirve, ¿verdad? No nos sirve para nada encerrado. Y a usted no le gusta la idea, ¿verdad? Pues lo siento, pero tuve que tenderle una trampa. Es usted demasiado útil. Lo vi en la taberna y el general lo sabe ahora. Encontrará dónde utilizarlo, créame. Y también encontrará la jaula adecuada. –Por un momento, Deeds se miró los pies y Elias tuvo la sensación de que estaba avergonzado–. Le pido perdón por esa parte.

Elias miró a su alrededor con desconcierto, mientras Deeds hacía una seña con la cabeza a los hombres que iban con él. Estos levantaron la jaula con el hombre que estaba dentro gruñendo y maldiciendo. Deeds esperó hasta que la tuvieron bien sujeta. Elias se había asido a los barrotes al principio, pero había acabado por sentarse y quedar en amargo silencio.

–Adelante –ordenó Deeds–. El general tiene un plan para este hombre.

Tellius se había puesto su mejor chaqueta y su mejor pantalón para ir al Patio de los Maestros. Cierto que su cinturón de piel más ancho y el amplio abrigo escondían los agujeros comidos por las polillas. También era cierto que una de sus botas se había abierto por la suela, aunque no se notaba si se estaba quieto. Hacía mucho tiempo que habían dejado de preocuparle las apariciones en público y aunque se creía capaz de soportar el desdén de los ricos, se pasaba la mano por los pelos de la barba. Era ridículo, lo sabía. En su casa y en su calle era como un rey, pero en aquel barrio rico, donde los auténticos nobles llevaban a sus hijos para ver y ser vistos, medio esperaba una mano en el hombro y una bota en las posaderas en cualquier momento.

El muchacho al que había puesto el nombre de Arthur no daba muestras de estar nervioso, por supuesto. Otra sesión de estropajo y unas buenas ropas viejas del almacén de Tellius habían puesto de manifiesto que el chico casi podía pasar por respetable. Aunque Arthur había mantenido aquella quietud y aquella atención característicamente suyas. Tellius sonrió para sí, aunque en su rostro no asomó ni una pizca de frivolidad. Arthur era un misterio y a él no le gustaban los misterios. También podía haber sido un regalo de la Diosa para un hombre que tenía ingenio suficiente para ver una oportunidad cuando aparecía. Tellius era ese hombre. Levantó la cabeza y aplaudió con los otros cuando el maestro Aurelius pisó la plaza alfombrada de juncos.

–Míralo –murmuró Tellius, agachándose.

No necesitaba decirlo. Aurelius era una figura fascinante y siempre lo había sido. A pesar de sus cincuenta años, con más blancura que negrura en el pelo, el hombre se movía extraordinariamente bien. Quizá hubiera unas doce personas en la ciudad de Darien capaces de reconocer la causa de aquella agilidad. Tres eran estudiantes de Aurelius, «aprendices de maestro», como él mismo los llamaba. Seis formaban la guardia personal del rey y se habían graduado en la misma escuela. Los otros dos eran Tellius y su propio discípulo, Micahel, que podía igualar a cualquiera de los niñatos ricos a los que había enseñado Aurelius. Bueno, tal vez. La verdad era que Aurelius enseñaba muchas más cosas que los pasos del *Mazer*, o como los llamaran ellos. El hombre era un auténtico maestro con la espada y había estudiado este deporte como una ciencia, leyendo los pensamientos de los otros e incluso escribiendo él mismo dos libros sobre el tema. Tellius había comprado y leído los dos. A cambio de sus servicios, el rey había dado a Aurelius aquella propiedad, que se abría al público una vez al mes y cuyo alquiler se pagaba con la representación que estaba a punto de verse.

Tellius vio que Aurelius hacía ejercicios de calentamiento, unos movimientos que delataban los «pasos del *Mazer*» a cualquiera que los conociese. Tellius no pudo por menos de pensar en el pasado. Cerró los ojos y vio al guardia personal del emperador, con armadura de hierro esmaltado en negro y blanco, moviéndose con equilibrio absoluto, semejante al humo, por el antiguo Salón de los Santos. Tellius respiró lentamente mientras el recuerdo adquiría forma ante su mirada interior. Las columnas de caoba pulida, tan altas como árboles del bosque, de color rojo oscuro, y los guerreros proyectando sombras en el suelo pulido como el cristal. El olor a incienso y cera. Su gente. Su juventud. Tellius solo quería formar parte de aquella élite. Su abuelo había querido lo mismo. Era un viejo dolor y una vida entera perdida en un día insensato. No podía volver atrás. La orden de su ejecución había sido publicada, pero su sangre no había manchado el documento. Aunque habían pasado casi cuarenta años, no le cabía duda de que una docena de hombres partirían hacia Darien si se enteraban de que todavía estaba vivo.

Abrió los ojos al oír los vítores de la multitud. Cientos de hombres y mujeres habían acudido para verlo, algunos tan jóvenes que Tellius hizo una mueca al tomar conciencia de su propia edad. Muchos años antes, cuando Aurelius había alquilado unas habitaciones encima de una vieja cuadra y anunciado que daba clases de esgrima, luchaba por mantener lejos de la puerta a los acreedores. Dada la magrura de su bolsa, a Aurelius se le había ocurrido la idea de ofrecer un espectáculo público para darse a conocer entre los estudiantes, como cualquier otro comerciante que enseña su mercancía.

Había lucido su habilidad con dos espadas y una docena de armas diferentes para un público de unos cuantos vecinos. Había empalado terneras muertas, cedidas por un matadero, y había subido paredes corriendo. Cuando Aurelius entrenaba a un par de estudiantes, hacían exhibiciones regulares, riendo y saltando, cortando fruta en el aire. El espectáculo acabó convirtiéndose en una fecha fija del calendario de la ciudad, hasta que empezaron a venderse entradas y a darse como regalo. La aprobación real había hecho que la escuela fuera la más conocida de Darien.

Tellius arrugó el entrecejo. Aurelius siempre había sido un exhibicionista, daba saltos como un maldito juglar. Había vendido su maestría como una habilidad cualquiera... como un gran músico que enseña acordes a niños sin oído para la música. Tellius quería creer que el maestro de espadas del rey no era capaz de percibir la música más allá de aquellos simples pasos, pero la verdad era otra. En todas las ciudades siempre habrá uno más rápido que los demás, igual que habrá otro que será más lento que el resto, o que será un peligro solo para sí mismo. Si la habilidad es valorada y admirada, puede elevar a un espadachín cuyo equilibrio es soberbio, que puede hacer juicios de vida o muerte en un abrir y cerrar de ojos, para que los oponentes solo golpeen y corten el aire como granjeros hasta que les hunde una espada en el corazón. Aurelius era ese maestro, Tellius lo admitía. El anciano sabía que nunca podría haberlo vencido, ni siquiera cuando era tan arrogante como para enfrentarse al hombre después de su primer combate-espectáculo, veinte años antes.

Aquel era un recuerdo más oscuro y perturbador. Tellius trató de concentrarse en los saltos y volteretas que daba Aurelius, moviéndose a gran velocidad entre el equipo hasta estar brillante de sudor. Tellius todavía era lo bastante joven para olvidar su cautela en aquel entonces. Cuando vio al joven realizando el sexto paso *Mazer* sin un fallo, la pequeña multitud lo había vitoreado, pero a Tellius le invadió una amarga indignación. ¿Quién era el usurpador que había robado aquel conocimiento? Apenas pudo contener la cólera hasta que todos los comerciantes se hubieron ido y Aurelius pasó por su lado, riendo con uno de sus criados.

Tellius hizo una mueca al recordar lo que siguió. Sus exigencias, su humillación. En medio de su furia, había golpeado al joven. Como represalia, el joven Aurelius lo había sujetado contra un poste y le había golpeado los glúteos con la funda de una espada. Tellius sintió el calor de la vergüenza una vez más. No había vuelto a la escuela desde aquel día y había tardado años en dejar de oír la risa de Aurelius cada vez que cerraba los ojos.

Quizá por eso había empezado a enseñar a sus chicos los pasos del *Mazer*. La edad había hecho mella en él y necesitaba cambiar de costumbres, eso era cierto. No podría haber practicado en el desván sin que los chicos lo vieran y le hicieran preguntas. Aun así, era un viejo dolor, una cicatriz en el alma saber que en la ciudad había otro que procedía del este... o que había aprendido con alguien de allí. Tellius nunca había estado totalmente seguro. Había ayudado a calmar esa inquietud enseñar a los chicos los pasos de su juventud, uno a uno, adquiriendo rapidez y más seguridad en sí mismo conforme los recordaba. Habían pasado los años y apenas sabía que el recuerdo de su humillación aún dolía, hasta que había empezado a desvanecerse.

Pero allí estaba, de vuelta otra vez. Se preguntó si había aprendido algo en absoluto. ¿No estaba allí para fastidiar a aquel hombre? ¿Para bajarle los humos? Era una fantasía insignificante y Tellius sabía que él no era un hombre insignificante, salvo para aquel enano arrogante... Cerró los ojos de nuevo, buscando la calma.

Aurelius había llevado consigo a la plaza a tres estudiantes, dos jóvenes y una mujer. La multitud adelantó la cabeza al verlos. No había nada tan atractivo en hombres o mujeres como la grácil agilidad y buena forma de un asesino entrenado. Tellius sabía bien eso. Era casi como ver grandes felinos que jugaban saltando, golpeando, y evolucionaban para delicia del público.

Lo complació ver que no sonreían. No eran animadores ni acróbatas circenses, sino guerreros con espada para abrir en canal a otros. Tellius apartó la vista solo una vez, para ver si Arthur estaba mirando. Lo estaba, con la mirada fija. Tellius se permitió una ligera sonrisa.

La renta del rey exigía una exhibición del arte marcial de Darien, con al menos un maestro que saliera de la escuela cada pocos años. El resto era mero espectáculo para el pueblo, aunque Tellius había pagado una pequeña fortuna por su entrada para estar allí. Los rumores de guerra casi habían doblado el precio en los mercados. Era una buena época para enseñar el arte de la esgrima, en general. Tellius vio guardias con insignias reales en la galería superior, apartados de las miradas pero sin duda satisfechos ante la oportunidad de ver gratis lo que otros veían pagando.

Un redoble de tambor puso fin al espectáculo y Tellius observó con tristeza que los tres estudiantes levantaban los brazos para señalar a su maestro, como actores que llaman al director a escena. Aurelius salió con gran dignidad, haciendo una reverencia ante el estallido de aplausos. Tellius lo odiaba y sintió que se ruborizaba otra vez al recordar los golpes que le había propinado aquel sujeto. Se quedó quieto mientras el público empezaba a empujarse para salir por las puertas que daban al patio y a la ciudad. De ese modo, Tellius se convirtió en piedra en medio de una corriente en movimiento. Sintió la mirada de Aurelius sobre él y miró directamente unos ojos que no había visto desde hacía veinte años. Como si no fuera nadie, un mero sirviente, Tellius le indicó por señas que se acercara. Luego desvió la mirada, sabiendo que a un hombre orgulloso como Aurelius lo irritaría ser llamado de aquella manera. Tellius se inclinó hacia el muchacho que tenía al lado.

–¿Has visto todo lo que te ha enseñado?

Arthur asintió con la cabeza. Tellius se enderezó y casi retrocedió al ver al espadachín delante de él. No había oído acercarse a Aurelius y notó que se ruborizaba.

–Yo te conozco, ¿verdad? –dijo Aurelius–. ¿Eres tú, viejo? ¿Aquel al que puse la rodilla encima por insultar mi casa?

–Tú no me pusiste... –dijo Tellius, demasiado tarde.

Aurelius se echó a reír al ver su reacción. Codazos y pullas en todas sus palabras, ese era su estilo. Aquel hombre lo sacaba de quicio; Tellius nunca había conocido un enemigo más desagradable.

–No has envejecido bien, compañero –dijo Aurelius–. ¿Eh? ¿Puedes oírme? He dicho que no has envejecido bien.

–Y tú todavía no has aprendido modales –respondió Tellius, totalmente rígido.

–Tú no eres quién para darme lecciones, anciano. ¿A qué has venido?

Tellius vio que Aurelius posaba los ojos en Arthur, que lo observaba todo fijamente.

–Quiero que mi... discípulo vea que la espada se utiliza con competencia, que vea la influencia de los pasos del *Mazer* en tu estilo.

–¡Ah, sí! Eso es lo que dijiste la última vez. «Pasos del *Mazer*.» Aún te reconcome por dentro, ¿eh? Bueno, te digo hoy lo que te dije entonces. Yo no discuto mis métodos con nadie.

–Vámonos, Arthur. Ya no es el hombre que era –dijo Tellius, poniendo la mano sobre el hombro del muchacho.

–Tu discípulo, ¿eh? –dijo Aurelius. Se había puesto pálido al oír las palabras de Tellius, pero aun así sonrió–. ¿Puedo juzgar lo que le has enseñado? ¿Es eso lo que quieres, chico?

Esto último se lo dijo a Arthur, pero Tellius respondió por él, su soberbia lo volvía insensato.

–Quizá fuera divertido enseñártelo. Ya sabes, Aurelius... ¿todo esto? Es muy impresionante. Pero no es la única escuela de Darien.

–¿En serio? Vamos, muchacho –dijo Aurelius a Arthur–. Entra en mi recinto y muéstrame lo que te han enseñado.

Arthur saltó el murete que rodeaba la plaza. Todavía quedaban algunas personas por allí, esperando cambiar alguna palabra con algún favorito, quizá incluso con el maestro en persona. Se animaron al ver al muchacho sobre los juncos y el polvo del centro. Aurelius le lanzó una espada y, al fijarse en él, los tres alumnos dejaron su conversación y se acercaron, sentándose en el murete para mirar. Tellius se instaló con mucha cautela, aunque el corazón le latía con rapidez y podía oler el alcanfor y el sudor de sus viejas ropas.

Aurelius empuñó otra espada de prácticas y cortó el aire con ella mientras miraba al muchacho.

–¿Y bien, anciano? ¿Qué ha de enseñarme?

–¿Arthur? Por favor, enseña al maestro Aurelius lo que has aprendido hoy.

Tellius ahogó un bostezo deliberadamente cuando terminó de hablar, aunque estaba temblando de excitación. Vio que Arthur empezaba a moverse y su corazón dio un brinco. Era de nuevo como en el viejo taller, aunque al menos tenía ese recuerdo para estar preparado.

El estilo de un hombre con la espada es único, aunque la mayoría nunca lo sepa. Se crea con la flexión de sus músculos, la fuerza de sus huesos, el radio de movimientos de sus articulaciones. Se convierte en una parte de sí mismos, mucho más reconocible que una firma o una forma particular de estar de pie. Lo que Aurelius vio fue su propio estilo, un reflejo de sí mismo, un espejo de su flexibilidad. No lo había visto hasta entonces, por supuesto, así que no lo reconoció inmediatamente, aunque le pareció extrañamente familiar. Enarcó las cejas y entornó los ojos cuando el muchacho reprodujo todos los movimientos que había hecho el maestro en la plaza ese día. Cada giro y torsión muscular, cada salto y cada golpe.

Tellius miró a Arthur durante los primeros pasos. Luego, miró a Aurelius, esperando con placer a que el hombre se diera cuenta de que le habían robado el trabajo de su vida. A pesar de toda la arrogancia de Aurelius, de todas sus burlas y su desdén, era el maestro de espadas con más talento que Tellius había conocido, hasta aquella mañana. Pues todas sus décadas de elegante talento estaban allí, reproducidas en aquella plaza por un chico que daba saltos y vueltas.

Tellius miró a Arthur cuando saltó impulsándose con un solo pie y dio una voltereta completa en el aire, aterrizando con un equilibrio tan perfecto que todo el mundo lo miró con envidia. Tellius comenzó a sudar, consciente de pronto del interés que despertaba el muchacho en todo hombre y mujer que lo rodeaba.

Era hora de irse. Ya había tenido su momento y ya podía olvidarse de Aurelius y de la escuela, y no volver a pensar nunca más en aquel lugar, salvo con satisfacción. Había sajado su forúnculo, expulsado el pus de su humillación. Pero no le gustaba la concentración de las expresiones que lo rodeaban.

Tellius sintió el peso de la negra pistola de hierro bajo el abrigo. Esperaba salir de allí sin problemas. Había algo muy inquietante en la concentración tanto de Arthur como del maestro que lo observaba.

Los tres alumnos miraban con la boca abierta. Conocían el estilo de Aurelius mejor que él mismo, ya que lo habían visto miles de veces. Tellius distinguió por fin el mismo reconocimiento en el rostro de Aurelius. Las mejillas del espadachín palidecieron de repente, como si se hubieran quedado sin sangre. Arthur evolucionaba y saltaba cada vez más aprisa.

–Ya es suficiente –dijo Tellius.

Vio que Arthur se detenía. El chico estaba jadeando y tenía los ojos brillantes, pero se quedó como desvaído, como si hubieran apagado una luz. El chico se acercó a Tellius, esperando pacientemente.

Aurelius levantó los ojos y en su mirada hubo algo que hizo recordar a Tellius lo fácilmente que lo había vencido aquel hombre antes. La edad no había hecho más rápido ni más fuerte a Tellius en los veinte años transcurridos. Por eso había llevado la pistola.

–¿Qué has hecho, viejo? –dijo Aurelius. Ya no había frivolidad ni burla en su tono. Ahora era desagradable, amenazador–. ¿Quién es este chico?

–Uno de mis muchachos, maestro Aurelius –dijo Tellius.

Ya no le apetecía seguir con aquella conversación burlona. Había minado la confianza del hombre y había salvado la suya propia. Se había comportado como un necio por orgullo, esa era la verdad. Lo único que quería en ese momento era irse con Arthur y con el pellejo intacto. Tellius se maldijo a sí mismo, apretando los puños con desesperación por su propia estupidez. ¡Tantos años de precaución y se había portado como un niño, olvidando toda cautela! El placer que había sentido al principio era lamentable comparado con la amenaza que ahora veía en Aurelius.

–Me has robado, viejo –dijo Aurelius.

Fue una acusación tan ofensiva que Tellius se olvidó de sí mismo por un instante.

–¿Qué? ¡Tú eres el ladrón! Veo los pasos del *Mazer* en tu estilo, ¿y dónde los aprendiste sino en mi patria? ¿Quién te los enseñó, eh?

Cuando Aurelius habló de nuevo, fue con voz lenta y amenazadora, ya desvanecida su paciencia.

–Ven aquí entonces, viejo. Enséñame esos maravillosos pasos. Y yo derramaré tu sangre por ti.

Había tanta ira en el maestro de espadas que Tellius sintió que la suya se desvanecía como hielo bajo el sol. Dudaba, pero Aurelius no dudaba y con gran rapidez se adelantó y cogió a Tellius por el abrigo con las dos manos, introduciéndolo en el recinto de la plaza por encima del murete.

Tellius no había recibido un trato así desde la última vez que había estado en aquel mismo lugar. Solo oyó un rugido, sacó la pistola y apuntó a su verdugo. Un alumno gritó, pero Aurelius se volvió y se la arrebató antes de que pudiera abrir fuego. Tellius se limitó a ahogar una exclamación cuando el espadachín le golpeó el rostro con la empuñadura de la pistola, haciéndolo caer de rodillas.

Tellius jadeaba, tenía la vista borrosa. Se había hecho viejo y sus piernas eran débiles. No podía levantarse, ni siquiera para enfrentarse a su enemigo y morir de pie. Aurelius hizo una floritura con la mano armada y le devolvió la pistola con expresión desdeñosa.

–¿Este objeto de cobardes? ¿Has osado apuntarme con esto? ¿Robas lo que es mío y luego me traes a uno de estos para que me amenace en mi propia casa? ¿Cómo lo has hecho, viejo? ¿Eh? ¿Cómo le has enseñado mi estilo al muchacho?

Tellius se agachó. Uno de los alumnos dio un grito y una expresión extraña, casi triste, cruzó el rostro de Aurelius. El espadachín arrugó el rostro y giró sobre sus talones, dejando al descubierto la espada que le habían clavado en las costillas y que le había atravesado el corazón con un solo golpe mortal.

Arthur estaba allí mismo, mirando con serenidad al hombre que había golpeado a Tellius.

–Muchacho, no –dijo Arthur roncamente–. Gólem.

Tellius vio horrorizado que Aurelius trastabillaba y caía muerto sobre los juncos. Detrás de él, los tres pupilos empuñaban las espadas, no muy seguros de qué hacer.

# 6
# THREEFOLD

Nadie sabía el origen de la tierra yerma, ni por qué las semillas y las plantas no se esparcían por ella, recuperando lentamente bosques y prados. Puede que algún viejo enemigo de la ciudad hubiera sembrado aquella tierra con sal, como en Cartago, con sal suficiente para convertirla en un desierto; Daw no tenía ni idea. Empezaba a unos treinta kilómetros de Darien, en el límite occidental de la ciudad. En realidad, había unos pocos árboles y arbustos espinosos aferrados a la arena. Puede que el regreso del bosque fuese tan lento que nadie lo notaría hasta que el terreno se hubiera curado.

Desmontó en el límite para comprobar los víveres y recoger la poca leña que quedaba. Más allá no había agua ni leña y sabía que necesitaría las dos cosas para dos días, y algo más, por si acaso. Acercó las cantimploras al oído y reprimió un escalofrío al recordar antiguos momentos de sed. Hacía mucho tiempo que no estaba en aquel lugar.

Sentía en la nuca la mirada de la muchacha, aún recelosa a pesar de todas sus disculpas. Nancy era urbanita de corazón y estaban a kilómetros de la ciudad, con el desconocido desierto ante ellos. Una cosa era aceptar que Threefold supiera lo que estaba haciendo en Darien y otra confiar en él allí. Y dejarla inconsciente de un golpe tampoco había sido la mejor forma de ganarse su cooperación.

El viejo Basker había salido dando zancadas de la cuadra, como era de esperar. El dueño de la posada se enteraba de todo lo que ocurría en su establecimiento. Cuando Threefold había salido a la luz del sol para ensillar su caballo, Basker apareció de repente a su espalda, chascando la lengua al ver a la mujer mareada y gimiendo.

El hombretón había detenido a Daw poniéndole una mano en el pecho. Había sido como apoyarse en una pared. Daw había dejado de protestar y se había quedado en silencio con los brazos cruzados, mientras las promesas de riqueza y poder se desvanecían. Basker había ayudado a Nancy a incorporarse y la había acompañado a la fuente más cercana para que tomara asiento. El cazo para coger el agua era grande y estaba sujeto con una gruesa cadena. Basker le había dado un tirón para acercarlo a los labios de la chica. Threefold había levantado la cabeza al ver el gesto, aunque la lección era bastante clara.

Cuando Nancy parpadeó y volvió a estar totalmente consciente, se atragantó con el agua y se puso en pie, mirando alrededor con aire confuso. Aún tenía las manos atadas y Basker le cortó las ligaduras con un pequeño cuchillo que apareció de repente en su mano derecha. Nancy pareció saber que podía confiar en él, aunque fulminó a Threefold con la mirada. El joven se preguntó si se lanzaría sobre él.

–Muy bien –había dicho Basker a los dos, guardándose el cuchillo–. No me gustaría que nadie pensara que mi local es uno de esos donde desaparecen señoritas inconscientes. Ten los ojos abiertos, Nancy. Siempre. ¿Qué te he dicho? Aunque estoy convencido de que Threefold sufre más de juventud que de auténtica maldad, no sé si me entiendes.

Nancy se había puesto en pie y se frotaba las muñecas. Habría podido irse entonces, había pensado Basker. Había comenzado su turno en la cocina y las otras chicas ya se estarían preguntando dónde estaba. El corpulento exsoldado no habría permitido que Threefold la detuviera, eso seguro. Pero ella se quedó y esperó a que el otro se disculpara. La expresión de Basker se volvió algo menos severa. Una vez tuvo una gata que era más curiosa de lo conveniente y siempre se caía en los barriles. Al final se ahogó, como es natural, en un momento en que él no estaba allí para salvarla, pero a pesar de todo era adorable.

–¿Lo veis? –dijo–. Es mejor ser civilizados. Bien, pase lo que pase, parece que no hay motivo para llamar a los guardias. ¿Estás de acuerdo, Nancy?

Ella asintió con la cabeza, mirando a Daw con un ojo entornado.

–Bien. Entonces os dejaré solos. Oh, pero me llevaré ese reloj, maese Threefold, si no le importa... No tengo por norma poner precio a las cosas, pero eso, bueno, representa veinte años de mi vida, lo entiende, ¿verdad? No puedo permitir que jóvenes como usted se larguen con algo que tengo en grandísima estima.

Basker supo en seguida, por la expresión desolada de Threefold, que el reloj se había roto. Puede que el joven fuera una especie de mago, como aseguraba, pero no era un buen jugador de cartas. Al parecer, el reloj estaba sobre la cama de la habitación del piso de arriba, estropeado y oscuro. Basker había sacudido la cabeza para certificar la maldad del mundo y había señalado los bolsillos del joven con toda intención.

Al final, Basker no se había quedado con todas las monedas que tenía Threefold, aunque sí con suficientes para que el muchacho se sintiera un infeliz y dar en secreto a Nancy un par de piezas de plata mientras Threefold rehacía las alforjas lleno de rabia.

Cuando Basker volvió a entrar en el establecimiento, el sol se había elevado y la calle estaba llena de gente. Threefold había visto a Nancy mirar al gentío y de repente entendió que podía dar unos pasos y desaparecer. No podría seguirla al otro lado del río y, en cualquier caso, sospechaba que no podría volver sobre sus pasos a la seguridad y la luz del sol. La necesitaba, así que se tragó su orgullo herido como una bola de hiel.

–Creo que he sido injusto contigo, Nancy –había dicho con torpeza–. Quiero decir por golpearte.

–Y por atarme –añadió ella.

Daw hizo una mueca.

–Sí, eso también. Me gustaría empezar de cero... y tengo una idea para conseguir una fortuna, si mis cálculos no fallan. –Respiró hondo y Nancy vio que sus ojos se iluminaban con la concepción de algún proyecto–. Para que ambos seamos ricos, Nancy. Oro o joyas, o la Diosa sabrá qué. Si estás conmigo, podré conseguirlo.

Nancy lo había mirado con suspicacia.

–¿Por qué yo? –había dicho–. ¿Y por qué me pegaste?

Threefold se había quitado de los zapatos la porquería del patio de la cuadra. Hasta hacía unos momentos solo quería salir de la ciudad sin que llamara la atención el bulto escandaloso que habría llevado en la grupa del caballo. Le había parecido un buen plan hasta que Basker había aparecido y lo había estropeado con su sencilla sabiduría y su irritante amabilidad. El viejo soldado tenía dos hermosas hijas y de alguna manera creía que eso le daba derecho a decir a los jóvenes cómo debían hablar y comportarse con las mujeres. Aquel sujeto era un monstruo.

Pero Basker no era hombre al que conviniera contrariar, ni siquiera en un día en que Threefold contara con los trucos, trampas y monedas de costumbre. En el patio de la cuadra de aquel hombre, bajo su mirada fulminante, Threefold se había sentido tan indefenso como un recién nacido... tan indefenso como estaba realmente, con apenas una pizca de magia funcionando.

–A unos treinta kilómetros de Darien hay un desierto –empezó a explicar.

Nancy se había cruzado de brazos para mirarlo fijamente.

Frente a las arenas negras, supo que había tenido razón. Sentía en la sangre una emoción que lo incitaba a bailar. Aún se enorgullecía de la rapidez con que se había percatado. Su destino estaba ante él, igual que cinco años antes, cuando había sufrido su único contratiempo como mago de combate, o como ladrón, según la tarjeta de visita que estuviera utilizando entonces. ¿Acaso no había tentado a centenares de jóvenes aventureros que habían salido de la empresa escaldados, más viejos y más sabios?

La tumba blanca del desierto. La idea de que podía estar al borde del triunfo donde una vez había fracasado fue suficiente para hacerle sonreír y sudar. Ni siquiera existía la ciudad de Darien cuando se construyó aquella tumba, o eso decían. Era antigua... y estaba protegida. Eso significaba que era algo digno de protegerse.

Las tierras eran tan negras y brillantes como el petróleo, con incontables cristales pesados donde se concentraban los granos de arena. Cada paso causaba un crujido y los zapatos blandos podían quedar hechos trizas. Daw casi oía el sonido que había producido cuando era más joven, cuando caminaba solo y pisaba la tierra muerta por primera vez.

–¿Y dónde está esa tumba blanca? –preguntó Nancy, echando a perder el optimismo de sus recuerdos.

–No lo recuerdo con seguridad, aunque estaba a un día y una noche de este lugar... a lo sumo. Sesenta kilómetros quizá, o menos. Pasaremos la noche fuera de la arena, para poder llegar mañana en una sola jornada. ¿Ves estas ramas? Con unas pocas más, haré una fogata.

Cuando levantó la cabeza, vio que Nancy apretaba los labios con fuerza.

–Así que no sabes exactamente dónde está –dijo lentamente.

–¡Solo han pasado cinco años! Esta parte ya me resulta familiar. Encontraré mi antigua ruta.

–En un desierto vacío y sin accidentes –añadió ella–. Empiezo a pensar que va a ser el parto de los montes, Daw Threefold. No quiero morir de sed ahí.

–Has venido hasta aquí, ¿no? Quizá porque la idea de fortuna y libertad significa tanto para ti como para mí. Así que, por favor, basta de reticencias y gemidos, ¿de acuerdo? Estás aquí porque en el fondo crees que tienes que seguirme.

–Eres un hombrecillo irritante, Daw Threefold.

–¡Soy más alto que tú! –replicó Daw, picado.

Nancy se encogió de hombros.

–No soy una mujer alta. Puedes ser más alto que yo, pero también más pequeño.

–Un mago bajito, mujer. Soy un mago de combate.

–Yo no he visto ni rastro de esas virtudes tuyas, Daw. Las hojas que no cortan solo necesitan ser afiladas, eso es todo. Como tu ingenio. Así que recoge tus ramas y sigamos.

–Ahora me gustaría que hubiera silencio –dijo Daw.

–Bueno, no siempre conseguimos lo que queremos.

–¿Por qué enfadarme contigo? ¿Es para probar mi paciencia? Prometí a Basker que volverías sana y salva a su establecimiento, ¿no? Tú estabas allí. Así que no tienes nada que temer de mí.

–Puede que ahora me necesites, pero eres un ladrón conocido y un sinvergüenza.

–Cuando dices «ladrón», sé que te refieres a alguien que atraca a las ancianas o roba monederos en la calle. No soy esa clase de hombre. En las pocas ocasiones en que he robado artículos con poder, ha sido corriendo un gran riesgo.

–¿Crees que trepar por la hiedra de otros o correr por los tejados no es robar? –respondió la muchacha–. Sigue siendo un robo, Daw. Eres un ladrón, y algunos nos ganamos la vida trabajando. Así que me gustaría volver a discutir los términos de nuestro trato... ahora que todavía me necesitas.

–Lo único que necesito es tu presencia –espetó él–. Por lo que sé, ni siquiera tienes que estar despierta para hacer eso que anula la magia.

–Para entrar en una tumba –replicó Nancy con sarcasmo.

–¡Nadie sabe si es una tumba, porque nadie ha conseguido entrar! En ese lugar hay hechizos de protección de tal potencia que han funcionado contra todo jovenzuelo idiota que ha intentado cruzar el umbral. Nadie sabe siquiera su antigüedad. Algunos de los que intentaron entrar murieron en el acto, otros recibieron tales quemaduras que fallecieron mientras retrocedían. Sus huesos se quedaron tintineando en la arena... –Sufrió un escalofrío–. Uno o dos como yo fuimos lo bastante listos para contratar criados y enviarlos dentro mientras nos quedábamos a una distancia segura para ver cómo se las arreglaban.

–Bajito y traidor –murmuró Nancy, aunque él la oyó.

–Luego lo intenté personalmente. Te aseguro que esa tumba es un lugar terrible, protegido por conjuros que nadie que siga vivo entiende. Ni todos los magos de Darien podrían forzar la entrada. Nadie podría. –Daw se detuvo. Quería guardar sus secretos para sí, parecer misterioso ante una joven que se veía menos impresionada cada hora que pasaba. Pero Threefold se dejó llevar por la emoción que había sentido desde que el reloj de Basker se había parado–. Pero yo podría contigo a mi lado.

Nancy miró sus ojos abiertos de par en par y notó el miedo que le atenazaba la voz. No pudo evitar un estremecimiento de emoción, a pesar de todas sus dudas. ¿Y si él tenía razón? Su vida no había sido un jardín de rosas entre Cinco Caminos y Esquinas Rojas. Antes de que la epidemia la asustara lo suficiente para obligarla a cruzar el río, su mundo había sido un puñado de calles atestadas y callejones que apestaban en verano y se llevaban a los ancianos en invierno. Gracias al establecimiento de Basker había olvidado todo aquello, pero ¿y si había algo más que la mera supervivencia? ¿Y si Daw Threefold no estaba completamente loco? Se imaginó dueña de una de las grandes y estrechas casas de una calle limpia, con una puerta pintada de negro brillante y una doncella o un portero para espantar a los chicos callejeros.

–Necesitaré la mitad del botín... y la acémila –dijo–. Por mi cooperación.

–Anoche estabas dispuesta a robar las monedas del morral de un hombre dormido –dijo.

Nancy lo miró con la boca fruncida.

–No las habría cogido todas, Daw, solo un par. La pobreza es una mala compañera. Pero eso no importa ahora, ¿verdad? Hoy es otro día, y me encuentro en posesión de algo que necesitas con urgencia.

–Algo que anoche ni siquiera sabías que existía.

–Y por eso te he ofrecido la mitad. Somos socios, Daw Threefold. ¡Imagina las montañas de oro y joyas que habrá dentro, esperándonos! Ahora estamos aquí. ¿Preferirías que volviera a Darien y buscara a alguien que me lleve a esa tumba del desierto? ¿Crees que encontraría a alguien dispuesto a darme una buena parte?

–Nadie en quien pudieras confiar –replicó Threefold–. Seguro que te dejarían morir, mientras que sabes que Basker espera que te lleve de vuelta. Tienes la amenaza de ese hombre como garantía, y no es poca cosa.

Nancy asintió con la cabeza.

–Creo que tienes razón. Somos socios entonces. La mitad para ti y la mitad para mí.

–Ni siquiera estabas consciente cuando paraste el reloj de Basker en mi habitación. ¿La mitad por qué? ¿Por haber nacido con un don pueblerino que hace más mal que bien? ¿Por un poco de magia casera? Tu «anulación» es un efecto local... un círculo que te rodea. Imagina que eres una lámpara apagada. La luz...

–Sí, lo entiendo –dijo ella–. Tu plan es buscar trampas y hechizos físicos, manteniéndome cerca de ti... la Diosa sabrá hasta dónde en esa tumba tuya. Pero si te alejas unos pasos de mí, crees que podrías morir. Eso parece... peligroso. ¿No te das cuenta de que sería más fácil tener toda mi cooperación sincera, toda mi cooperación por mitad y mitad? ¿Por qué te resulta tan difícil prometerme una parte justa de lo que encontremos? Soy vital para ti en esta aventura. –Esperó un momento, pero él se limitó a mirarla con expresión ceñuda–. No puedo creer que no quieras tener un gesto de buena voluntad. Me necesitarás a tu lado antes de que esto termine, Daw Threefold. Puede que necesites una socia bien dispuesta.

Threefold tiró de las riendas para que la acémila que la llevaba anduviera a su lado sobre las arenas negras.

–Querida y dulce Nancy –dijo Daw cabeceando–. Si te ato, podría arrastrarte mientras entro en la tumba. Yo tendría todos los beneficios sin necesidad de darte nada. –Esbozó una amarga sonrisa–. Aunque sea bajito, soy lo bastante fuerte para hacerlo.

–Estarías corriendo un riesgo –gruñó Nancy, torciendo el gesto–. No sabes lo que hay allí. ¿Y si necesitas las dos manos? Me sorprendes, Daw Threefold. ¿No ofrecerás cinco partes de diez? Sin mí, no tienes ninguna posibilidad.

Daw Threefold cerró la boca como respuesta, considerando que los esperaba una noche entera y un día y que la conversación secaba la garganta. Seguro que la chica no iba a estar hablando todo el viaje.

Tellius sintió que se le encogía el estómago de miedo cuando sonaron los silbatos de los guardias, primero en la galería superior e inmediatamente después en la calle. Todavía había pequeños grupos de gente atónita al lado del portal. En el preciso momento en el que se le ocurrió abrirse paso a empujones, dos de los alumnos de Aurelius bloquearon el único camino que permitía salir a la luz del sol y a la libertad. Estaban preparados por si intentaba huir, eso lo pudo ver.

Se inclinó para hablar con Arthur en voz baja.

–Deberías irte, hijo. Echa a andar en seguida, despacio y tranquilo, como si estuvieras dando un paseo por el parque, ¿estamos? Si intentan detenerte, corre hasta que llegues al taller. Pregunta a Micahel qué hay que hacer. ¿Entendido?

Arthur lo miró y negó lentamente con la cabeza.

–¡Vete, chico! Antes de que sea demasiado tarde.

Tellius lo miró enfadado hasta que pasó la oportunidad y la puerta que daba a la calle quedó cerrada y custodiada.

–Maldición –dijo en voz baja.

Tellius respiró hondo y fue donde había estado antes, sentándose en el murete a esperar a los guardias. Se ajustó el cuello del abrigo y se esforzó por fingir que el corazón no estaba a punto de salírsele del pecho.

Los chicos que vivían encima de la botica y él evitaban todo contacto con los hombres del rey, porque nada bueno podía salir de hablar con ellos. Los guardias no impartían justicia entre quienes no les pagaban. Lo único que impartían era miedo y castigo, palizas y el calabozo... y al final la horca.

Arthur fue a sentarse a su lado cuando Tellius dio unos golpecitos en el murete. Miró fijamente el cuerpo caído sobre los juncos y por primera vez Tellius vio tensión en el rostro de Arthur.

–¿Gólem? –murmuró el viejo y Arthur levantó la cabeza.

Tellius había oído hablar de aquellos seres, por supuesto,

pero nunca había pensado que conocería a uno. La leyenda los describía como soldados incansables, asesinos terroríficos que atravesaban el ejército enemigo, obedientes y despiadados, con una espada en cada mano. Se estremeció. Su pueblo había sido responsable de algunas abominaciones, cierto, pero nada como aquello, al menos que él supiera.

Nadie sabía ya cómo hacer las cosas. Al igual que los grandes hechizos, se había perdido el conocimiento. Pero eso no respondía la pregunta. ¿Quién iba a hacer un gólem del tamaño y la forma de un niño? Tellius alargó la mano y pasó el pulgar por la mejilla de Arthur, palpando la elasticidad de su piel. El chico no se inmutó ni se apartó, aunque Tellius se dio cuenta de que podía haberlo hecho. Era un trabajo sorprendente. Nunca se habría dado cuenta.

–Pensaba que era que no podías hablar –dijo en voz baja para que los alumnos de Aurelius no lo oyeran.

Arthur no respondió, ni siquiera con un encogimiento de hombros. Tellius enarcó las cejas a modo de reproche.

–Te he oído, Arthur, con estas orejas que ves. Ya no puedes volver a refugiarte en el silencio.

El chico parecía asustado. Por instinto, Tellius comenzó a hablar, para calmarse también él mientras el gólem lo miraba.

–Supongo que debería darte las gracias, Arthur. Humm. Imagino que tendrás otro nombre. ¿Lo sabes?

El chico se encogió de hombros.

–Bien, te llamaré Arthur... Arthur Veloz, hasta que me digas otra cosa. Me has salvado la vida, luz del sol. El maestro Aurelius no se habría contentado con humillarme, esta vez no. Aunque yo soy el único culpable. Lo siento, muchacho. No debería haber dejado que vieran lo que puedes hacer, él no. No debería haber venido hoy. Soy demasiado viejo para tener tanto orgullo, así que la culpa de esto es toda mía. Fue culpa mía y no tuya. ¿Lo entiendes?

Arthur asintió lentamente con la cabeza y le acarició el brazo. Al hacerlo, Tellius se preguntó por qué habían hecho un gólem a imagen y semejanza de un niño, quizá de un niño que había muerto siglos antes.

–¿Tuviste madre alguna vez? –preguntó.

Arthur lo miró con los ojos dilatados. Un siglo después afirmó con la cabeza.

–Ay, chico. Lo siento.

Una madre apenada del imperio antiguo, quizá una que no tenía preocupaciones monetarias. Por lo que Tellius sabía, Arthur Veloz había sido creado para reemplazar al hijo perdido de una reina o una gran señora. Aunque los gólems no envejecen ni cambian. La fuerza que los animaba no crecía con ellos. ¡Fabricar un hijo! Tellius nunca había oído nada parecido.

Pensó que hacer una cosa así era un gran pecado, independientemente de su causa. Tellius cerró los ojos al imaginar al muchacho viendo envejecer y marchitarse a todos los que conocía. Quizás al principio lo habían cuidado y mimado como a un hijo que se quiere, quizás incluso durante toda una vida. Pero después de cien años, o doscientos, se habría encontrado terriblemente solo, olvidado por los que lo habían creado, condenado a vagar por el mundo.

El capitán de la guardia real no prestó atención al principio al viejo y al chico de ropas remendadas que estaban sentados en el murete. Tellius vio que enviaban como refuerzo a dos tipos de aspecto brutal, mientras el capitán se quitaba la gorra de visera para hablar respetuosamente con los discípulos de Aurelius. Sin duda eran hijos e hijas de familias nobles que pagaban una fortuna por su instrucción. Desde luego, los guardias parecían deseosos de complacerlos. El capitán incluso inclinó la cabeza mientras los escuchaba.

Tellius advirtió que los ojos del hombre se volvían hacia ellos mientras los alumnos describían e imitaban lo que habían visto, haciendo movimientos bruscos en el aire y señalando a Arthur. El viejo mantuvo la mirada gacha mientras el capitán se decidía por fin a cruzar el patio, henchido de importancia.

–El chico me defendió –dijo Tellius antes de que el capitán abriera la boca–. Ha sido un trágico accidente, no un crimen.

–Eso quiere usted que crea –respondió el hombre con desdén–. Bien. Soy el capitán D'Estaing, de los Hombres del Rey. Tengo tres testigos que dicen que conocía al maestro Aurelius y que lo provocó hasta ponerlo furioso... y luego hizo que este muchacho lo apuñalara por la espalda.

Tellius sintió que el corazón le latía aún más deprisa. ¿Era posible que no hubieran oído las palabras de Arthur en medio de la refriega y los gruñidos? Si era así, encontraría la forma de librarse.

–Muchacho, no –dijo Arthur firmemente–. Gólem.

–Oh, vamos, Arthur –espetó Tellius–. No podías haber elegido un momento peor.

–Sea lo que sea o quien sea, están los dos bajo arresto por asesinato –dijo el capitán D'Estaing–. Se les registrará y se les llevará a una celda. Se les designará un representante legal si no pueden permitirse uno. Tendrán un juicio no más tarde de una semana desde la fecha de la detención.

El capitán pronunció las palabras a toda prisa, como si las hubiera dicho un millar de veces. De todos modos, mientras hablaba sus ojos brillaban fascinados ante el gólem que parecía un niño.

–No puede detener a un niño menor de doce años –dijo Tellius–. No tiene responsabilidad penal.

–A menos que no sea un niño –dijo D'Estaing, sin dejar de mirarlo.

Tellius desestimó la objeción con la mano.

–Es solo un juego, señor. Arthur es hijo mío, yo respondo por él. –Advirtió que el muchacho lo miraba, pero Tellius mantuvo los ojos en el capitán, deseoso de que estuviera de acuerdo.

D'Estaing negó con la cabeza.

–Sea lo que sea, tres súbditos responsables dicen que apuñaló al maestro Aurelius y lo mató. No creo que deba dejarlo en libertad, no. Sospecho que mis superiores querrán ver al chico. –La mirada de asombro del capitán desapareció y sus modales se volvieron bruscos de repente–. Vamos, *meneer*. Hagámoslo fácil para todos. El maestro Aurelius yace muerto, que la Diosa se apiade de su alma. La ciudad estará de luto y sospecho que tendré que custodiar a ambos para protegerlos de la plebe. No me lo ponga difícil, sobre todo delante de... su hijo.

Tellius hizo una ligera reverencia y los guardias lo rodearon mientras echaban a andar por la calle. La noticia se estaba difundiendo rápidamente y cientos de ojos se volvían a mirar. Tellius notó que Arthur le cogía la mano y casi la apartó, pero acabó encerrándola entre sus dedos. Juntos, Arthur y él salieron del Patio de los Maestros, sin volver a mirar al hombre que habían matado.

# 7
# ELIAS

Elias volvió a bajar los pies cuando pusieron la jaula vertical sobre un suelo de gruesas esteras. Reconoció la tienda del general, dado que había estado en ella unos minutos. Los soldados salieron y solo quedó Deeds, mirándolo a través de los barrotes.

–Le prometí un día –dijo Elias–. Y aún estoy aquí, todavía prisionero.

Ante su sorpresa, Deeds desvió la mirada, ruborizándose ligeramente.

–No es propio de mí, *meneer*. Yo prefiero cumplir mi palabra. Pero usted sabe que a veces es imposible. Le pido disculpas otra vez.

–¿Qué noticias hay de mi mujer y mis hijas? ¿Puede al menos decirme eso? ¿Las encontró el médico? Vamos, señor Deeds. Eso me lo debe.

Deeds apretó los puños con un breve espasmo, aunque Elias no sabía si de cólera o de vergüenza. El pistolero no era un hombre fácil de interpretar. Deeds avanzó hacia él y Elias pensó que le habría dicho algo si no hubiera sido por el rumor de unos pasos que se acercaban desde un extremo de la tienda, a unos quince metros del húmedo interior. Así que Deeds deshizo lo andado con cara inexpresiva.

Elias se olvidó de todo cuando reconoció la voz de su hija menor, Alice, de seis años. Al parecer, le estaba contando una historia interminable al general, que caminaba a su lado. El pequeño grupo se detuvo a unos doce pasos de la jaula. Sus dos hijas observaban al general Justan y él las escuchaba, consciente de que Elias estaba mirando.

Elias sacó inútilmente la mano entre los barrotes. En sus oídos estalló un estruendo que ahogó todos los demás sonidos. Jenny, su hija mayor, levantó la cabeza y sus ojos se abrieron de par en par.

–¡Papi! –exclamó sorprendida. Corrió hacia los barrotes, olvidando al general. Elias le cogió la mano que le tendía, encerrándola por completo en la palma. Le rompió el corazón comprobar lo pequeña que era–. ¿Qué estás haciendo ahí, papá? ¿Eres un prisionero?

–Bueno, quizá el general Justan pueda decírnoslo –respondió Elias con toda la suavidad posible.

Forzó una sonrisa para no alarmar a sus niñas, aunque lo que se pintó en su cara no fue una expresión amable. Había sido cazador toda su vida y la mirada que posó en el general Justan prometía derramar sangre. El general asintió con la cabeza mientras lo miraba, como si finalmente hubiera confirmado algo de lo que antes dudaba.

–Jenny, cariño. Vuelve con tu hermana Alice, ¿quieres? Tu padre y yo estamos jugando a un juego. Él tiene que adivinar lo que quiero que haga... y no puedo soltarlo hasta que lo adivine. Eso es, cariño. Quédate con tu hermana. Dios santo, qué hijas tan encantadoras tiene usted.

–Dónde está mi... –fue a decir Elias.

Calló cuando el general Justan negó con la cabeza bruscamente, con aire cómplice. Ante la sorpresa de Elias, el general se llevó un dedo a los labios.

–Está en casa, *meneer* Post. Mi médico pudo curar a estas

encantadoras niñas y las ha traído al hospital de campaña para que se recuperen. Han dejado a su esposa durmiendo. Yo... haré que se lo notifiquen cuando despierte.

Su expresión era sombría y Elias comprendió que su esposa ya estaba muerta cuando había llegado el médico. Asió los barrotes, con ganas de gritar, de llorar, de romper algo. Las dos pequeñas, primero Jenny y después Alice, advirtieron la ira y el dolor que sentía, aunque intentó ocultarlo y sonreírles entre lágrimas. Jenny comenzó a sollozar y habría echado a correr hacia él, pero el general la cogió por el brazo. La niña forcejeó salvajemente para soltarse, como un felino con la pata atrapada. El general Justan lanzó un juramento cuando sintió el arañazo. La más pequeña, Alice, se había quedado sola y se puso a gemir de miedo, con un ruido que llenaba toda la tienda.

El dolor de Elias se quemaba con el fuego de su cólera. Esta era más inmediata y tuvo que contenerse para no arrancar los barrotes. Sabía que era inútil. Estaba a pocos pasos de sus hijas y no podía hacer nada por salvarlas. Eso era lo que el general quería que supiera.

Elias comprendió que Deeds tenía razón al decir que había que hacer un trato. Sus servicios a cambio de la vida de sus hijas. Entonces se dio cuenta de por qué Deeds parecía tan avergonzado de sí mismo.

–Vamos, Jenny, Alice. Tranquilizaos –dijo Elias, haciéndose oír por encima del llanto de sus hijas–. Somos invitados. En todo caso, creo que ya tengo la respuesta.

El general Justan dio unas palmadas para que callasen las niñas. Alice lo miraba con los ojos enrojecidos, todavía al borde del llanto.

–¡Qué inteligente es vuestro padre! –dijo el general, aunque sus ojos destellaban–. ¡Ahora me tocará abrir la jaula!

Las dos chicas sonrieron y gimotearon otra vez. Alice alargó las regordetas manos hacia su padre. Era todavía muy infantil y quería que la cogiera en brazos. Al verla, Elias se sintió tan vacío como lleno de dolor.

–Vamos, papi. ¡Responde! –dijo Jenny a su padre.

El general ya no la sujetaba por el brazo y ella los miraba a uno y a otro, confundida y recelosa, tratando de entender.

–Me temo que es un secreto, niñas –dijo el general Justan–. Salid ahora. El señor Deeds os enseñará la cocina del campamento y os buscará algo de comer. ¡Vaya, seguro que estáis muertas de hambre! Vuestro padre os verá más tarde, cuando hayamos terminado el juego.

–¡No!

Jenny corrió a los barrotes. Alice la habría seguido si Deeds no la hubiera sujetado. La niña se puso a vociferar en sus brazos, forcejeando, poniéndose roja. El pistolero hizo una mueca al sentir aquellos gritos agudos tan cerca de su oído.

–¡Está bien, chicas! –dijo Elias–. Tranquilas. Estaré con vosotras en seguida. Sinceramente, ¿qué diría vuestra madre si os oyera? Venga, vamos. Se acabaron los maullidos.

–¿Vendrás luego? ¿Lo prometes? –preguntó Jenny.

Elias dijo que sí con la cabeza, aunque sabía que Deeds lo observaba.

–Por supuesto, cariño. Lo prometo. Iré a buscarte.

Deeds se aclaró la garganta y se fue con la niña manoteando en el aire por encima de su hombro. Sus gritos eran como la hoja de una sierra cortando madera verde. Pero cuando se marcharon, volvió a hacerse el silencio.

El general Justan se acercó a los barrotes.

–Siento todo esto... y siento lo de su esposa, *meneer*. Ha de saber que la habría salvado si hubiera podido, aunque solo fuera para que se ocupara de las niñas. Tal como están las cosas, tendrá que cuidar de ellas una de las mujeres del campamento.

–¿Qué quiere de mí? –dijo Elias Post–. ¿Qué puede justificar que amenace a mis hijas?

–No es mi intención molestarlas, *meneer*. Ellas no creen estar en peligro, se lo aseguro. No están bajo ninguna amenaza. Solo quiero que vea que las tengo. No conoce las órdenes que he dado. Quizá no quiera conocerlas. Cuando lo deje salir de la jaula, sabrá que no puede matarme... ni huir. ¿Lo entiende? Mi intención era encontrar la manera de controlarlo, ya que es usted un hombre capaz de esquivar cualquier cosa. Los barrotes de hierro son útiles, pero no me sirve de nada en una jaula, ¿lo entiende? Necesito que pueda moverse y viajar. Dondequiera que lo mande, sus hijas serán sus barrotes, su fianza.

–No soy tonto, general. Ya lo entendí cuando las trajo aquí. Abra la puerta entonces.

El general estaba con un brazo cruzado sobre el pecho y en él apoyaba el codo del otro, una postura cómoda que le permitió llevarse la mano a la boca. Se acarició el labio superior con el pulgar y el índice, con actitud pensativa, como si hubiera tenido bigote alguna vez. Era un gesto nervioso y Elias enseñó los dientes.

–Lo dejaré en libertad en seguida, pero he visto lo que puede usted hacer, Elias Post. Tengo mucho mucho interés en que comprenda bien su situación. Podría estar pensando en matarme aquí mismo y buscar a sus hijas por el campamento. Tal vez crea que puede hacerlas desaparecer del centro de mis Inmortales. Me pregunto si podría. Con todas las manos levantadas contra usted, con un ejército de lanzas y espadas, me gustaría saberlo. Pero en cualquier caso, no lo intentará, porque he dado orden de matarlas si asoma usted la nariz. Por favor, entiéndalo. Yo también tengo hijos. No es una orden que haya deseado dar, ni me gustaría que se cumpliera. Pero tuve que hacerlo porque quería ponerlo a mi servicio. Estamos en guerra, señor, o lo estaremos cualquier día de estos. No ponga a prueba mi resolución en esto.

–Abra la puerta –dijo Elias suavemente.

El general no las tenía todas consigo ni siquiera en aquellos momentos, así que Elias supo que lo que había visto durante el tiroteo había sacudido a aquel hombre hasta la médula de los huesos. Maldito fuera Deeds y su agudeza visual. Maldita la epidemia y su esposa perdida, la esposa fría en su cama, la esposa que ya nunca volvería a abrazarlo. Tenía los ojos secos y muy pálidos cuando el general Justan introdujo la llave en la cerradura y retrocedió.

Elias salió de la jaula y se estiró, con el desdén escrito en el frunce de su boca. El general había reaccionado a su propio miedo encerrándolo y apoderándose de sus hijas. Era hombre capaz de robar los cachorros al lobo, al parecer. Al general Justan le gustaba el riesgo, era un jugador que apostaba alto. Quizá por eso entendía a un hombre como Deeds. Elias consideró lo satisfactorio que debía de ser matar a un general en su propia tienda. El hombre de más edad pareció notar las coloridas escenas que se desarrollaban tras los ojos de Elias; en consecuencia, palideció y desvió la mirada.

–Soy un cazador, general Justan –dijo Elias–, no un soldado. ¿De qué puedo servirle yo? ¿Qué tengo que hacer para que me devuelva a mis hijas?

El general se tranquilizó, dominando la inesperada indefensión que sentía bajo la mirada de Elias. El cazador tenía el aspecto de cualquier otro prisionero, mejillas hundidas e ira concentrada en los ojos.

–Ha demostrado que puede caminar entre hombres armados y salir ileso, solo con olor a humo en la ropa. Eso significa que podría acercarse a cualquiera. Podría atravesar un campamento, o una guardia palaciega, y cortarle el cuello a un hombre en su cama. Nadie podría detenerlo, tal como yo lo entiendo. Por la Diosa, *meneer* Post, es usted el hombre vivo más mortífero que existe.

–Un hombre así reaccionaría mal si secuestraran a sus hijas –dijo Elias en voz baja.

El general palideció otra vez antes de tragar saliva y continuar.

–Un hombre que debería entender que las guerras pueden ganarse en una sola noche, sin derramar una sola gota de sangre.

Elias se encogió de hombros. Iba recuperando la salud. El horno que había sido su pecho había desaparecido como si hubieran cerrado una puerta y el fuego hubiese quedado al otro lado. Sabía que estaba curado de la epidemia. Solo por eso, era como un nuevo amanecer.

No había esperado vivir. Y ahora, en lugar de escalofríos y resignación, tenía una vida y unas hijas de cuya vida cuidar. No podía engolfarse llorando la pérdida de su mujer, como tampoco se había engolfado llorando la de su hijo. Eran puertas cerradas de golpe en su mente. No se atrevía a abrirlas.

–Una misión, pues. ¿Quiere que mate al sátrapa? Ni siquiera sé dónde apoya la cabeza. Necesitaré mapas, caballos...

El general Justan rio por lo bajo.

–El sátrapa de Astan es un pelele, *meneer* Post, un hombre nacido de generaciones endogámicas en las que los padres se casaban con sus propias hermanas. Si sus ejércitos alguna vez nos rodearan para invadirnos, destrozaría sus preciosas legiones rojas y amarillas en el campo de batalla. ¡No, *meneer*! El hombre en el que pienso es nuestro propio rey y está en Darien.

–¿Qué? ¿Qué locura es esa? –exclamó Elias–. ¿Cree que voy a cometer traición por usted? Ha perdido la cabeza.

–No, *meneer*. No la he perdido. Nuestro rey Johannes está en su bonito palacio, rodeado de espadachines, y teme por su vida. No me envía órdenes desde hace ya dieciséis meses. Me mantiene en el campo, mientras él y sus Doce Familias disfrutan del teatro, del vino y de... ¡los burdeles de Darien!

Elias vio que la cólera teñía de rojo las mejillas del general. Las últimas palabras habían sido pronunciadas entre tartamudeos de indignación. Despreciaba a aquellos a los que aseguraba servir.

Agitó una mano como para cazar una mosca.

–Y mientras brindan juntos y se ponen gordos y blandos, las fuerzas del sátrapa marchan arriba y abajo por nuestras fronteras, cada vez más arrogantes porque nadie los desafía. ¡Es un estado de guerra sin batallas, *meneer*! Pero mis hombres tienen que comer. Y reemplazar lo que se gasta, pieza por pieza. ¡El coste! No tiene ni idea de lo que se necesita para tener a estos hombres bien preparados. Tengo una docena de acreedores que esperan que les pague, que ya no nos darán más provisiones a menos que se paguen las facturas. ¿Se lo imagina, *meneer*? Los miembros de la legión de élite de Darien convertidos en indigentes, convertidos en mendigos por culpa de esos bufones de la ciudad. Si tuviera las manos libres, acabaría con todo en una sola campaña. Por eso está usted aquí.

Se acercó a Elias y el cazador vio que el sudor perlaba la frente del hombre, resbalando por sus mejillas sin que se diera cuenta. Había una concentración inquietante en el general.

–No temo al enemigo, *meneer* Post. ¡Temo otro año en este campamento, con las letrinas desbordándose, los uniformes remendados y los buenos hombres enmoheciéndose y volviéndose perezosos a causa de la inacción! Eso es lo que me gustaría cambiar, ¡y eso es lo que podría terminar usted con una sola cuchillada!

La mirada del general era terrible, se había despojado de la máscara de urbanidad que había llevado antes. Elias sintió que le decía la verdad, aunque la idea seguía horrorizándolo.

No había estado nunca en la ciudad y mucho menos en el palacio del rey. La idea de matar a un extraño en su cama lo contrariaba sobremanera, pero ocultó la contrariedad tras otra puerta. Negarse no era una opción, no fallaría a sus hijas. Cuando lo hubiera hecho, cuando las tuviera a salvo, Elias se dijo que volvería una noche nevada y oscura... y pondría la cabeza del general en una estaca, al lado de su tienda. Y la de Deeds también, para impedir las represalias. Cuando tuviera libertad de acción, Elias se vengaría de todos derramando sangre.

Asintió con la cabeza.

–Muy bien, general. No necesito decir que tiene usted un cuchillo en el cuello en lo referente a mis hijas. Si sufren algún daño, no descansaré hasta destruirlo. Si entiende eso, haré lo que quiere y volveré.

El general Justan se aclaró la garganta, aunque su voz aún estaba ronca cuando habló.

–Lo entiendo –dijo.

–Bien. Que el señor Deeds venga conmigo. Dele libertad de acción para todo lo que necesite yo. Por lo demás, apártese de mi camino.

A Tellius no le gustaba D'Estaing. El capitán de la guardia del rey paseaba por la pequeña habitación mientras soltaba un chorro de acusaciones, cada una peor que la anterior. Homicidio, asesinato, traición. El hombre era ágil y la espada que llevaba colgando de la cintura parecía gastada y muy usada, pero había una diferencia considerable entre un espadachín entrenado con los pasos del *Mazer* y otro que simplemente tuviera talento. A Tellius le habría gustado tener la oportunidad de enseñarle la diferencia a aquel hombre. Enfrentarse a un maestro como Aurelius era una cosa. Humillar a un arrogante capitán de la guardia no era imposible, ni siquiera con la cálida mano de la ancianidad en su hombro.

Tellius cabeceó para sí y llamó la atención del capitán, que se detuvo y arqueó las cejas hasta que le llegaron al nacimiento del pelo. El anciano se esforzaba por lucir sus mejores modales. No sabía si eso le ayudaría. No sabía tampoco cómo iba a salir de aquella sala de interrogatorios.

–¿Nada más que decir, *meneer*? –preguntó D'Estaing–. Me decepciona. El mes pasado tuve el placer de ver al maestro Aurelius exhibir su habilidad ante el rey. Fueran cuales fuesen sus intenciones, sea cual sea la verdad, usted y su... cómplice son responsables de su muerte en una sucia reyerta, ¡apuñalándolo por la espalda! ¡Esa no es forma de morir para un caballero! Apuñalado por la espalda, mientras prestaba atención a un mendigo extranjero y esmirriado.

El capitán se inclinó tanto para acercarle las fauces que Tellius sintió su aliento en la mejilla.

–Lo sé todo de usted, Androvanus Tellius. Y también de los chicos que tiene en ese taller de la calle del Cuadrante. Hemos tenido quejas y ahora me daría de patadas, pero no hicimos nada contra ellos. ¡No hay suficientes guardias en Darien para correr detrás de todos los cortabolsas y carteristas! Parte de la culpa caerá sin duda sobre mis hombros por no haber actuado. Pero ¿quién va a enseñar a la gente a tener cuidado si mis hombres y yo tenemos que limpiar la suciedad que dejan tras de sí, eh? ¿Somos guardias del rey o barrenderos? ¡Si devolviera todas las bolsas y carteras que roban, la gente de esta ciudad andaría tirándolas a las alcantarillas! Chusma imbele.

Estaba claro que una parte de la furia y de los lamentos de D'Estaing iba dirigida contra sí mismo o su trabajo, mientras que concentraba el resto en Tellius. El anciano no tenía ninguna simpatía por aquel capitán de rostro enrojecido. Tenía sus propios problemas. A Tellius le habían atado los brazos al suelo con una cadena corta y los sacudía, produciendo chirridos en los eslabones.

–Pero esto es otra cosa –prosiguió D'Estaing–. ¡Un asesinato sí requiere mi atención, *meneer* Tellius! Y si es el asesinato de uno de los favoritos del rey, más aún. El maestro Aurelius era como un tío para el rey, un hombre muy querido y admirado en la corte. No tiene ni idea, ¿verdad? Tiene que haber un castigo. Un escarmiento. ¿Lo entiende?

–El chico me estaba defendiendo, eso es todo.

–¿El «chico»? Un joven se acerca sin miedo a un espadachín de prestigio y le clava un cuchillo en el corazón, de abajo arriba, por debajo del costillar, así de fácil. Casi todos los chicos lo habrían apuñalado dando el golpe hacia abajo, ¿sabe? A causa del pánico, el cuchillo habría tropezado con las costillas y Aurelius aún estaría vivo, con una fea herida. Pero este no. No. Este se acerca como un maldito asesino.

–¿Dónde está Arthur ahora? –preguntó Tellius, aunque no creía que el otro fuera a decírselo.

–Hay unas cuantas personas echándole un vistazo, viejo. Para ver si es cierto lo que dice, o solo es otra rata callejera con un cuchillo y una veta de locura. ¿Quién ha oído hablar alguna vez de un gólem de ese tamaño? ¿Qué sentido tendría?

Tellius casi replicó con su teoría de la madre que pierde un hijo y trata de reemplazarlo, pero las airadas palabras de D'Estaing habían puesto en su mente un pensamiento más sucio. Un gólem que pareciera un niño sería el asesino perfecto. ¿Qué hombre o mujer iba a verlo como una amenaza antes de que fuera demasiado tarde? Tellius se estremeció ante aquella idea y esperó que no fuera verdad. Le gustaba Arthur Veloz. No quería tener miedo de él.

Se oyó un golpecito y la puerta de la sala de interrogatorios se abrió. D'Estaing tuvo el tiempo justo de ponerse firme. Tellius levantó la cabeza y vio entrar al rey Johannes de Generes. Trató de ponerse en pie con la boca abierta de sorpresa, pero las cadenas se lo impidieron y quedó doblado, como haciendo media reverencia.

El rey era un hombre delgado de treinta años, con una barbilla puntiaguda que acababa en una barba rala, y largos dedos que nunca estaban quietos. Parecía nervioso cuando se detuvo y se quedó mirando con malestar la diminuta sala, como si le costara creer que existiera un lugar tan sórdido.

–Quítale las cadenas, si no tienes inconveniente, capitán –dijo el rey, moviendo una mano.

D'Estaing no vaciló y abrió los cerrojos de las cadenas en un santiamén, retirándose al sitio donde había estado, con una reverencia. Tellius se puso en pie lentamente y luego se inclinó todo lo que pudo pare hacer una reverencia.

–Estoy a vuestro servicio, Majestad. Y he de añadir que lamento mucho el terrible accidente ocurrido esta mañana en el patio de entrenamiento.

–Ese muchacho tuyo –dijo el rey, haciendo caso omiso de sus palabras–. ¿Cuánto tiempo hace que lo conoces?

Tellius dedujo que Arthur no había hablado con ellos. Se preguntó si eso afectaría a sus posibilidades de impedir el baile del ahorcado aquella tarde.

–Unos cuantos días, Majestad.

–Parece muy unido a ti –dijo el rey.

Tellius tuvo que fruncir el entrecejo. Se sentía como quien juega a las cartas y ha apostado mucho con una mala jugada. Lo único que podía hacer era enseñar los naipes uno por uno... y no perder la esperanza.

–Me atacaron, Majestad. Soy un anciano y no creo que pudiera haber impedido que el maestro Aurelius me matara. El chico vino en mi rescate y no debería...

–No me refiero a eso –interrumpió el rey.

Tellius calló de inmediato. Sabía muy bien que estaba indefenso en aquel lugar. Solo la buena voluntad del hombre que tenía delante podía salvarlo y tensó todos los nervios y canales de su cerebro para adivinar la mejor actitud.

–He hecho que lo examinen –prosiguió el rey Johannes–. Parece que realmente es un «gólem» de esos, aunque su parecido con un niño humano es... extraordinario. No sangra, ¿lo sabías? Tiene una especie de licor claro en sus miembros. Brota cuando se le corta, aunque en seguida cicatriza.

Tellius notó que se le helaban los músculos de la cara. A pesar de sí mismo, no pudo impedir el tono colérico de su voz.

–¿Habéis hecho que vuestros hombres lo hirieran? Y supongo que él se dejó. Ahora no cooperará con vos. Me pregunto por qué será.

El rey agitó una mano y dio un bufido.

–Me han dicho que los gólems son máquinas. Animados por la magia... En este caso con extraordinaria habilidad. Me han asegurado que no sienten. Él no se mostró nervioso, si eso es lo que te preocupa. ¡Pero lo quiero! Si me obedeciera a mí, le daría un puesto en mi guardia personal. Los alumnos del pobre Aurelius dijeron que poseía la misma habilidad que el maestro. Si eso es cierto... –El rey sacudió la cabeza, sobrecogido–. Se acabaron las imitaciones mediocres entre los hombres y mujeres que entrenaba Aurelius. Yo tendría la mismísima fuente del oro... ¡mejor aún! Inmutable y eterna, un guardia leal a mí, para vigilar y garantizar mi seguridad.

El joven monarca tenía los ojos brillantes y Tellius vio que temblaba de emoción.

–Le dije que me enseñara, Tellius. No respondió, aunque sé que contigo sí ha hablado antes. No siente dolor, así que no puedo torturarlo. Estoy en un callejón sin salida. Dime, ¿conoces alguna palabra para dar órdenes, algún objeto encantado que lo obligue a hacer lo que quieres? ¿Te dio algo que en su momento te pareció insignificante? Te llenaré los bolsillos de oro a cambio de ese objeto, si lo tienes.

Tellius miró al arrogante joven que tenía delante. Comparado con aquella clara y segura mirada, Tellius sintió que todos sus años y toda su pobreza caían pesadamente sobre sus hombros. Entrevió una salida, pero recurrir a ella le remordía la conciencia por adelantado, como si tuviera ácido en las venas. Cualquier otro día, por el asesinato del hijo de un noble lo habrían quemado, torturado y colgado de una cuerda, sin que importara si era justo o injusto. A las Doce Familias de Darien no les gustaba perder a uno de sus miembros a manos de un hombre vulgar y corriente.

Mientras el rey esperaba una respuesta, Tellius trataba de idear una, dándose cuenta de lo que no se había atrevido a concebir antes. No había marcha atrás desde aquel punto. Aunque ocurriera un milagro y el rey lo liberase, seguro que habría muerto antes del fin de semana. Cierto que Micahel y él podrían detener al primer sicario que enviaran para matarlo, pero eso no haría sino aumentar la resolución y la firmeza de las Doce Familias. En lugar de esa suerte, se le ofrecía una oportunidad, un clavo ardiendo al que sujetarse, si acertaba a sujetarse con fuerza.

El sol se estaba poniendo y su luz proyectaba una franja de oro en la sala de interrogatorios. Al final, Tellius asintió con la cabeza.

–Me gustaría hablar con el gólem, Majestad. Nos une un fuerte lazo de lealtad y antes que nada debo confirmarle que no me han hecho daño. Después de eso, por el precio justo y mi libertad, podré ayudaros.

# 8
# El desierto

Threefold había dormido mal. Al principio, la arena negra resultaba un lecho agradable, como si pudiera adaptarse a su perfil y moldearse a su alrededor. Pero no le daba espacio para darse la vuelta y por eso se despertó una docena de veces en la oscuridad, cada vez más entumecido y dolorido. Además, el desierto no estaba tan muerto como creía. Las cosas se hablaban y se gritaban a través de la noche y más de una vez había pasado algo por encima de su cuerpo dormido, despertándolo con un sobresalto. La pequeña hoguera se había consumido y por supuesto ya no quedaba leña para reavivarla. Había pasado unas horas mirando las estrellas, que se veían mucho más claramente que en Darien. Para ser sinceros, lo maravilloso que vio en ellas se desvaneció rápidamente. Después de todo, siempre estaban allí. Tenía preocupaciones más urgentes.

La temperatura había bajado de un modo alarmante y se sentía entumecido y sucio, aunque ya se había sentido así en miles de noches anteriores. Oía a Nancy, que cavaba un agujero para hacer sus necesidades y tuvo el vago deseo de que con aquellos movimientos molestara a algún ser desagradable. No podía creer que la hubiera considerado una valiosa compañera de cama en la posada, aunque ella había jugado con él allí, halagándolo y haciéndose la frágil y femenina. Parecía mucho menos atractiva después de doce horas de intensas negociaciones. Si no fuera por la maldita tumba, se habría librado de ella en un arrebato, eso seguro. ¡Dejaría que volviera a Darien por sus propios medios!

Contuvo la furia al pensar en la posibilidad de que pudiera hacerlo y encontrara a alguien que la condujera a la tumba. No importaba que se riera de su magia, ni que él no hubiera podido demostrarle que estaba equivocada, aunque eso hiriera su amor propio. Lo único que importaba era que su presencia consiguiera anular las protecciones de la tumba.

Allí acostado, era difícil no fantasear con las maravillas que podían aguardarle. Aún recordaba la entrada blanca, medio escondida tras un montón de arena. Sintió un pinchazo de preocupación porque tal vez hubiera quedado oculta y tuviera que buscarla durante días, quedándose sin agua ni comida, y soportando todo el tiempo los mordaces comentarios de Nancy. No, la Diosa amaba a los jóvenes osados; todo el mundo lo decía. Ella guiaría sus pasos y sus recuerdos. Volvería a encontrarla, se prometió a sí mismo. Su madre le dijo una vez que si realmente deseaba algo, debía imaginar que ocurría. La Diosa cambiaría el mundo, si la encontraba con el humor adecuado.

–El sol casi ha salido ya –le dijo Nancy al oído, sobresaltándolo.

La mujer se movía como una araña, sin hacer ningún ruido.

–¡No te arrastres así! Ya veo que el sol sale, ¿no? Diosa, qué susto me has dado.

Vio que la joven se había quitado las botas y estaba flexionando los tobillos desnudos en la arena negra. Pensó en advertirle que había escorpiones, pero decidió no hacerlo.

–Quiero ponerme en marcha, Daw. Hoy es el día, a menos que me hayas mentido.

Daw se puso en pie y se sacudió la arena que se le había adherido. Antes de responder estuvo un rato doblando la manta de dormir y recuperando un ritmo cardíaco más pausado.

–Haré lo que pueda, Nancy, como dije anoche. Te he ofrecido la mitad de lo que encontremos... que es más que justo. También te he ofrecido la acémila para que lleves tu parte. A menos que quieras también mi abrigo y mis botas, te he tratado con honor. Así que, ¿qué tal si guardas un poco de silencio durante los últimos kilómetros, eh?

Nancy se encogió de hombros y de pronto se puso a hacer aspavientos. Como él se limitó a mirarla, Nancy se acercó a la acémila y le tiró un paquete de carne seca y cebollas. Francamente, se estaba poniendo irritante.

–Sé lo que voy a hacer con mi parte –dijo.

Daw levantó los ojos al cielo.

–¿Cuánto tiempo has estado callada? ¿Lo justo para respirar? ¿Por qué tenemos que estropear este precioso amanecer con tus parloteos?

Mientras hablaba recogió su silla de montar y se acercó al caballo, que comía con el hocico dentro de un saco de grano.

–Voy a contratar a hombres duros –dijo ella a su espalda–. Como Basker.

No había ni rastro de humor en su voz y Threefold miró hacia atrás mientras ajustaba la cincha.

–Conseguirás que te maten si haces eso –respondió–. Los hombres como Basker están retirados. No podrías comprar su servicio ni con una fortuna. ¿O te refieres a las bandas con las que creciste? Te robarán todo lo que tengas y te dejarán muerta en una cloaca... o harán que os detengan y terminaréis todos colgando de una soga. Yo no haría nada parecido. Es solo mi consejo; no tienes por qué aceptarlo.

–Es que no lo voy a aceptar –dijo ella con descaro–. Pero

podría pedirle a Basker que me buscara tipos de confianza. Si él responde por ellos, aceptaré su palabra.

Threefold suspiró.

–Muy bien, princesa, te lo preguntaré. ¿Por qué vas a desaprovechar esta oportunidad excepcional de acumular suficientes riquezas para llevar una vida cómoda y fácil, esta oportunidad de abandonar la prostitución, el robo o lo que hagas... y gastarla contratando sicarios?

–Yo no me prostituyo –replicó la muchacha–. No te pedí dinero, ¿verdad?

–Estabas registrando mi morral.

–Que no es lo mismo que coger algo. Olvídalo; no lo entiendes. ¿Qué vas a hacer tú con tu parte?

–No, no voy a olvidarlo. Si quieres contratar soldados, no será para que cultiven tu jardín, ¿verdad? Debes de estar pensando en alguien. ¿Tu padre? ¿Un antiguo amante? ¿Quién?

Nancy se lo quedó mirando durante un largo momento. Su caballo dio un tirón al bocado de hierro. Threefold le echó las riendas por encima y las ató con un nudo en el arzón.

–El primer magistrado –dijo la joven–. No te rías de mí.

Threefold suspiró, sacudiendo la cabeza.

–No me río de ti. Yo también me he sentido así un par de veces. Lo vi una vez que fui a ver a tres hombres ahorcados en la plaza Sallet. Lord Albus se arreglaba y acicalaba para el pueblo, que esperaba que pronunciara sentencia. El verdugo resplandecía como si fuera un festival. Y durante todo el tiempo, tres jóvenes estaban allí en silencio porque esperaban ser perdonados. Ninguno de ellos lo fue. Lo entiendo, Nancy. Esas malditas familias nos pisotean como si no fuéramos nadie. Seguro que nunca has visto ahorcado a ninguno de ellos. ¿No te has fijado? Siempre resulta que son ladrones. –Se calló, perdido en un triste recuerdo–. Ni siquiera tendrían que robar si no fuera por todos los impuestos.

Un hombre no puede ganarse la vida decentemente sin que un bastardo del rey alargue la mano para exigirle la mitad.

Nancy asintió con la cabeza. La cólera de Daw le había dado fuerzas y expresó todo lo que pensaba.

–Si no puedes pagar, como le ocurrió a mi padre, te echan de tu casa y la venden para pagar la deuda. Pero no por su valor auténtico. La subastan con otra docena de casas y uno de sus amigos la compra por una bagatela, aunque haya otros pujando más alto.

Durante un momento se miraron con una complicidad que ninguno de los dos quería admitir.

–¿Qué le pasó a tu padre? –preguntó Threefold.

Nancy se encogió de hombros, pero tenía los ojos brillantes cuando se volvió hacia la acémila.

–Trató de llegar hasta lord Albus, para pedir más tiempo. Puso una mano sobre el hombro de aquel tipo. Un guardia lo golpeó. Fue víctima de unas fiebres y murió. –Respiró despacio antes de continuar–. Hizo todo lo que pudo, eso lo sé. Después de su muerte, la vida fue mucho más dura. Así que si hoy encuentro una fortuna, Daw Threefold, la utilizaré para clavarle un cuchillo a lord cabrón Albus, el juez del rey. Para aplacar el recuerdo de mi padre y que pueda descansar en paz.

Threefold montó en el caballo, pensando seriamente en aquella idea. La tumba estaba aún lejos y era mejor que soportar los regateos de la muchacha.

–Esas cosas... no es tu mundo, Nancy, ¿te das cuenta?

–¡Es más mío que tuyo! Tú creciste en... ¿dónde? En la calle del Tejo. Árboles y eso, todos bien alineados. No tienes ni idea de cómo es mi mundo.

–Sé que hombres violentos capaces de matar por oro se pondrían muy contentos si pudieran robarte. Es más fácil de lo que tú sugieres y no se arriesgarían si hay una forma más fácil. –Sacudió la cabeza, queriendo disuadirla o al menos impedir que le cortaran el cuello–. Escucha. Las Doce Familias tienen espadachines rodeando sus casas día y noche, ¿sabías eso? No una pandilla de matones cortabolsas, sino hombres bien entrenados, con años en la legión a sus espaldas. Ellos serían tu problema. Lord Albus es el tío del rey... y sabe que no es querido. Nunca sale a la calle sin su ejército privado. Va de su casa al palacio real todas las tardes, o a festivales que se celebran en el palacio, para salir al balcón y saludar a todos los que lo odian. ¿Crees que puedes contratar a unos cuantos bastardos para esa clase de trabajo? Saldrían corriendo. No, harías mejor en buscar al lord que compró la casa de tu padre. ¡Eso! Es una idea mejor, Nancy. Busca a alguien que le dé una buena paliza una noche. ¡De nada por el consejo!

Volvió la cabeza para mirarla, pues cabalgaba a su lado. Nancy no sonreía y él también adoptó una expresión solemne.

–Es solo un sueño, Daw –dijo ella–. Tú y yo, la gente como nosotros, no consigue justicia. Tampoco venganza, no siempre. Eso es para las familias nobles que hacen lo que quieren. Si levantamos una mano contra ellos, nos ahorcan delante de nuestros amigos y familias y se quedan con todo lo que es nuestro. Así son las cosas. Ya sé que no puedo acercarme a Albus y, sinceramente, sé que si contratara a cien sicarios se llevarían todo lo que tengo. No soy tonta, Daw Threefold. El mundo es un lugar cruel y frío, no hay en él mucha bondad. Tú lo sabes y yo lo sé, ¿de acuerdo? Así que si quiero soñar con contratar a mi propio ejército para que arrastren a ese gordo de lord Albus por las calles antes de colgarlo, lo haré.

–Desnudo por las calles –murmuró Threefold.

–¡Desnudo, por supuesto! La cuestión es humillarlo. Si no, me limitaría a desear que muriera mientras duerme.

Threefold rio con auténtico placer y volvió la cabeza para ver si ella le estaba sonriendo. Por primera vez desde que salieron de la ciudad, la encontró ligeramente menos irritante.

Tellius vio a Arthur Veloz sentado en un banco de mármol de un patio de entrenamiento que había dentro del complejo palaciego. Era de las mismas dimensiones que la escuela del maestro Aurelius, pero techado e iluminado con lámparas en las paredes, así que estaba tan alumbrado como si dentro fuera de día.

El rey y D'Estaing habían accedido a no interferir, permitiendo que Tellius se acercara a Arthur solo. Para él era una ventaja que ninguno de los dos supiera cómo había que tratar con un gólem. Tellius sabía que era su mejor carta... que podría tirarse un farol si encontraba la forma idónea de hacerlo.

En cualquier caso, no era que el muchacho y él estuvieran en condiciones de salir corriendo, no de aquel lugar. El patio de entrenamiento estaba rodeado por guardias y habían dado muchas vueltas para llegar allí, así que ni siquiera estaba seguro de encontrar el camino de salida por sus propios medios.

Al acercarse, Tellius oyó sus pasos en el balcón vacío que abarcaba todo el pasillo. El rey era conocido como entusiasta de la esgrima y Tellius supuso que algunos días los balcones estarían llenos de miembros de las Familias, con maestros peores que Aurelius mostrando su habilidad. Aspiró con fuerza por la nariz. Conocimientos robados, de eso estaba seguro. Solo deseaba que un auténtico maestro de los pasos del *Mazer* pudiera viajar quince mil kilómetros hacia occidente para enseñarles lo que verdaderamente podía hacer un espadachín. Sonrió al visualizar la idea, mirando los balcones mientras lo imaginaba. Al lado de uno de los maestros de su juventud serían lentos y torpes. Incluso el mejor espadachín sería como un hombre atrapado en un charco de miel.

Arthur levantó la cabeza cuando Tellius se detuvo ante él. Una vez más, el anciano se maravilló de que el chico no fuera solo un pilluelo más de las calles de Darien. Cuando Tellius se sentó, Arthur se limpió la nariz con la manga de su chaqueta, dejando un reguero plateado. Debió de costar la riqueza de un imperio crearlo, pensó Tellius maravillado. Aunque no se podía comprar aquella obra maestra solo con oro, no en el presente siglo. Ese dominio de la magia se había perdido, incluso la palabra «gólem» se había convertido en leyenda. El chico... la criatura, era magnífica.

Tellius dio un suspiro y gruñó mientras estiraba la espalda, que se le había quedado rígida después de tantas horas encadenado. Miró al patio.

–Bien, Arthur. Imagino que sabes mejor que yo que la vida puede ser difícil y cruel. Los hombres buenos no siempre consiguen lo que se merecen. Los hombres malvados tienen a menudo una vida larga y feliz, y mueren rodeados de sus seres queridos y sus leales servidores. Pero tú, tú sigues adelante. Apenas soy capaz de concebir todo lo que habrás visto. ¿Sabes siquiera cuántos años tienes?

Arthur negó con la cabeza y Tellius resopló decepcionado. Darien había sido una ciudad en el Imperio de sal, doscientos años antes. Se preguntó si el chico ya andaría por allí entonces, aunque por supuesto podía haber nacido ya, o haber sido creado, o lo que fuera.

–¿Recuerdas el viejo imperio, Arthur? ¿La casa real de la Sal? ¿Cuando ser un rey significaba algo más que gobernar un par de ciudades?

–Sí –dijo Arthur.

Su voz era un crujido, un instrumento largo tiempo sin usar. Sonaba como la grava y Tellius trató de reprimir un escalofrío.

–Vaya, qué cosa. Haber vivido tanto. No sé si es una bendición o una maldición, de veras que no. –Dejó salir todo el aire y, ya con el pecho encogido, abatió los hombros–. Arthur, me han tenido encerrado en una habitación de este lugar, en uno de los pisos de abajo. –Tellius se estremeció al recordarlo–. Antes de salir aquí, estaba seguro de que iban a hacerme daño, a matarme por el papel que tuve en la muerte del maestro Aurelius.

Vio que el chico se volvía a mirarlo y Tellius se esforzó por contener la vergüenza.

–Me dije: «Tellius, puede que te queden una docena de años de vida». Eso hace que sean preciosos, ¿lo entiendes? Pensé en ti, Arthur, y en que he llegado a considerarte como un hijo. Y en que quizás tú me consideres una especie de padre... no lo sé. Verás, el caso es que puedes salvarme. –Se acercó más a él y habló en voz muy baja–. Este rey es un cobarde que sueña con sicarios. Su padre murió a manos de uno cuando él solo era un niño. El hombre en que se ha convertido... bueno, tiene miedo hasta de su sombra. En consecuencia, se rodea de espadachines.

Tellius calló mientras Arthur se frotaba un punto del brazo, con los ojos empañados.

–Y es un necio y un tirano, Arthur, sí. Imagino que habrás conocido a otros así, en tu época. No va a hacerte daño de nuevo, hijo; creo que estoy seguro de eso. Si le muestras lo que sabes hacer, todo, te incluirá en su guardia y me dejará marchar. Él cree que no tienes voluntad propia, ¿sabes? Que, si dice una determinada palabra o frase, estarás dispuesto a obedecerle. ¿Es eso cierto?

Arthur se quedó muy quieto, y por primera vez Tellius vio una ausencia que no era totalmente natural. Al cabo de una eternidad, el chico negó con la cabeza.

–Eso pensaba yo, Arthur. No sabía cómo fuiste... creado, así que no estaba seguro, pero me pareció que tenías voluntad propia. Bien, así es como tiene que ser. Ningún hombre debe ser un esclavo. Y ningún niño. Así que llegamos a esto. Si deseas salvarme, idearemos una expresión para susurrársela al rey. Le diré que tú obedecerás siempre que no vuelva a hacerte daño. Oh, puede que tengas que luchar contra algunos de sus expertos y garabatear tu nombre en un contrato. ¿Es cierto que no sabes leer ni escribir?

Arthur entornó los ojos y Tellius recordó la facilidad con que aprendía.

–Pues claro que sabes, hijo. Después de eso, podrás quedarte aquí, donde no vivirás mal. Incluso podrás fugarte una noche, cuando nadie te esté vigilando.

–¿Con... tigo? –dijo Arthur.

Tellius negó con la cabeza.

–Lo siento, Arthur, pero no. Estoy implicado en la muerte de un Aurelius, un miembro de las Doce Familias. Soy un hombre marcado y si escapo de este palacio con la piel intacta, saldré inmediatamente de la ciudad y me perderé en algún pueblo lo bastante lejano para que no puedan encontrarme nunca. Tengo algunos ahorros enterrados en varios sitios, no te preocupes. Aún veré unos cuantos años buenos, con un poco de suerte. Enviaré un mensaje a Micahel, Donny y el resto de los muchachos. La escritura de propiedad del taller está tras una piedra de la chimenea. Pueden quedárselo o venderlo para tener más oportunidades. Yo me retiro.

Se detuvo para asimilar la palabra y cabeceó con asombro.

–¡Retirarme! Bien, ¿por qué no? ¿Por qué tengo que matarme trabajando para que unos ladronzuelos como vosotros no vaguéis por las calles, eh? –Esbozó una sonrisa algo crispada–. Después de todo, mi intención fue siempre conseguir buenos puestos de aprendiz para mis muchachos. Ninguno hasta ahora se había integrado en la guardia personal del rey. ¡Eso podría ser decisivo para tu vida!

Aunque Tellius hablaba alegremente, había dolor en sus ojos. No quería abandonar a Arthur en compañía de aquellos extraños de rostro pétreo. De nuevo se dijo que no tenía elección. Si un camino lleva a la tortura y la muerte, elige siempre otro. Era sentido común, aunque no podía quitarse de encima la sensación de culpabilidad que lo atenazaba. Levantó la vista cuando Arthur habló de nuevo.

–Muy... bien. Yo enseñaré. Yo... juro. Adiós.

Para sorpresa de Tellius, Arthur se volvió y le dio un abrazo. Por mucho que se dijera que era el abrazo de un mecanismo con varios siglos de antigüedad y sin una gota de sangre humana, lo sintió como el abrazo de un niño nervioso. Los ojos del anciano se llenaron de lágrimas y se las enjugó rápidamente al levantarse.

–Buen chico. Mira, ya vienen, hijo. Sigue mi ejemplo.

El rey Johannes entró en el patio entre el rumor de taconazos y metales de sus hombres. El rey se había cambiado de ropa y ahora vestía una túnica verde y dorada, y un manto que arrastraba tras de sí. Tellius advirtió que el joven soberano llevaba una espada ornamentada y se preguntó si alguna vez la habría empuñado con ira, o si sería tan inútil como cualquier otro arrequive.

Rodeaban al rey cuatro hombres y dos mujeres mientras se aproximaban, exhibiendo, en opinión de Tellius, una total confianza recíproca. Un hombre con su entrenamiento era capaz de interpretar sus posturas, su formación escalonada, el hecho de que dejaran espacios libres para los compañeros. El maestro Aurelius los había entrenado bien, eso saltaba a la vista. Los seis formaban un pelotón formidable.

Durante un segundo Tellius se preguntó si Arthur fracasaría. Los pasos del *Mazer* adiestraban los músculos y la mente, pero se necesitaba al menos una docena de años de duro trabajo y repeticiones interminables. Tellius no estaba seguro de que el aprendizaje instantáneo de Arthur fuera a tener el mismo resultado. Un espadachín tenía que pensar al mismo tiempo que se movía. Tenía que tomar cien decisiones muy aprisa. ¿Está desprotegido el hombro izquierdo de mi adversario? ¿Debería prolongar un centímetro mi ataque para atraerlo? ¿Se percatará de la intención de la finta? ¿Puedo engañarlo para que cometa un descuido? Era más arte que ciencia y los mejores maestros no tenían la sensación de estar pensando en absoluto, sino que se consideraban exentos de toda distracción. Al menos en oriente. Tellius no tenía ni idea de lo que había hecho el maestro Aurelius con su versión mestiza de aquellos pasos robados. La sola existencia de los guardias del rey era una ofensa para él y solo esperaba que Arthur los pusiera en ridículo.

El camarero del rey había entrado con él y se quedó a su lado. Cuando dio una palmada, unos sirvientes llegaron corriendo con sillas. El rey Johannes se sentó en el mismo patio, con los protectores rodeándolo en formación de falange, con las manos en el pomo de la espada y sin dejar de mirar a todas partes. Tellius suspiró para sí.

–Arthur, no te he dado las gracias –murmuró–. Solo lamento que no hayamos pasado más tiempo juntos. Diré que cuando vi lo que sabes hacer fue... perfecto. Nunca he visto nada mejor y, créeme, es un halago mayor de lo que crees. Quizá un día puedas irte al este, a unos quince mil kilómetros de aquí, a la ciudad de Shian, donde nací yo. Allí serías bien acogido.

Tellius sonrió al ver la expresión seria del muchacho.

–Bien, cuando luches contra una mujer, verás que ellas atacan más a fondo que la mayoría. Los músculos de sus muslos se estiran más aprisa y mejor que los de muchos hombres. Cuidado con eso. Ah, y no intentes matar a ninguno a menos que sea necesario.

Dio unos torpes golpecitos en el hombro de Arthur. Al ser tan pequeño, era imposible pasar por alto la idea de que enviaba a un niño a que lo descuartizaran los lobos.

Tellius solo sintió amargura cuando se acercó al rey. Los maestros se pusieron tensos conforme se aproximaba, claro, como idiotas que eran. Tellius se movió a un lado, luego al otro, obligándolos a reaccionar para que Arthur, detrás de él, se fijara en su forma de mantener el equilibrio. Ninguno de los seis entendió lo que estaba haciendo, pero cuando llegó a una vara del rey, todos estaban enfadados, con el entrecejo fruncido, presintiendo un peligro, pero sin saber por dónde iba a llegar. Tellius cabeceó, contento porque el maestro Aurelius estuviera muerto. No los había entrenado lo bastante bien.

–Majestad –dijo Tellius–. Si deseáis dominar al muchacho, he de susurraros las palabras que lo gobiernan. Una vez se haya establecido el vínculo, solo os obedecerá a vos... a menos que le inflijáis algún daño.

–¿A menos que le inflija algún daño? –repitió el rey, confundido.

Tellius asintió varias veces con la cabeza. No quería que lo olvidara.

–Las palabras crean un vínculo con él, Majestad, tal como yo lo entiendo. Yo tuve la suerte de leer el papel que llevaba encima cuando lo conocí. Pero si resulta herido por vos, o a causa de vuestras órdenes, el vínculo se romperá y ya no podrá estar unido a vos otra vez. Majestad, este es el momento en que os sentiréis seguros para el resto de vuestra vida. Arthur Veloz es único en el mundo... Su servicio no es una ganga.

El rey Johannes echó un vistazo a izquierda y derecha, a sus guardias, advirtiéndolos que estuvieran preparados. Tellius casi se echó a reír. Si hubiera querido, habría matado al rey con un golpe seco en el cuello. Los guardias le habrían cortado en pedazos, seguro, pero ¿de qué le habría servido ya a Johannes de Generes? En aquellas circunstancias, Tellius creía que un rey debía confiar ciegamente. Si no se controla el resultado, no queda más que el estilo.

Se inclinó para proteger la oreja del rey con una mano, sintiendo la vergonzosa cobardía de aquel hombre cada vez que respiraba.

–La frase se dice una sola vez, Majestad. Pronunciadla claramente y guardaos de cometer una equivocación. Es la siguiente: «Cuando todos nos hayamos ido, tú seguirás aquí. Recuérdanos con amabilidad».

El rey parpadeó mientras memorizaba las palabras. Cuando Tellius retrocedió, Johannes se puso en pie y anduvo rígidamente hasta donde esperaba Arthur, inclinándose para susurrarle las palabras al oído.

Cuando el rey se enderezó, tenía aspecto de estar a la expectativa. Arthur no cambió de expresión, pero sabía que las palabras eran de Tellius, y por un momento su mirada se volvió hacia el anciano, que lo observaba fijamente. Arthur hincó entonces una rodilla ante el rey y desapareció la tensión de cuantos estaban mirando.

–Acepto tu servicio –dijo el rey con visible alivio–. Ahora me gustaría ver tu entrenamiento. Dadle una espada. Veamos a esta maravilla que he encontrado.

Tellius advirtió la presencia de un sirviente en el claustro, de pie al lado de un ancho sillón. El joven había llegado con el asiento en los brazos, con el rostro colorado y forcejeando con su peso. Cuando le dieron un arma a Arthur, Tellius se sentó entre pequeños gruñidos y carraspeando ruidosamente. Los guardias del rey no pusieron objeciones. Al igual que el rey, estaban intrigados por aquel niño que empuñaba una espada. Los otros seis habían dedicado su vida al estudio del movimiento y el ataque. Habían oído que estaban ante algo nuevo y estaban intrigados.

Tellius se preguntó cuánto tiempo pasaría hasta que los guardias de élite del rey llevaran armas de fuego en lugar de espadas. Sintió un escalofrío al pensarlo. Por lo que sabía, ya se estaban utilizando aquellos diabólicos objetos. Había visto disparar una pistola en la feria de primavera y desde entonces supo que una era tocaba a su fin. Los hombres no valoran lo que consiguen con facilidad. Nunca lo han hecho.

La idea hizo que volviera a concentrarse en Arthur, allí de pie, inmóvil, mientras dos guardias del rey le hacían una reverencia formal y desenvainaban. Tomaron posiciones en el primer y segundo tercio del círculo. Tellius saludó al rey con la cabeza cuando este volvió a su asiento. Johannes pareció sorprendido al ver al anciano cómodamente instalado junto a él.

–Es por mis rodillas, Majestad –dijo Tellius a modo de disculpa.

Lo que en realidad quería era no ser expulsado antes de ver pelear a Arthur, y de paso intercambiar unas palabras con el rey, para que pensara en él como en un colega y no como en un delincuente.

–¡Comenzad! –exclamó el rey Johannes, estirando el cuello con interés. Con el primer cruce de las espadas se puso en pie, incapaz de quedarse quieto más tiempo.

Tellius se retrepó, aunque estaba mucho más atemorizado que el rey. Arthur se movía como Aurelius; eso fue obvio desde el primer momento. El estilo del maestro estaba allí, en cada paso y en cada floritura. Duraba doce latidos, lo justo para ser reconocido... y luego la sombra del maestro se desvaneció. Los músculos de Aurelius llegaban a cierto límite que Arthur sobrepasaba. Tellius se quedó boquiabierto, maravillado al ver lo que había creado. Los pasos del *Mazer* eran hermosos porque todos los depredadores se mueven bien... y hay una parte del hombre que siempre se emociona al ver un halcón lanzándose en picado o a un perro de caza saltando una cerca. Los pasos estaban diseñados para convertir el cuerpo en un arma y Arthur era el modelo perfecto. Se movía con tal economía que hacía que los otros dos espadachines parecieran lentos desde el primer momento y luego niños que jugaran con espadas de madera. El muchacho giraba sobre sus talones, se agachaba y arrastraba las piernas a un lado. Su espada se deslizaba por el cuello de sus adversarios como si los besara, lo suficiente para que supieran que estaban indefensos, que toda su habilidad y su entrenamiento no eran suficientes para salvarlos. Era la brutal realidad de la espada, como Tellius sabía mejor que nadie. Si no puedes defenderte, nada te pertenece, ni siquiera la vida.

Casi todos los hombres pasaban su existencia haciendo como que esta sencilla verdad era ajena a ellos. La negaban, confiando en la fuerza de las leyes y la sombra de las ciudades. Y eso que la guardia personal del rey Johannes de Generes había dedicado su vida a aquel arte. Sabían muy bien qué significaba enfrentarse a otro que podría despojarte de todo lo que amas. Ser derrotados tan fácilmente les robaba la confianza que necesitaban para avanzar hasta una línea y luchar. Tellius se preguntaba si alguno valdría para algo después de aquel día. Imaginó que se tirarían faroles y fanfarronearían, como hacen quienes dependen de su posición para ganar un sueldo. Pero si llegaba la ocasión, si tenían que enfrentarse a otro maestro, estaba convencido de que Arthur Veloz los había inutilizado para siempre, como un cuchillo que queda inservible cuando pierde el filo de la hoja.

Cuando el rey mandó parar, tenía el rostro brillante y sonrojado. Johannes de Generes sacudió la cabeza, atónito, y felicitó tanto a Arthur como a sus dos avinagrados guardias por la habilidad mostrada y el extraordinario espectáculo ofrecido. Nadie esbozó una sonrisa, ni Arthur ni ciertamente los dos espadachines humillados que habían sido incapaces de derrotar a un niño. Los otros cuatro habían perdido la hosquedad de la expresión por no haber sido elegidos. Se los veía pensativos y con mala cara, convencidos de que ellos lo habrían hecho mejor.

Tellius se puso en pie y miró atrás una vez. Advirtió que Arthur lo estaba observando. El anciano asintió con la cabeza y Arthur agachó la suya para hacer una especie de reverencia. No jadeaba, mientras que sus dos contrincantes sudaban profusamente y estaban sin aliento.

Tellius anduvo por un oscuro corredor de piedra que salía del patio. El rey iba tras él con dos guardianas. Los otros cuatro guardias se habían quedado en el patio. Tellius esperaba que eso no significara que fueran a matarlo. Según su experiencia, las mujeres podían ser criaturas frías. Quizá porque creaban vida en su seno, parecían no tener muchos remordimientos por acabar con ella.

# 9
# La tumba

Threefold encontró la tumba alrededor del mediodía, a juzgar por la posición del sol. Había empezado a notar cierta familiaridad en aquel paisaje en que cada arbusto parecía traerle recuerdos de cinco años antes. Aunque cuando finalmente vio la puerta, respiró aliviado. Estaba exactamente como la vez anterior, ligeramente elevada, como la trampilla de distribución de un cervecero, como una boca blanca de piedra tallada, rodeada de arena negra. Sin un cierre, cualquier puerta normal habría quedado cubierta por la arena que arrastraba el viento. Pero había algo en el jambaje que hacía que la arena se amontonara alrededor de la boca abierta. Recordaba aquella vez en que se había acercado hasta el límite de la tolerancia, hasta que el dolor había sido como fuego lamiéndole la piel. Entonces había arena en la puerta, como una capa de polvo en una superficie de cristal, pero temblando, siempre moviéndose.

–Allí –dijo, señalándola.

Nancy entornó los ojos.

–La veo. Parece un agujero con... columnas blancas. Como si fueran dientes. ¿Y ahora qué?

Threefold tragó saliva.

–La última vez que estuve aquí, sentí un picor en la piel, que empezó cuando estaba a unos veinte pasos de distancia. Al principio no era muy doloroso, pero se duplicaba con cada paso que daba. Era como si estuviera ardiendo, hasta el punto de que me pareció oler a grasa quemada.

Cerró los ojos al recordarlo y Nancy lo miró con interés.

–¿Hasta dónde te acercaste?

–Mis sirvientes huyeron –dijo Daw–. Abandonado a mis recursos, me acerqué y apoyé la mano. –Sintió un escalofrío–. Como no vi ampollas ni marcas, me dije que era solo dolor, que soportaría el dolor un tiempo, por mucho que aumentara. Estaba equivocado. El dolor era agudo, pero desaparecía si retrocedía. Cuando la toqué... persistió de un modo insoportable. Fue... demasiado. Hay una razón por la que no he vuelto. Nadie viene aquí dos veces, o eso dicen. Corrí un trecho larguísimo y casi perecí de sed, hasta que encontré un camino con viajeros que iban a la ciudad. Me dieron agua y un lugar a la sombra de su carro. Y ya está, eso es lo que me pasó hace cinco años. Ahora sé que tuve más suerte que muchos. Algunos lo soportaron más tiempo que yo, utilizando escudos y barreras de protección. Normalmente mueren en la puerta, tratando de penetrar. Hay huesos dentro, pequeños fragmentos blancos. Otros han desaparecido, pero en la puerta han quedado atrapados algunos que dan vueltas... lentamente. He tenido pesadillas sobre ellos.

–De veras te crees todo eso, ¿no? –dijo Nancy.

La expresión de Daw reflejó de súbito un intenso fastidio.

–¡No voy a discutir eso de nuevo! Entiendo que no creas en la magia, y si tienes un don que la neutraliza, supongo que tiene sentido. ¡Pero yo sé lo que sé, lo que toda la ciudad sabe, y el mundo entero, salvo tú! Confía en mí. Iremos juntos hasta la tumba, muy cerca el uno del otro. Si empiezo a sentir el escozor, podemos retroceder o ver si es soportable. No voy a arriesgar mi vida ni la tuya si las protecciones siguen en vigor, ¿de acuerdo? Por lo que yo sé, tu pequeño talento solo funciona con cosas pequeñas. Recuerda que nadie ha sido capaz de entrar en este lugar. Todos los reyes y magos de Darien han venido aquí en un momento u otro, con los mejores hombres que han podido traer consigo. Y todos han fracasado.

Nancy puso los ojos en blanco al comprender que lo que Daw quería era que ella mostrara alguna clase de cautela o de inquietud. La verdad es que se sentía nerviosa por lo que iban a hacer. Cualquier persona cuerda lo estaría, con una puerta que parecía una dentadura inmaculadamente blanca que los esperaba en medio de aquellas arenas negras. Sintió que se le ponía la carne de gallina, a pesar del sol del mediodía.

Threefold desmontó, ató las patas de su caballo con una cuerda e hizo lo mismo con la montura de ella. Los animales no parecían contentos y sacudían las orejas. Nancy vio un poco pálido a Daw cuando cogió las herramientas y armas de las alforjas, y se ciñó un grueso cinturón con presillas. El último artículo del equipo fue una cantimplora llena de agua caliente como la sangre. Daw resopló con las mejillas hinchadas y se enjugó el sudor.

–¿Lista?

–No somos los únicos que hay aquí, Daw –dijo Nancy, señalando con el dedo.

Daw giró en redondo y maldijo en voz alta al ver que se acercaban dos hombres. Uno arrastraba la punta de una espada por la arena. Parecía corpulento y musculoso y Daw Threefold no lo quería cerca. Estaban a mucha distancia del imperio de la ley y de toda garantía de seguridad. El otro hombre llevaba una sencilla toga marrón que dejó al descubierto los antebrazos cuando levantó las manos.

–Ladrones –susurró Threefold.

–¿Qué hacemos? –respondió Nancy sin apartar la mirada de los dos extraños.

Threefold tenía la mano medio metida en el bolsillo, pero recordó que ya no tenía armas mágicas que merecieran este nombre. Antes de salir de la ciudad había afilado su cuchillo, pero la verdad es que no cortaba más que cualquier otro. Sus monedas de la suerte eran solo trozos de metal. Volvió a mirar al espadachín que dejaba un rastro en la arena. Había algo de teatral en él y Daw empezó a enfadarse. Había soportado muchas cosas para llegar a aquel lugar.

Los hombres como aquellos siempre elegían el camino fácil… y nunca entendían que era su perdición. Daw los detestaba, con aquellas sonrisas ladinas y aquella mirada escurridiza.

–Tranquilos. No hay por qué alarmarse –dijo el espadachín cuando estaban a una docena de pasos.

Los dos hombres se detuvieron, aunque Threefold advirtió que el de la toga seguía con las manos elevadas.

–¡Oh, no, mira, Nancy! ¡Un mago! –exclamó Threefold, señalándolo.

Nancy lo fulminó con la mirada, pero los extraños parecían contentos.

–No queremos hacerles daño –dijo el espadachín–. Pero lo haré si me obligan. No conseguirán entrar en la tumba. Nadie lo consigue. Así que en lugar de intentarlo, dejen la comida, las herramientas y las armas que han traído para la tarea y vuelvan a la ciudad, con una bonita historia que contar a sus amigos. Aunque es posible que nos quedemos con la chica un rato.

Recorrió con la mirada a Nancy y esta frunció el entrecejo, tratando de no parecer asustada.

–No creo que ustedes dejen ir a nadie en paz –replicó Threefold–. Creo que como no han podido entrar en la tumba, se dedican a robar y a asesinar a los que vienen. Pienso que si hubieran dejado escapar a alguien, habría oído hablar de ustedes.

La ciudad habría enviado guardias para ahorcarlos. Así que la Diosa los maldiga por obligarme a hacer el trabajo del rey.

Dio un paso adelante y el hombre de la toga le escupió unas palabras, alargando un brazo como si le lanzara un cuchillo. Algo surcó el aire, una especie de onda de calor.

Daw dio un grito y se apretó la cabeza con las manos. Trastabilló hacia delante, dejando escapar un alarido de horror y de dolor que resonó en las desnudas arenas que los rodeaban. El hombre de la toga pareció confuso y abrió la boca para gritar una advertencia, pero Threefold había llegado donde estaban y el espadachín no fue tan rápido como su compañero. El hombre sonreía ante los gritos de sufrimiento y no vio la piedra hasta que Threefold le golpeó la frente con ella. Sin proferir la menor queja, el espadachín cayó sobre la arena de bruces.

Threefold dejó de chillar y se volvió lentamente hacia el mago, al que la confusión había dejado boquiabierto. El hombre estaba pálido de miedo y durante unos segundos se retorció, agitó y pronunció extrañas palabras mientras intentaba una docena de cosas que no tuvieron ningún efecto, ya que tenía a Nancy detrás. Threefold dejó de hacer payasadas y golpeó otra vez con la piedra la cabeza del espadachín. Aquel hombre ya no se levantaría y Daw Threefold quedó satisfecho. El mundo era un lugar duro, al menos la región en que estaba Darien.

Mientras Threefold se ocupaba del compañero, el hombre de la toga se la subió como si fuera una falda de mujer y echó a correr; sus piernas pálidas se movían como centellas mientras ponía distancia entre ellos. Daw lo vio huir, enarcando una ceja al advertir su velocidad. Se preguntó si el hombre recuperaría su magia cuando estuviera lo bastante lejos de Nancy y de la tumba. Habría sido interesante saberlo.

A Daw no le gustó que el hombre hubiera escapado. Quizá le disgustaban tanto los que robaban a los viajeros porque era lo que le esperaba a él, dado que todos sus demás planes habían fallado. Los salteadores de caminos eran la versión más mezquina de los vagabundos. Daw Threefold, en cambio, estaba a punto de ser un profanador de tumbas, actividad que al menos estaba en un nivel más alto. Y tratándose de aquella tumba, quizá incluso dos o tres niveles.

Nancy miraba su expresión con interés.

–¿Lo has matado? –preguntó.

Daw bajó la mirada para comprobarlo y se encogió de hombros.

–Creo que sí. No hay leyes fuera de las murallas de la ciudad. Oh, podría haberlas si el rey y tu amigo lord Albus quisieran aplicarlas, pero en lugar de eso tenemos a hombres como estos dos. Todas las caravanas de mercaderes tienen que llevar guardias armados... y en cada bosque hay bandas de hombres que viven como animales.

Vio que Nancy se sorprendía de su cólera y, algo avergonzado, quitó importancia al asunto dando un manotazo al aire.

–Me gusta tan poco como a ti que me quiten la dignidad. Estoy cansado de lo que ocurre en Darien todos los días. No me gusta doblegar la cerviz ante los nobles, ni que puedan golpearnos y nosotros no podamos ni levantar la vista. Darien tiene todo el trabajo y la riqueza, pero quizá el precio sea un poco alto a veces. Para la gente como nosotros.

–¿A qué te referías con lo de las bandas de rebeldes de los bosques?

Daw dio un bufido.

–Oh, les encanta que los llamen rebeldes, les gusta mucho. La verdad es que son lo que la corte del rey dice que son. Ladrones, asesinos y violadores, por lo menos algunos. Obligados a huir, luego libres como pájaros para pasar hambre y escarbar entre las raíces. No es vida para nadie.

Nancy no dijo nada y Threefold cabeceó, enfadado consigo mismo. Al huir de su casa había pasado unos años duros. Pero no era un tema que quisiera comentar con Nancy, ni con nadie.

–Bueno, ¿quieres venir? Lo único que has hecho hasta ahora es costarme una fortuna en objetos rotos y en plata para arreglar el asqueroso reloj de Basker. Me gustaría ver qué hay en esa tumba, después de todos los apuros que he pasado para llegar aquí.

Deeds miró a Elias a la luz del fuego, con el oído atento a la noche que los rodeaba.

–Hemos acampado demasiado cerca del camino –dijo el segundo.

–Soy un hombre del rey –dijo Deeds en voz baja–. No me escondo en las colinas ni tengo un campamento frío. No, me instalo en campo abierto. Si alguien tiene una queja o cree que se ha cometido una injusticia, puede venir a mí y exponérmela.

Elias cabeceó.

–Sea usted lo que sea, Deeds, no es un hombre del rey. No cuando está conmigo... para lo que vamos a hacer.

–No necesita bajar la voz, *meneer*. ¿O sí? Incluso en la oscuridad, sabe si alguien se arrastra hacia nosotros, ¿no? Solo con *mirar* adelante. ¿Es eso lo que lo hace un buen cazador?

–Lo que me hace un buen cazador es saber cuándo hay que tener la boca cerrada –respondió Elias.

Deeds se rio por lo bajo.

–Bueno, yo no soy cazador, *meneer*. No de venados y liebres, en todo caso. ¿Y sabe una cosa sobre venados y liebres? Que no presentan batalla. No ponen trampas ni tienden emboscadas. No se abalanzan sobre uno.

–Los lobos sí, si uno es lo bastante tonto para no dejarles una vía de escape –dijo Elias suavemente, frotándose un brazo.

Deeds se irguió con los sentidos alerta.

–Es una vieja cicatriz, ¿verdad?

Elias asintió con la cabeza y el pistolero chascó la lengua.

–O sea que puede ser herido. Puede ser arrollado. Lo único que digo es que hay una diferencia entre lo que hace usted en los bosques y lo que el general Justan quiere que haga en la ciudad. Sería prudente ponerlo a prueba frente a otros hombres, para agudizar un poco esa habilidad suya.

Elias vio que Deeds desenfundaba un revólver y ponía los ojos en blanco.

–Tiene que confiar en mí, *meneer* Post. Soy el hombre del general y usted también, por el momento. No me sirve de nada muerto. Así que... piense, mientras yo hago esto.

Deeds levantó el revólver lentamente, para no asustar al cazador que lo miraba con fijeza. Apoyando la muñeca en una rodilla, Deeds alargó el brazo hasta que la punta del cañón casi tocó la cabeza de Elias. Deeds miró más allá, hasta concentrarse en los ojos que le devolvían la mirada.

–Esto es de veras asombroso –dijo Deeds–. ¿No tiene miedo, ni siquiera con un revólver tan cerca? Porque si aprieto el gatillo lo verá venir, ¿no? Creo que si decidiera hacerlo sin avisar, no lo pillaría por sorpresa.

–Exacto. No leo la mente. Y ahora vaya a dormir, señor Deeds. No me interesa ayudarlo a conocer mis puntos débiles.

–¿Cree que es eso lo que estoy haciendo? –preguntó Deeds, riendo por lo bajo a continuación–. Bueno, quizá un poco sí. Tiene usted un don muy interesante, *meneer*. Pero voy a arriesgar mi vida con usted en Darien. Y me gustaría muchísimo entrar y salir vivo de ese lugar. No tengo interés en que me maten a su lado. Así que me disculpará por tratar de conocer sus límites.

–Me ha metido en una jaula –dijo Elias–. Eso le salió bastante bien.

–¡No quiero volver a encerrarlo! –replicó Deeds–. Pero si voy a enfrentarme a pistolas y espadas a su lado, querría saber antes unas cuantas cosas.

Elias frunció el entrecejo y acto seguido se encogió de hombros, echando más leña a la hoguera. Las estrellas se veían con mucha claridad y pensó que aquella noche helaría. Detestaba despertarse al aire libre cuando había escarcha.

–Pues pregunte –dijo.

–¿Cuánto tiempo puede ver por adelantado? Ese es el quid de la cuestión, ¿no?

Elias frunció los labios como un perro obstinado, y luego asintió rápidamente con la cabeza.

–Unos momentos, una pizca más si puedo estar quieto y concentrado.

–No es mucho cuando alguien blande una espada ante tu cara. Entonces ves que algo llega y te apartas de su trayectoria. Pero ¿y si una opción que parece mala salva del peligro, por ejemplo, al otro lado de una habitación en llamas, y otra que parece segura conduce al desastre? ¿Qué hace en ese caso?

–Imagino que echaría agua al fuego, o esperaría a que se apagase –respondió Elias con irritación–. O quizá moriría, ¿quién sabe? A menos que opte por dejar que me meta una bala en la cabeza para no seguir oyéndolo.

Deeds no dijo nada. Elias no cabía en sí de furia, pues se daba cuenta de que el otro evitaba hablar de sus hijas deliberadamente. No necesitaban repetir la amenaza. Deeds sabía que él lo sabía y ahí terminaba todo. Elias apretó con fuerza un tronco seco. Era un esclavo hasta que aquello terminara. Como las puertas de su dolor, era algo que mantenía cerrado, para concentrarse en una sola tarea a la vez.

–Si los guardias del rey supieran que estoy en camino, podrían preparar trampas como las que usted describe –gruñó Elias–. Me vería obligado a tomar decisiones tan rápidamente que estaría condenado al desastre antes de advertir que iba a salir mal. Pero no pasará, ¿verdad? Mi mejor opción, nuestra mejor opción, si insiste en venir conmigo, es entrar rápidamente, matar... al rey y luego correr como liebres a las colinas. No será fácil ni bonito, pero si puedo llegar ante el rey, podré hacerlo.

–Cree que podrá –remachó Deeds en voz baja. Había oído el roce de una bota en una piedra y su voz se convirtió en susurro–. Estoy convencido de que debería practicar antes. Los hombres no son lobos.

Elias levantó la cabeza con una maldición. Se puso en pie y una flecha atravesó el aire en el sitio en el que había estado sentado, formando un borrón blanquecino a la luz de la hoguera.

–¿Qué es esto? –bramó.

Ambos hombres se apartaron instintivamente de la fogata y corrieron hacia la oscuridad. Deeds oyó claramente unos pasos sigilosos. Empuñó los dos revólveres mientras aguzaba la vista.

–Este tramo del camino tiene muy mala reputación, *meneer*. Carroñeros y monstruos matan a los viajeros por aquí, o eso dicen.

Habló en voz alta y clara y las sombras replicaron riendo por lo bajo, convencidas de que tenían ventaja.

–El general Justan Aldan Aeris me preguntó si podía detenerme aquí, camino de Darien, para darles a conocer lo erróneo de su conducta. Me llamo Vic Deeds y respondí que con mucho gusto les daría una lección.

Estas burlas fueron proferidas con un gradual aumento de volumen, como el aullido de los lobos. Elias alargó el brazo y empujó a Deeds en el momento en que una flecha pasaba junto a su rostro. A pesar de la ruidosa oscuridad, oyó la exclamación de sorpresa del pistolero.

–Aquí está su práctica, Elias –dijo Deeds–. Nos matarán a los dos, a menos que haga algo. Y si estas ratas del camino son demasiado para usted, me lo pensaré dos veces antes de ponerme en presencia de espadachines reales y ofrecerles mi cuello.

En ese momento, las ruidosas y aullantes sombras se lanzaron al ataque, convirtiendo la oscuridad en una explosión de caos y miedo. Como disparó con los revólveres pegados a las caderas, Deeds reveló su posición. Al darse cuenta de que las llamaradas de los disparos lo convertían en un blanco fácil, cambió rápidamente de táctica, disparando dos veces al mismo tiempo, para asegurarse el acierto, y cambiando de posición.

En medio del alboroto, Elias sacó un cuchillo de una funda nueva y dura, un cuchillo tan largo como su mano y lo bastante afilado para afeitarse con él. Cerró los ojos. No necesitaba ver movimiento y los fogonazos y ruidos de los revólveres de Deeds lo distraían.

Seguían oyéndose aullidos en la periferia de la refriega, aunque solo procedían de aquellos que todavía no se habían lanzado al ataque. No eran muchos los que habían oído hablar de las nuevas armas de fuego, ni las habían visto en acción, salvo en alguna feria rural. Llevaban espadas y arcos, o cuchillos de caza más viejos que ellos mismos. Sin duda querían matar y robar a aquellos dos idiotas que habían estado sentados y charlando junto al fuego. Había sido un momento de salvajismo en un lugar frío y desolado. Por la mañana temprano, quizá otros viajeros habrían visto las cenizas de la hoguera o unas cuantas piezas dispersas de su equipo. Se habrían apresurado a pasar de largo, dando gracias por no haber sido ellos las víctimas.

Elias respiró lentamente, como solía hacer cuando se acercaba a un venado. Su don no lo ayudaba a acercarse a la presa. Eso requería habilidad y paciencia, aunque cuando estaba al alcance de sus manos, podía incluso sujetar a un ciervo grande, y atarlo con cuerdas para matarlo mientras forcejeaba por librarse de la tenaza de la que no podía escapar.

No le había dicho a Deeds que nunca había matado a un hombre. No era algo que le resultara agradable contar a un pistolero cuyo oficio era llevar ante la justicia a los delincuentes más desalmados, o al menos aplicar alguna clase de venganza. Seguro que Deeds había matado a docenas en su joven vida, pero Elias no, hasta aquella noche, hasta el momento en que había movido el cuchillo a la altura de un cuello y había segado la vida de un hombre cuyo rostro no llegó a ver.

Elias vaciló, enfurecido con los atacantes por obligarlo a matarlos, aunque no tenía mucha lógica sentirse así. Estaba rodeado y notaba que su don se dividía cada vez que descubría que había otra arma apuntándole. Solo la Diosa sabía cómo podían ver tan bien en la oscuridad. Puede que la luz de la hoguera hubiera cegado ligeramente a Elias. No esperaba ningún ataque y no había apartado la mirada del fuego.

Deeds seguía disparando y Elias atravesó su línea de fuego, sorteando las balas, para hundir el cuchillo en el pecho de un hombre que llevaba una especie de hacha o cuchillo de carnicero. Elias abrió los ojos y solo vio caos y sombras que se movían, así que los cerró de nuevo y recuperó la paz.

Cuando todas las opciones conducían al peligro había una vía de escape. La solución que se le ocurrió en la oscuridad, al lado del camino, fue matarlos a todos. Le sorprendió saber que podía hacerlo, pero entonces casi había perdido la noción de lo que sucedía, cubierto de sangre mientras cortaba el aire, hundía el cuchillo y levantaba el brazo hasta sentir dolor en las axilas y fuego en el pecho. Creía que estaba en forma a consecuencia de su dedicación a la caza, pero nunca había experimentado nada tan agotador como aquellos momentos, u horas, o el tiempo que hubiera transcurrido. Su mundo se había reducido a un pequeño espacio hasta que Deeds dejó de disparar y Elias abrió los ojos de nuevo.

Estaban, casi espalda contra espalda, a unos treinta metros de la fogata. Había cadáveres por todas partes y los vivos que quedaban huían entre los árboles y la noche, aterrorizados ante aquella violencia. Ambos hombres jadeaban y Elias se sintió furioso de repente. Cuando Deeds fue a decir algo, asió al pistolero por la pechera y casi lo levantó en el aire, obligándolo a dar un paso atrás.

–¿Ha sido suficiente para usted? ¿Estoy preparado, señor Deeds?

–Más o menos –dijo Deeds con calma–. Aunque necesitaré un tercer revólver, o alguna manera de cargarlos más aprisa. O una espada. Cuando me quedé sin balas, creí que estaba acabado. Así que, gracias. Me ha salvado más de una vez.

Elias lo soltó y anduvo hacia el fuego. Deeds vio que el hombre de más edad utilizaba un trapo y su botella de agua para limpiarse la sangre de la piel, con una mueca todo el tiempo. Deeds se acercó y se sentó en un tronco, recargando lentamente las armas y observando al cazador.

–No fue idea mía capturar a sus hijas –dijo–. Quiero que lo sepa. Yo no tuve nada que ver con eso.

Elias se volvió lentamente hacia él, pasándose por la nuca un paño ya empapado que goteaba como el lomo de una res recién cortado.

–He respondido a sus preguntas... y he matado. Así que ahora respóndame usted. ¿Y si muero en la ciudad? ¿Y si no lo consigo? ¿Y si el general y usted se equivocan conmigo? Si me alcanza una bala, o me rompo el cuello, ¿qué pasará con mis hijas?

Deeds le sostuvo la mirada.

–El general Justan Aldan Aeris es un hombre de honor. No hace la guerra contra los niños. Tiene mi palabra de que las enviará a su pueblo y las dejará al cuidado de alguien de allí. Si fracasa, el general no querrá tener cerca nada que lo relacione con usted, créame.

–Ya pueden tener cuidado los dos en lo referente a mis hijas, señor Deeds. Y conmigo.

Durante un momento, los dos hombres se miraron. Hacía mucho tiempo que nadie se atrevía a amenazar a Vic Deeds, a causa de su reputación. Desvió la mirada cuando Elias volvió a limpiarse y a escurrir el paño. El hombre parecía un demonio pintado y Deeds sintió un escalofrío involuntario. Había esperado el ataque de unos cuantos salteadores de caminos, no de docenas de bastardos aullantes deseosos de sorprenderlos en la oscuridad. No era de extrañar que el general recibiera quejas a propósito de asesinatos y robos en aquel camino.

Y aunque habían sido muchos, no habían sido suficientes. Deeds sacudió la cabeza, preguntándose qué habían dejado suelto en el mundo Justan Aldan Aeris y él. Miró al hombre que se limpiaba y vio que los pelos de la barba de Elias tornaban a ser blancos. Cuando el rey estuviera muerto, quizá sería una buena idea que Deeds se fuera a otro sitio durante un tiempo. No quería quedarse entre Elias Post y sus hijas, no quería que un hombre así lo tuviera por enemigo.

Jenny cogió a Alice de la mano mientras esperaban a que les sirvieran sentadas en un banco de madera. La encargada de la cocina del campamento era corpulenta, de piel rosada, y el calor de los guisos que preparaba le empapaba el delantal de sudor. La señora Dalton vigilaba las vastas cantidades de zanahorias, patatas, especias, carne de mamífero, aves y pescado que llegaban al campamento para mantener vivos a cinco mil soldados activos. Había turnos constantes durante el día y cuarenta hombres jóvenes la ayudaban a cortar, preparar y servir la comida a los que se ponían en cola con los cuencos y las marmitas preparados. Era una comida ligera, pero nunca quedaba nada cuando las trompas anunciaban el cambio de guardia.

A las dos niñas les daban lo mismo que a los Inmortales. No solían comérselo todo, así que se quedaban allí sentadas, revolviendo con las cucharas la masa glutinosa, mientras los hombres hambrientos pasaban junto a ellas con los cuencos limpios y las miraban. Solo la señora Dalton hablaba con las hijas de Elias, cuando servía y recogía los cuencos, chascando la lengua al ver lo poco que comían.

–¡Sois gorriones! –decía, sacudiendo la cabeza–. Os consumiréis si no coméis un poco más, ¿lo sabéis? Seréis simples sombras, sentadas con esos vestidos, unas desgraciadas. ¿Y qué dirá el general entonces, eh? Querrá mis orejas. Tomad, guardaos esto en el bolsillo para más tarde. –Puso una manzana en la mesa, entre las dos.

Jenny no veía maldad alguna en la señora Dalton, pero tampoco confiaba en ella. Pero era Alice quien se encargaba de preguntar lo que querían saber. La más pequeña parecía un angelito rubio y la gente no veía astucia en ella, cosa que a veces veían en Jenny. Mientras su hermana jugueteaba con un trozo de cartílago gris, Jenny dio un codazo a Alice, haciendo que levantara la mirada, sobresaltada.

–Ah, hola... señora Dalton.

–¿Sí, querida?

–¿Por qué está todo el mundo recogiendo las tiendas? ¿Nos vamos a casa?

La mujerona alargó una mano y le pellizcó la mejilla.

–¡Eres adorable! No, querida. Todavía no nos vamos a casa. El general dice «A liar el petate» y nos vamos. Es la vida de un soldado, cariño. Vamos donde se nos dice.

–¿Habrá lucha, mamá Dalton? –preguntó Alice.

Lo de «mamá» fue un buen detalle, pensó Jenny, mirando de reojo, aunque manteniendo la cabeza gacha. La aludida se sonrojó al oírla.

–Creo que podría haberla, sí, cariño, pero no para nosotras, nunca para nosotras, no te preocupes por eso. Estaremos muy lejos de los soldados, con los vivanderos, ¿lo ves? Con los cacharros, las sartenes, los perros, los zapateros y los herreros. Aunque los soldados desfilan con todos sus bonitos metales y colores, no llegarían muy lejos sin nosotros, ¿verdad que no, cariño? No llegarían muy lejos sin comida ni sin herraduras. ¡Yo diría que no!

La señora Dalton se echó a reír ante la idea, luego recogió los cuencos y se fue, deteniéndose solo para alborotar el pelo de las niñas. Jenny sonrió con agradecimiento, aunque sabía que le faltaba el don de gentes para caer tan bien a los demás como su hermana. De alguna manera, ella era distinta. A los diez años, Jenny pensaba que todavía no había conocido a suficientes extraños para sentirse cómoda con ellos.

–Si se mueven, ¿cómo sabrá papá dónde encontrarnos? –dijo Jenny en voz baja.

Su hermana levantó la cabeza con los ojos muy abiertos y a punto de llorar.

–Vendrá a buscarnos. Dijo que lo haría.

–Pues claro que sí. Solo he pensado que deberíamos... ir a buscarlo nosotras, eso es todo. Si pudiéramos escabullirnos, ya sabes, sin que nos vieran.

Las niñas miraron a su alrededor, a los cinco mil Inmortales que iban de aquí para allá, desmontando el campamento y cargándolo todo en caballos, mulas y carros. Unidades de jinetes que avanzaban a medio galope por el terreno. Sonaban cornetas, campanas y órdenes dichas a gritos en algarabía incesante. La legión era un enjambre y, mientras trabajaban, había partes del campamento que se hundían y desvanecían para convertirse en ladrillos o postes y telas. Había paredes y puertas caídas, sin cerrojos, amontonadas, listas para ser cargadas. De alguna manera, daba miedo ver el mundo sólido por los suelos, como si no hubiera nada real en él.

Jenny miró atrás, donde se encontraba en pie un joven subalterno al que le habían asignado el cuidado de las dos niñas. Peter Jay había sido educado y agradable con ambas, pero se tomaba en serio las órdenes del general y nunca se alejaba mucho. Jenny gruñó de contrariedad al darse cuenta de que la había visto mirarlo. El muchacho se acercó a la mesa.

–Todo terminado, ¿eh? Bien. El general Aeris ha dicho que viajaréis con él cuando desmontemos el campamento. ¿No será un lujo para vosotras? Él tiene su propio carro, así que iréis como princesas.

Las dos niñas cambiaron una mirada de desesperación. La legión Inmortal estaba formando en el campo en grandes cuadros, miles de hombres con cota de malla esperando pacientemente mientras otros terminaban su trabajo. Había sido sorprendentemente rápido. Cuando las niñas se levantaron y miraron alrededor, alguien llegó y cogió su mesa, llevándosela a la hilera de carros que había junto a las formaciones de soldados.

–¿Adónde nos vamos, Peter? –preguntó Alice con voz aguda e infantil.

No había nadie más alrededor. El joven oficial se inclinó.

–¡Vamos a la ciudad, chicas! Os gustará, ya lo veréis. ¡Vamos a Darien!

# 10
# HUESOS

Threefold miró a la joven que tenía al lado mientras caminaban lentamente sobre la arena negra. Nancy parecía compartir su nerviosismo. Ella movía los ojos con rapidez, aunque él no tenía ninguna sensación de presión mientras se acercaban a la tumba, ni escozor, ni dolor en la piel. El corazón le latía tan fuerte que resonaba en sus sienes, pero Daw dejaba que su esperanza creciese con cada paso.

Nancy se detuvo, casi tropezando. Levantó la cabeza como si oliera algo.

–¿Qué pasa? –susurró Threefold.

No había brisa y bajo el sol el aire estaba completamente inmóvil. Era como si los observaran.

–No... no lo sé. Algo extraño. –La joven dio una sacudida y parpadeó con aire decidido–. Sigamos adelante.

La boca blanca de la tumba no estaba a más de media docena de pasos. Threefold estaba casi seguro de que a aquella distancia ya había sentido dolor, pero había sido muchos años antes y era un recuerdo doloroso, con los detalles borrosos. Paso a paso, llegaron a las columnas blancas, que surgían de la arena negra como una lápida caída. Threefold tenía la boca seca, pero no podía negar que estaba muy cerca. Estaba a un brazo de distancia y el recuerdo de la sensación dolorosa de la última vez le hizo sudar.

–¿Pasa algo? –susurró a la chica.

–No me duele la cabeza, quizá noto una opresión… dolor no, pero no me gusta.

–Funciona, Nancy. Aguanta. Voy a tocar el jambaje.

Alargó la mano y vio que temblaba. Miró a Nancy por última vez, comprobó que ella lo miraba a su vez, y que estaba tan pálida y nerviosa como él. Tensó todos los músculos cuando tocó con la yema de los dedos la clara superficie de la boca de la tumba.

Oyó el rumor de la arena y los diminutos fragmentos de hueso que cayeron al suelo. Nancy parpadeó y se enderezó, abrió y cerró la boca, se introdujo el dedo en el oído, se apretó la nariz y bufó.

–¡Ah! –exclamó–. Ha sido… horrible. Algo malo.

–¿Te encuentras bien todavía? –preguntó Threefold.

Apenas pudo contener la excitación al ver la entrada negra ante él. Era indudable que las protecciones habían caído. Parecía que el zumbido del aire había desaparecido. Miró a Nancy, que sacudía la cabeza; le guiñó un ojo y luego el otro.

–Eso creo. Me siento rara, pero no es dolor ni nada parecido.

–Muy bien –dijo Threefold.

Este respiró hondo y retuvo el aire en los pulmones, luego atravesó la entrada haciendo una mueca, como si esperase algún sufrimiento o la misma muerte. La cogió de la mano con fuerza, para que fuese detrás de él, dejando el desierto y la luz del sol a sus espaldas.

El ambiente se enfrió en cuanto estuvieron bajo tierra, como si los días cálidos no hubieran penetrado nunca allí. Threefold olfateó el aire, aunque no olía a podrido ni a húmedo. Fueran cuales fuesen las protecciones que habían guardado la tumba, habían impedido el paso a todos los seres vivos. Las paredes eran de piedra seca y gris y no se veían excrementos de ratón, ni siquiera líquenes o musgo. La tumba estaba fría y polvorienta, pero no era desagradable. Threefold utilizó el pedernal y el eslabón para encender un farol. Apenas podía respirar por culpa de la tensión, y alimentar la llama hasta que pudo cerrar el lateral de la linterna y levantarla lo ayudaron a concentrarse.

Ante ellos descendía un túnel que se extendía más allá del alcance de la débil luz.

–Deberíamos avanzar despacio –susurró Daw–. Lo tuyo es de efecto local, pero parece permanente. Sin embargo, las protecciones de la tumba son magia antigua. Puede que vuelvan o puede que no. Si regresan, estaremos totalmente aislados en el momento que nos alejemos de la puerta. –Sabía que hablaba para tranquilizarse, pero no podía callar–. Así que no hay prisa, Nancy. Sigamos adelante, ¿te parece? Paso a paso, despacio y con cuidado. Dime si algo cambia o te sientes mal, o cualquier otra cosa. ¿De acuerdo? No quiero que tu don se agote o desaparezca en el momento menos indicado.

Volvió a cogerle la mano y Nancy se la dio con cierta timidez. Estaba tan nerviosa como él. Le dio su conformidad moviendo la cabeza; tenía los ojos brillantes.

–¿Aún notas la opresión? –dijo él en voz baja.

A Nancy se le puso la piel de gallina.

–Aquí no tanto, creo –dijo.

–Dímelo si empeora –dijo él, levantando el farol.

Siguieron andando con lentitud.

El túnel se prolongaba un buen trecho, hasta que a Threefold empezó a preocuparle la posibilidad de no tener suficiente combustible en la lámpara para salir antes de que se consumiera aquel y se apagara esta. No vio ningún camino lateral, así que, aunque se apagara la luz, pensó que no era probable que se perdieran. La idea no era muy tranquilizadora, tan lejos de la luz del sol y de la superficie. Aunque su imaginación casi podía iluminar el camino, con visiones claras de lo que podía haber delante.

Al principio no advirtieron que había una habitación al final del túnel. La luz de la lámpara solo iluminaba unos pasos, así que llegaron a la entrada antes de saber que era algo más que otro tramo de polvoriento pasadizo.

No había puerta que les impidiera mirar el interior. Threefold movió el farol en círculo, como si así pudiera iluminar más espacio, y buscó con los ojos la presencia de cualquier cosa que tuviera aspecto peligroso. El vano de la entrada parecía enmarcado por un material diferente del de las paredes, tan blanco como la boca de piedra de la tumba. Lo inspeccionó con cautela, sin ver nada más amenazador que un hilo blanco hundido en la piedra. No estaba roto e iba de un lado a otro de la entrada, formando una especie de umbral.

–¿Ves lo que hay dentro? –susurró Nancy.

Les parecía normal seguir hablando en voz baja. Tenían la sensación de estar rodeados por millones de toneladas de roca, de estar más solos que cualquier otro hombre o mujer vivos. Si las protecciones habían vuelto, nadie podría entrar a salvarlos. Solo el pequeño farol y sus propias voces impedían que la oscuridad y el silencio los sepultaran.

–Hay *algo* ahí. Demasiado lejos de la puerta para distinguirlo. No me gusta el aspecto de ese cordel. Me gustaría tener un tablón o algo parecido para pasar por encima.

–¿Y tu cuchillo? –preguntó Nancy.

Threefold asintió con la cabeza y se puso rodilla en tierra, dejando con cuidado el farol en el suelo. Sacó el cuchillo que antaño había sido el objeto más valioso que poseía. Aunque sabía ya que no habría forma de recuperarlo, también sabía que nunca lo lanzaría ni lo vendería por un par de monedas de plata. Mientras hay vida hay esperanza, ese era el problema. Sujetándolo por la empuñadura con dos dedos, dejó resbalar la punta de la daga por la piedra gris hasta que tocó el cordel blanco.

A Threefold le pareció notar que aumentaba la opresión, que crecía entre sus ojos como si fuera a tener migraña. Nancy ahogó una exclamación a sus espaldas y le soltó la mano de golpe.

–Duele... Daw. ¡Por la Diosa, no puedo...!

Threefold volvió la cabeza, tan lentamente como un hombre que se dispusiera a ver la muerte.

–Por favor, no corras, Nancy. Si huyes, estoy acabado. No sería capaz de salir yo solo.

Con gran cuidado, se puso en pie y se volvió. Nancy se apretaba los ojos con las palmas. Cuando él alargó la mano para coger la de la muchacha, casi retrocedió al notar su calor.

–¿Es la epidemia, Nancy? ¿Has conocido en los últimos días a alguien que la tuviera?

Mientras hablaba, le miraba la piel en busca de los verdugones que le habían dicho que eran los primeros síntomas. Aunque ya había desaparecido en Darien, había oído que todavía causaba estragos en los pueblos de los alrededores. Pero no había ni rastro de hinchazones en la piel femenina. Al cabo de un rato, la muchacha exhaló una bocanada de aire, como si hubiera estado conteniendo la respiración, y apartó una mano del ojo para mirarlo.

–Creo que ya ha pasado. ¡Diosa! Pensé que la parte superior de mi cabeza iba a estallar. Sí, parece que va a menos... –gruñó otra vez–. No he visto a nadie con la epidemia, Daw. No últimamente.

–Pues estás muy caliente, casi demasiado para tocarte –dijo el hombre.

Se volvió para mirar la habitación, aún protegida por el cordel blanco que parecía brillar con inexplicable malevolencia.

–¿Puedes avanzar un poco, Nancy? Creo que esto es una barrera, como la del exterior. Si tengo razón, la molestia pasará cuando la hayamos cruzado.

Ante su inmenso alivio, Nancy afirmó con la cabeza de inmediato.

–No pienso volver con las manos vacías, Daw. No importa lo que consiga. Cógeme la mano otra vez. Empújame a la habitación si es necesario.

Daw cogió el farol con una mano y pasó el otro brazo por la cintura de Nancy. Conteniendo la respiración, dio una gran zancada por encima del umbral, arrastrando a su compañera. Sintió que algo cambiaba, algo que le recordó la sensación que tenía cuando subía a las colinas de niño y, al bajar, a veces se le destaponaban los oídos. No había sido consciente de la fuerte presión que soportaban hasta que desapareció.

–¿Te encuentras bien? –susurró Daw.

Nancy negó con la cabeza, con los ojos cerrados todavía. Cuando los abrió, estaban febriles y brillantes a la luz del farol, pero ahora dijo que sí, frotándose las sienes con ambas manos.

Daw levantó otra vez el farol para ver la habitación en la que habían entrado. No era mucho más grande de lo que parecía desde fuera, y en la pared del fondo había apoyado un bloque de piedra. Desde el primer momento supo que era una especie de sarcófago, liso y pulido. El corazón le dio un vuelco cuando miró alrededor y no vio ni oro ni piedras preciosas, ni nada parecido. ¡Haber llegado tan lejos y arriesgado tanto para encontrar una habitación vacía y un ataúd! Se encolerizó tanto que le entraron ganas de tirar el farol, aunque prevaleció el sentido común, y lo apoyó con cuidado en el borde del bloque de piedra y comprobó el aceite. Todavía medio lleno, gracias a la Diosa.

La tapa del sarcófago estaba cubierta de polvo y Daw lo limpió con las manos, dejando al descubierto una delicada piedra negra. No había nombre ni inscripción en ella, aunque supuso que hasta cierto punto era lógico. Las protecciones de aquella tumba eran las más poderosas que se conocían. No se había previsto que hubiera visitantes cuando el huésped del ataúd fue introducido en él. Daw sintió un escalofrío al pensar en aquel pesado silencio, no alterado por insectos ni ratones, ¿durante cuánto tiempo? Durante siglos, sin duda. Había quien decía que la tumba era más antigua que el desierto, aunque Daw no lo creía posible. Los desiertos se formaban poco a poco; no aparecían de la noche a la mañana.

Daw volvió a tomar conciencia del presente cuando Nancy se acercó a él. Había estado soñando despierto a causa de su decepción, tratando de no pensar en la ausencia total de oro y joyas.

–Solo queda un lugar donde mirar –dijo en voz baja.

Aún notaba el calor que desprendía Nancy, como si estuviera ardiendo o hubiera corrido muchos kilómetros. Pero su piel estaba seca y respiraba lentamente cuando afirmó con la cabeza.

La tapa no era muy pesada. En cuanto empujó la convexa superficie, quedó al descubierto el oscuro espacio que había debajo.

–Coge el otro extremo, ¿quieres? No estaría bien dejar que se rompa contra el suelo.

Se sintió un tonto al decir aquello. Al inquilino de la tumba le habría preocupado mucho más que hubieran roto las protecciones y hubieran entrado allí. No obstante, le pareció de buena educación elemental no destruir algo que podía salvarse.

Levantaron la tapa entre los dos y la dejaron en el suelo. Se enderezaron al mismo tiempo para mirar el rostro del ocupante.

–Ah –exclamó Threefold, dibujando una creciente sonrisa–. Esto ya me gusta más.

Los miraba un rostro brillante, con unos ojos azules pintados en la superficie de un metal que solo podía ser oro. La mascarilla cubría toda la cabeza de quien yacía debajo y se prolongaba hasta el pecho con una especie de espiga esmaltada. Threefold sonrió sobrecogido y al mismo tiempo encantado, y todavía un poco temeroso. Aquellos ojos fijos habían mirado la oscuridad durante la Diosa sabría cuánto tiempo, hasta que él, Daw Threefold, había llevado luz a la tumba otra vez.

Sin dejar de mirar la máscara, alargó la mano para coger el farol. Tocó con los dedos la tapa y los alargó en busca de la anilla de hierro. El farol cayó al suelo, sumergiéndolos en la oscuridad más absoluta, tan espesa que fue como si les envolvieran la cabeza en terciopelo.

Nancy dio un chillido y Daw se quedó paralizado. Odiaba la oscuridad. Notaba su respiración más tensa, tanto que parecía a punto de atragantarse. El corazón le latió más deprisa y luchó contra el deseo de dejarlo todo y echar a correr como un conejo por el túnel y no detenerse hasta llegar al exterior.

–Está bien, Nancy. Aún tengo el pedernal. Puedo encenderla de nuevo.

–¡Pues hazlo! –apremió la joven con intensidad.

Incapaz de ver sus propias manos, era igual que si estuviera ciego. Rodeó el sarcófago y se puso de rodillas, palpando el suelo. Pensaba que tenía en la mente una imagen de la habitación, pero no conseguía dar con el farol.

–¿Has cogido tú el farol? –preguntó–. No lo encuentro.

–No. ¿Daw? Escucha. Si no lo enciendes en seguida, me largo pitando.

Daw notó el temblor en la voz femenina y temió enfrentarse al horror de quedarse solo. Se sintió enfermo ante la idea de quedar atrapado allí, con todas las protecciones reactivándose cuando ella se fuera. Su cuchillo no se había recuperado en ningún momento, pero a saber qué pasaría con una magia tan antigua. Moriría en la oscuridad y no volvería a ver la luz nunca más, o ardería cuando echara a correr por el túnel. Sin embargo, cuando habló, su tono era tranquilo y firme.

–¿Nancy? Por favor, no huyas. Espera a que encuentre el farol y buscaremos en el ataúd todos los objetos valiosos, y luego saldremos, será tan fácil como un paseo, ¿de acuerdo?

–¡No, no estamos de acuerdo! –replicó ella desde un lugar diferente–. Enciende el farol o ven inmediatamente. Algo no va bien y yo me voy.

Diosa, ¿habría llegado a la puerta? Notaba el pánico en su voz y giró sobre sus talones, sintiendo que su miedo también crecía, como si fuera una criatura viva alojada en su estómago.

–Bien. Espérame, por favor.

Recorrió con la mano el sarcófago de piedra y tragó saliva. Si ella huía, él se volvería loco en medio del silencio y la oscuridad, y arañaría las paredes hasta quedarse sin uñas. Buscó dentro del sarcófago y palpó la máscara de oro, introduciendo los dedos bajo el borde. La arrancó de un fuerte tirón.

Hubo un chisporroteo luminoso en algún punto que no podía ver, como fuegos artificiales que explotan, brillan y se extinguen. Nancy dio un grito de dolor o de terror, no supo bien de qué. Daw había estado con los invidentes ojos clavados en el ataúd y en aquel momento percibió un rostro que se movía y unos ojos que se volvían a mirarlo. Un olor a ácido y fuego llenó el aire y la luz se apagó otra vez.

–¿Nancy? –dijo Daw.

No hubo respuesta y oyó pasos que se alejaban corriendo. Atravesó la habitación hacia donde pensaba que estaba la puerta, palpando la pared para encontrarla, tropezando con el quicio y echando a correr como si en ello le fuera la vida. No tenía ni idea de qué protecciones podían seguir en activo, pero el miedo le impedía pensar, solo podía correr como nunca había corrido.

El camino era ascendente y mucho más largo de lo que le había parecido al recorrerlo cuesta abajo, lleno de emoción. Vio una diminuta mancha de luz al fondo y supo que era el aire exterior y la bendita luz del sol que caldeaba la piel. La ansiaba con todas sus fuerzas, como si estuviera saliendo de su propia tumba para volver al mundo de los vivos.

Vio por delante una sombra que tapaba la luz a medias. Entonces supo que Nancy había salido sin él y sollozó de miedo mientras corría más aprisa, murmurando:

–Por favor, por favor, que siga abierta.

Si las protecciones se habían reactivado, se dijo que prefería estrellarse contra ellas y arder como el sol durante unos momentos a quedar encerrado para siempre en la oscuridad de aquel lugar.

Nancy se preguntó si se habría vuelto loca cuando dio los últimos pasos y salió a la arena negra. Estaba segura de que Daw y ella no habían pasado casi todo el día allí abajo. No parecía posible, y sin embargo el sol había pasado el cenit y descendía ya hacia el oeste del firmamento.

Jadeaba como un perro por haber corrido aprisa durante tanto tiempo. Peor aún, sentía remordimientos por haber abandonado a Daw en la tumba. Lo único que quería era salir un rato de la oscuridad, para recuperar la respiración y orientarse.

Todos sus planes se hicieron añicos cuando vio a seis hombres que miraban la puerta de la tumba a una distancia segura. Dos llevaban arcos montados y las flechas la apuntaban directamente. Pensaba que las protecciones de la tumba habrían detenido los dardos, al menos antes de que Daw y ella hubieran entrado. Aunque no había sentido ninguna opresión al recorrer el túnel por segunda vez, no como la que había sentido al ver que se movía aquella cosa de la tumba. No sabía si las protecciones se reactivarían cuando huyera. A punto de desmoronarse, comprendió que no podía permitir que la atraparan mientras Daw seguía en el túnel. Se quedaría pegada a la puerta hasta que saliese.

Sacudió la cabeza, tratando de borrar los destellos mientras sus ojos se acostumbraban a la luz. Reconoció al hombre de la toga que había huido corriendo por la arena aquella mañana, una eternidad antes. Al parecer había buscado amigos, quizá después de verlos atravesar la entrada sanos y salvos. Los otros eran desconocidos y Nancy notaba sus miradas como lenguas sobre su piel.

–Aléjese de la puerta y venga aquí, señorita –dijo uno–. Nos quedaremos con todo lo que haya sacado de la tumba.

Nancy miró al que hablaba.

–Ahí dentro no hay nada. Solo un viejo cadáver en una caja. ¡Mire! Puede ver que no llevo nada.

Abrió los brazos y uno de los arqueros dio un paso lateral, afinando la puntería.

–No se precipite –dijo Nancy.

–No hay muchas mujeres por aquí, señorita –dijo el hombre de la toga–. Y usted es una belleza, ¿sabe? Puede resultar de utilidad, no se preocupe. ¿Y dónde está el gallito? Me refiero a su galán.

Mientras el tipo hablaba, Nancy oyó pasos que se acercaban a toda velocidad.

–Ya viene –respondió gritando, con la esperanza de que Daw la oyera–. ¡No hemos encontrado nada!

Daw salió de la tumba trastabillando y cayó de rodillas en la arena. Nancy bajó los ojos y retrocedió al ver la cara de oro que la miraba. Solo la Diosa sabía cuánto pesaría aquella cosa, pero en lugar de abandonarla, Daw la había sacado a la superficie. Reflejaba la luz del sol por primera vez después de siglos y los labios parecían sonreír.

Los hombres que cercaban la puerta de la tumba asintieron con la cabeza y se sonrieron unos a otros al verlo. Conocían el oro cuando lo veían sobre la arena negra. La máscara dorada atraía sus miradas, brillantes y codiciosas; pensaban ya en la parte que les correspondería y en qué iban a hacer con aquel tesoro real.

Nancy miró a Daw mientras este se enjugaba las lágrimas y el sudor de los ojos y se ponía en pie, cogiendo la máscara en brazos, como si acunara a un niño. La muchacha parpadeó y se sintió enferma de repente, como si le hubiera subido la fiebre de la epidemia. Vio que Threefold la miraba atónito y sacudió la cabeza, con los ojos deslumbrados por destellos imprevistos.

El hombre de la toga la señaló. Daw se quedó paralizado donde estaba mientras la joven levantaba la cabeza. Nancy pensó que iba a vomitar, tenía el estómago revuelto. A su alrededor, los bandidos comenzaron a retroceder y una sensación de ardor le recorrió la mano. La levantó para mirarla.

Sus huesos resplandecían a través de la piel que los cubría, echaban chispas de luz, igual que el cadáver de la caja. Nancy vio los ojos del muerto, la carne que se formaba a su alrededor y se convertía en cenizas o polvo una vez más. Se sintió *llena*, como si le hubieran echado agua dentro, hasta el mismo borde, y temblaba como a punto de desbordarse.

Comprendió que no toda la magia de aquel lugar había quedado anulada con su presencia. Su don no era para neutralizar. Era para empapar. Daw Threefold la había llevado a la fuente de poder más potente de Darien y, a pesar de todas sus precauciones, casi la había ahogado en ella. La puerta exterior, el extraño umbral, todo. Incluso el olor final a fuego y productos químicos era un hechizo, como mínimo tan poderoso como los demás. Su finalidad era animar el cadáver, quizá incluso devolverlo a la vida el tiempo suficiente para destruir a los saqueadores de su tumba.

Pero lejos de ello, la muchacha lo había absorbido todo y estaba tan llena que parecía que la iba a consumir.

–Tus ojos, Nancy –susurró Threefold a su lado, mirándola maravillado–. ¿Cómo lo haces? Están resplandecientes.

–No me sorprende –dijo Nancy.

Miró a los desconocidos que la observaban estupefactos. Sin pensarlo, levantó de nuevo la mano y de su interior brotó algo que culebreaba. Estalló un rayo de luz y calor, y el bandido de la toga se transformó al instante en una columna de fuego que aullaba.

Daw se volvió como si lo hubieran golpeado. Los otros hombres se habían quedado inmóviles, algunos con un pie adelantado en el aire. Con los ojos abiertos como platos vieron ahogarse y morir a su compañero. El fuego siguió ardiendo incluso después de desplomarse.

Nancy alzó los ojos al cielo azul. Sacó la lengua y se rascó con la uña su rosada superficie.

–Qué raro. Pica –dijo a Daw Threefold, que seguía mirándola atónito y aterrorizado–. Pica, Daw. ¿Lo sabías?

–¿Qué pica? –susurró Daw.

–La magia.

Levantó la otra mano y de sus dedos surgieron rayos de fuego que atacaron a los demás ladrones reunidos alrededor de la entrada de la tumba. Uno de los arqueros consiguió disparar antes de encenderse, pero la flecha ardió en el aire, transformándose en cenizas rojizas antes de alcanzarlos. Al poco rato había seis columnas ardiendo en la arena, que colapsaron sobre sí mismas. Lo único que se oía era el silbido de las llamas y el chisporroteo de la grasa.

Nancy se volvió y vio que Threefold la miraba como un ratón miraría a un tigre. Asintió con la cabeza y posó los ojos en la máscara dorada que llevaba en la mano.

–Tenemos que volver a Darien para vender eso –dijo–. Mitad y mitad, recuerda.

Sin volver la cabeza, Threefold miró de soslayo las columnas de humo negro que brotaban de los cuerpos que se consumían en la arena.

–Mi hermano conoce gente que podría ayudarnos –dijo con voz apagada.

Nancy le sonrió. Estaba más brillante y, ciertamente, más hermosa. Parecía resplandecer, aunque al menos el horrible color dorado y rojo de sus ojos había desaparecido.

–Bien. Eso está bien, Daw. Pero tendremos que andar. Todos los caballos se han ido.

–Huyeron –dijo él lentamente.

–Sí. Vamos, pues. Hay un largo camino hasta la ciudad y ya tengo sed.

Daw no había sentido sed hasta aquel momento, pero al oír que la joven pronunciaba la palabra, su cuerpo pareció recordarlo y de repente sintió la garganta seca como la lija. Tragó saliva con dificultad, sopesando la máscara dorada en la mano. La asió por la larga barbilla y se la cargó en el hombro. Pesaba mucho y le sorprendió no haberlo notado cuando corría hacia la luz.

Ante ellos se extendía el negro desierto. Nancy echó a andar y él la siguió, mirando atrás solo una vez, a la entrada de la tumba y los cadáveres humeantes que yacían en la arena.

# 11
# DARIEN

El rey Johannes de Generes se frotó las manos con placer cuando salió Arthur. Esta vez, su pequeño gólem y maestro de espadas iba vestido con pantalones anchos, botas de fieltro y una túnica dorada y negra. Arthur se acercó al trono y a su ocupante, deteniéndose exactamente en el mismo sitio en que lo había hecho tres veces aquella mañana. El rey se dio unos golpecitos en los labios con el dedo mientras miraba la última adquisición de su guardia personal.

–Sí, es mucho mejor que la roja o la gris. Negro y oro. ¡Oh, eres como una avispa! ¡Y tu espada es tu aguijón!

Algunos cortesanos reunidos a su alrededor rieron por lo bajo para dar a entender lo que pensaban. Lord Albus estaba dormido en su silla tras haber comido copiosamente, pero dos jóvenes de las Doce Familias inclinaron la cabeza y sonrieron con desdén. *Lady* Win Sallet se comportaba como si el rey no estuviera allí, pero miraba al gólem por el rabillo del ojo.

Entre las familias de Darien había corrido el rumor de que el idiota que los representaba, Johannes, había encontrado algo de auténtico valor. En un mes normal, el rey habría estado solo con su gente en aquella sala de audiencia. Por lo general, los nobles de Darien dejaban que diseñara por su cuenta nuevos jardines o cualquier otro gran proyecto o insensatez que se le ocurriera para pasar el rato.

*Lady* Sallet sabía mejor que la mayoría que Johannes no era más que una figura decorativa o un pararrayos de las Doce Familias. Su padre había desempeñado un papel más serio, recordó con cierta tristeza. Hombre de gran energía, había pagado un desagradable precio por su ambición. *Lady* Sallet recordaba que el sicario se había empeñado en matar al padre delante del hijo. La lección no había caído en saco roto. En lugar de ser un auténtico dirigente, capaz de intervenir en el gobierno de la ciudad, Johannes tenía sus fiestas y sus amantes, y se complacía con el arte y los objetos de cristal. Tenía sus guardias y sus compañeros, personas de la época en que había vestido como un mercenario y había paseado con ellos contoneándose con altanería. Los asuntos de la ciudad, el comercio, los acuerdos y negociaciones, el verdadero poder, no pasaban por sus manos, ni siquiera cerca de ellas.

*Lady* Sallet no daba el menor indicio de la indignación que sentía. Aquel niño, el gólem, era la cosa más interesante que había visto en Darien aquel año, eso no podía negarlo. Solo la Diosa sabía el valor de aquella criatura en oro y piedras preciosas… tanto que quizá nadie había podido comprarlo. Una auténtica reliquia del antiguo Imperio de sal, origen de su apellido… ¡y sin que se supiera cómo había caído en las manos infantiles de Johannes! Era exasperante. Todo se lo habían contado sus espías, por supuesto, incluso la existencia de una frase secreta para controlar a la criatura. Cuánto había deseado desde entonces la posesión de aquel «Arthur Veloz». Insomne, imperecedero y leal. Sería un adorno magnífico para su casa, si pudiera…

–*Lady* Sallet –dijo el rey, interrumpiéndola–. ¿Qué opinas de Arthur en negro y oro? ¿No está muy elegante mi avispa?

*Lady* Sallet inclinó la cabeza por toda respuesta. Bajó del sitial que le correspondía en un lado del salón y anduvo lentamente hacia el trono, con el largo vestido verde barriendo con suave susurro la piedra pulida. Sabía que tenía una figura imponente, con el pelo recogido en un moño para dejar al descubierto su cuello, ya que era más alta que la mayoría de las mujeres. El suelo brillaba tanto que veía reflejados los vértices del techo, como cuentas de un collar, conforme pasaba por debajo de ellos.

Ninguno de sus espías le había dicho que Johannes estuviera solo. Era extraño verlo utilizar el nombre de la criatura con tanta familiaridad, como si el gólem fuera su compañero, incluso un amigo. Era más bien lamentable que su mente fuera por esos derroteros. El pequeño asesino parecía un niño de diez años. Uno de sus espías le había informado de que había visto al rey en sus jardines aquella misma mañana, hablando y gesticulando con el gólem todo el tiempo. *Lady* Sallet había desestimado la información pensando que era simple chismorreo, pero era posible que Johannes, en su soledad, hubiera depositado su confianza en aquel ser mágico. Por la Diosa, era un auténtico pelele.

*Lady* Sallet llegó al pie del trono e hizo una reverencia, hundiéndose en los amplios pliegues de su vestido. Miró a Arthur de soslayo al enderezarse. La tía del rey seguía estando delgada con más de sesenta años, y sabía mantener una postura elegante y una confianza física aprendidas con la equitación. Para ella era de lo más natural acariciar la cabeza del gólem, como si se tratara de un perro.

Arthur se apartó de la mano de la señora, lo justo para frustrar sus intenciones y que sus largos dedos acariciaran el aire a un palmo de distancia del chico. Intentó tocarlo tres veces antes de rendirse. Se enfureció al oír que Johannes se reía, pero solo le permitió ver una expresión divertida cuando le enseñó las facciones e hizo otra reverencia.

El gólem no mostraba ninguna expresión, aunque a ella le pareció que sentía algo a pesar de todo, como si calara sus intenciones. Pero estaba convencida de que eso era imposible. *Lady* Sallet se preguntó cuántos años tendría el gólem, cuánta gente habría conocido a lo largo de sus siglos de vida.

La idea le suscitó emociones encontradas. Sin que mediara razón alguna, de súbito deseó ver aquella cosa destruida, quemada o cortada en pedazos, para que dejara de ser una parodia de la vida y un niño. Si no podía conseguir eso, haría que fuera su sirviente, para que la obedeciera a ella y a nadie más. Quizá entonces le ordenara entrar en un horno. O quizá no.

No había una tercera opción, dejar a la criatura al torpe cuidado de su sobrino Johannes. Sus espías no habían oído la frase de mando, aunque podía haber una forma de conocerla. Se decía que solo dos hombres en el mundo conocían aquella frase: su sobrino, por supuesto, pero también aquel viejo, Tellius. Tenía una docena de rastreadores buscándolo por la ciudad en aquel preciso momento. Si cruzaba alguna de las puertas principales, o era lo bastante estúpido para regresar a su taller de encima de la botica, lo atraparía.

–Majestad, esta criatura es la maravilla de este siglo –dijo y se rio por lo bajo–. O del siglo anterior, quizá. Es un gran ornamento para vuestra corte. Como dicen las palabras de las viejas monedas, Johannes, «*Decus et Tutamen*»... Adorno y protección.

Su sobrino no respondió sonriendo y *lady* Sallet se preguntó qué habría dicho para que frunciera el entrecejo.

–Tía Win, se llama Arthur Veloz. Te doy las gracias por no llamarlo «criatura» en la cámara del trono. Forma parte de mi guardia pretoriana. He de pedirte que lo trates con la misma cortesía que a cualquier otro miembro de mi personal.

*Lady* Sallet inclinó la cabeza como si la hubieran regañado, aunque se permitió poner los ojos en blanco sin que lo viera el pomposo joven que había parido su hermana. Lord Albus eligió aquel momento para ponerse a roncar, con la boca abierta bajo la servilleta que se había puesto sobre el rostro. ¡Francamente, a veces era casi como si Johannes creyera que era algo más que la efigie de los sellos y monedas de Darien! Apretó los dientes, pensando de nuevo en el anciano y en la cadena de palabras que conocía. Tellius. Él era la clave y lo econtraría aunque tuviera que buscarlo a cientos de kilómetros de Darien. No podía haberse desvanecido en el aire.

Elias apenas pronunció palabra en los dos días que siguieron a la emboscada. Todas las tardes Deeds y él se apartaban del camino con los caballos para buscar alguna vaguada u hondonada donde poder encender una hoguera sin ser vistos. El cazador se perdía en los bosques y volvía con todo lo que había podido coger: cebollas y setas, una liebre, incluso, la segunda noche, una gruesa serpiente.

Deeds había intentado iniciar alguna conversación, pero el cazador estaba acostumbrado al silencio y parecía sumido en él, como si fuera su estado natural. Al segundo día también a Deeds le habría parecido extraño hablar y ya no sintió ningún resentimiento. Tenía una misión por delante y sospechaba que Elias Post era el hombre indicado para cumplirla, con la misma naturalidad con que podía retorcerle el pescuezo a una liebre o arrancarle la cabeza a una serpiente sin vacilar. El cazador haría el trabajo que le habían encargado y luego recuperaría a sus hijas. Deeds se preguntaba cómo iba a arreglárselas el general para llevar a cabo la transacción, aunque se le ocurrían un par de procedimientos. Podía dejar a las hijas en un lugar remoto, en la cima de una colina, por ejemplo, o en la orilla más alejada de un lago. Los criados del general podrían gritar el lugar concreto y huir al galope. El don de Elias no era tan rápido como para alcanzar a un caballo, gracias a la Diosa. Deeds había pasado mucho tiempo pensando en cómo sobrevivirían a la ira del cazador él y el general que lo había chantajeado. A veces se daba cuenta de que Elias lo miraba. Y la expresión de su rostro no era precisamente amable.

La tarde del tercer día vieron a lo lejos la ciudad de Darien, con la muralla que la circundaba formando una línea oscura en el horizonte. Desde un terreno alto se alcanzaba a ver una fila de montañas que había al otro lado de la ciudad e incluso se distinguía una franja de costa azul entre la neblina más distante. Pero Darien estaba cerca, vieja, fortificada, arracimada alrededor de un río que culebreaba a través de su corazón como la serpiente que Elias había asado en una hoguera la noche anterior.

Deeds observó a Elias mientras se acercaban, advirtiendo su cambiante expresión al comparar el tamaño y la escala de la ciudad con todo lo que había conocido hasta entonces. La muralla tenía varios siglos de antigüedad y era lo bastante ancha para que Elias distinguiera a las gentes que paseaban por las almenas, algunas vestidas con brillantes colores, como si estuvieran en un parque. Ver cientos de personas allí arriba hizo que el cazador se diera cuenta de lo ancha que debía de ser la muralla. Elias lanzó un suave silbido y Deeds sonrió y habló por primera vez después de varios días de mutismo.

–Impresionante, ¿verdad? Cuando las puertas están cerradas, la ciudad es una fortaleza. ¡Debe de haber cuatrocientas o quinientas mil personas viviendo tras esos muros, *meneer*! Hay una docena de parques y cada uno de ellos es más grande que tu Wyburn. ¡Cien teatros! Calles llenas de boticas, mercados y escuelas. ¿Puedes imaginar tantas? Yo creo que no podría... y he vivido en Darien algunos años.

Elias se volvió a mirarlo y se encogió de hombros. Su voz era ronca por falta de uso.

–Yo he venido a matar solo a uno. ¿Qué interés puedo tener en hablar sobre murallas y parques? ¿Conoces el camino del palacio o no?

Deeds perdió el control y alargó una mano para asir a Elias del brazo. Se enfureció cuando el cazador siguió adelante sin siquiera mirarlo. Deeds era un hombre capacitado y hería su confianza de un modo extrañísimo sentirse impotente en presencia de otro. Sabía ya que no podría impedir que Elias lo matara si decidía hacerlo. Era un pensamiento aterrador y el pistolero detestaba estar asustado.

–¡Oh, maldita sea su fría espalda, Elias! Me he disculpado por haberlo obligado a matar a aquellos bandidos, ¿no? Tenía que saber que podía hacerlo. No, usted tenía que saberlo. ¡De hecho, ni siquiera tendría que haberme disculpado! Nunca ha estado en una ciudad y menos en Darien. Si cree que puede burlar a miles de soldados para llegar al dormitorio del rey, está muy equivocado. Nos cortarán el paso y a usted lo arrollarán, aunque solo sea porque son muchos. ¿Qué harán sus hijas entonces?

Elias se volvió con tanta brusquedad que Deeds levantó las manos instintivamente y las bajó con una mezcla de ira y vergüenza mientras el cazador lo miraba.

–No deja de mencionarlas. Según usted, las llevarán de vuelta a Wyburn y las dejarán en paz. ¿Está diciéndome que era mentira, Deeds? Tenga cuidado con la respuesta.

–He querido decir que qué iban a hacer sin usted, eso es todo –replicó Deeds, sonrojándose–. Y no gano nada con mentirle. Mire, esta noche buscaremos una posada y dormiremos en una cama confortable. Compraré unas cuantas balas más y quizá otro revólver. Tengo una carta de crédito del general que nos proveerá de todo lo que necesitemos. Parece agotado, *meneer*. ¿Admite al menos que sé de esta ciudad algo más que usted?

Elias asintió con la cabeza a regañadientes.

–¿Está seguro de que tenemos que esperar ese festival, esa cosecha?

–Lo estoy. La Víspera de la Cosecha es la clave de todo esto. Las normas se relajarán un poco mañana por la noche... y los planes del general entrarán en juego. Nos mezclaremos con los asistentes al festival y así no estarán sobre aviso.

–Muy bien –dijo Elias, y parte de su tensión se esfumó.

Deeds vació los pulmones.

–Gracias a la Diosa por su sentido común.

–Usted no lo entiende, Deeds. Cada día, cada hora que malgasto en esto es una hora más que mis hijas pasan solas –dijo Elias–. Si tuviera hijos o algo de amabilidad en su pequeña alma, quizá lo entendería.

–Lo entiendo perfectamente y sus hijas están a salvo en el campamento mientras usted cumple la orden del general, créame. Aunque lo que nos espera no es poca cosa. Si quiere sobrevivir y volver para ver que sus hijas se hacen mujeres, tendrá que confiar en mí. ¿Entendido? Quiero que esto salga bien, *meneer*. ¿Ha pensado en qué ocurrirá cuando el rey muera y la ciudad sea un caos, y se enrosque sobre sí misma, como la serpiente aquella que mató?

Elias lo miró y negó con la cabeza. No había pensado más que en lo que no tenía más remedio que pensar. Le importaba muy poco lo que ocurriera después de haberlo conseguido y volviera con sus hijas. Ya habían perdido un hermano y una madre. Habría dado cualquier cosa para que lo dejaran criarlas en paz.

–El general avanzará sobre Darien con los Inmortales –dijo Deeds–. Lo ha planeado todo, hasta el último movimiento. Expulsará a las Doce Familias, a sus cortesanos y a sus guardias. Arreglará viejas cuentas pendientes, desterrará al resto del gobierno local... y gobernará en su lugar. Y luego iremos a la guerra. Él cree que no conozco sus intenciones, pero veo su frustración cuando habla de sus enemigos. Por eso hará cualquier cosa para mantenerlo a usted a su lado, Elias. Cualquier cosa. Hasta ahora no ha podido dar el golpe decisivo. No encontraba un hombre capaz de llegar hasta el rey Johannes, no con todos sus catadores y espadachines. Pero usted, usted lo cambia todo. Las Doce Familias están unidas detrás del rey. Ese es su objetivo. Mientras él esté vivo, seguirá habiendo orden. La gente lo sabe, las Doce Familias se concentran a su alrededor. Pero si él muere, se despellejarán entre ellas, y mientras lo hacen, los Inmortales les arrebatarán la ciudad.

Los caballos habían seguido adelante mientras hablaban y se acercaban a la muralla. Elias no dejaba de mirar hacia arriba, echándose hacia atrás en la silla para ver las figuras que paseaban por las almenas. La puerta estaba abierta y había guardias armados, con pieles y cotas de malla, que registraban carros y a las personas desconocidas. Deeds guardó silencio, pues a aquella distancia podían oírlos ya. Indicó a Elias por señas que lo siguiera y se dirigió a una cola que esperaba para entrar.

–Levante la barbilla –dijo Deeds–. No hace daño mostrar al mundo una bonita sonrisa, sobre todo si pueden rompernos los dientes a patadas.

Tellius sabía muy bien que no debía estar allí. Había regalado el taller, así que ya ni siquiera era suyo. Era raro mirar un lugar que había considerado su casa durante tanto tiempo y estar casi seguro de que allí había peligro y no seguridad. Había sufrido amenazas y malas noches un par de veces en aquellos años, cuando uno de sus muchachos enfadó a la banda o al noble que no debía y tuvieron que ser discretos durante un tiempo. Aunque Tellius prefería a los padres y abuelos a la generación del presente. Los chapados a la antigua no parecían guardar rencor tanto tiempo. Oh, exigían respeto y terror a los hombres y mujeres de la calle, de eso no cabía duda. Y también podían enviar a una pareja de lacayos a recordar un pago. Pero no con *maldad*.

Suspiró. Puede que fuera una trampa de la memoria la creencia de que incluso los enemigos podían guiñar el ojo y comportarse como caballeros. Quizá a los nobles de las Doce Familias les gustara que los jóvenes de la ciudad hablaran de naderías y fueran arrogantes, pero no lo toleraban en los más viejos... No había forma de saberlo.

Parpadeó, consciente de que había estado en otro universo durante un rato, precisamente cuando más despierto tenía que estar. La vejez le quitaba demasiadas cosas a un hombre. Por eso era tan importante mantenerse algo lejos de las manos de los recaudadores, para poder retirarse a un sitio tranquilo. No dura eternamente la inteligencia ni la concentración que se necesitan para mantenerse lejos de los bastardos, al menos no después de cumplir los sesenta. Ya no podía arriesgarse más ni podía esconderse con rapidez suficiente.

Y en lugar de eso, allí estaba, mirando un taller abandonado desde la acera de enfrente, su antigua casa, solo porque tenía una pequeña bolsa de objetos personales bajo una tabla del suelo, al lado del hogar de la chimenea. Estaba bastante seguro de que los chicos no la habían encontrado. Aunque, de haberlo hecho, Micahel la habría puesto a salvo. Si ya habían vendido el taller y se habían repartido su parte, el nuevo dueño podía levantar la tabla cualquier día y luego contar a sus amigos la suerte que había tenido.

Volver era un riesgo, un riesgo realmente estúpido y Tellius lo sabía. O quizá no había riesgo en absoluto. Tenía la bolsa de oro que le había dado el rey Johannes, legalmente y en buena ley, que había sacado del tesoro del palacio un funcionario que moqueaba y sorbía por la nariz todo el tiempo mientras contaba aquella fortuna. Era suficiente, salvo por el hecho de que Tellius sabía que nunca volvería a dormir a pierna suelta por pensar en las cosas que había dejado atrás. ¿Y si no lo perseguían aún? Solo habían pasado unos días desde el fallecimiento del maestro Aurelius. Las Doce Familias estarían preparándose para el Festival de la Cosecha, cuando todos los ciudadanos se disfrazaban de segadores y campesinas, y bebían hasta perder el conocimiento. ¿Perdería el tiempo la familia o los amigos de Aurelius vigilando el taller de un anciano cuando todo el mundo sabía que había huido con los bolsillos llenos de oro? Tellius limpió el cristal, lo suficiente para pegar los ojos a él y mirar al otro lado de la calle. No podía saberlo con seguridad.

La luna estaba alta y el cielo despejado. Aunque la luna no estaría del todo llena hasta el día siguiente, iluminaba lo bastante para que lo vieran si ponía los pies en la calle empedrada. ¡Pero es que estaba todo muy tranquilo! Si los chicos se habían ido, podría entrar y salir en seguida, aunque temía que alguien lo estuviera esperando dentro. Allí sería donde estaría él, pensó, si fuese él quien esperase. Exactamente en el taller.

Pero si los chicos seguían allí, tendría que quedarse un rato explicándoles qué había pasado. Aunque lo entenderían mejor que la mayoría. A veces es necesario huir. Otras veces hay que recoger las medallas y los anillos de oro y *después* huir.

Tomó una decisión. No había rastro de peligro y no iba a pasar el resto de su vida preguntándose si había perdido sus recuerdos más valiosos por ser un cobarde. Recordó que, hacía una eternidad, su abuelo decía que los viejos suelen ser cobardes. Sacudió la cabeza. Demasiado tarde. Ya había tomado una decisión.

Bajó sigilosamente las escaleras y cerró la puerta que había elegido horas antes, cuando el sol se estaba poniendo. La calle no estaba totalmente vacía. Un hombre empujaba una carretilla cargada con la basura de la ciudad, aprovechando que estaba en calma. Vio que no había cadáveres entre las largas varas y dio gracias a la Diosa murmurando una oración.

Aquel año había sido malo y la epidemia había causado miles de víctimas. Había habido unos meses angustiosos en los que se habían prohibido las reuniones y concentraciones, y las calles habían estado vacías. Luego había remitido, como siempre. Al parecer, la fiebre había pasado ya y los hombres de las carretillas habían vuelto a sus faenas habituales. Nadie quería verlos en horas diurnas, así que era un trabajo solitario que comenzaba por la tarde y duraba toda la noche. Tellius esperó a que pasara el individuo, que murmuraba para sí, y entonces salió, rápido como el pensamiento, y cruzó la calle.

En cuanto se movió, supo que estaban allí. Hombres jóvenes que prácticamente danzaban sobre los adoquines y corrían hacia él con silenciosas botas de fieltro. No se habían movido ni hablado durante todas las horas que el viejo había pasado observando... Se habían quedado allí haciendo gala de un control físico que ya no recordaba, no desde que todo había empezado a desmoronarse y se le escapaban los pedos cada vez que se ponía en pie.

No trató de pelear con ellos cuando lo sujetaron por los brazos. Manos ásperas registraron sus bolsillos, sacando un cuchillo y la hinchada bolsa que no se había atrevido a abandonar.

–El rey en persona me dejó ir, lo sabéis –dijo Tellius con tristeza.

–Y no quiere que vuelvas –replicó un hombre con una risa seca–. *Lady* Sallet desea verte, *meneer* Tellius. Vamos, viejo bastardo. Ya la has hecho esperar demasiado.

# 12
# NANCY

No parecía tener tanta sed como él, según advirtió Daw. Habían encontrado los caballos junto con otros tres no muy lejos de la tumba. Las trabas habían desaparecido, pero ninguno de los animales se había alejado por el negro desierto cuando se tranquilizaron. Aun así, tuvo la impresión de que Nancy no había estado preocupada.

La pequeña manada se había asustado al aproximarse Nancy, así que tuvo que ser Daw quien se acercara para hacerse con las riendas. No tenían mal aspecto a pesar de lo que habían pasado, aunque los pertenecientes a los facinerosos estaban flacos y sucios. También se apoderó de ellos, por supuesto. Los facinerosos no estaban en condiciones de volver.

Mientras se instalaba en la silla, Daw había ofrecido a la Diosa una silenciosa plegaria de agradecimiento por haberlo protegido. Casi daba la sensación de que Nancy habría sido capaz de volver corriendo a Darien, aunque las apariencias podían engañar. En cualquier caso, el desierto se perdía en el horizonte mientras lo recorrían camino de la ciudad. Incluso a caballo, Daw se sentía apático y la cabeza se le bamboleaba con el movimiento. Estaba tranquilo por no tener que regresar a la posada de Basker sin sus animales. Al viejo soldado no le gustaba la gente que los trataba con crueldad. Era un alivio no tener que descubrir lo que hacía Basker con quienes los dejaban morir en el negro desierto.

El animal de Nancy se calmó en cuanto la muchacha montó en la silla. Les habían vaciado las alforjas, sin duda cuando ellos estaban en la tumba y los bandidos les preparaban la emboscada. El único objeto que tenían era la máscara de oro con los ojos azules pintados en la superficie. Al menos era un objeto bello, pensó Daw con orgullo. Cuando despertó tras haberse adormilado en la silla, sintió deseos de cogerla otra vez para examinarla, solo para pasar las manos sobre el frío y liso metal. Se resistió al recordar que el cadáver del sarcófago había vuelto la cabeza para mirarlos, esforzándose por volver a la vida mientras Nancy absorbía toda su magia. Quienquiera que hubiera sido aquel viejo mago, seguro que no había esperado aquel desenlace.

Alargó la mano para acariciar la bolsa donde estaba la máscara. Su hermano James conocía gente en Darien. La harían examinar por alguien bien lejos de la influencia de Nancy, por si en la máscara había algo más que antigüedad y un bonito peso en oro. Después de eso, Daw pensó que lo más sensato era fundirla. Era una pena echar a perder algo tan hermoso, pero los hombres que se dedicaban a eso solían ser apresados por las casas nobles cuando se acercaban a los museos. Casi nunca se daba crédito a las quejas de los pobres que heredaban objetos valiosos y los precios que ofrecían los museos no superaban el valor de su peso como chatarra. Lo mejor era convertirlo en monedas de oro. Daw conocía un par de talleres de falsificación que tenían buenos troqueles. Pagando la décima parte de su valor, le darían una bolsa con más oro del que había visto en su vida, y seguro que también más del que Nancy habría visto. Decidió ser justo con ella en el reparto. Era lo más razonable después de haberla visto destruir a seis hombres sanos lo bastante imbéciles para haberse cruzado en su camino.

–¿Quieres hablar de lo que pasó en la tumba? –le preguntó.

Nancy lo miró con los ojos sombreados por el pelo, que le caía suelto sobre la cara. Aquellos ojos ya no tenían un brillo rojo y amarillo, y dio gracias al advertirlo. Pero eran más brillantes, y pensó que estaba más hermosa y atractiva. Quizá era simplemente que resplandecía a causa de su buena salud, como un caballo de carreras.

La muchacha no dijo nada y los animales que los llevaban se pusieron a la misma altura. Necesitaban agua tanto o más que los jinetes. Por suerte, los dos animales sabían que la encontrarían en Darien, en las cuadras de Basker. Casi ni era necesario sujetar las riendas. Los animales estaban contentos de volver a casa.

–Te dije que tenía razón en lo de la magia –dijo Daw.

Nancy giró bruscamente la cabeza y Threefold se encogió y a punto estuvo de resbalar de la silla.

–Vamos, cálmate, Daw, no voy a hacerte daño. Sabía que antes o después dirías eso. Sí, tenías razón. ¿Satisfecho?

–Pensé que tenía que decirlo, eso es todo. Creo que la has absorbido de alguna manera. Es probable que lo hayas estado haciendo durante años sin siquiera saberlo.

Cabeceó al pensar en las exhibiciones y artículos mágicos que había podido neutralizar Nancy, solo por vivir en Darien. Ya había oído hablar antes de operaciones que fallaban, por supuesto. En el mejor de los casos, hacer un hechizo no era como levantar una pared, o eso decía su hermano James.

Threefold aún no estaba preparado para admitir que sus conocimientos de magia no daban ni para encender una pequeña hoguera. Su hermano era el que normalmente preparaba sus monedas, trampas y juguetes, aunque los comerciantes de Darien movían las existencias entre ellos todos los días.

Las peores piezas parecían acabar en la tienda de Threefold. A su vez, Daw era el principal consumidor de aquellos artículos, normalmente a precio de coste o por un precio de amigo. Con esa pequeña ventaja sobre sus competidores, Daw había ganado, comprado o, a veces, robado otros... y había estado a punto de conseguir una vida decente. A cambio, Daw pagaba bien a su hermano y mantenía su relación oculta ante las miradas indiscretas.

–Pude sentirlo en la tumba –dijo Nancy en voz baja–. Pude sentirlo, Daw, entrando en mí, llenándome como si fuera aceite, esperando a que una chispa lo encendiera.

–Las protecciones eran lo bastante potentes para retenerlo durante siglos –dijo Daw–. Si las has absorbido, me sorprende que no te hayan matado. El umbral de la habitación de abajo debía de ser igual. Pensé que ibas a morir allí.

–No entendía qué me pasaba, fue como si tuviera fiebre y hubiese perdido la razón. Fue horrible. Casi me sentía a punto de arder. No, arder no... Es difícil decirlo con palabras. Lo tenía bajo control, creo, más o menos, como estar al borde de un precipicio mientras sopla un huracán... y entonces cogiste la máscara.

–La última de las protecciones. Creada para resucitarlo, a él o algo como él, para matar a quien hubiera llegado tan lejos. En cambio, absorbiste la magia en tu cuerpo. Sinceramente, Nancy, tenemos suerte de estar vivos. Lo que hiciste a aquellos hombres en la entrada de la tumba... Nadie tiene esa clase de... poder salvaje. ¿Te das cuenta? En este momento, no hay un mago de combate que pueda tocarte, no en Darien, y quizá en ninguna parte. ¿Sigue aún dentro de ti? ¿Queda... queda algo?

Daw la miró atónito y sobrecogido cuando ella levantó la mano y se miró los dedos. Durante un instante, pareció que unas llamas le lamían las yemas. Bajó la mano.

–Pues sí, Daw. Es como un océano. Pero cuando se va, se va. Incluso ahora lo siento dentro de mí como una tormenta, pero menos violenta que cuando salí al sol y vi a aquellos hombres allí. No mucho menos violenta, Daw. Me siento como una hoja zarandeada con tanta fuerza que apenas puedo seguir... hablando contigo, como si estuviera viendo a otro.

–Supongo que podrías consumirla –dijo Daw, preocupado tanto por ella como por él. No tenía ganas de convertirse en un montón de ropa chamuscada y huesos si Nancy perdía el control o si le salía de dentro alguna cosa impredecible. No alcanzaba a imaginar lo poderosas que tenían que haber sido las protecciones. Seguro que su hermano sabría algo más.

–¿Consumirla? –susurró Nancy–. ¿Quieres decir gastarla? No creo que vaya a hacer eso, Daw. Por primera vez en mi vida me han dado una especie de ventaja. Claro que quizá no dure mucho...

–Quizá te mate o te vuelva loca, ¿lo has pensado? –la interrumpió Daw.

Nancy volvió la cabeza y sus ojos brillaron a través de su pelo como una llama roja y amarilla. Daw desvió la mirada.

–O quizá dure el tiempo suficiente, Daw Threefold. No te he contado todos mis motivos. Algunos no son para contarlos, nunca. ¿Recuerdas lo que dije antes sobre que podría utilizar mi parte del tesoro para contratar hombres duros?

–Haré fundir la máscara y la convertiré en monedas, Nancy, no te preocupes... –dijo, turbado por la feroz mirada que le dirigió la muchacha, que se echó a reír.

–He pensado en algo más directo, Daw. Estoy convencida de que la ciudad de Darien necesita un fuego purificador en esta cosecha. Quemar los rastrojos de los campos. Lord Albus es el tío del rey. En el Festival de la Cosecha, el magistrado jefe estará con el rey Johannes, saludando a todos los que lo odian, pero no pueden hacer nada al respecto. Quizá si alguien quemara el palacio con lord Albus dentro, la ciudad sería un poco menos despiadada. Quizá incluso habría justicia para quienes la merecen, aunque fuera durante un tiempo.

Daw parpadeó al oír aquello. No quería discutir con una mujer rebosante de llamas que no parecían afectarle. Podía verlas chispeando en sus dedos mientras sujetaba las riendas, haciéndolas humear.

–No creo que cambies nada por matar a un hombre –se aventuró a decir al cabo de un rato.

–Pues entonces está decidido –respondió Nancy–. Tendré que matarlos a todos.

Daw comprendió que fanfarroneaba, que a pesar de todo su poder, estaba tan asustada como él, quizá más por lo que le había pasado y aún le seguía pasando. Por desgracia, los deseos de venganza no rellenaban cantimploras.

–Antes de que lo hagas –dijo Daw–, me tomaría como un favor que pasaras por la casa de mi hermano James. Vive en la calle de los Boticarios y... tiene mujer, dos hijas y un niño pequeño.

La muchacha advirtió su preocupación y dio un bufido:

–No me he vuelto loca, Daw. Ni me volveré loca en cuanto entre en la ciudad. Si crees que tu hermano puede ayudarnos, bien, iré a su casa. Pero creo que después iré al palacio y buscaré a lord Albus, y sabré que no tendrá la menor idea de quién soy mientras incendio todo el edificio. Haré una antorcha con todo lo que tengo dentro de mí... y cuando haya desaparecido, cogeré mi mitad de tu máscara de oro y llevaré una vida tranquila y retirada. Pero recordarán que no pudieron detenerme. –Meditó unos momentos y un ramalazo de pánico cruzó su cara–. ¿No está al caer la cosecha? No nos la habremos perdido, ¿verdad?

–No, Nancy, es mañana, aunque comienza esta noche. Darien estará llena de gente inocente a la puesta del sol, celebrando el inicio de la cosecha.

–Con alcohol, faroles y gavillas de trigo –dijo Nancy, sonriéndole con aire malvado–. Que arderían divinamente.

–¿Decías que no te habías vuelto loca, Nancy? La familia de mi hermano vive en Darien, ¿recuerdas? Buena gente que nunca te ha hecho daño.

Nancy cabeceó como si estuviera aturdida.

–Sí, está bien. Ojalá pudieras sentirlo, Daw. Es un poco como estar borracho, pero solo con un par de copas en el estómago, sin sentirte mal. ¿Lo entiendes? Toda mi vida he tenido que agachar la cabeza cuando los guardias del rey pasaban por mi lado, sabiendo que si les daba por hacerme daño, como se lo hicieron a mi padre, nadie acudiría a protegerme. Nadie.

Volvió a guardar silencio y Daw sintió un escalofrío. Se preguntó qué recuerdo habría puesto aquella expresión en su rostro. No le gustaría ser lord Albus, no aquel día.

Su caballo relinchó en ese momento y volvió la cabeza al percibir en la brisa algún olor de la ciudad, tal vez agua. Darien aún estaba a unos cuantos kilómetros al este, llena de vida y de preparativos para la gran fiesta del año, cuando por las calles corría la sangre de los animales que daban vueltas ensartados en los espetones y todas las mesas crujían bajo el peso de la fruta madura, y el pan recién hecho y los humeantes calderos de carne. Nancy y él iban a penetrar en aquella ciudad, en aquella celebración, como un cuchillo que se hunde en el corazón.

Elias llevaba en brazos un haz de espigas de trigo, incorporado al creciente número de habitantes que ya había comenzado la celebración de la Víspera de la Cosecha. Algunos llevaban máscaras de calavera, para recordar a los observadores quién empuñaba la guadaña definitiva. Esto no parecía entorpecer el disfrute mientras la multitud aumentaba. La Víspera de la Cosecha había sido en tiempos un asunto serio y formal en que los granjeros llevaban sus productos a los mercados urbanos. Algunos se habían vuelto un poco salvajes con el tintineo de las monedas en el bolsillo. Con el paso de los decenios se había convertido en un homenaje a la Diosa que eclipsaba todas las demás celebraciones, con disfraces chillones y toda clase de excesos, que duraba desde la noche hasta el atardecer del día siguiente. Nacerían muchos niños nueve meses después de aquel día, tantos que el mes en cuestión se conocía como el del Nacimiento. Y también habría cuerpos tendidos en las cunetas a la mañana siguiente, unos borrachos, otros muertos. No era más que el auge y decadencia de la vida en Darien, y la gente respetable podía evitarlos simplemente quedándose en casa o en sus habitaciones. Estar en la calle a medianoche era como expresar una inequívoca voluntad de beber, reír, cantar, luchar, aullar y arriesgar la vida.

Elias apenas podía creer que hubiera tanta gente en el mundo. Se sentía tan incómodo que respiraba con dificultad, lo cual lo aturdía un poco. Deeds sonreía con ganas y se señalaba la sonrisa con el dedo con la esperanza de que Elias la imitara y perdiera su habitual aspecto mohíno. El cazador se apartó de unos jóvenes que corrían a pecho descubierto por la calle, dando empellones a los borrachos despistados que se ponían en su camino. Uno que vio moverse a Elias alargó la mano para atraparlo. Elias le golpeó la mano y los amigos del hombre tuvieron que llevárselo, forcejeando y lanzando juramentos. Aún era pronto, y la mitad de la población se dirigía a casa para cambiarse de ropa. Los grupos masculinos que ya habían salido todavía no estaban lo bastante borrachos para pelearse con extraños o empujar a las jóvenes contra una pared. Todo eso llegaría después, cuando la ciudad entrara en erupción y rompiera todos los lazos que la unían a la civilización.

Si no hubiera sido por la seriedad de su objetivo, Deeds habría disfrutado. Tal como estaban las cosas, encontraba irritantes el ruido y las distracciones. Hombres y mujeres bailando borrachos no era muy divertido para quien estaba tan sobrio como una piedra. Asió con fuerza su haz de espigas y lo agitó en el aire, sin dejar de mirar las puertas del palacio real, a menos de veinte metros de allí.

–Ninguna habilidad te permitirá atravesar una puerta cerrada con llave, ¿verdad, *meneer*? –dijo Deeds, haciéndose oír por encima del clamor de los que marchaban cogidos del brazo y cantando. Uno de ellos quiso arrastrarlos al pasar, pero no pudo y siguió con los suyos.

Elias levantó la cabeza y se encogió de hombros. Podía contar los guardias con bastante facilidad, aunque por muchos que hubiese fuera, seguro que habría más dentro... y eso sin contar los famosos espadachines del rey.

–No se quede ahí plantado mirando la puerta –susurró Deeds–. ¡Los guardias buscan cosas que se salgan de la norma, *meneer*! Cualquier actitud fuera de lugar... y no son estúpidos. Dé vueltas sobre el terreno, agite los brazos o baile con alguien. ¡Haga lo que sea, menos quedarse quieto mirando a la gente como si fuera el ángel del Día del Juicio!

Elias volvió los ojos hacia Vic Deeds. A modo de respuesta, el pistolero le cogió las manos. Elias se quedó tan sorprendido que no opuso resistencia y dejó que el otro tirase de él. Deeds saltaba en círculo, echaba la cabeza atrás y aullaba.

–¡Estamos a una docena de pasos de hombres que vigilan a cualquiera que muestre demasiado interés por la puerta, Elias! –dijo Deeds, riendo a carcajadas–. No le hará daño fingir un poco para que no crean que hay bandidos planeando algo. ¿Preferiría que doblaran la guardia? ¡Yupiiii!

Elias, cada vez más furioso, retiró las manos. Sospechaba que Deeds se estaba burlando de él, y no por primera vez pensó que el pistolero era demasiado salvaje, demasiado complacido de sí mismo para ser un compañero sólido y útil.

Elias sabía que Deeds iba detrás de él cuando se deslizó entre la multitud, alejándose de la maciza puerta de piedra que conducía al palacio. Pensaba intensamente mientras avanzaba como un pez en una corriente de agua, esquivando las manos que se alargaban para tocarlo.

A Deeds le resultó difícil seguirlo, así que cuando llegó a la posada de Basker estaba colorado y tenía roto el cuello de la camisa, aunque sonreía de oreja a oreja. Aquella zona estaba más tranquila, a más de un kilómetro del palacio. El jolgorio no había llegado a aquella parte de Darien y las familias respetables se apresuraban a llegar a sus casas, arrastrando a los niños consigo.

–Diosa, me encanta esta ciudad –dijo Deeds, sin respiración y riendo.

El pequeño patio estaba vacío cuando Elias cogió una silla. Deeds se sentó a su lado, mirando alrededor para asegurarse de que nadie podía oírlos. Nunca se era demasiado precavido en un lugar como Darien.

–Luego se volverá mucho más salvaje y empezará otra vez mañana, cuando hayan dormido.

–No me importa lo salvaje que se vuelva. Iremos esta noche. Si es verdad eso que ha dicho, que se abrirán las puertas del palacio.

–Pues claro que es verdad. He visto cuatro festivales de la Cosecha en Darien. A medianoche, la gente de la ciudad puede cruzar esa puerta, recorrer una avenida de antorchas hasta el patio interior, para proclamar su adoración y amor a Su Magnífica y Augusta Majestad bajo su ventana. El rey Johannes les permite gritar y suplicar un rato, luego reúne a unos cuantos cortesanos, o llama a su última amante, y salen al balcón a saludar. Tendrá a sus guardias cerca de él, por supuesto, pero no creo que tengas mucho problema con eso. Yo estaré allí contigo, por si ocurre algo inesperado.

–Conseguirá usted que lo maten –dijo Elias con aire sombrío–. Y si muere, ¿cómo sabré que el general no hará daño a mis hijas en represalia?

–Porque hizo un trato con usted, *meneer* –dijo Deeds con seriedad–. El general mantiene su palabra, de eso puede estar tan seguro como de que el sol sale cada mañana, pase lo que pase por la noche. Y aunque usted y yo no estemos aquí para verlo, seguirá saliendo.

Elias miró al joven que tenía delante, la salvaje excitación de sus ojos.

–Esto no es un juego, hijo –dijo Elias–. No con estas apuestas, no para mí. ¿Lo entiende?

–Pues claro –dijo Deeds.

La frialdad había vuelto a sus ojos y Elias, sin saber por qué, se sintió aliviado al comprobarlo. Ver el palacio fortificado con tantos guardias lo había intimidado. Entrar con Deeds prácticamente borracho en las celebraciones de la ciudad les habría obligado a cruzar la línea de lo imposible.

–Esos revólveres suyos –dijo Elias de repente–. ¿Es usted bueno con ellos? Lo vi disparar en la oscuridad cuando nos atacaron, pero ¿es mejor que otros tiradores? ¿O pistoleros, o como los llamen?

–Debería saber que el general Justan no tendría a un pistolero mediocre como segundo de a bordo –dijo Deeds–. Pero lo entiendo. Necesito comprar ese tercer revólver y tiene que ser pronto, antes de que la buena gente cierre sus ventanas y comience la fiesta. Vamos, el armero en el que pienso tiene varios modelos en la parte trasera de su tienda. Lo llevaré allí. –Introdujo la mano en el bolsillo y sacó una carta de crédito del general, con letras doradas en una tarjeta blanca–. Quizá compre otro para usted, ¿eh, *meneer*? ¿Le gustaría?

Elias se estiró con expresión seria.

–No. Mire, yo estoy listo si usted lo está. No podemos volver al palacio hasta medianoche, cuando abran las puertas. Confieso que me gustaría ver si su alta opinión de sí mismo está como mínimo medio justificada.

Deeds parecía ligeramente herido cuando se puso en pie. Llevaba los revólveres en las caderas y los acarició a la vez con los dedos, como para darse suerte.

–Muy bien –dijo.

–Muy bien –repuso Elias–. Guíeme entonces.

Las calles aún estaban llenas de trabajadores que volvían a casa, algunos riendo y llamándose entre sí, previendo la velada. Deeds parecía ofendido por las dudas de Elias y pasó entre los viandantes con rapidez y piernas rígidas. Nadie intentaba ya cogerle el cuello de la ropa y Elias se deslizó entre la multitud sin perderlo de vista, mientras cruzaban una calle con muchas boticas.

Una mujer de incomparable belleza estaba a un lado de esta, al parecer discutiendo con un joven. Al pasar por su lado Elias vio que el hombre señalaba las tiendas y negaba con la cabeza. Elias se preguntó qué estaría negándose a comprarle. Como estaba mirando a la belleza, tropezó con el bordillo y casi cayó de bruces en la calzada. Sonriendo con turbación, deseó suerte al joven sin decir palabra.

Deeds, que iba delante, dobló por una bocacalle con tanta rapidez que dio la impresión de que quería que Elias temiera perderlo de vista. El cazador dio un suspiro. No debía de haber muchos armeros en la zona. Aquellos chismes malvados eran todavía tan nuevos y caros que dudaba que hubiera más de un par de tiendas en toda la ciudad. Para un cazador no era difícil seguir el olor del aceite y la pólvora hasta la puerta del establecimiento. La campanilla todavía tintineaba cuando abrió la puerta.

–Me gustaría comprar otro para completar estos dos –estaba diciendo Deeds–. Y unas docenas de disparos en su galería de tiro. Aquí mi amigo ha insinuado el deseo de verme disparar.

El armero era un hombre bajo y gordo, de la edad de Elias, que llevaba sobre la nariz unas gafas que parecían ayudarle a ver mejor las armas que tenía delante. Podría haber sido un bibliotecario o un carnicero, pero cuando cogió los revólveres, sus manos se movieron con notable pericia. Elias vio que se convertían por turno en parte de la mano de aquel tipo, en la que encajaron cómodamente. Deeds y él estaban igualmente enamorados de aquellos chismes; sus expresiones lo evidenciaban inequívocamente.

–Tengo un par nuevo con un diseño mejorado, *meneer*. Más precisos y mi mejor obra... fabricados en mi propio taller con mis propios baremos de calidad. Yo no desharía el par, *meneer*.

–Y no tendrá que hacerlo –dijo Deeds, poniendo la carta de crédito del general sobre el mostrador de cristal.

El tendero sonrió con auténtico placer al leer las palabras doradas.

–Muy bien, *meneer*.

Le entregó un par de revólveres y Deeds tardó una eternidad en examinarlos y en mover los mecanismos. Elias no veía ninguna diferencia entre aquellos y los que le colgaban del cinto.

El tendero le dio una caja de cartuchos, pero la sujetó con sus gruesos dedos cuando Deeds fue a cogerla. El hombre había bajado la otra mano y la había apoyado en el revólver que llevaba en la funda que le colgaba de la cintura. El rostro del armero había adquirido una expresión de gran seriedad.

–No suelo permitir que los clientes carguen las armas en la tienda, *meneer*. Antes de que lo haga, quiero que sepa que voy armado, y que si me ataca, si hace el menor ademán de apuntarme con su arma, le descerrajaré un tiro sin vacilar. Tiene mi palabra. ¿Entendido?

–Entendido –dijo Deeds, sin rastro de su habitual arrogancia.

El armero apartó la mano y Elias vio que Deeds cargaba los cuatro revólveres, cogiendo con la diestra el ancho cinturón con los recién adquiridos. Como había prometido, el tendero lo observaba de cerca, sin apartar la mano de su arma.

–Vaya usted delante, *meneer* –indicó.

Deeds no discutió y anduvo delante de él por la tienda hasta la parte de atrás, donde pasaron a una gran habitación en cuyo extremo había sacos de tierra amontonados hasta el techo. Cuando se cerró la puerta, el ruido de la ciudad se desvaneció, y Elias tuvo deseos de pinzarse la nariz y soplar para librarse de la súbita presión.

–Las dianas están a veinte metros –dijo el armero. Pareció notar cierta decepción en Deeds, o lo imaginó–. Ningún revólver es preciso a mayor distancia, *meneer*. A una distancia superior, bueno, siempre puede intentarlo con botellas y latas en el desierto negro. En esta ciudad el terreno es demasiado caro para tener una galería de tiro más larga, aunque sea una lástima. Y aun así, todas las semanas rechazo alguna oferta para comprar este lugar.

Deeds asintió con la cabeza sin el menor interés. Le dio el cinturón y los revólveres a Elias y se quedó quieto, y se relajó, mirando al fondo. Elias *se estiró* y vio lo que iba a suceder antes de que empezara. A pesar de saberlo, no resultó menos sorprendente.

Ambos revólveres parecieron saltar de las fundas a las manos de Deeds y empezaron a vomitar fuego contra las dianas. Cada revólver tenía seis cartuchos y los tambores se vaciaron tras una larga descarga de ruidos que dejó silbando los oídos de Elias. Medio anonadado, pasó por alto la segunda andanada. Deeds se acercó a las dianas para cambiarlas. Las que enseñó a Elias habían perdido el círculo central, como si les hubieran abierto un ojo en medio.

Deeds disparó con el otro par con más cuidado. Eran revólveres conocidos para él y se tomó su tiempo. El resultado fue el mismo, con un ojo central en ambas dianas.

–Debe de ser un poco más difícil cuando se recibe fuego ajeno –dijo Elias.

Deeds negó con la cabeza.

–No, no lo es. Le aseguro que no.

Elias advirtió el miedo del armero. Por lo visto, Deeds era casi tan bueno como creía ser. Incluso era posible que después de aquella noche vivieran para contarlo.

Threefold levantó los brazos para detenerla otra vez, aunque si Nancy se acercaba más, tendría que ponerle las manos en los pechos y la idea le hizo retroceder, para no tomarse de nuevo esas libertades con ella.

–Mi hermano comercia con artículos mágicos, Nancy, ¡por favor! Ahora ya sabes lo que eres capaz de hacer, ¿no? Así que no hay excusa para quitarle a un hombre su medio de vida, igual que destruiste la magia de mis objetos en Basker. Casi me arruinaste, Nancy. Por favor, no arruines a mi hermano.

No pensó que tendría que discutir con la joven que había conocido en Basker unas noches antes. Diosa, ¿había pasado casi una semana? Desde el episodio de la tumba, Nancy se había endurecido, era menos sensible a la persuasión. Se dio cuenta de que iba a encogerse de hombros y a entrar en la pequeña tienda de su hermano, donde absorbería la fuerza de una docena de artículos. Threefold veía en ella algo parecido a la sed y se preguntó si necesitaría la magia de la misma forma que otras personas necesitan un trago.

Nancy siguió con la mirada a un peatón que cruzaba la calle. Toda la zona empezaba a animarse con la caída de la noche. Daw se arriesgó a volver la cabeza y vio a un joven que se contoneaba con unos revólveres colgados muy bajos, lo cual era una rareza. Eran tan valiosos que su portador tenía que ser muy peligroso para atreverse a llevarlos por la calle, arriesgándose a que quisieran robárselos.

Un hombre de más edad trotaba tras él y miró fijamente a Nancy, que en aquellos momentos daba muestras de indecisión. La muchacha estudió su mirada como una depredadora que juzga una amenaza y opta por no hacerle caso.

Daw lo intentó de nuevo.

–Por favor, Nancy. Deja que saque a James para que te conozca. No le arruines su medio de vida, ¿quieres? Él es todo lo que tengo... y también es todo lo que tiene su mujer.

Parte de la sed y la irritación se desvaneció de los ojos de la joven, que se encogió de hombros.

–Adelante –dijo–. No tengo nada mejor que hacer hasta la medianoche. Después iré a hacer una visita a unos viejos amigos. Quizá refuerce mis reservas en esta calle antes de ir... pero haré una excepción con la tienda de tu hermano. No soy un monstruo, Daw.

–No, Nancy. Ya sé que no lo eres –dijo Daw con firmeza.

Levantó las palmas hacia la muchacha mientras retrocedía, aunque ella se limitó a poner los ojos en blanco. Algunos hombres silbaban al verla pasar y le hacían proposiciones lascivas para la noche. La sonrisa que ella les devolvía borraba sus intenciones y ellos aceleraban el paso sin más palabras.

Las dos niñas miraban nerviosas a los hombres formados en cuadro que marchaban por el camino, en ordenadas filas blancas, como en un desfile. Los exploradores galopaban a su alrededor para confirmar que no había fuerzas enemigas, aunque tampoco esperaban ninguna. Los Inmortales estaban en su territorio, a casi veinte kilómetros de Darien. Si algún granjero los veía, tendría una historia imponente que contar a sus amigos.

No había sido del todo desagradable viajar en el carromato del general. Era con diferencia el vehículo más grande que Jenny y la pequeña Alice habían visto en su vida. En cualquier otra ocasión, habría sido fascinante ver el mundo desde lo alto de los arbustos, incluso cuando el inmenso carro pasaba por un bache y tenía que ser izado por hombres sudorosos y malhablados. Las niñas habían aprendido que los soldados eran como mínimo tan buenos como los bueyes para esa clase de trabajo... en realidad, mejores. Sin embargo, el general Aeris estallaba de indignación con cada retraso, y su paciencia menguaba conforme se acercaban al último valle que los exploradores habían señalado para levantar el último campamento.

La noche anterior habían marchado cuarenta y cinco kilómetros seguidos y la experiencia había endurecido aún más a los Inmortales. Aunque aquellos hombres ocultaban sus debilidades, habían aceptado con ganas la oportunidad de beber agua fresca, comer y dormir como mejor pudieran durante la tarde de la Víspera de la Cosecha. Ahora el sol se estaba poniendo y estaban despiertos y descansados, otra vez con fuerzas.

Alice lanzó un gritito de alegría cuando la señora Dalton apareció en uno de los laterales del carro del general. Se encontraban a más de un kilómetro de la retaguardia de la columna y la cocinera parecía sudada y polvorienta. Jenny advirtió que también estaba nerviosa. La corpulenta señora hizo una complicada y profunda reverencia y esperó a que la vieran.

El general Justan se paseaba a zancadas por la plataforma del carromato, con las manos a la espalda, dando órdenes, poniendo a punto formaciones o tácticas y enviando hombres a transmitir nuevas órdenes. Se había convertido en el corazón de la legión, así que todo tenía que pasar por él. Jenny se preguntó por qué no confiaba en los hombres para que resolvieran sus propios problemas, pero al parecer ese no era su estilo.

Nadie preguntó a la gruesa y sudorosa cocinera por qué hacía aquella reverencia junto al carro, así que al final tomó ella la palabra.

–¿General? Debería dar de comer a estas chicas en seguida. He envuelto unos bocadillos en papel de cera, si le parece bien. Creo que no han comido desde esta mañana.

El general Justan levantó la mano para interrumpir a dos hombres que le estaban dando novedades y se dio la vuelta lentamente. Anduvo sobre la plataforma para mirar hacia abajo, a la señora Dalton.

–Bien, no podemos permitir eso, ¿verdad? –dijo–. Bien pensado, señora Dalton, gracias.

Pareció considerar que la conversación había llegado a su fin y enarcó las cejas cuando oyó a la cocinera en el momento en que ya le volvía la espalda.

–He pensado... *meneer*, he pensado que podía comprobar si necesitaban otro paseo hasta los arbustos, no sé si me entiende, señor. Si está usted conforme.

Alice levantó la cabeza al instante, pero Jenny le puso una mano en el brazo. El general Justan las había mirado a menudo mientras el carro avanzaba, con los Inmortales marchando estoicamente al lado. Nunca decía lo que pensaba, pero dedicaba horas a meditar en silencio. Aunque era muy educado, Jenny ya se había formado una opinión sobre él y no lo hacía amigo de su padre. Parecía ocuparse más de sus caballos y sus hombres que de las dos niñas que no quería perder de vista ni un momento.

–Muy bien, señora Dalton –dijo el general por fin–. Debería haberme acordado.

–Ha estado ocupado, *meneer*. Gracias. Las traeré de vuelta en seguida, no se preocupe. ¿Me las puedo llevar ya?

El general miró a la mujer de rostro rojizo, claramente preocupado.

–Tengo... Quiero que sepa que son importantes para mí, señora Dalton. En un sentido que usted no entendería. No estamos lejos de la ciudad, así que perdóneme si soy precavido. ¿Muchachas? Venid aquí. Ahora, por favor.

Jenny y Alice se levantaron nerviosas de la gran caja de madera que utilizaban como asiento y se acercaron con las piernas entumecidas. Miraron confusas al general, que abrió un baúl clavado al suelo del carro con láminas de hierro. Sacó dos juegos de esposas que tintinearon con un brillo dorado. Las dos chicas no habían visto nada parecido en su vida, pero a pesar de su color y de lo mucho que brillaban, las cadenas seguían siendo cadenas.

–Yo no quiero... –dijo Alice, retrocediendo.

El general se rio por lo bajo.

–Vamos, pequeña, no querrás que me enfade contigo, ¿verdad? ¿O con la señora Dalton? Son para manteneros seguras a mi lado. No podré confiar en vosotras si no os las ponéis, ¿entendéis?

Alice estaba a punto de llorar, así que Jenny se adelantó con valentía y alargó las manos, haciendo una mueca cuando las esposas se cerraron alrededor de sus muñecas. Le pellizcaron la piel un poco y vio caer una gota de sangre, pero no reaccionó para no asustar más a Alice.

Alice gimoteaba cuando estiró las manos y lloró a lágrima viva cuando las esposas se cerraron. Jenny vio que la señora Dalton había palidecido y que sus ojos brillaban de furia. Pero el general pareció relajarse.

–Bien, esto servirá de momento. –Señaló una argolla de hierro que había en el suelo del carro–. Tengo otra cadena para manteneros seguras cuando regreséis. No me gustaría que os perdierais o que os separaseis, ¿comprendéis? Es por vuestro bien, chicas, así que dejad de llorar, por favor. Señora Dalton, llévelas a los arbustos para que hagan lo que necesiten. Devuélvamelas inmediatamente. Tengo que llegar a la muralla de la ciudad a tiempo. ¿Está claro, señora Dalton?

–¿No estará pensando en llevar a unas chicas tan jóvenes a la ciudad? –dijo la mujer, atónita.

El general Justan se puso en cuclillas para responder.

–No se pase de la raya, señora Dalton. Tenga cuidado. No sabe lo que significan para mí. No les tocaré ni un pelo de la ropa. ¡Pero si decidiera hacerlo, no será asunto suyo! –Cada vez hablaba más alto y las últimas palabras casi las escupió–. ¡Capitán Diggs! Acompañe a la señora Dalton y no pierda de vista a las dos niñas.

El oficial se tocó la frente con la mano y desmontó.

La señora Dalton se enfadó y palideció aún más, pero también tenía miedo. No había duda de cuál de los dos tenía el poder en aquel lugar. Jenny miró al general y a la cocinera, y vio la derrota en cada arruga de la segunda.

El general también lo advirtió y sonrió con los labios apretados.

–Muy bien, no debería haber elevado la voz delante de las niñas. El capitán Diggs cuidará de ambas. Tengo una larga noche por delante, señora Dalton. He de tenerlo todo a punto. Como he dicho, usted ocúpese de sus asuntos.

La señora Dalton hizo una reverencia y ayudó a las dos chicas a bajar para que no se cayeran. Alice tiró en silencio de la mano de la mujer hasta que la abrió y correteó medio trastabillando, ya que las esposas aumentaban su torpeza. El sol se había puesto, aunque en el cielo aún quedaban franjas de color malva y rojo dorado, que se oscurecían conforme avanzaba la noche. A su alrededor, los cinco mil Inmortales seguían marchando en silencio.

Cuando terminaron, las dos niñas volvieron con el general. La señora Dalton las abrazó y fue despedida. El joven capitán las ayudó a subir al carro cuando las esposas se lo impidieron. Habían encendido antorchas y las dos niñas vieron que habían cubierto el carro del general con un paño morado que hacía que pareciera el escenario de un teatro. Pero la argolla de hierro seguía allí, y una cadena de eslabones dorados que no habían visto antes y que caía sobre el paño, como si fuera una serpiente. El general Justan en persona enganchó las esposas a la cadena; de ese modo solo tenían un metro escaso entre las dos y no podían volver a bajar a tierra. Alice quiso acercarse al borde para ver girar las ruedas, pero las cadenas no se lo permitieron, así que se sentó y sollozó en silencio.

Un hombre de las cocinas salió de la oscuridad con almohadones para las niñas y se los echó uno por uno. Les sonrió y ellas se sintieron consoladas por la amabilidad de la señora Dalton, aunque eso fue todo lo que pudo hacer por ellas. El general Justan lo vio, pero no dijo nada cuando el cocinero se retiró.

Despuntó la luna por el horizonte y el camino se pintó de plata delante de ellos. Jenny tomó a Alice en brazos y le acarició el cabello, esforzándose por desterrar el miedo.

# 13
# LA COSECHA

No era fácil hacerse con disfraces la única noche del año en que la mitad de Darien se disfrazaba. Más difícil era encontrar disfraces que les permitieran ocultar las armas que llevaban. Deeds vestía una larga túnica morada y una mitra de obispo, con los revólveres debajo. Tras mucho refunfuñar, Elias había aceptado un manto negro de mago, que ocultaba la espada corta y la daga que llevaba. Se había negado a quedarse con un revólver, aunque aquellos brillantes objetos de metal atraían su mano en silencio. Pero no tenía habilidad para manejarlos y su don no iba a aumentar su precisión de lejos. Su mejor opción era ceñirse a lo ya demostrado aquella noche. De nuevo hubo que dar uso a la carta de crédito del general, que quedó con más iniciales estampadas y otra sección rasgada. Deeds y Elias se mezclaron con la multitud, tratando de pasar inadvertidos entre las risas y las canciones.

Se abrieron camino hasta el palacio cuando aún faltaba un poco para la medianoche. Como Deeds había vivido anteriormente la Víspera de la Cosecha, no quería quedarse bloqueado en la calle cuando el rey Johannes y sus cortesanos salieran al balcón. Hacia las diez de la noche avanzaron tambaleándose como borrachos hasta un buen puesto, cerca de la torre de la entrada, todavía firmemente cerrada. Guardias ceñudos observaban a la multitud, aunque los más jóvenes lanzaban piropos a las mujeres que pasaban y que les respondían con grititos y chillidos, unas ofendidas y otras divertidas.

Compraron una botella de algo pegajoso y fuerte, y se sentaron en la acera de enfrente, donde estarían ocultos a las miradas. Deeds se empeñaba en agitar la botella y reír, pero Elias mantenía la cabeza gacha, diciendo que prefería parecer enfermo a parecer tonto. Dos veces se les habían acercado mujeres pidiendo a Deeds un beso, aunque ninguna pidió nada a Elias. Este estiró las piernas para descansar las rodillas entumecidas y se encontró en el centro de un grupo furioso de jóvenes, uno de los cuales tropezó con él y se cayó de bruces contra los adoquines. Deeds los calmó asestando al más corpulento un puñetazo en el estómago que lo dejó sin aliento. Lo hizo con tanta seguridad que el resto captó el aviso y se fue, insultándolos y amenazándolos mientras se alejaban. Deeds los vio marcharse con las cejas enarcadas.

–Aún no están suficientemente borrachos –dijo para sí–. Cuando yo tenía su edad, Elias, me bebía una pinta de licor fuerte antes de salir a la calle. Si alguien me hubiera dado un puñetazo en las tripas, lo habría dejado tieso.

–A usted le gusta pelear –murmuró Elias–. Quizá a ellos no.

–Me gusta pelear –respondió Deeds–, pero solo para ganar. A nadie le gusta perder. Asegúrese de que esta noche ganamos. Tendrá usted… lo que quiere. Yo seré el niño mimado y el brazo derecho de nuestro amigo. Nuestro amigo obtendrá su propia recompensa.

–Me pareció oírle decir que ya era su segundo de a bordo –dijo Elias.

–Puede que exagerase.

–Ya veo. ¿Cree que intentará que me maten a mí después? –preguntó Elias.

Deeds lo miró y comprendió que hablaba en serio. Negó con la cabeza.

–He dicho que es un hombre de palabra, Elias. Él hizo un trato con usted a cambio de un trabajo. Créame, yo lo conozco. No faltará a su palabra, nunca. Puede que intente utilizarlo de nuevo después...

Dejó de hablar, pero Elias había oído lo suficiente para entender. Cuando todo acabara, si seguía vivo, se llevaría a sus hijas a algún lugar donde el general no pudiera encontrarlas. Aquel año ya había perdido demasiado, con dos puertas oscuras que aún no se atrevía a abrir. Por la noche, cuando intentaba dormir, pensaba que los oía acercarse. Su hijo Jack. Y Beth, su mujer. No podía dejarse llevar por el dolor cuando sus hijas lo necesitaban. Tampoco podía dejarse llevar por la furia, no en aquel momento. Pero ya llegaría.

El gentío aumentaba y Deeds señaló a los hombres y mujeres que se concentraban delante de la torre de la entrada. Era imposible ver las estrellas o la luna con las luces del festival que colgaban en todas las casas y esquinas, pero no debía de faltar mucho para la medianoche. Cuando los dos hombres se levantaron, las puertas se abrieron suavemente y hubo un súbito avance cuando los que estaban delante decidieron echar a correr para ocupar los mejores sitios. Deeds y Elias se encontraron atrapados en la marea de gente; la habilidad de Elias para maniobrar se vio desbordada por los empujones y apretujones. El cazador se sentía incómodo, pero no pudo hacer nada mientras los arrastraban por una avenida de antorchas y árboles altos y recortados artificialmente con forma oval, como hojas de espadas pasadas de moda.

El palacio pareció surgir de la tierra al final de la avenida, con dos grandes alas flanqueando un patio central. Era sin duda el edificio más grande que Elias había visto en su vida. Contó cuarenta ventanas en el piso superior, y había otras tres plantas debajo. Deeds estiraba el cuello y lo llamaba para que se acercara y Elias fue hacia él correteando mientras había sitio. Miró hacia la avenida que habían recorrido y vio que seguía llegando gente. Los grupos de juerguistas no tardarían en fundirse hasta formar una única masa y Deeds estaba decidido a situarse en la periferia, aunque muchos preferían el centro, cerca del balcón. Elias fue con él, alejando las manos estiradas y a los borrachos que se cruzaban en su camino. El aire estaba cálido, impregnado de sudor y el dulce aliento de los bebedores.

En el extremo del ala oeste había media docena de entradas al edificio, todas custodiadas por guardias de uniforme, apostados en parejas. Deeds se puso a contar detalles de una conquista sexual, con placer y entusiasmo, gesticulando exageradamente y apoyándose en Elias para reírse, como si sus piernas ya no pudieran sostenerlo.

–Debería haber sido actor –susurró Elias, tratando de fingir que se estaba divirtiendo.

–Tenemos que esperar a que la multitud se condense aún más. Cuando haya tanta que apenas se pueda mover, no podrán dar la voz de alarma.

–¿Eso cree? –dijo Elias.

Es lo que estaba pasando delante de sus narices. De las calles adyacentes habían llegado miles de personas, ocupando todo el patio del palacio, de manera que cada hueco que quedaba se llenaba al instante. La multitud era tan densa en algunas partes que se convirtió en una fuerza peligrosa por sí misma, con corrientes y presiones que no sentían ningún respeto por la vida de los que las formaban. Para Elias era una pesadilla. Sintió un escalofrío al pensar que podía perderse en un mar de gente y solo quería volver corriendo por donde habían llegado. Reprimió el miedo como pudo y adoptó una expresión indiferente ante el hombre que lo observaba de cerca. Elias se inclinó para acercarse a él.

–Sabemos que el rey está dentro, Deeds. Vale, o esto sale bien o nos matarán. No hay un momento oportuno, ninguno es ya mejor que otro. Entramos y si el general y usted están en lo cierto en lo referente a mí, sobreviviremos el tiempo suficiente para matar a un hombre inocente. Si no, nos cortarán en pedazos. Así que de una forma u otra, no tenemos que preocuparnos por el mañana ni por lo que ocurra a continuación.

Cada momento que pasaba, la multitud era más sólida, tanto que ambos hombres eran zarandeados con la sensación de estar indefensos. Los juerguistas saltaban, bailaban y cantaban por todas partes y Deeds notó la inquietud de Elias.

–Vamos –dijo–. Yo estoy listo si usted lo está.

Del otro lado del patio, tan lejos de la atronadora masa de hombres y mujeres que parecía encontrarse a una distancia imposible, brotó un rayo de luz, seguido por un estruendo. La tierra tembló bajo sus pies, aunque fue difícil apreciarlo con tanta gente saltando y dando patadas. Deeds estiró el cuello, pero apenas pudo ver nada aparte de la gente que los rodeaba. Vieron más luces reflejadas en los muros del palacio. Deeds oyó un ruido que podría haber sido un grito, pero no estuvo seguro. Sacudió la cabeza, irritado por haberse distraído.

–Vamos. Hacia la puerta.

Elias se movió rápidamente, utilizando su don para encontrar un camino, mientras que Deeds tuvo que empujar e incluso dar un puñetazo a un idiota. Llegaron a la entrada, donde había dos guardias que habían visto la última parte de su avance y en consecuencia los miraban fijamente. Uno levantó la mano con la palma por delante y negó con la cabeza.

–Lo siento, pero tengo que ir a un lavabo –farfulló Deeds, parpadeando lentamente.

Los guardias no sospecharon nada al ver a un obispo y un mago completamente borrachos. Cuando Deeds se acercó, se apoyó en la pared del palacio y empezó a tirar de los botones de la sotana. Un guardia gruñó con furia y le puso la mano en el hombro para apartarlo de allí. Elias vio que Deeds giraba en redondo y se dejaba caer bajo el arco de la entrada, tropezando con aparente confusión. Pensó que aquel hombre habría sido un gran actor. Oyó que el guardia ahogaba una exclamación de sorpresa cuando Deeds le hundió un cuchillo en el cuello.

Cuando el otro guardia se volvió para ver qué ocurría, Elias le clavó por detrás una larga daga bajo las costillas. Era desagradable sentir que terminaba la vida de alguien, pero no quedaba otra alternativa. Elias había ido aquella noche a matar un rey. Muchos otros se interpondrían en su camino y tendría que matarlos. Siempre se había considerado un hombre sensato, no dado a las emociones. Si le hubieran preguntado a cuántos hombres mataría para salvar a sus hijas, no habría puesto ningún límite.

Deeds y él llevaron dentro a los dos muertos y los sujetaron de pie, para que pareciese que estaban enzarzados en una conversación. Elias no sabía si la pequeña escena habría atraído la atención de alguien, pero no oyeron ningún grito de indignación ni de alarma entre la multitud que tenían detrás. Dejaron los cadáveres apoyados en una pared interior y Deeds y él se enderezaron al mismo tiempo.

Se quedaron en la sombra hasta que sus ojos se acostumbraron a la oscuridad que había tras el iluminado patio del palacio. La luz de la luna se filtraba en forma de franjas y levantaron la cabeza para mirar las estrellas del cielo. Se encontraban en un patio interior sin techo, rodeado por altas ventanas. Frente a ellos había unas puertas oscuras que recordaron a Elias las cosas en que no podía pensar hasta que hubiera terminado todo, si es que quería terminar y seguir con vida.

No había nadie mirándolos. Deeds se quitó el manto y tiró la mitra, dejando al descubierto su largo abrigo, sus pantalones gastados y una camisa de algodón blanco, así como los dos cintos con los revólveres. Tiró el cuchillo ensangrentado sobre el montón de ropa y desenfundó. En los bolsillos de su abrigo tintinearon los cartuchos y por última vez revisó con deliberación el tambor de las armas.

–Yo le cubriré –dijo Deeds, totalmente concentrado–. ¿Entendido? Usted entre y no deje de moverse. Yo me encargaré de los que escapen.

Vio que Elias lo miraba con tristeza y se encogió de hombros.

–Su don tiene límites, Elias. Usted lo sabe y yo también. Si se acercan con demasiada rapidez, pueden derribarlo. Y ese es mi trabajo esta noche. Reducir a los defensores. Permitir que siga usted en movimiento hasta que lleguemos a los aposentos del rey. Bien, el balcón está en la tercera planta, en el centro del edificio. Tenemos que encontrar la escalera. Sería buena idea llegar al rey antes de que salga a saludar a la multitud, pero me arriesgaré mientras llegan… y de todas formas no me importa. Terminemos con esto y volvamos a casa, ¿de acuerdo?

–De acuerdo –dijo Elias.

Se quitó la túnica de mago y empuñó la espada y la daga, una con cada mano. Deeds advirtió que temblaba. A pesar de su peculiar talento y de toda su experiencia como cazador, Elias Post estaba asustado. Deeds le sonrió, su reacción al miedo metamorfoseada en una especie de salvaje excitación. Abrió la puerta, sujetándola para que pasara su compañero.

–Detrás de usted, *meneer* –dijo, haciendo una reverencia tan profunda como un cortesano cualquiera.

Daw seguía a Nancy, dando empujones a la multitud cuando la puerta del palacio se abrió y la gente entró en tromba. Era extraño que todos los que los rodeaban dejaran paso a Nancy, como si notaran el peligro y se apartaran lanzando miradas nerviosas, sin llegar a entender lo que hacían. Incluso los más borrachos despejaban el camino y Daw se limitaba a ir detrás de ella.

El error que había cometido, pensaba Daw, era creer que tenía alguna influencia sobre Nancy después de lo ocurrido en la tumba. El poder era algo peligrosamente seductor, eso lo sabía bien. Su hermano James contaba anécdotas sobre hombres y mujeres que se destruían a sí mismos persiguiendo algún objeto que les permitiera ponerse por encima de los demás. Ya había caído en la cuenta de que Nancy había estado indefensa y había sido herida en algún momento del pasado, que había sentido en su carne el aguijón de la injusticia. Bien, ¿y quién no? La venganza era siempre una fantasía, aunque satisfactoria, que quizá formaba parte de la curación. Lo que no era habitual era que una joven se encontrara de repente con la capacidad de castigar a los que la habían tratado mal.

Daw ni siquiera estaba seguro de lo que hacía allí. Tenía la sensación de que Nancy no estaba del todo en sus cabales, que el poder que había absorbido en la tumba la había despojado temporalmente de sensatez y prudencia. Observó consternado que recorría la calle de los Boticarios, la más elegante de la ciudad en aquellos tiempos, con grandes escaparates enmarcados en madera de roble. Las casas cercanas eran las mayores de Darien y aunque su hermano tenía un piso en una de ellas, Daw aún se sentía fuera de lugar, medio esperando una mano en el hombro en cualquier momento. Aunque Nancy había ascendido más que él, parecía disfrutar paseando por la amplia y tranquila calle, con sus estatuas de bronce y sus árboles. Temiendo oír un grito en cualquier momento, Threefold la había visto pegar el rostro a los escaparates, acercarse cuanto podía a lo que estaba expuesto. Luego se retiraba con la piel casi humeando de calor y con las pupilas otra vez del color del oro viejo y con chispas rojas. Aquella noche arruinó unos cuantos comercios, pero había dejado en paz la tienda de su hermano, lo cual ya era algo. Demostraba que Nancy no estaba totalmente perdida, o al menos esperaba que no lo estuviera.

Desde ganar apuestas ilegales con sus primeras baratijas hasta afirmar que estaba pertrechado con magia de combate, había utilizado las habilidades y descubrimientos de su hermano para ganarse la vida con algunos trucos efectivos. Sin sus herramientas, no podía desprenderse del miedo de no ser más útil a Nancy que cualquier otro joven. Al menos sentía en la cadera el peso de un auténtico cuchillo, una columna de acero que en aquel momento parecía mucho más fuerte que la suya.

Nancy no le había pedido que fuera con ella, pero tampoco lo había despedido. Miró por delante de ella, a la gente que se seguía apartando para dejarla pasar. Él estaría allí si ella lo necesitaba. Era justo. Ella nunca habría entrado en la tumba si él no se lo hubiera pedido. Pasara lo que pasase aquella noche, en cierto modo sería culpa suya.

Threefold tragó saliva cuando la multitud se condensó a su alrededor. Era lo único que podía hacer para seguir pisándole los talones a Nancy mientras se dirigía entre el gentío a uno de los arcos de la fachada principal. Threefold sintió el sudor que le corría por la nuca y se lo limpió con la mano. No quiso pensar en lo que haría Nancy cuando le dieran el alto. Sospechaba que iba a ser muy desagradable. Sacudió la cabeza y siguió abriéndose paso sin contemplaciones. Se lo debía a Nancy.

Nancy llegó a la sombra de un pequeño arco situado a la derecha del patio del palacio. La multitud daba vueltas y empujaba, pero sus miradas estaban fijas en el edificio central, donde el rey Johannes y sus ministros saldrían a un pequeño balcón para recibir la devoción y el amor de su pueblo. Nancy apretó las mandíbulas ante la idea. Miró atrás y vio que Daw la seguía con una lealtad conmovedora.

El arco estaba guardado por dos hombres de anchas espaldas, protegidos por cota de malla y con espada en el cinto. Uno de ellos la observaba con algo que parecía admiración, mientras el otro miraba boquiabierto. Nancy les sonrió y levantó las manos como si fueran pistolas, con los pulgares levantados y apuntándoles el índice. Los dos rieron por lo bajo al ver a una hermosa mujer que compartía su diversión; pero cuando abatió los pulgares, de ellos brotaron sendos rayos de fuego blanco.

Dentro del arco había quizá otra docena de guardias que no estaban de servicio y que habían ido a comer un bocado antes de volver para mantener el orden en el gentío. Se pusieron en pie de golpe y empuñaron las armas cuando Nancy pasó junto a los dos hombres que agonizaban. Se oyeron gritos entre la multitud cuando volvió a levantar las manos para lanzar contra los guardias gruesos y ruidosos chorros de humo que llenaron el patio del palacio de fogonazos y estampidos. Los guardias rodaron por el suelo atravesados y quemados, y seguían retorciéndose cuando Threefold pasó tras ella, murmurando oraciones y disculpas.

Más allá había una puerta que conducía a unos peldaños visibles a través de un panel de cristal. Nancy sonrió, sintiendo el poder que bullía en ella. Era embriagador, más de lo que podía explicar al pobre Daw, que la seguía mansamente, que la Diosa lo bendijera. Con un movimiento de la mano, la puerta saltó en pedazos humeantes y la joven pasó por encima de ellos, echando a correr cuando llegó a la escalera.

–Ven conmigo, Daw –dijo.

Él asintió con la cabeza, decidido a no defraudarla. Intentó no pensar en los cadáveres del arco. Habían sido hombres como Basker, pero a diferencia de él, nunca conocerían un retiro tranquilo. Mientras corría, Threefold sintió el sabor del vómito en la boca, pero hizo una mueca y se lo tragó.

Elias y Deeds se encararon con seis guardias atónitos. Dos llevaban revólveres muy parecidos a los de Deeds. El pistolero los eliminó de dos certeros disparos antes de que tuvieran tiempo de desenfundar. Deeds estaba preparado y los otros dos habían sido demasiado lentos para darse cuenta del inminente ataque.

Los demás guardias cargaron gritando. Llevaban espadas y escudos que no habían pensado que tendrían que utilizar mientras buscaban el origen de los disparos. Deeds disparó en el pie a uno que se puso a dar alaridos, pero los otros tres corrieron hacia ellos y Deeds se apartó para dejar trabajar a Elias.

El cazador fue tan brutalmente rápido que Deeds se quedó atónito. Solo dio tres rápidos tajos con el cuchillo, esquivando los ataques de los soldados como si estos estuvieran en una obra de teatro y él fuera el único que mataba de verdad. Los soldados se desplomaron con cara de perplejidad, con los ojos vidriosos antes de caer sobre la gruesa alfombra sin hacer apenas ruido. El último se había apoyado en una rodilla para sujetarse el pie herido. Elias le rebanó el pescuezo y se apartó del chorro de sangre.

Mientras Deeds observaba, Elias envainó la espada, dándose cuenta de que no la necesitaría. Ya había entendido que era más mortífero dando tajos con la daga. Hizo una seña a Deeds, jadeando ligeramente y salpicado de sangre. Los disparos habían retumbado con fuerza en aquel espacio. En la estancia contigua se oyeron gritos y pasos a la carrera.

–No ha ido muy mal –dijo Elias–. Si puede derribar de lejos a los que llevan armas de fuego, yo haré lo demás. Si no acierta a todos, póngase a cubierto hasta que yo haya terminado. ¿Listo?

Deeds asintió con la cabeza, apretando la boca con furia. No le gustaba ser el menos capaz de los dos.

–Busque escaleras para subir –dijo.

Elias hizo un movimiento afirmativo y se hizo a un lado cuando aparecieron por la puerta otros dos pistoleros, disparando ciegamente hacia el interior. Deeds se echó al suelo en cuanto Elias se volvió, pues ya sabía cómo trabajaba el cazador. Las balas le pasaron por encima de la cabeza, pero Deeds ya estaba apoyado en los codos, para apuntar y disparar con precisión. Los dos hombres aullaron al sentir el impacto de los proyectiles. Elias cruzó la puerta con un par de saltos, mientras los dos enemigos se encogían con las manos en los costados.

Aquello era una matanza y Deeds se preguntó una vez más qué fuerza habían desatado el general Justan y él... y cómo iban a controlar ahora a aquel hombre. El general no podía retener para siempre a sus hijas. Ambos habían coincidido en que pensarían en el problema otro día, cuando el rey estuviera muerto y las Doce Familias se vieran abocadas al caos. Ver pasar a Elias entre hombres armados hacía el problema más acuciante, en opinión de Deeds.

Se adentraron en una larga sala con pinturas y ornamentos de escayola de color crema y azul claro. El suelo de madera de roble estaba cubierto por una alfombra que debía de costar tanto como cualquier casa que Elias hubiera tenido en su vida. El humo de la pólvora había llegado hasta allí y Deeds y Elias se miraron.

–Hay una escalera en aquel extremo –dijo Deeds, señalándola–. Para el servicio, creo. Más fácil de defender que la escalinata principal.

–Está más cerca –dijo Elias, encogiéndose de hombros y dirigiéndose hacia aquel punto.

De repente, Elias lanzó una maldición y Deeds orientó los revólveres hacia la puerta del extremo antes de que se abriera. Entró un grupo de hombres en tropel, pero él ya había abierto fuego y dos cayeron a tierra incluso antes de ver la amenaza.

Entraron más en pos de los primeros. Deeds maldijo entre dientes, avanzando sin dejar de disparar, cerrando un ojo para que no le entrara humo, pero sin dejar de abatir enemigos y cubriendo a Elias mientras este corría. Los guardias pensaron que el pistolero era el más peligroso y se concentraron en él. Se equivocaban. Elias atravesó la multitud como un carnicero, segando vidas a su paso, sin detenerse ni un instante, sin dejar de girar sobre sus talones, matando con cada tajo.

Cuando se hizo el silencio, Deeds vio que no era capaz de tragar saliva, hasta tal punto se le había secado la boca. Había efectuado sus disparos desde cierta distancia, pero las cuchilladas de Elias se habían asestado en combate cuerpo a cuerpo. Aquello significaba que el cazador empezaba a parecer un ser enloquecido y demoniaco, con los ojos brillando tras una máscara de sangre. Su cuchillo y sus mangas chorreaban sangre y Deeds tuvo que apartar los ojos de su tranquila mirada.

–La escalera –dijo Elias, volviéndose hacia ella.

Deeds asintió con la cabeza, recargando las armas conforme avanzaba y dejando un rastro de casquillos de latón en la alfombra.

# 14
# NANCY

Nancy frunció el entrecejo al pasar junto a un montón humeante que había sido un guardia del rey. No tenía ni idea de que en el palacio real hubiera tantas personas deseosas de empuñar una espada y de correr hacia ella desde el momento en que la habían visto. Al parecer, el rey Johannes era el patrón con más empleados de Darien.

Daw, que le iba a la zaga, se detuvo otra vez, vencido por las náuseas, aunque ya no le quedaba nada que vomitar. Nancy lo esperó. Era de lo más extraño. Sabía que Daw no iba a servirle apenas de nada en aquel lugar, pero a pesar de todo, su presencia, o quizá solo el hecho de conocerlo, resultaba reconfortante. Puede que tuviera un gran poder dentro de sí, pero su forma de ser no había cambiado, o al menos eso esperaba. Cruzaba salones de tan extraordinaria y ornamentada riqueza que verlos la dejaba sin aliento. Era agradable ir con un amigo, aunque dejara cadáveres a sus espaldas y manchas de quemaduras en todas las paredes.

Sintió una punzada de miedo cuando apareció otro grupo corriendo hacia ella. No esperaba ver pistolas, ni entendía realmente lo efectivas que podían ser. Eran aún demasiado nuevas para ser un artículo cotidiano en Darien y su única respuesta había sido adelantarse a ellas y aumentar la cantidad de fuego que les lanzaba. El primer par de pistoleros había quedado convertido en un montón de cenizas y huesos tras la primera ráfaga, con las armas retorcidas a causa del calor, tan intenso que había dejado las paredes temblando. El efecto la había complacido, aunque no quería quemar el palacio hasta haber acabado con lord Albus. Solo había visto una vez a aquel hombre, cuando pasó junto a su caído padre sin siquiera bajar la mirada. Pero creía poder reconocerlo. Le habían dado la oportunidad de ser la Diosa por una noche... y no iba a desaprovecharla. Cuando Albus fuera una tira de grasa chisporroteante, solo entonces haría una vasta pira funeraria con el palacio de Darien. Y que lo explicaran cuando amaneciese el nuevo día. Que pasaran miedo.

Nancy hincó una rodilla en tierra y levantó las manos, barriendo la sala con un chorro de fuego tan caliente que quemó el aliento de todos los que tenía delante. Advirtió que algo tiraba de su manga y miró asombrada la brillante sangre roja que le corría entre los dedos. Había utilizado tanto fuego interior contra los pistoleros que temió que no le quedara suficiente. No soportaba la idea de haber llegado tan lejos y que no le quedara suficiente poder para terminar lo que había comenzado, pero no había forma de calcularlo. Lo único que podía hacer era reaccionar, con la esperanza de que Daw y ella sobrevivieran. No podía acusarlo de cobarde después de haber llegado hasta allí con ella. Cada vez que miraba, allí estaba él, pálido y consternado, pero indicándole por señas que siguiera.

Descansó unos momentos, sabiendo que los aposentos del rey tenían que estar más adelante. Miró por la ventana que daba al patio del palacio y vio que había llegado al centro del edificio principal. La multitud seguía allí, por supuesto, oscura como el mar, empujando y señalando con el dedo. Oía cantar a los congregados, que seguramente habían visto los fogonazos amarillos en las ventanas. En medio de la borrachera, probablemente los habían admirado como un espectáculo de fuegos artificiales y los aplaudían. La idea le hizo sonreír. Daw la miró, confuso y asustado. Pensaba que se había vuelto loca, Nancy se dio cuenta de eso. Sentía el poder de la tumba bullendo en su estómago y en su vientre. Gobernaba un océano de abejas que porfiaban, latían y volaban dentro de ella. Era embriagador.

Se abrió una puerta y vio a cuatro hombres y dos mujeres. Nancy levantó las manos y los seis se protegieron la cara con grandes escudos en forma de lágrima. Empuñaban espadas y Nancy vio al momento que se movían con gran pericia. Los campeones del rey, sus maestros de espadas. ¿No había también dos maestras? Sintió un cosquilleo de calor en los dedos cuando, sin previo aviso, la mujer sacó una pistola de debajo del escudo y disparó.

Nancy cerró los ojos y *arrojó* llamas por toda la habitación, quemando el aire y esperando desviar la puntería o fundir los proyectiles que le habían disparado. No les dejó espacio para hacerse a un lado. Se movieron como arañas en un horno, eso lo pudo ver, aprisa pero incapaces de escapar, ya que en un abrir y cerrar de ojos pasaron del repentino movimiento espástico a la inmovilidad. Sus corazas se fundieron, sus espadas enrojecieron, demasiado calientes ya incluso para que las empuñaran manos sin vida.

Cuando Nancy desistió, ya no sentía nada dentro, ni rastro del océano rugiente que había llevado a Darien desde las arenas del desierto. Era un vacío terrorífico y, conforme aparecía el miedo, oyó una débil maldición detrás de ella. Dio media vuelta y vio a Daw caído de espaldas, parpadeando, con los ojos fijos en las pinturas del techo. La mancha roja que tenía en el pecho se iba ensanchando. Al principio pareció una amapola que se abría mientras ella miraba.

Nancy corrió hacia él con un grito de angustia, sintiéndose más indefensa que nunca. Evidentemente, le habían disparado a él, al joven atractivo, descartándola a ella como amenaza. Pues iban a pagar por aquello.

Daw sonrió al verla.

–Creí que dolería –dijo–. ¿Por qué no duele?

Empezó a reír, enseñando unos dientes ensangrentados mientras ella lo miraba con perplejidad.

–Ah, la magia te vuelve radiante –añadió Daw–. ¿Lo sabías?

Nancy asintió con la cabeza, enjugándose las lágrimas que le nublaban la vista.

–La magia ha desaparecido, Daw –dijo.

Él levantó la mano hacia ella y sonrió.

–No –dijo–. No puede ser.

Nancy le cogió la mano entre las suyas y la apretó, percibiendo su fuerza y su orgullo. Desvió la mirada como si algo hubiera atraído su atención. Daw respiró hondo entonces y Nancy comprendió que el dolor había dado con él.

El hombre contuvo la respiración todo lo que pudo, estremeciéndose y expulsando aire en pequeñas cantidades, hasta que las fuerzas le fallaron. El aire se le fue escapando poco a poco y Nancy comprendió que había muerto.

No los molestó ningún intruso. Nancy se arrodilló a su lado y esperó hasta que vio que sus ojos perdían todo el brillo. Le cogió la otra mano suavemente y se inclinó para rozarle la mejilla con la suya. Se dio cuenta de que había planeado una vida con él; no lo habían hablado, pero lo habían sobreentendido.

–Lo siento, Daw –susurró–. Creí que tendríamos más tiempo.

Nancy se puso en pie, pálida y terrible, volviéndose para mirar la carne y el metal ennegrecidos que habían sido los maestros de espadas del rey. Aún se veían llamas en las cortinas y en las alfombras del salón de banquetes, llamas que se reavivaban y buscaban nuevos caminos. En el centro de la sala vio una de las espadas que habían salido volando. Yacía en la alfombra, medio enterrada gracias a que había quemado la fibra. La recogió e hizo una mueca cuando sintió calor en las manos. Frunció el entrecejo, ya que su fuego interior nunca le había quemado la piel. Pero la magia había desaparecido y sospechaba que no conseguiría salir de allí. La verdad es que su situación ya no le importaba gran cosa, pues Daw ya no estaba con ella. Es posible que hubiera hecho ya suficiente. Estaba demasiado débil incluso para sostener la espada.

La puerta ennegrecida se abrió una vez más al otro lado de los cadáveres carbonizados, en un extremo de la sala. Esta vez entró un niño que cerró cuidadosamente tras de sí antes de girarse para mirarla.

La desesperación y la cólera de Nancy se convirtieron al momento en consternación. ¿Sería un príncipe? Nunca había oído hablar de ninguno. La idea la puso enferma, obligándola a pensar en su venganza desde otra perspectiva.

–No quiero hacer daño a un niño –le dijo–. Por favor, muchacho, vete de aquí. Corre antes de que lo queme todo.

–Niño, no –dijo Arthur con firmeza–. Gólem.

Desenvainó su espada, Nancy esgrimió la suya y avanzó hacia él, con los ojos otra vez rojos y dorados.

Advirtió su presencia cuando el niño dio un traspié, aquel niño que parecía deslizarse sobre la alfombra, haciendo alarde de la misma gracia antinatural que había visto en los maestros de espadas. Cuando Nancy redujo su avance y, sobrecogida, se dio cuenta de lo que sucedía, el muchacho se detuvo.

Arthur la miró atónito, moviendo la cabeza de un lado a otro como si quisiera prohibirle la entrada incluso entonces. Pero también él redujo el paso cada vez más, hasta quedar inmóvil con la cabeza vuelta y el cuello ofrecido. Se quedó allí, totalmente vulnerable, pero Nancy no descargó el golpe fatal a pesar de todo. No podía cortarle el cuello a un niño y concentró su atención en el nuevo océano que se volcaba dentro de ella.

Esta vez lo entendió, aunque estaba desorientada y seguía buscando la fuente. Solo la estatua perfecta de un niño que se movía y hablaba lo explicaba hasta cierto punto. No sabía qué era lo que el niño aseguraba ser, nunca había oído la palabra «gólem», pero el poder que lo había animado a él entró en ella como agua en un pozo seco. Sintió que el calor volvía a sus manos y su piel empezó a humear.

Un hombre abrió la puerta que había delante y se quedó aterrado al ver aquel paisaje de muerte y destrucción. Nancy le sonrió, el hombre palideció y cerró la puerta cuando la muchacha echó a correr. Cuando se abrió paso con el fuego, tuvo tiempo de ver al hombre cerrando unas puertas dobles con la mano izquierda. Tenían paneles de cristal y distinguió el balcón real a través de ellas. Dos guardias la miraban boquiabiertos. Habían desenvainado las espadas, pero parecían reacios a hacer nada contra una mujer que había entrado en la habitación con un chorro de llamas.

–Huid, chicos, os lo aconsejo –les dijo.

Uno levantó la espada y no vivió para contarlo. El otro se alejó como hombre que prefiere vivir.

Nancy sonrió al ver el balcón a través del cristal. La herida de su brazo empezaba a latir y supo que aún estaba en peligro. A pesar de todo, distinguió un grupo borroso de figuras atrapadas al otro lado de la puerta doble de cristal, esperando como gallinas a ver si la zorra los encontraba.

Nancy abrió las puertas y las cruzó, cerrando a sus espaldas. Reconoció a lord Albus fácilmente; el voluminoso magistrado jefe la miraba horrorizado. Había otras seis personas, unas ataviadas con uniforme elegante, otras con seda de colores. Ninguna se parecía a la efigie del rey Johannes que había en las monedas, lo cual era una lástima. Aun así, sonrió a lord Albus al ver que sudaba copiosamente.

–Me gustaría tener una charla con el juez –dijo Nancy–. Es mío. Los demás... podéis iros.

Uno de los presentes tragó saliva.

–¿Podemos... salir por la puerta?

–¿Qué? –dijo Nancy volviéndose hacia el hombre–. No. Saltad a la calle. O moríos, me importa muy poco.

El hombre se asomó horrorizado por el balcón. Había tres pisos de altura y las posibilidades de sobrevivir a una caída no eran muchas.

Nancy esperó un momento y volvió a arrojar fuego con las manos. Sus ojos eran ascuas y el pelo se le encrespaba.

Saltaron, dejando al magistrado jefe de Darien solo con la desconocida. Lord Albus levantó las manos, ambas adornadas con anillos de oro.

–Tú no sabes que me dejaste en la calle cuando solo era una niña –dijo Nancy–. Vendiste nuestra casa a uno de tus amigos y cuando mi padre protestó y te suplicó que le dieras más tiempo, uno de tus guardias lo molió a palos y nunca se recuperó.

–Ya veo –dijo el magistrado–. ¿Y a cuántos has matado esta noche para llegar aquí? ¿Cuántas familias llorarán la pérdida de sus padres esta noche porque...?

Desapareció entre las llamas que estallaron y se extendieron como una gigantesca flor amarilla y blanca que se abriera ante los ojos de la multitud que había abajo. Todos los testigos se quedaron boquiabiertos ante aquella deslumbrante explosión de calor y ruido. El contraste con la noche los cegó unos momentos y no pudieron ver el balcón ennegrecido y a la joven solitaria que estaba allí.

–*Leguleyos* –dijo Nancy.

Estaba agotada y estuvo un rato con las manos apoyadas en las rodillas. Sabía que debía seguir adelante para que los guardias no la encontraran allí. El océano interior había disminuido otra vez y estaba tan cansada que apenas podía tenerse en pie, tan llena de dolor que habría podido saltar la balaustrada para terminar con todo de una vez. Entonces oyó voces en el pasillo, hombres que hablaban en voz baja. En lugar de enfrentarse o matar a nadie más, dio un paso a un lado y apoyó la espalda en la pared, para ser invisible a cualquiera que pasase. La piedra estaba fría y se limitó a quedarse allí, respirando.

Las puertas siguieron cerradas, aunque le pareció notar que alguien miraba a través de ellas. Nancy rompió a llorar por Daw Threefold y por todos los que había matado. Había sido una especie de locura.

Elias y Deeds se quedaron mirando la extraña figura que habían visto al atardecer. Arthur Veloz estaba paralizado ante ellos, tan inmóvil como si estuviera hecho de piedra, pero esculpido y pintado con cierta apariencia de vida.

–¿Qué... es eso? –susurró Elias sobrecogido.

Deeds cabeceó por toda respuesta. Tocó cautelosamente la cabeza de aquella cosa con la punta del cañón del revólver. No hubo ningún movimiento.

–No lo sé –dijo Deeds–. Quizá alguna defensa mágica que ha fracasado. Y hay llamas delante de nosotros... ¿Ves ese temblor? Aquí pasa algo y no sé lo que es. No, no me preocupa. El balcón está allí, tras esas puertas de cristal. No hay ni rastro del rey, pero esta es la zona más grande del palacio. Tiene que estar cerca, a menos que haya huido o sus guardias se lo hayan llevado a otra parte. Hemos entrado tan rápido que pensé...

Calló mientras miraba una puerta de roble pulido que había al otro lado del corredor, delante del balcón. Elias guardó silencio cuando Deeds se llevó un dedo a los labios, ya que había advertido que llegaba alguien.

El pistolero se acercó a las puertas del balcón y miró a través del cristal, frunciendo el entrecejo al ver la piedra ennegrecida de la balaustrada.

–No hay nadie. Pero tiene que estar por alguna parte.

Elias parpadeó de repente. Sin decir palabra, se acercó a la puerta del otro lado del corredor y la golpeó con fuerza. Sonaron dos disparos, que arrancaron astillas de la madera pero sin atravesarla. Deeds pareció complacido.

Elias le hizo una mueca, abrió la puerta de una patada y entró a toda velocidad. Deeds lo conocía lo suficiente para saber que no debía seguirlo de cerca y esperó a oír otro disparo antes de asomar la cabeza.

El rey Johannes de Generes estaba tendido de espaldas, con las manos levantadas, presa del miedo. Había interpuesto una mesa para protegerse, pero Elias había entrado y la había retirado de un tirón, quitándole la pistola.

–Rápido –dijo Deeds, mirando atrás–. Llegarán más guardias, puede apostar su vida. Hágalo.

Elias dio un suspiro, mirando al aterrorizado joven, que estaba a punto de llorar, pero se esforzaba por hacerse el valiente.

–¡Por favor! –exclamó el rey Johannes–. No tienes por qué hacerlo.

El monarca temblaba.

Elias cabeceó, levantó un cuchillo y bajó el brazo.

–No puedo –dijo.

Hizo una mueca cuando Deeds entró en la habitación, vaciando sus revólveres en el rey, que quedó como un colador.

Luego, recargó los tambores fríamente con los cartuchos que llevaba en el bolsillo.

–Bueno, ya está hecho –dijo con sequedad y alivio–. Al general no le importará cómo ocurrió, puede estar seguro. Pero ya está hecho. Esta noche es la noche, *meneer* Post. Darien tendrá un nuevo orden por la mañana, un nuevo rey y quizá un nuevo jefe del ejército, el que tiene delante.

Deeds dio media vuelta y Elias fue con él. Ninguno de los dos se volvió para mirar al rey muerto, puesto que ya no podían cambiar su suerte. Pero ambos estaban tristes por todo lo que habían hecho y no había ninguna sensación de triunfo en sus expresiones.

Al entrar en la estancia contigua, Deeds captó un movimiento y reaccionó con su habitual celeridad, desenfundando tan velozmente que el revólver pareció materializarse en su mano. Elias le golpeó el brazo hacia arriba y el proyectil se incrustó en el techo.

La figura inmóvil del niño que empuñaba la espada se estaba moviendo, lentamente, casi como un anciano.

–Demasiadas muertes ya, Deeds –dijo Elias–. Se acabó. No le disparará a él.

Arthur Veloz no era consciente del tiempo que había estado inmóvil. Sintió que recuperaba el movimiento y cuando pudo enfocar la mirada, buscó primero a la joven que se había acercado a él. No lo entendía. Había estado defendiendo al rey, tal como Tellius le había pedido. Había desenvainado la espada para enfrentarse a ella, pero... la memoria le fallaba en aquel punto y cuando se dio cuenta estaba flexionando las manos, volviendo la cabeza y oyéndola crujir. No había sido agradable y seguía sin entenderlo del todo. ¿Se había desmayado? Nunca le había pasado algo así, pero sabía que un buen golpe puede dejar fuera de juego a un muchacho durante un tiempo, o para siempre, si el golpe era muy fuerte.

Había dos desconocidos mirándolo, discutiendo con furiosos susurros. Arthur parpadeó con desconcierto al verlos. Desde su punto de vista, habían aparecido de la nada. Vio que uno estaba cubierto de sangre, de pies a cabeza. Arthur tuvo la sensación de haber fracasado.

–¿El... rey? –preguntó con voz ronca.

–Muerto. Lo siento –respondió Elias.

Vio que el niño, o lo que fuera, se hundía en la decepción.

–¡Elias, tenemos que irnos! –dijo Deeds, tratando de cogerlo de la manga empapada en sangre–. Hay diez o veinte mil personas fuera que nos harán pedazos si nos atrapan, ¿lo entiende? Ni siquiera usted podría esquivarlos a todos.

–¿Tienes madre, muchacho? –preguntó Elias sin hacerle caso–. ¿No? ¿Ni familia que vele por ti?

Arthur negó con la cabeza y Elias miró ceñudo al pistolero, que se apoyaba ora en un pie, ora en el otro, a causa de la impaciencia.

–Muchacho, no –murmuró Arthur. Estuvo un momento pensando–. Arthur.

Pronunciar la palabra pareció alterarlo y brillaron lágrimas en sus ojos. Elias sintió que se le resquebrajaba parte de la dureza acumulada los días anteriores. El chico no se parecía a su hijo, pero eso era lo de menos.

–Bien, tengo dos hijas, Arthur, dos chicas que han perdido un hermano hace poco. Si quieres, puedes venir a vivir conmigo un tiempo. Si quieres, ¿te parece bien?

Arthur asintió con la cabeza y dio un paso hacia él, dándose la vuelta para mirar la habitación del rey.

–¿Ha perdido el juicio? –dijo Deeds.

–Este lugar está en llamas, señor Deeds, no sé si se ha dado cuenta. No voy a dejar aquí a un chico aturdido mientras el palacio arde a su alrededor.

Elias se puso en marcha y Arthur anduvo a su lado con paso vacilante. Deeds los siguió con expresión sombría.

Dejaron atrás habitaciones llenas de olor a pólvora. Las llamas lamían las cortinas y empezaron a coger ímpetu, prendiendo en las sillas de madera vieja, extendiéndose por los suelos hasta que las mismas paredes se pintaron de marrón oscuro y crujieron a causa del calor interior.

La multitud era presa de algo muy parecido a la locura cuando Elias y Deeds salieron con Arthur al patio. La gente que había acudido a ver al rey había visto en su lugar a hombres y mujeres de la nobleza que caían de un balcón situado a quince metros de altura, rompiéndose piernas y tobillos y llamando a gritos a los guardias a pesar del dolor. Todos habían visto la inmensa figura de lord Albus volviéndose para mirar a alguien, de espaldas al patio, y luego la gran llamarada que había cruzado el cielo nocturno, como la vela de un barco.

Todos los alborotadores veían ya el piso superior envuelto en llamas, que asomaban incluso entre las tejas del tejado. No había forma de salvar el palacio y la gente de Darien quedó atrapada entre el deseo de huir y la fascinación de ver la destrucción, la oportunidad de decir que había estado allí, en aquella Víspera de la Cosecha en que el palacio había sido reducido a cenizas.

Era tedioso abrirse camino entre tanta gente. Pasar entre miles de hombres y mujeres boquiabiertos era un esfuerzo agotador, o porque había que pedir paso continuamente o porque había que empujar a quienes no se movían. Deeds y Elias, con cara de pocos amigos, protegían a Arthur lo mejor que podían y avanzaron entre la multitud hasta que llegaron a la puerta exterior y accedieron a la ciudad propiamente dicha. Una hora antes estaba abarrotada, pero ahora que el cielo estaba iluminado por las llamas del palacio, todos los vecinos parecían haberse congregado en el barrio oeste.

Deeds vio que por una esquina cercana aparecían dos soldados. Llevaban las túnicas blancas de los Inmortales del general Justan. Se los señaló a Elias con la cabeza.

–Ya empieza la ocupación.

–¿La legión va a venir esta noche? –preguntó Elias.

–¿Y cuándo, si no? Esta noche, naturalmente. ¡Usted y yo somos la excusa, Elias! El rey ha muerto. Oh, no planeamos que el palacio se incendiara, pero el general Justan tenía en usted más fe que yo. La legión levantó el campamento hace días para acercarse a la ciudad. Recorrieron a toda velocidad los últimos kilómetros a la puesta del sol. En este instante están al otro lado de la muralla, esperando órdenes... y no hay peligro de que les cierren el paso. El general ha enviado a sus mejores hombres a las puertas... y hay más en las encrucijadas de la ciudad. No hay duda de que será una noche violenta, pero por la mañana habrá un nuevo rey en Darien. Es nuestro momento, Elias. Ya lo verá.

–No quiero ver nada, Deeds. Solo quiero que me devuelvan a mis hijas.

Por alguna razón, que Arthur Veloz volviese la cabeza sin parar mientras los dos hombres hablaban puso furioso a Deeds.

–Le he dicho una docena de veces que se las devolverán y que la palabra del general se cumple. Ya lo verá. No creo que sea esta noche, igual que no podría haber sido hoy si el general Justan siguiera en el campamento donde lo conoció, ¿entendido? Así que no diga que he roto mi acuerdo con usted. No lo he hecho. Debería volver conmigo a la posada para recoger los caballos. Está usted cubierto de sangre. Si toda esta gente no sale corriendo horrorizada es solo porque parece un disfraz.

Mientras hablaba se oyeron gritos, pero no tenían nada que ver con Elias. Un hombre y una mujer habían tropezado con un Inmortal. Por toda respuesta, el soldado había atravesado al hombre con dos rápidos golpes de espada. Atónita, la multitud guardó repentino silencio; acto seguido, la mujer se lanzó contra el soldado, tratando de clavarle las uñas en los ojos. En el rostro del soldado aparecieron unas rayas rojas; el hombre reaccionó salvajemente, cortándole el cuello a la mujer, que se desplomó en la calzada junto a su compañero, derramando sangre oscura a borbotones. Los que pasaban comenzaron a chillar asustados y entre los testigos brotó un rugido de furia.

–Esto podría ponerse feo –dijo Deeds.

–Ya se ha puesto feo –dijo Elias–. ¿Desde cuando los soldados atacan a hombres y mujeres indefensos? ¿Ese es el plan del que está tan orgulloso? Esta gente no quiere un caudillo militar, Deeds, ¿se da cuenta? Cuando entiendan lo que está pasando, se alzarán en armas.

–Sería usted un mal pastor, *meneer* –dijo Deeds–. Hay que dar algún ejemplo, es inevitable. Yo desearía que no fuera así, pero ambos sabemos que algunas personas no se dejarán intimidar. Pero después, cuando los dirigentes naturales hayan desaparecido, el resto acatará lo que se les diga. Hay miles de soldados entrando en la ciudad, Elias. Habrá miedo y caos durante unas horas, como es lógico, y se derramará sangre. Pero cuando vean que el general Justan Aldan Aeris ha llegado para restaurar el orden, supongo que estarán complacidos. Es una pena que el palacio esté ardiendo. Tendrá que instalar el centro de mando en otro edificio.

–Nunca he sido pastor –dijo Elias débilmente.

La multitud pasaba corriendo junto a los soldados, mirando de reojo los cadáveres y con los ojos fijos en los adoquines de la calle. Elias había visto más muertes esa noche que en toda su vida. Veía las mismas caras asustadas en la gente que se cruzaba con él. Sabía que estaba empapado en sangre, sentía que le picaba la piel, como si aún estuviera fresca. La idea lo puso enfermo. Había matado a muchísimos hombres y estaba exhausto. Quería que acabara aquella noche, pero, por el contrario, parecía que iban a ser testigos de una invasión.

# SEGUNDA PARTE

# 15
# OPCIONES

*Lady* Sallet mantuvo una expresión amable mientras observaba al hombre que tenía sentado delante. Era un adversario y sospechaba que él lo sabía tan bien como ella. Y a pesar de todo, se dio cuenta de que le gustaba, lo cual era una sensación extraña e inexplicable, como si un olor a rosas de la infancia se colara en la habitación.

Tellius la miraba fijamente, preguntándose por el resultado de aquel juego. No le quedaban cartas en la mano, así que su única opción era esperar y observar. No le gustaban sus probabilidades y menos ahora que lo tenían en una celda. Imaginaba que la finca de Sallet debía de ser magnífica a la luz del día, aunque a él lo habían llevado allí de noche. No había visto nada más grande que el interior de un saco de tela y tenía los talones magullados, ya que lo habían subido a rastras por una escalera de piedra. Aparte de eso, podía estar en cualquier lugar de la ciudad.

La celda tenía una mesita atornillada en el suelo, con argollas de hierro soldadas en la superficie. Por estas argollas habían introducido una cadena que sujetaron a las esposas de sus muñecas. No podía ponerse en pie, ni hacer apenas nada, así que trataba con todas sus fuerzas de parecer relajado, y no un anciano asustado y exhausto, a punto de agotar sus recursos.

*Lady* Sallet, por lo menos, era una mujer atractiva. De anchas espaldas y piel clara, con ojos de un azul muy oscuro. Había paisajes peores en Darien y también peores celdas. Tellius sacudió levemente la cabeza para detener aquel pensamiento y su interrogadora arrugó la frente con interés. El viejo sabía que no debía subestimarla. *Lady* Sallet pertenecía a un reducidísimo número de cabezas de familia y personas influyentes de la ciudad, tan por encima de los mugrientos contactos callejeros que en todos los años que llevaba en Darien Tellius solo la había visto una vez y de lejos. Algunos decían que el mismo rey no era más que un títere suyo, aunque al anciano le parecía una exageración. No podía aprobarse ninguna ley sin que Johannes pusiera su sello personal. Seguro que eso daba al rey el poder de rechazarla, aunque nunca lo utilizara.

La mujer se sentó delante de él, doblando y alisando las arrugas de su vestido con unos movimientos tan controlados que parecían un ritual. Al final se quedó inmóvil y levantó la cabeza para mirarlo con sus ojos oscuros. Tellius sintió que se le ponía la carne de gallina.

–Por debajo... de todo eso –dijo *lady* Sallet, agitando la mano para señalar la decrepitud y suciedad del hombre–, parece usted un hombre civilizado. Ha hecho un trato con mi sobrino a cambio de oro, así que usted ya no tiene ninguna relación especial con el... niño gólem. Lo único que quiero es saber la frase que lo obliga, solo eso. A cambio, doblaré la cantidad que le dieron y podrá usted dejar la ciudad esta misma noche.

Puso una mano sobre la otra en el regazo y se retrepó en el asiento, esperando la respuesta. Tellius miró sus cadenas y maldijo su propia estupidez. No debería haber vuelto a la tienda. ¿Qué valían sus viejas medallas y anillos en comparación con su vida? Sin embargo, la mujer no quería matarlo, de lo contrario ya estaría muerto. Su única ventaja era que solo Arthur y él sabían que no había una frase especial, ni una orden mágica que obligara a obedecer al muchacho. Arthur obedecería si quería hacerlo, o no obedecería y ahí acababa todo.

No era mucho para hacer un trato a cambio de su vida, pero quizá, pensó Tellius, quizá podría conseguir que fuera suficiente.

–El problema, *lady* Sallet, es que podéis ver todas las opciones que tengo ante mí, al igual que yo. Después de todo, si os digo cómo quitarle el control a vuestro sobrino, ¿qué impedirá que diga a otro cómo quitaros el control a vos?

–Mi sobrino lo dejó ir con una bolsa de oro, *meneer* –dijo *lady* Sallet con frialdad.

Tellius inclinó la cabeza, casi disculpándose. Pensaba mejor cuando hablaba, siempre había sido así.

–Con todo respeto, señora, vos no sois vuestro sobrino. No estaba seguro de que él me dejara vivir. En cambio, estoy seguro de que vos no me dejaréis.

–¿Tan cruel se dice que soy, *meneer*? –preguntó la mujer.

–Se dice que sois práctica, señora. No me dejaréis marchar.

*Lady* Sallet levantó y bajó los hombros un milímetro, como reconociendo que el viejo decía la verdad. Alzó una mano y tocó las cadenas, para recordárselo.

–Y sin embargo aquí estamos, en una habitación tan hundida en la tierra que ningún ruido atravesará las paredes. Incluso en la Víspera de la Cosecha, hay aquí tanto silencio... que daría lo mismo que estuviera enterrado vivo.

Tellius se rio por lo bajo.

–Soy demasiado valioso para eso, señora, al menos esta noche. Vuestro sobrino no os ha dicho la frase, de lo contrario yo no estaría aquí. Eso es obvio. Y tampoco os la dirá, lo cual es más interesante. O sea, que no confía totalmente en vos. Pero

¿quién podría reprochárselo si se trata de su propia seguridad? Siempre ha tenido miedo, desde el asesinato de su padre.

–Procure no... sobrevalorar su vida, *meneer*. Después de todo, el gólem no es un ejército. Por muy obediente o habilidoso que parezca, solo tiene una espada. No me lo imagino enfrentándose a arqueros y pistoleros.

–Ah, querida señora, no tenéis ni la menor idea –dijo Tellius con ojos brillantes.

Su valor dependía de cómo concibiera ella a Arthur, así que aprovechó la oportunidad para elogiarlo, sabiendo todo el tiempo que la mujer podía entender sus motivaciones igual que él entendía las suyas.

–El chico es más rápido que cualquier espadachín o pistolero vivo, señora. Siente dolor, pero puede pasarlo por alto. En el campo de batalla quizá puedan arrollarlo. Como decís, está solo. Pero en el lugar adecuado... como protector, ningún hombre vivo podría detenerlo.

–Demasiado valioso entonces para que lo controle mi sobrino –dijo firmemente *lady* Sallet–. Bien, no quiero que lo quemen, le saquen los ojos ni lo sometan a todos los horrores que mis hombres podrían infligirle. Preferiría que me dijera lo que quiero oír. Preferiría que cogiera una gruesa bolsa de monedas de oro y desapareciera de Darien para no volver a cruzar la muralla nunca jamás.

–Pero querida señora, me mataréis en el momento en que os diga las palabras que necesitáis –dijo Tellius, casi con tristeza–. Vos lo sabéis y yo lo sé. Tal como están las cosas en este momento, mi vida solo vale el aliento imprescindible para pronunciar esas palabras... nada más.

*Lady* Sallet frunció la frente y el anciano pensó de nuevo en lo elegante y escultural que era aquella mujer.

–Si escribe esas palabras, *meneer*, podría dárselas a un amigo de confianza. En una caja o una carta sellada, quizá. Un amigo que no las leyera y me las entregara directamente.

Tellius negó con la cabeza.

–Señora, admiro vuestra inteligencia, pero sospecho que mataríais también a todos los amigos que yo nombrara.

–¿Tan despiadada me cree? –preguntó la mujer con indignación.

–¿Para que los Sallet gobiernen en Darien? Oh, sí, señora, sin dudarlo –respondió el anciano. *Lady* Sallet inclinó la cabeza, concediéndole el argumento mientras Tellius proseguía–: Señora, aunque encontrara a alguien que se atreviera a traer una caja sellada, seguiríais teniéndome cautivo, por si se me ocurriera dar una frase falsa. Cuando estuvierais satisfecha, murmuraríais una orden... y sería el final de un anciano que confió demasiado y se merecía algo mejor. –Fue a alargar los brazos, pero las cadenas se tensaron con un tintineo–. Lo siento. No quiero reducir las posibilidades de salir de aquí, pero para que eso ocurra no debe haber mentiras ni equívocos. Es mejor que lo diga ahora.

*Lady* Sallet se quedó mirando a aquel curioso anciano que parecía entender casi tan bien como ella cada punto del desafío al que se enfrentaba. La dificultad era la confianza, ese era el problema. Claro que una parte importante de Darien estaba compuesta por casas de banca, algunas más ricas que el mismo rey. Su propia familia era propietaria de uno de los bancos más antiguos de la ciudad y ella tenía cierta experiencia en negociaciones hostiles. Seguramente más que un anciano que dirigía a golfillos y ladronzuelos en las habitaciones superiores de una tienda.

–Su deseo es seguir vivo, *meneer* Tellius, salir de Darien, con o sin oro. El mío es conocer las palabras que controlan al gólem... y que él sea leal solo a mi persona. Cuando sea mío, no podré permitir que mi sobrino lo recupere, ¿lo entiende?

Tellius asintió con la cabeza, observando y escuchando con total concentración. Aquella mujer era impresionante, se dijo. Su belleza lo distraía y en aquel momento también era probable que lo matara. Realmente, era una ventaja totalmente injusta.

–Si me lo pone demasiado difícil, *meneer* –añadió–, tendré que poner fin a esta transacción. ¿Lo entiende? Un círculo no puede ser cuadrado. Algunos asuntos son insolubles. Si llego a la conclusión de que no puede haber acuerdo, me levantaré y me iré. La próxima persona que entre en esta celda será la última que vea. ¿Entiende lo que está en juego?

–Creo que sí, mi señora –dijo el anciano.

–Pues busquemos el acuerdo –respondió ella.

Movida por un impulso, alargó la mano para tocarlo. Tellius se sonrojó, atónito ante aquella familiaridad.

–Vuestra dificultad radica en mi conocimiento –dijo él rápidamente–. Habéis creído que si me encerráis y me obligáis a hablar, podrá hacer lo mismo cualquier otro capaz de quitaros el gólem a vos. En consecuencia, la única solución viable es mi muerte. Después de todo, el rey Johannes confió en mí... pero aquí estamos. Esta reunión es el ejemplo de lo que puede salir mal.

–Continúe –dijo la mujer.

Tellius respiró hondo, sintiéndose más joven que en los últimos años, como si su cerebro echara chispas.

–Tuve ocasión de interrogar a la criatura, mi señora, aunque al principio no hablaba. Pero llegó a confiar en mí. Me enseñó un pergamino con las palabras de su fabricante, con siglos de antigüedad, pero con una escritura que yo conocía de mi juventud. Las traduje al moderno y cuando las pronuncié en voz alta, lo até a mi voluntad, sin saberlo.

–Es fascinante. ¿Aún tiene el pergamino? –preguntó la mujer, apretándose las manos.

Tellius negó con la cabeza.

–Entendí su valor, así que lo eché al fuego de mi chimenea, mi señora. –Se tocó la sien–. Pero las palabras siguen vivas aquí. Se las vendí al rey Johannes. Puedo volver a vendéroslas a vos. Y cuando el gólem esté a vuestro servicio, pensaréis que es un riesgo demasiado grande que yo siga vivo, así que... –Hizo un ruido peculiar para indicar su propia muerte, como un ganso al que estrangulan. Sin embargo, la miró con aire triunfal, sacudiendo la cabeza–. El caso es que no conocéis la letra pequeña, mi señora. No sabéis que si matáis al intermediario, el gólem se libera para siempre de todas sus obligaciones. Es tan antiguo como la misma magia, mi señora. Fueron creados para reyes y reinas, pero incluso los imperios se convierten en polvo. Sin esa salvaguarda, nunca podría haber un cambio de propietario eficaz.

*Lady* Sallet apartó la mano con delicadeza, cerrando los dedos que habían dejado sendas marcas blancas en el dorso de Tellius. Miró pensativa al anciano.

–Interesante. Creo que miente, *meneer*. Para salvar el pellejo.

–¿Podéis correr ese riesgo? –preguntó el anciano con calma.

La mujer lo miró un largo rato. Había antiguas historias de gólems en su biblioteca, pero nunca había visto ninguno vivo. Su mecanismo y la energía que los impulsaba eran desconocidos. Allí, a sus pies, había un hombre del este que aseguraba saber cómo controlar uno... y sin embargo, no podía ser eliminado para proteger el secreto. Entonces se le ocurrió una idea y el anciano asintió con la cabeza cuando se dilataron las pupilas femeninas.

–¡Eso es, mi señora! Estáis pensando en que podéis dar la orden para que me mate otra persona. El gólem no lo sabrá, ¿cómo podría? ¿Seríais mi guardiana, obligada a mantenerme con vida? ¡Sería una locura! Está claro que puedo morir de muerte natural, y quizá no tan natural, y entonces tendréis el gólem y las palabras que lo controlan solo para vos. ¿Es esa vuestra idea? –Sonrió, sacudiendo la cabeza–. No, mi señora. La magia es más sutil. Soy un anciano y ya no viviré muchos años. Pero si estáis relacionada de alguna manera con mi muerte, por haber hablado con mi asesino, por haberle susurrado la orden en una habitación vacía, incluso por haber afilado el cuchillo que me mate... el gólem será libre para siempre.

Ante la sorpresa de la mujer, el anciano le cogió la mano tal como ella le había cogido la suya antes.

–Tenéis que confiar en que tendré la boca cerrada durante los años que me queden. Os aseguro, mi señora, que estaba contento con lo que tenía. Doblad esa bolsa, dejadme en libertad y os diré lo que necesitáis saber.

La mujer lo miró a los ojos y vio confianza y fe en ellos. Fue un momento ligeramente turbador y oyó con alegría los pasos que le permitieron apartar la mano y levantarse del asiento. Se sintió como si hubiera despertado de un sueño y miró asombrada al anciano.

El capitán que entró estaba pálido y tembloroso. Tellius se quedó muy quieto y posó los ojos en él, fijándose en todos los detalles de su actitud. No traía buenas noticias, eso estaba claro.

–*Lady* Sallet, el rey ha sido asesinado –informó el capitán sin aliento.

Sin duda esperaba una exclamación o un grito de horror por parte de su señora. Lejos de ello, no hubo más que silencio. *Lady* Sallet dio un suspiro.

–Entiendo. ¿Acaso lo ascendí por su aspecto, capitán? ¿Fue así?

El hombre negó con la cabeza, lleno de confusión, incapaz de entender aquel comentario.

–¿Mi señora? –dijo–. El rey Johannes, vuestro sobrino...

–Sí, lo he entendido. Una noticia tan importante habría podido comunicarse en privado. Fuera de aquí, capitán. Despierte a los soldados de Sallet. Habrá inquietud en la ciudad. Subiré en seguida.

El capitán hizo una reverencia, más confuso aún. Salió corriendo y *lady* Sallet se volvió y comprobó que Tellius la observaba totalmente inexpresivo.

–Vaya –dijo–. Entre todas las personas que hay en Darien esta noche, puede que usted y yo seamos los únicos beneficiarios de esta tragedia.

–No parecéis... inquieta, mi señora. ¿No era vuestro sobrino favorito?

*Lady* Sallet cerró los ojos un momento.

–Me duele, *meneer*. Pero prefiero no expresarlo. Johannes era un mentecato, pero... un mentecato bondadoso. Un mentecato inofensivo. Merecía algo mejor que ser asesinado como su padre. Aunque, por supuesto, eso no significa que su gólem no tenga amo. El valor de la criatura ha disminuido ahora que ha dejado que mataran a Johannes. A lo mejor es que la criatura ha sido destruida. Aquí, en esta pequeña habitación, con este silencio, no podemos saberlo... y aún tiene usted que decidirse. Quizá el gólem esté inutilizado en este momento... y usted ya no sea de ningún valor para mí. Debo sentir cólera, ¿qué he de ser con usted, malvada o amable?

Tellius tragó saliva, incómodo ante el brillo de los ojos femeninos.

–Dígame la frase de mando –dijo–. Coja la bolsa de oro que le confiscamos y salga de Darien esta noche. Esa es mi oferta. O haré que lo maten aquí mismo, en esta habitación. ¿Para qué necesito un protector que no puede proteger?

–Se necesitaría un ejército para vencer a ese chico –dijo Tellius, con tanta convicción que la mujer parpadeó.

–*Elija*, *meneer* Tellius. Mi tiempo se acaba. Le ofrezco la bolsa y la vida. O la muerte y nada.

Tellius tiró de las cadenas y la mujer dejó una pequeña llave sobre la mesa, sujetándola con el dedo, y con las cejas enarcadas interrogativamente. El anciano dio un suspiro.

–Pronunciad estas palabras, mi señora: «El malabarista te lo pide». Solo eso y nada más. El gólem os obedecerá desde ese momento, a menos que le hagáis daño o me lo hagáis a mí.

–Si me miente, *meneer* Tellius, de un modo u otro, haré que lamente sus trucos –dijo la mujer.

–Por supuesto, mi señora –repuso el anciano.

Tellius se dobló y las esposas se abrieron con un chasquido. *Lady* Sallet miró donde creía tener la llave todavía sujeta con el dedo, pero vio que ya no estaba.

–Venga conmigo, *meneer* –dijo–. Hasta que encuentre a su gólem y pronuncie las palabras, sigue siendo mi prisionero. Ponga cara de pesar o de cólera. El rey ha muerto y precisamente la noche de la Víspera de la Cosecha. Hay que hacer justicia. Y más importante aún, tiene que haber castigos.

Nancy esperó a que las voces se desvanecieran para abrir nuevamente las puertas del balcón, pero retrocedió al momento al ver las llamas. El extraño niño que parecía una estatua había desaparecido, lo cual fue un alivio, ya que la había puesto nerviosa. Los ojos le picaban a causa de la espesa humareda y se puso a toser, recordando que era la falta de aire lo que mataba antes que las llamas, o eso decían. Miró el balcón ennegrecido y luego las llamas que lamían las paredes y el techo, casi como un líquido. El fuego producía un susurro semejante al de una respiración o un crujir de páginas arrugadas. El calor encrespaba su larga cabellera y sentía que se le secaba la boca mientras se esforzaba por respirar. Ya no le quedaba magia dentro y se sentía como en la última fase de la fiebre, como si hubiera terminado una noche de borrachera y se dirigiese trastabillando a su casa a la luz del tranquilo amanecer. En el caso de que pudiera salir de allí.

La envolvió una nueva oleada de calor asfixiante, sintió irritación en la piel y sus pensamientos volvieron al mundo de los vivos. No había forma de escapar por donde había entrado. El fuego se había convertido en un muro imposible de cruzar.

El humo era tan espeso que apenas veía nada, pero distinguió las puertas abiertas del pasillo, y no había el menor indicio de fuego al otro lado. Solo eran unos pocos pasos que podía salvar corriendo, pero el calor hacía el aire demasiado espeso y caliente para respirar, y los labios se le agrietaban. Levantó una mano para protegerse los ojos mientras retrocedía hacia el balcón en que había estado, dejando las puertas abiertas. El calor la siguió y el humo salió tan espeso que no detectó aire puro en ninguna parte. Así que respiró con la boca pegada a la manga, se llenó los pulmones, contuvo la respiración y avanzó del mejor modo que pudo. Fue como atravesar un horno, pero no tardó en estar fuera y con las puertas cerradas a su espalda. Tenía la ropa medio quemada y echó de menos el poder sobre el fuego que había tenido hasta hacía poco.

Siguió adelante y entonces vio el cadáver del rey Johannes de Generes, muerto y ya de color azulado, con grandes agujeros en el pecho y la frente. Al parecer, la efigie de las monedas y sellos había sido solo un hombre, un poco como Daw Threefold, más pequeño y digno de lástima en la muerte. Había visto aquel cambio antes, cuando el guardia había molido a palos a su padre. Había sido un hombre fuerte, pero las botas del guardia habían roto algo dentro de él. Poco a poco lo había cubierto de sangre hasta que tuvo todo el pecho empapado.

Su padre había muerto poco después, perdido en sueños febriles y gritando. Nadie había respondido por ello, no hasta la noche presente. Nancy pensó en el enorme y achicharrado cuerpo del magistrado jefe en el balcón. Sonrió a través de las lágrimas, que se limpió con tanta fuerza que se dejó una marca.

Parpadeó en medio de aquel rugiente silencio, tratando de concentrarse. Había pasado mucho tiempo de aquello. Supuso que Daw habría ardido ya del todo en el incendio que había causado ella misma. Y que sin duda la consumiría también a ella cuando las llamas devorasen las puertas. Apartó los ojos del cadáver del rey, sabiendo que estaba mareada y que tenía que moverse más aprisa. Aún le salía sangre del brazo y tenía muchas ganas de encogerse y dormir. A lo largo de una pared había unas ventanas sin sentido ni utilidad. Probablemente darían a algún patio interior, como otros aposentos reales.

Se puso a rasgar las sábanas de la cama para anudarlas y formar una cuerda. Al cabo de unos momentos de frenética actividad se dio cuenta de que estaba llorando y esforzándose por respirar. Sentía el dolor del brazo como si la hubieran marcado con un hierro al rojo. No. No iba a dejarse vencer por el pánico. Saldría de allí.

Era extraño no sentir ya ningún rastro de magia dentro de sí, ningún mar de fuego. La primera vez había ocurrido tan aprisa que apenas tuvo un momento para lamentar la pérdida. Antes de entender que se había acabado, el chico había salido al pasillo y la magia había entrado en ella otra vez. Había sido... una noche realmente extraña. Sentada y anudando sábanas, manchándolas con su sangre, el vacío era como la ausencia de un picor después de estar rascándose varios días, un bendito alivio y al mismo tiempo una desazón, una pérdida. Se frotó los ojos al pensarlo y a continuación se pasó la uña por la superficie de la lengua.

La puerta del aposento del rey era de caoba maciza pulida. Mientras la miraba, empezó a humear, llenando la habitación de un humo acre, casi dulce. Nancy se dio cuenta de que otra vez se había quedado absorta y se puso en movimiento de súbito, atando y estirando sábanas, sabiendo que su vida dependía de que no se deshicieran los nudos bajo su peso. Fue a las ventanas, abrió una y miró al silencioso patio de abajo. No tendría que bajar toda aquella distancia, pensó borrosamente. El humo le producía somnolencia y sacó la cabeza por la ventana para respirar. Ayudó un poco, pero la habitación cada vez tenía más humo y estaba más caliente. El fuego ascendía, recordó. Los pisos de abajo aún estarían intactos.

Se sintió algo más fuerte cuando levantó una silla y la estrelló contra el suelo. Desencajó dos patas, sujetó una en el marco de la ventana y se enganchó la otra en el cinturón. Habría guardias en el piso de abajo, como es lógico. Lo más probable es que la mataran o la capturasen. También pensó en Daw, que había ido hasta allí por ella. Había sido amable y eso era aproximadamente lo máximo que podía decirse de una persona. No le defraudaría. También recordó que había dejado la máscara de oro en casa de su hermano, en la calle de los Boticarios. En aquel momento no le pareció importante, pero si sobrevivía, tendría que encontrar la manera de reclamarla. Era lo único que le quedaba en el mundo.

Asió con fuerza la gruesa cuerda de sábanas retorcidas y se subió al alféizar de la ventana. El calor de la habitación aumentaba y el fuego abría agujeros cada vez mayores en la puerta, como petardos que estallaran en círculo lentamente. Tocó la pata de la silla para que le diera suerte y descendió con manos temblorosas. El dolor del brazo herido aumentó repentinamente y tuvo ganas de gritar. Imposible sostenerse con él, pero tampoco podía rebasar los nudos con un solo brazo. Durante un momento se quedó allí colgada, indefensa y presa de la desesperación.

Lejos del humo, volvió a sentirse despejada. Se rodeó la muñeca dolorida con la cuerda sin dejar de gruñir. Le dolería y se despellejaría, pero por lo menos le permitiría deslizarse. Comprobó que podía. Inició el descenso, maldiciendo y sollozando al mismo tiempo, deteniéndose en cada nudo para equilibrar el peso y prosiguiendo el agitado descenso por la pared del palacio con toda la rapidez que podía.

# 16
# La casa Sallet

Elias no tenía necesidad de sacudirse la mano de Deeds mientras avanzaban por la abarrotada calle. Se volvía y el otro se veía obligado a dar manotazos furiosos en el aire. El pequeño Arthur iba con él, caminando con una gracia peculiar que lo hacía parecer un espadachín. Elias cabeceó. El chico llevaba espada en el cinto, pero era demasiado pequeño para amedrentar a nadie. Sin embargo, también era responsabilidad suya, dado que lo había sacado del palacio. Cuando Elias bajó los ojos, vio que Arthur lo observaba y dio un suspiro.

–Voy a buscar a mis hijas, Arthur. ¿Recuerdas las dos que mencioné? Dije que haría algo... bueno, algunas cosas horribles para mantenerlas a salvo; y ya las he hecho. El caso es que no sé si el general me entregará a mis hijas y luego dejará que me vaya. ¿Entiendes lo que te digo? Mira, yo creía que quería vengarme por haberme utilizado, por obligarme a matar a un hombre. Por el momento, solo quiero irme a casa, a mi pequeño pueblo, a visitar las tumbas y a recuperar mi vida. Los hombres como el general quieren mucho más que eso... y no voy a ponerte en peligro. Si te digo que te vayas, tendrás que irte, ¿entendido? Ve hacia el este, al pueblo de Wyburn, y alguien te dirá dónde está mi vieja casa. Limítate a decir que sí, ¿quieres, muchacho? No quiero ser responsable de que te maten a ti también.

Arthur asintió lentamente con la cabeza y Elias sintió que se quitaba un peso de encima mientras se abría paso entre la multitud. La puerta de la ciudad más cercana estaba apenas a medio kilómetro del palacio, a unos cuatrocientos pasos. Ya entonces notaron un cambio en el ruido que procedía de aquella parte de la ciudad, una nota de miedo y cólera que vibraba en el aire. La mitad de los habitantes de Darien estaban todavía aturdidos mirando las llamas que iluminaban el horizonte. Muy pocos miraban donde debían mirar si querían ver la amenaza aún mayor que representaban los Inmortales, que ya avanzaban sobre la ciudad.

Elias apretó las mandíbulas mientras se movía entre la gente, sin preocuparse de si Deeds lo seguía o no. Era un extraño aspecto de su talento el saber que el pistolero estaba allí, siguiéndolo. Lo único que Elias tenía que hacer era imaginar que se detenía y allí estaría Deeds, de nuevo a sus espaldas.

Al cabo de un rato comprendió que tampoco debía preocuparse por Arthur como se habría preocupado por una de sus hijas si estuviera en medio de una multitud. Una ciudad borracha y asustada era un lugar peligroso para los niños, a los que ni siquiera verían antes de aplastarlos, pero Arthur parecía caminar esquivando a los juerguistas casi con la misma habilidad que Elias.

El cazador apresuró el paso, sin saber a ciencia cierta qué haría cuando llegara a la puerta occidental. En aquellas calles se habían reunido miles de personas para asistir al festival. Sin embargo, advirtió, apretando los puños involuntariamente, que se estaba imponiendo cierto orden.

Cuando Elias se detuvo para observar, la multitud se abría unos metros por delante de él como una ola que choca contra la proa de un barco: hombres y mujeres eran empujados hacia las aceras por filas de soldados Inmortales con cotas de malla pulidas y sobreveste blanca. Utilizaban los astiles de las flechas y la hoja de las espadas para hacer a la gente a un lado, pero el mensaje era suficientemente claro y ya había algún que otro cadáver caído en tierra. Muchos ciudadanos tenían el rostro enrojecido y gritaban, demasiado borrachos todavía para apartarse pacíficamente. Preferían resistir cuando los empujaban y los soldados respondían con una violencia indiferente, alegre, sin dejar de sonreír todo el tiempo.

Elias miró a través de las puertas abiertas de la ciudad y vio la larga columna que entraba en Darien. Desde luego, el general Justan Aldan Aeris no trataba de ocultar su llegada. Se oyó un gran estruendo de trompetas. Las antorchas dejaban rastros de chispas anaranjadas en la cálida noche y en el corazón de aquellos miles de hombres y caballos, con estandartes blancos que ondeaban al viento.

La legión Inmortal había llegado a Darien. El general aún estaba demasiado lejos para que Elias distinguiera su rostro o para saber si las niñas estaban con él. Eso y la presencia de Arthur a su lado era lo que mantenía quieta la mano del cazador, aunque tenía ganas de moverla. Elias había visto tanta sangre aquella noche que sabía que podía enloquecer, embriagado por la violencia. Hizo una mueca de amargura al recordar algunas cosas que había hecho. No le bastaba pensar que no había tenido elección, aunque fuera cierto. Por eso había insistido en poner a salvo al muchacho, un pequeño acto para intentar compensar el resto. Intuía que no podría equilibrar el fiel de la balanza hiciera lo que hiciese, quizá nunca más.

El rey estaba muerto y la horrible tarea del cazador, completa, aunque hubiera sido Deeds el que había hecho los disparos definitivos. Elias podría mirar sin turbación al general que había causado aquello. Podría exigir lo que se le debía. No se le ocurría cómo podría negar su triunfo a aquel hombre, pero si había un modo de hacerlo, lo haría. Aunque no había mentido a Arthur sobre su deseo de volver a casa, eso no significaba que quisiera que el general Justan Aldan Aeris consiguiera su objetivo. Algunos hombres no merecen ganar. Algunos hombres no merecen vivir.

Rodeando al muchacho con un brazo, Elias se apartó con la multitud, aunque se quedó en primera fila, presionando a los soldados, obligándolos a merecer con su esfuerzo cada paso que daban. Los ciudadanos que habían intentado empujarlo para pasar se encontraron arañando el aire, sutilmente apartados. Cuando un hombre alargó la mano con ira, le asió la muñeca con tanta fuerza que el dolor atravesó la niebla de su borrachera. El hombre retrocedió, frotándose la muñeca por donde Elias se la había atenazado, con más miedo a aquel sujeto manchado de rojo que lo miraba que a todos los soldados con sus mallas y sus espadas.

Elias tenía la hoja de una espada pegado a su estómago, desestimando la amenaza que suponía. Había sido cazador el tiempo suficiente para conocer el peligro que tenía delante. El silencio y la cautela eran las claves de su habilidad, por encima de todo lo demás. Deeds tenía razón al señalar que Elias no podía atrapar un caballo o un venado corriendo detrás de él. Tenía éxito como cazador porque era capaz de ver el mejor sitio para esperar, fundiéndose con la tierra hasta que su presa salía de la oscuridad sin sospechar nada. La paciencia siempre había formado parte de él, metida en los huesos desde que tenía memoria.

Algo había cambiado y ya no podía encontrar la calma interior que necesitaba. Quizá fuese por la matanza del palacio. Había algo que hervía en su sangre para haber pasado entre tantos hombres peligrosos sin nada más que un cuchillo y su don. Aunque temía el salvajismo que entrañaba, lo sentía: un deseo de vencer, de dominar, de *aplastar*. Pensó que el general, indudablemente, habría reconocido esa sensación. Sacudió la cabeza, tratando de concentrarse en la larga columna de soldados de élite que desfilaba por la ciudad. Inmortales. Deeds le había dicho que se pusieron ese nombre porque sus hazañas vivían más que ellos. Evidentemente, tan cierto era en lo referente al bien como en lo referente al mal.

Elias advirtió que Arthur lo observaba. Sentía el peligro en el aire que lo rodeaba, pero no podía dejar aquel lugar, todavía no. Tenía que comprobar si el general había llevado a sus hijas a Darien.

Elias se volvió hacia Deeds cuando el pistolero llegó a su altura, jadeando con fuerza.

–Tome –dijo este último, entregándole un pañuelo empapado–. Hay un caballo al otro lado de la puerta. Llama usted mucho la atención. Debería limpiarse la cara. Y también las manos.

Fue un detalle inesperadamente amable y Elias cogió el pañuelo sin pronunciar palabra. Lo cierto es que el humor estaba cambiando a su alrededor, las risas y la diversión de la Víspera de la Cosecha se habían visto alteradas por las llamas en el horizonte y el rumor del calzado militar. La ciudad gruñía y algunos miraban con furia, odio y temor al hombre manchado de rojo que estaba entre ellos. Ninguno reía dando por sentado que Elias llevaba un disfraz y menos al ver desfilar a los soldados, y cada susurro era sobre asesinato e invasión.

Con mucha seriedad, Elias se limpió la cara y las manos lo mejor que pudo. Necesitaba escurrir el pañuelo y lavarlo, pero los jinetes con armadura del general seguían cruzando la puerta y los heraldos tocaban trompetas de bronce, tan bien pulidas que parecían de oro. Elias asintió con la cabeza para darle las gracias a Deeds. No le devolvió el pañuelo manchado, dado que había cambiado de color, pero se le ocurrió una idea al mirar al joven.

–No interfiera ahora, Deeds. Lo mataré si lo hace.

–No puedo dejar que cometa… una locura, Elias.

Elias dio un bufido.

–No puede detenerme. Lo sabe. Mejor que cualquier otro ser vivo.

–No, *meneer*. Mejor que nadie… exceptuando al general. Y no, no puedo detenerlo. Yo solo no. Pero ya no estoy solo.

Deeds parecía tenso cuando se apartó un paso y silbó con dos dedos en la boca. Los jinetes Inmortales volvieron la cabeza al oírlo y se oyeron órdenes que se transmitían de fila en fila. Toda la columna se detuvo en tres pasos. Elias se dio cuenta con asombro de que estaban esperando aquella señal. Dio la espalda a Deeds y vio la figura del general en el centro de la columna. Podría… No. Cuando *se estiró* para verse un paso por delante, tropezó con docenas de hombres que lo rodearon al instante, centenares de hombres, todos prestos a matarlo por encima de cualquier otra prioridad.

Elias cabeceó. Al parecer, el general había pensado en la amenaza que supondría enfrentarse a su sicario. Sin hacer un solo movimiento, Elias comprendió que los guardias de aquel hombre utilizarían toda su fuerza, más de la que él podía esquivar o sortear. Mientras se esforzaba por ver más allá barajando varias alternativas, se vio bloqueado una y otra vez por un muro de hombres con armadura. Podría matar a varias docenas, pero su pequeño cuchillo no le permitiría atravesar aquella masa. Su don no lo conduciría hasta el general.

La calle se había quedado extrañamente silenciosa cuando la legión se detuvo. Los estandartes se agitaban al viento y las antorchas parpadeaban y humeaban. Incluso las risas de los ciudadanos de Darien se redujeron hasta desaparecer. Los Inmortales estaban inmóviles, mirando la muchedumbre que se agitaba. Les habían dicho que esperasen el silbido y se detuviesen, eso estaba claro como el agua. No había confusión en sus expresiones, solo resolución y la hosca perspectiva de la violencia. Detrás del muro de espadas y jinetes con armadura, la gente se agitaba nerviosa.

Elias vio un arco de piedra más allá de la luz de las antorchas; lo percibió como el vuelo de un pájaro. Era muy grande y se desprendió, yendo a caer sobre la visera de un jinete Inmortal. El golpe hizo que se tambaleara y escupiera sangre. Algunos miembros de la multitud lanzaron vítores, aunque el ambiente cambió rápidamente cuando un oficial hizo una seña con la cabeza. Una docena de compañeros del jinete desmontaron y se acercaron a la multitud con las espadas en alto. La gente se deshizo en gritos y chillidos de alarma, incapaz de retroceder mientras forcejeaba y empujaba.

Elias tuvo tiempo de coger a Arthur de la mano y se vio arrastrado por una marea de hombres y mujeres aterrorizados. Su don no resultaba útil sin espacio para moverse y sintió una nueva frustración al percibir sus límites, incluso daba empujones y gruñidos, desesperado por no perder al muchacho cuya mano sujetaba con tanta fuerza.

Estaba lo bastante cerca para ver que los Inmortales aplastaban a la multitud como auténticos salvajes, matando sin piedad y repartiendo mandobles. Las manos de las víctimas se alargaban hacia sus cotas, pero la gente de la ciudad iba vestida para un festival y los soldados iban preparados para la guerra. Elias maldijo ente dientes, harto de todo aquello, pero incapaz de hacer nada, arrastrado por un terror ciego en forma de multitud en movimiento. Empujados por una marea incontenible, Arthur y él avanzaron una docena de pasos hacia la puerta y entonces vio al general Justan allí mismo, por fin, sentado con su armadura en un enorme carro con ruedas, tirado por bueyes.

Elias *se estiró* y se mantuvo en el terreno, utilizando su don y toda su fuerza para proteger a Arthur del empuje de la multitud, como habría hecho con su propio hijo. El chico no dejaba de mirarlo y Elias le sonrió para que estuviera tranquilo. Cuando levantó la cabeza de nuevo, el mundo pareció retroceder y se quedó petrificado y boquiabierto.

El general Justan, por lo visto, había decidido dar un espectáculo. Quería que vieran lo que se proponía en todos los detalles de la exhibición. El carro estaba enfundado en un paño morado. Sobre su cabeza pendía un toldo sujeto con postes de oro, sin duda para protegerlo de los arqueros de los tejados. Había lámparas encendidas al lado del general, que estaba sentado en un banco, con dos niñas vestidas de blanco arrodilladas a sus pies. Elias tragó saliva al ver las cadenas que iban de las manos del general a las de las niñas. Las cadenas parecían de oro, aunque eso no las hacía menos manifestadoras de su poder.

Elias sintió crecer su propio miedo entre los gritos de pánico y cólera de la multitud. El general Justan había llevado a Jenny y Alice a Darien para asegurarse su propia protección, eso era evidente. Pero la ciudad era como madera seca en aquella noche de fiesta. Todo el lugar podía arder en llamas, como el palacio y el rey muerto que alojaba. Elias pudo sentirlo. Mientras miraba al general fijamente, enjugándose el sudor del cuello, pensó que también Justan estaba empezando a comprender.

Vio que el general movía la cabeza y lo buscaba entre los rostros apelotonados. Elias renunció a sus planes de venganza. Sus hijas parecían asustadas, de la multitud, de los soldados, del hombre que las tenía encadenadas a sus pies como si fueran perros. Elias no podía ni hablar a causa de la ira, pero se volvió hacia Arthur.

–Es hora de que te vayas, hijo. ¿Sí? Tal como te dije antes. Ábrete camino entre la multitud y llega a la puerta. Luego ve al sur durante unos kilómetros, luego al este, en dirección a

Wyburn, con el sol saliendo a tu espalda durante dos o tres días. Pregunta por la casa de Elias Post y di que eres un primo, ¿entendido? La llave está en una cajita de hierro, bajo el umbral. Levanta la losa. Nadie te lo impedirá y allí estarás a salvo. Yo iré a verte con mis hijas en cuanto pueda.

Dio un leve empujón a Arthur y esperó hasta que el muchacho desapareció entre la masa de piernas de hombres y mujeres que se apretujaban. Elias levantó la mano y gritó:

–Aquí, general. ¡Elias Post! ¡General Justan, estoy aquí!

Vio que la mirada de halcón del general se dirigía hacia él y una expresión de sincero alivio cruzó el rostro del militar. Elias advirtió que Deeds se ponía otra vez a su espalda, pero no se molestó en volverse.

–Bueno, Deeds, parece que esto lo han planeado juntos. Eligió seguir a un hombre capaz de cargar de cadenas a unas niñas. Quizá debería decirme qué quieren ustedes.

Oyó que Deeds, incómodo, tragaba saliva.

–No fue idea mía, Elias. Solo queremos sobrevivir. No tiene mucho sentido conquistar la ciudad si se pierde la cabeza en el intento, ¿verdad?

Elias enseñó los dientes cuando el general gritó una orden y las primeras filas se abrieron ante él para dejarlo pasar. Dio un paso adelante y fue inevitable encontrarse con la mirada de sus hijas. Jenny parecía enfadada, mientras que Alice temblaba, al borde de las lágrimas. Elias imaginaba que debía de tener un aspecto horrible. A pesar de haberse limpiado con el pañuelo, todavía estaba manchado de sangre, con las ropas rasgadas y medio quemadas. Cuando dio un paso para apartarse de la multitud, supuso que más que un padre parecería un ser de pesadilla que ha cobrado vida. A pesar de todo, sonrió a sus hijas y levantó una mano para saludarlas.

–No tardaré mucho, Jen, Alice –dijo con toda la naturalidad que pudo–. Sed valientes por mí, pequeñas.

Siguió andando y cada paso que daba *se estiraba,* hasta el punto de que las manos le temblaban a causa del esfuerzo. El general estaba a una altura superior, en el carro, y Elias no daba un paso sin verse rodeado de pistoleros y espadachines, tan cerca de él que habría sido incapaz de esquivarlos a todos. Hizo una mueca al pensar en lo lejos que habían llegado para dominarlo. Cuando pensó en la posibilidad de atacar y previó el resultado, distinguió brillantes estelas de proyectiles que cruzaban el lugar donde había estado. Al principio no vio espacio suficiente para pasar entre ellas. El general debía de estar realmente asustado.

Elias se detuvo y supo que Deeds había desenfundado y le apuntaba por la espalda con los dos revólveres. Hizo caso omiso de la amenaza. Estaba forzando su don todo el rato, hasta lo más lejos que podía. Percibiría sus movimientos.

–He hecho lo que usted quería, general –dijo, prefiriendo no decir en voz alta cuál había sido la misión, no delante de aquella multitud y de sus hijas.

–Ya lo veo, aunque pegar fuego al palacio no estaba entre mis intenciones –respondió el general Justan.

A Elias le pareció obsceno que el general siguiera sujetando las doradas cadenas, que se alargaban trazando un bucle hasta los brazos de sus hijas. Estas iban vestidas con las mejores ropas que habían conocido nunca. Pero ni la seda ni el raso podían ocultar el miedo que sentían, por sí mismas y por él. Al parecer el general era un monstruo, más de lo que a Elias le había parecido en la primera reunión.

–¿Por qué las cadenas? –dijo con ligereza, aunque sus ojos estaban inyectados en sangre y su mirada era terrible.

El general se rio por lo bajo.

–Esta ciudad es un lugar aterrador para la gente menuda, ¿no cree? No me gustaría que se perdieran en medio de la confusión. Y por supuesto no quiero que su padre venga en mi busca. Tengo al tigre por la cola, *meneer*. Si lo suelto, se volverá contra mí.

Elias palideció al prever que habría un tiroteo a continuación. Sabía lo que el general iba a decir, pues, lleno de desesperación, se había *estirado* más lejos que nunca.

–Claro que un tigre... puede matarse... –comenzó el general.

Elias se quedó paralizado, con todas sus alternativas futuras hechas añicos. El general miraba por encima de la multitud, abriendo y cerrando la boca a causa de la sorpresa. No dio la orden que Elias había previsto. En la periferia de la multitud, estalló una serie de explosiones acompañadas de relámpagos, iluminando la calle como si fuera de día.

Tellius fue consciente de su edad cuando respiró una vez más al aire libre. Aspiró profundamente por la nariz conforme se acercaba a las puertas interiores de la finca Sallet, que se alzaba a prudente distancia del hormiguero de la ciudad. Detrás de aquellos muros, la finca era un silencioso oasis de paz y tranquilidad. Fuera estaba el caos y el peligro. Pero ni siquiera aquellos altos muros cubiertos de hiedra podían impedirles el paso totalmente. El aire olía a humo y Tellius advirtió una nota diferente en el ritmo de la fiesta. Algo no encajaba, como si una campana se hubiera agrietado y siguiera sonando. La muerte del rey, evidentemente, tenía que ver con aquello. Se acercó a *lady* Sallet, que estaba hablando con sus consejeros y los capitanes de su guardia, y los despachaba con fría eficiencia conforme aumentaba su información. Los mensajeros iban y venían como abejas a su reina, ayudándola a construir un cuadro de los acontecimientos que habían tenido lugar en Darien durante las últimas horas.

*Lady* Sallet miró al anciano que la observaba y frunció el entrecejo, ya que Tellius no era para ella más que un problema que venía a inmiscuirse en asuntos más serios. En comparación con la toma de la ciudad, el pequeño asunto del gólem de su sobrino se había convertido en un percance que estaba deseosa de posponer para otro día. Tellius casi intuía que iba a decidir encerrarlo otra vez en una celda hasta que todo hubiera acabado.

–El gólem no tiene amo en este momento, mi señora –dijo–. Si está en la calle, seguro que se convertirá en blanco de cualquier ataque. ¿Imagináis lo que una masa de borrachos podría hacerle?

–¿Intenta apelar a mi compasión? –preguntó *lady* Sallet con sincera sorpresa–. La criatura ha sobrevivido mucho tiempo. Imagino que podrá apañárselas solo durante una noche, dondequiera que esté. No lo necesito a usted para nada.

Tellius sabía que solo hacía falta una orden para que lo enviaran otra vez a la celda.

–Permitid que me quede a vuestro lado, mi señora –dijo–. Yo fui espadachín... y puedo dar órdenes al gólem. Mejor tenerme a vuestro lado y no necesitarme que necesitarme y no tenerme cerca, ¿no os parece?

*Lady* Sallet elevó los ojos al cielo, a punto de echarse a reír. Sospechaba que al final tendría que matar al viejo, para atar los cabos sueltos del asunto del gólem. Hasta entonces, no había motivo para no disfrutar de su compañía.

Dos capitanes de la guardia ya esperaban órdenes, tiesos y firmes los dos. La mujer los miró y se mordió el labio inferior, pensativa.

–Oh, muy bien, *meneer* –dijo–. Quédese cerca de mí y rece para ser más una ayuda que un obstáculo.

Tellius hizo la reverencia más profunda que pudo, encantado por la oportunidad de salir de la finca Sallet con el pellejo intacto.

Oyó un chirrido y vio que se abrían unas puertas de la planta baja de la mansión, cada una más ancha que un hombre. Salieron seis figuras con armadura verde y Tellius las miró boquiabierto al ver su corpulencia. Retrocedió lleno de espanto y admiración.

Las seis figuras llevaban las mismas piezas que cualquier caballero armado, aunque resplandecían de una forma más parecida al cristal ahumado que al metal. Desde las grandes hombreras hasta los guanteletes y los puntiagudos escarpes, cada pieza ostentaba unos signos oscuros, números y letras que Tellius reconoció vagamente. Tragó saliva.

Medían más de dos metros de altura y aun así se movían con la ligereza y la rapidez de los maestros de espadas. Tellius, atónito, sacudió la cabeza al volverse hacia *lady* Sallet. Vio que estaba complacida por su reacción y se preguntó si no se le habría permitido quedarse allí solo para que viera a los famosos Verdes de Sallet, sus verdaderos protectores. Desde luego, eran tan asombrosos como la leyenda aseguraba.

–¿Ha dicho que fue usted espadachín, *meneer* Tellius? Estos son mis guardias. ¿Verdad que son elegantes?

–Mi señora, nunca he visto nada igual. ¿Son... gólems?

No veía ni rastro de inteligencia humana en los yelmos verdes, solo una mirada vidriosa de insecto, que lo escrutaron al instante y lo descartaron como peligro potencial.

–Bajo la armadura hay hombres, los mejores y más fuertes de todos los que están a mis órdenes. Guerreros que consagran toda su vida al privilegio de defender la Casa de Sallet. ¡Verdes, en formación! Protegedme.

Las seis grandes figuras se golpearon el peto con el guantelete y se oyó un retumbar de metales. Se movieron para ponerse en formación de losange alrededor de *lady* Sallet y una casi derribó a Tellius con la pierna. Hubo un crepitar de energía y Tellius se preguntó qué magia habrían empleado para que semejantes masas de metal fueran a la vez tan ligeras y fuertes. Saltaba a la vista que aquellas armaduras eran mágicas. La Casa de Sallet era una de las más ricas de Darien y de toda la costa oeste. Si algo podía hacerse, aunque costara fortunas, vidas y el trabajo de ciudades enteras, se hacía.

*Lady* Sallet vio que había sido derribado y levantó los ojos hacia las figuras verdes que la rodeaban como una hija que riñera a sus padres.

–Este hombre es mi invitado. No quiero que sufra el menor daño... a menos que sea para salvarme o para evitarme un peligro.

Los seis guerreros, por toda respuesta, inclinaron la cabeza. Tellius se dio cuenta de que todavía no los había oído hablar y volvió a acordarse de Arthur. Esperaba que el muchacho se hubiera escondido en algún sitio seguro, entre otras cosas porque, con las prisas, *lady* Sallet todavía no le había devuelto la bolsa de oro. No creía que fuera el momento más indicado para pedírsela, pero el olvido práctico era típico de aquella gente. Terminaban por quedarse con el oro porque nadie más había encontrado el momento justo para pedir que se lo devolvieran.

–Lo que haya pasado en el palacio tendrá que esperar –dijo *lady* Sallet con voz acostumbrada a mandar–. Al rey Johannes no se le puede devolver la vida y no dudo que sus guardias recogerán todas las pruebas que haya para localizar a los asesinos. Para los intereses de la Casa de Sallet la ciudad tiene ante sí otros peligros. Me han dicho que hay un ataque por la puerta occidental, que el general Justan está entrando con su legión Inmortal en Darien. Si es así, tendrá que ser castigado por su insolencia, y sus fuerzas dispersadas.

Por detrás de los seis guerreros verdes, la guardia personal de la Familia Sallet salió de sus barracones, columna tras columna. Tellius contó trescientos hombres, muchos para que una sola familia, por muy rica que fuese, los mantuviera y equipara. Pero no serían suficientes para vencer a una legión entera. Tellius miró receloso a *lady* Sallet. Necesitaría aliados si quería proteger sus muros aquella noche.

Los hombres con cota de malla y armadura de acero formaron en silencio, quedándose tan inmóviles como los Verdes. Tellius sacudió la cabeza, sobrecogido. Las puertas de la finca Sallet se abrían ya y dejaban ver la calzada exterior. El anciano apenas podía creer la rapidez con que estaba cambiando todo aquella noche. Pocos momentos antes estaba encadenado en una celda, esperando un destino incierto. Ahora las puertas de la finca se abrían y una masa de ciudadanos borrachos corría por el otro lado, lanzando exclamaciones al ver a los guerreros de verde armadura y a la mujer que protegían.

–Al oeste pues –ordenó *lady* Sallet–. A la puerta de la ciudad.

Tellius buscó caballos, o una litera que transportara a la señora de la casa, pero no vio ninguna de las dos cosas. Ante su sorpresa, *lady* Sallet lo cogió del brazo. Los guerreros verdes abandonaron su actitud de asesinos al acecho y se irguieron cuan altos eran, moviendo la cabeza a un lado y a otro, en busca del menor indicio de peligro.

La orden de *lady* Sallet se repitió a un volumen más alto y resonó en los altos muros que rodeaban el patio. La mujer echó a andar y Tellius y los seis guardias verdes se ajustaron a su paso, intimidando a la multitud, que se quedó inmóvil y sobrecogida. Las fuerzas de la Casa de Sallet estaban en Darien.

# 17
# La Puerta

Lo único que quería Nancy era salir del palacio. Hasta entonces nada le costaba imaginar que cualquiera podía señalarla y gritar: «¡Ahí está la asesina!». Se había despellejado las manos al descender al balcón del piso de abajo por la cuerda de sábanas anudadas. Cuando entró trastabillando, casi la atrapó un joven guardia, rápido en las rectas pero lento en las curvas. La muchacha corrió delante de él hasta que el guardia se puso a jadear y resollar, rezagándose a cada paso. La suerte o la Diosa habían estado con ella mientras bajaba escaleras y se internaba en la noche, iluminada por las llamas que se elevaban hacia el cielo por encima de ella. Aún le temblaban y le escocían las manos. Todo el patio real estaba teñido de amarillo claro y oscuro del incendio que ella había iniciado. Miles de personas corrían para alejarse de un edificio que pensaban que les podía caer encima, mientras otras se quedaban allí y rezaban, incluso cantaban, presas de un estupor alucinado, como si contemplaran una fogata de campamento, complacidas y alegres.

Nancy se mezcló con los grupos más sobrios que se dirigían hacia la larga avenida y se alejaban del palacio. Cuando ardieron los pisos superiores, las llamas salían por las ventanas como gruesas lenguas que explorasen los muros por fuera. Otro peligro silencioso eran las brillantes chispas que flotaban en el aire, hermosas pero incendiarias, como semillas que extendieran el fuego ayudadas por la brisa.

Cada vez aparecían más guardias reales en el lugar de los hechos, daban órdenes a la gente para que saliera, a veces a punta de espada si se negaban. Estaban aterrorizados, confusos y furiosos por la falta de información. Todo el palacio estaba en peligro y la cadena de mando se había roto, así que a un lado del patio había hombres tratando de impedir que la multitud saliera y al otro alguien había dado orden de despejar el lugar. Cientos de personas se quedaron paralizadas cuando el balcón real se vino abajo con un estruendo, que resonó como un cañonazo entre los edificios que cerraban el patio.

Nancy recorrió la larga avenida en medio del caos, perdida en una masa de gente, indescriptiblemente cansada pero emocionada por estar viva. Tenía sangre seca en el brazo y sentía como un ascua palpitante el punto donde le había alcanzado el disparo. No sabía nada de heridas de bala, pero sospechaba que tendría que buscar un médico que la mirase para que no se infectara. Sin embargo, a pesar de las heridas, a pesar de todo lo que había visto y hecho, estaba fuera… alejándose del horror y la violencia con una sensación de alivio tan intensa que casi parecía euforia. Era otra oportunidad de vivir la vida y solo lamentaba que Daw Threefold no estuviera allí para compartirla.

Algo había quedado inconcluso entre ellos, algo que ahora se le presentaba tan en carne viva y digno de lástima como los arañazos, los cortes y las quemaduras. En pocos días se había acostumbrado a su proximidad, a verlo allí cada vez que girase la cabeza. Frunció la frente al pensarlo. Habían compartido el desierto y habían experimentado juntos las emociones de la tumba y su fantasmagórico ocupante. Le resultaba inconcebible no volver a verlo nunca más, no escuchar sus quejas ni sentir su brazo en la cintura.

La máscara de oro aún la esperaba en la tienda de su hermano, que por suerte estaba a cierta distancia del palacio. Nancy mantuvo la cabeza gacha mientras volvía a aquella calle, medio esperando ser detenida o acusada en cualquier momento. La tienda del hermano de Daw estaba llena de objetos mágicos, eso se lo había dejado muy claro Daw. Solo el hecho de entrar le daría suficiente poder para obligarlo a entregarle la máscara si la cosa se ponía difícil. No era una idea agradable, pero no permitiría que un extraño la engañara con la única cosa valiosa que poseía. Se había ganado su parte, eso no podía negarlo nadie.

Nancy oía conversaciones preocupadas en la amplia avenida. Hombres y mujeres iban de grupo en grupo, contando lo que sabían y enterándose de otras noticias. Oír rumores sobre la docena de sicarios que había enviado al palacio una de las Doce Familias puede que resultara entretenido, pero a ella, que había matado hombres aquella noche, no se lo parecía. Al menos no había matado al rey Johannes. Esa parte era un misterio, aunque creía que debían de haber sido los hombres que oyó pasar mientras estaba escondida en el balcón.

No se sentía especialmente culpable por la muerte de lord Albus, lo cual la sorprendía. La expresión de desdén que había visto en su rostro había contribuido a eliminar una última oportunidad de perdón. Era algo a lo que aferrarse, ahora que la magia se había consumido por completo, dejándola vacía. Había perdido los papeles durante un momento, eso era verdad. Pero había encontrado al hombre que quería castigar y había puesto término a su vida. Quizá eso no cambiara nada. Quizá incluso tendría remordimientos más adelante, eso no lo sabía. Por el momento, sentaba bien haberse tomado la justicia por su mano.

Cuando Nancy se acercó al paseo que rodeaba la finca real, oyó más rumores, conversaciones fragmentarias: que la puerta occidental había sido tomada, que las Doce Familias habían sacado sus fuerzas a la calle, que estaban atacando Darien. Tenía sentido si se sumaba a lo que ya sabía, que el rey había muerto. Algo terrible estaba ocurriendo en la ciudad. Nancy albergaba la esperanza de que lo solucionaran otros, un deseo infantil que rechazó en cuanto se dio cuenta de que lo era. Caminaría y miraría, junto a todos los que hacían lo mismo.

Nancy trazaba planes mientras pasaba junto a los guardias que flanqueaban el ancho paseo y miraban a todos los viandantes con suspicacia y espada en mano. Ella había formado parte de algo aquella noche, en el mismo corazón de los sucesos. Pero al rey le había disparado otra persona. No pensaba ir a la posada de Basker o a la tienda del hermano de Daw mientras no supiera algo más.

Al acercarse a las puertas del palacio se dio cuenta de que caminaba con torpeza, como persona que hubiera olvidado temporalmente cómo ser natural. Todavía estaba oscuro, pero ella veía gracias al palacio que ardía a sus espaldas y seguro que los guardias verían sus ropas chamuscadas, las gotas de sangre de su pelo. Esperó el grito y el rumor de pasos, pero no oyó nada.

Salió del recinto de la ciudad y viró hacia el oeste para integrarse en la corriente de ciudadanos, como pez que vuelve al río. Mantenía la cabeza gacha, aunque deseaba echar a correr, respirar a pleno pulmón, abrir los brazos. Estaba viva y había escapado.

De súbito se echó a llorar por Daw y por todos los que había matado, y sintió dolor y náuseas. Los rostros se volvían para mirarla y, sin avisar, sin detenerse siquiera a doblarse por la cintura, el vómito le llenó la boca. Se llevó una mano a los labios, horrorizada, y vio que por entre los dedos se le escapaba un delgado chorro que manchaba el abrigo del hombre que tenía delante y que retrocedió con un grito de indignación y asco.

Se retiraba ya a un lado de la calzada, todavía con la mano en la boca, cuando vio abrirse las puertas de la finca de los Sallet. El gran escudo esmaltado de la familia se partió por el eje vertical, las dos puertas rechinaron y dejaron al descubierto lo que parecía un ejército encabezado por monstruos de cristal verde oscuro. Nancy se atragantó y tosió hasta que la cara se le puso roja, y tuvo que apoyarse en la pared de la finca. Cualquier otra noche le habrían ordenado que se apartara de allí.

*Lady* Sallet apareció ante ella con un anciano, rodeados por las altas figuras de armadura verde, semejantes a escarabajos. Detuvieron a la multitud simplemente con su tamaño y su aspecto amenazador, formando un cuello de botella en medio del paseo. Detrás de la formación en flecha salieron numerosas filas de soldados de la casa, siguiendo a su señora hacia la ciudad.

–Pero ¿qué ocurre? –preguntó Nancy a la gente que la rodeaba.

Muchos regresaban de la puerta de la ciudad. Señalaban a su espalda mientras caminaban o corrían, gritando advertencias a modo de respuesta, cabeceando con miedo. Nancy vio que algunos estaban heridos y que un joven protegía a su mujer con un brazo cubierto de sangre, manchándole el vestido blanco.

Nancy no sabía quién era el general Justan ni la legión Inmortal. Había vivido en Darien toda su vida, pero apartada de los soldados, como su madre le había aconsejado siempre. La legión no había salvado a su padre de la guardia del rey. Sondeó la fuente de su ira y comprobó que se había secado.

Aquella noche su sangre había hervido lo suficiente para curar la vieja herida... y en cualquier caso todo había desaparecido, el mar, el océano de poder que la había llenado y le había permitido matar o salvar vidas a voluntad. No era agradable volver a sentirse tan vulnerable.

Miró calzada abajo, hacia el oeste, donde aún podía verse el brillo verde de los hombres de Sallet, reduciéndose conforme se alejaban. Sonrió, enseñando unos dientes afilados. Puede que valiera la pena echar un vistazo. Si lo hacía, tendría que actuar. Solo quería ver el motivo por el que los Verdes de Sallet estaban en la calle. Ella creía que eran una leyenda, que no eran reales.

También se daba cuenta de que quería quedarse en el corazón de los sucesos y no irse a dormir para enterarse de todo durante el desayuno. Su ciudad estaba viva a su alrededor, las multitudes, semejantes a la sangre, se movían cada vez más aprisa en las venas urbanas. Tomó una decisión y se fue tras las fuerzas de Sallet. Después de todo, aún faltaba un rato para el amanecer.

Tellius estaba fascinado por la posibilidad de ver cómo reaccionaban las Doce Familias de Darien. Aunque *lady* Sallet debía de tener ya sesenta años, era quien mandaba allí, rodeada por los guardias y los Verdes de Sallet. Semejante a una lanza en ristre, ella y sus soldados marchaban por el paseo en dirección oeste. Apenas había medio kilómetro hasta la gran muralla, y solo en ese tiempo vio acercarse a ella tres mensajeros con escudos de diferentes casas. A ninguno se le permitió aproximarse a una distancia suficiente para utilizar un cuchillo. Los oficiales de la guardia de Sallet les dieron el alto y ellos avanzaron con la cabeza gacha y entregaron cajas selladas. Las cajas fueron abiertas y arrojadas a un lado por los guardias, que buscaron veneno y pasaron una piedra pulida sobre los papeles que había dentro. Tellius supuso que la piedra brillaría o lanzaría un pitido en presencia de magia hostil, pero no pudo confirmarlo. El proceso constó de no menos de doce pasos y luego entregaron los mensajes a *lady* Sallet. Esta los leyó sin expresión, uno tras otro, y luego se los guardó en un bolsillo de la falda mientras Tellius la miraba. Sabía que su mirada podía ser persuasiva y mantuvo los ojos fijos en ella con las cejas enarcadas hasta que en la boca de la mujer despuntó un asomo de sonrisa.

–Las otras casas están mandando hombres, *meneer* Tellius. Por toda la ciudad. ¿Es eso lo que quería oír?

–Es un alivio saberlo, mi señora, si la legión de Inmortales ha cruzado la muralla.

–Con la ayuda de traidores, sin duda. Si esa puerta hubiera permanecido cerrada, habrían podido aullar toda una eternidad sin conseguir entrar. Pero mi sobrino ha sido asesinado y la puerta estaba abierta. –El interés de Tellius aumentó mientras la mujer agitaba la mano delante de su cara, como si quisiera borrar el pasado–. Bien, aquí estamos. Supongo que nuestro hombre va detrás de las piezas grandes... como mis Verdes de Sallet. Hay una razón para guardar celosamente nuestra magia, *meneer*, una razón para tenerlos ocultos en la ciudad salvo en tiempo de guerra. Es para esto, para defender Darien. El general Justan no va a encontrarlo tan fácil como cree.

–Espero que eso sea verdad –repuso Tellius–. Aunque, mi señora, si yo hubiera planeado un ataque de estas características...

–¿Sí? –preguntó la mujer, adelantando la cabeza.

Durante un momento, el anciano tuvo toda su atención, aunque había llegado otro mensajero y estaba pasando por el ritual.

–Mi señora, si yo hubiera planeado el ataque con la antelación que se necesita para tener hombres que abrieran la puerta, habría apostado también hombres dentro de la ciudad. No deberíais descuidar la retaguardia, mi señora. El general Justan no es tonto, o eso he oído.

–Las Doce Familias pueden igualar en fuerza a esa legión –dijo la mujer con desprecio, aunque Tellius advirtió una grieta en su confianza, al igual que ella.

–Trabajando juntas, quizá, si podéis garantizar la cooperación –dijo Tellius amablemente–. Si entienden que la amenaza es absoluta e implacable, que su supervivencia está realmente amenazada. Si no lo entienden en seguida, si siguen en grupos separados y actúan solas, un enemigo implacable podría vencerlas una por una.

Vio que la mujer apretaba los labios, negándose a aceptarlo.

–Aun así. No tiene artefactos como mis Verdes. Cada uno vale por cien soldados, o más.

–Oh, no lo pongo en duda, mi señora –dijo Tellius.

Uno de ellos lo miraba desde las alturas mientras avanzaba. Tellius se había acostumbrado ya a su estatura, pero la idea de que uno de aquellos inmensos guerreros entrara en la batalla resultaba casi obscena. Llevaban espadas, espadas verdes fabricadas a tal escala que ningún soldado normal y corriente podría levantar su peso. Tellius se estremeció ante la idea de verlos en acción.

–¿Las otras familias poseen artefactos similares, mi señora?

–¡No es asunto suyo, *meneer*! Aunque yo diría que en esta ciudad hay cosas que podrían destruir a una docena de legiones Inmortales y a su general.

El camino se estrechaba más adelante y por primera vez Tellius pudo ver la gran puerta occidental, abierta e iluminada por antorchas. Oyó que *lady* Sallet ahogaba una exclamación al ver lo que les esperaba. El general Justan estaba allí, apenas dentro de la ciudad y ya detenido. Sus hombres habían avanzado un poco más, pero las columnas de hombres armados bloqueaban el paso.

Tellius miró a *lady* Sallet y esta le sonrió, reconociendo su interés y alegrándose por él mismo. No detuvo a sus hombres ni vaciló.

–Destruid la fuerza invasora –exclamó–. Ejecutad a todos los traidores... a todo el que lleve la armadura de los Inmortales o su sobreveste. Abrid paso para cerrar esa puerta.

Los Verdes se lanzaron a la carga, casi fundiéndose y confundiéndose ante la mirada de Tellius, que se quedó boquiabierto al comprobar su velocidad. Alrededor de *lady* Sallet avanzaron las columnas de su guardia tradicional. La mujer mantuvo la mano sobre el brazo de Tellius, dejando que los soldados cumplieran con su misión.

El gigante verde que iba en cabeza se abrió paso entre las filas de Inmortales como si estuviera segando hierba. Los Verdes habían desenvainado las grandes espadas y las movían a tal velocidad y con tal potencia que cada vez que las abatían, descuartizaban a tres hombres. Cada vuelta y cada golpe de aquellas figuras hacían saltar soldados por los aires o los dejaban tendidos en el suelo. Al cabo de doce latidos del corazón, la carnicería era horrorosa.

Ninguno había visto a la joven de ropa chamuscada y hecha jirones que estaba a un lado de la calzada, de espaldas a las casas. Cuando Nancy avanzó, fue para correr directamente hacia los Verdes de Sallet, poner las manos abiertas sobre dos de ellos y apartarse.

El brillo verde que llenaba la calle parpadeó, pasó a ser de un gris desvaído y sin el menor rastro de vida. En cuestión de segundos, los seis enormes guerreros con armadura quedaron paralizados, totalmente inmóviles. Uno perdió el equilibrio cuando Nancy pasó por su lado, y cayó lentamente, aplastando a varios Inmortales que gritaron bajo su peso. En el interior de los demás se oyeron gritos confusos, gritos de hombres que estaban vivos en lo más profundo de cada caparazón inmóvil. Estaban vivos, pero atrapados en la armadura, tan incapaces de moverse como si estuvieran encerrados en un ataúd.

La mujer los dejó atrás para ir a defender su ciudad... y sus ojos estaban teñidos de rojo y oro.

Nancy se sentía pegajosa y desbordada por el crudo poder que había arrebatado a los guerreros verdes. Apenas era capaz de contenerlo y sentía que le brotaban chispas mientras se regodeaba en aquella recuperación. Aquello era mejor que ser una simple observadora. La ciudad era su hogar. A pesar de todos sus defectos, no tenía otro. Era ciudadana de Darien y quizá en aquella noche eso significaba algo.

Antes ahorcada que permitir que un ejército invasor ocupara sus calles. Puede que el rey Johannes representara todo lo que odiaba de su ciudad, pero aun así había sido su rey y no un bastardo usurpador militar. Había visto a Johannes muerto, el más íntimo de los encuentros. Lo había visto cuando el monarca ya no podía devolverle la mirada, cuando toda su dignidad real estaba en sus manos. El rey le pareció inocente, un joven que ya nunca envejecería. Se merecía algo mejor.

Enseñó los dientes mientras estaba allí inmóvil. Las filas más cercanas de Inmortales se estaban retirando, formando un círculo alrededor de ella al advertir el fuerte calor que irradiaba la mujer que les sonreía.

Nancy se echó a reír, sospechando que iba a estar nuevamente al borde de la locura, aunque ya la sentía en su interior. Nadie esperaba que una sola persona pudiera abarcar tanto.

Daw había insinuado algo así en el desierto, según recordó. Levantó las manos y, aunque estaban desnudas, los Inmortales más cercanos se encogieron. Hicieron bien.

No le supuso ningún esfuerzo. No necesitaba apuntar, ni apretar las mandíbulas, ni siquiera girar sobre sus talones y dar un salto. Simplemente se limitó a dejar salir las llamas que rabiaban dentro de ella, y la calle se puso blanca con un crujido y una súbita ola de calor. Cuando parpadeó y volvió a recuperar la visión, había una masa fundida de doce filas de profundidad. El general estaba en su litera, apuñalando el aire con el dedo, señalándola. ¿Estaba demasiado lejos? Apuntó hacia él y vio que quemaba el aire en línea recta, pero sin alcanzarlo. Apretó los labios con furia. Si eso era la locura, era algo bueno, se dijo.

Detrás de ella oyó el rítmico fragor de hombres marchando. Nancy se echó rápidamente a un lado. Había visto demasiadas pistolas, flechas, toda clase de armas. Su mejor opción era seguir moviéndose, recordó, para que no pudieran apuntar bien.

Anduvo entre las achicharradas filas de invasores; hombres que habrían podido saquear su ciudad habían quedado reducidos a humo, a figuras trémulas de carne quemada. Si los tocaba, se convertían en ceniza y en trozos retorcidos de metal; delante, hombres todavía vivos retrocedían ante su avance. Más allá, los oficiales de los Inmortales ordenaban a gritos que la abatieran.

Sonaron disparos, volaron flechas y se vio en medio de una nube de avispones y moscas que pasaban silbando junto a sus oídos. Frunció el entrecejo, recordando lo mucho que le había dolido la primera vez. Se concentró, aumentando la temperatura a su alrededor hasta que una esfera de aire crepitó a causa del calor. No sabía si aquello la protegería de las balas y flechas, pero se regocijó en ello. Mientras avanzaba, los soldados se echaban a un lado o se convertían en columnas de llamas. Estaba llena de un profundo pozo de poder y las seis estatuas grises eran su testimonio. El aire inflamado la rodeaba con un halo blanco de calor, pero no se sentía incómoda, como si notase la más ligera de las brisas. Caminó entre las filas de Inmortales como si paseara por la calle un día de primavera, dejándolas retorcidas y negras a su paso.

Elias vio que a su alrededor cambiaban las formas. Empezaron a agitarse rayas brillantes, aparecieron huecos entre las cuerdas doradas que solo él podía ver. Los hombres que lo apuntaban con armas de fuego y espadas estaban bien disciplinados, pero no eran inhumanos. A su derecha advirtió una enorme explosión de luz y ruido, y lentamente fue formándose una ola de calor que secó el aire y pasó por encima de todos los que estaban junto a la puerta. Elias no volvió la cabeza. Se quedó allí, esperando.

En aquella inmovilidad poco natural, él no parecía representar una amenaza. Desde luego, no parecía un hombre más peligroso que cualquier otro que estuviera en aquella calle. Mientras Elias esperaba, el tiempo pareció detenerse. Vio que la mirada del general se apartaba de él para dirigirse a la ciudad. En aquel momento de desatención por parte de su superior, algunos hombres asignados para matar a Elias también dejaron de mirar a este, solo una fracción de segundo. Uno levantó la pistola para volver a apuntarle, sin duda exactamente como había sido entrenado.

Elias no había dejado de *estirarse* desde la primera vez que atrajo la atención del general. Veía el paso de las balas como líneas o hilos que surcaban el aire delante de él si hacía un movimiento brusco. No podía agacharse ni esquivar una sola, eran demasiado rápidas. Lo único que podía hacer era no estar allí cuando llegaran. Las imágenes titilaban y se volvían borrosas, cambiando constantemente.

Forzó su don hasta el límite... y los límites empezaron a desmoronarse. Elias vio futuros borrosos que salían de los soldados que había allí, como si les hubieran crecido brazos y dobles sombríos. Era terrorífico por su complejidad. En los momentos que tenía delante se abrió una grieta mayor, lo bastante grande para pasar por ella. O casi. Hizo una mueca, sabiendo que dolería, y cerró los ojos. Avanzó en medio de un aluvión de disparos.

Se quedó sordo tras el primer momento y mantuvo los ojos cerrados, confiando en su don para adivinar por dónde tenía que moverse y avanzar, y dónde detenerse para seguir vivo. Durante todo el tiempo temió que las líneas se cerraran, que el general viera su camino y que cada paso, cada posible resultado, solo condujera a la muerte.

Encaramado en el enorme carro tirado por bueyes, el general Justan retrocedió de súbito al ver que Elias cerraba los ojos y avanzaba hacia él, doblándose y revolviéndose para esquivar las balas. Los pistoleros vomitaban plomo y algunos resultaron alcanzados por sus propios compañeros. El general Justan vio que una bala rasgaba el costado del cazador, dejando al descubierto un trozo de piel blanca que rápidamente se tiñó de rojo. Pero el cazador siguió avanzando, envuelto en humo y sonriendo, aunque seguía con los ojos cerrados.

El general Justan se echó a temblar. Desde el momento en que Deeds lo había llevado a la tienda del campamento, Justan había intuido el terrible potencial de aquel hombre que era un arma. Ningún otro ser vivo podía caminar entre balas, flechas y maestros de espadas y salir ileso... y el general había secuestrado a las hijas de aquel hombre para que le obedeciera. No había exagerado antes al hablar de tener al tigre por la cola.

Justan lo había arriesgado todo para enviar al cazador contra el rey Johannes y luego a su propia legión contra las puertas abiertas. Puede que el rey fuera un simple mascarón de proa para las Doce Familias, pero por eso mismo tenía que salir bien... un mascarón de proa podía arrancarse y cuando se despejara el humo, cuando las calles volvieran a estar tranquilas, allí estaría él, el nuevo gobernador de Darien. La vida seguiría como si no hubiera pasado nada. Las Familias necesitaban orden y paz. Al cabo de un par de años, no importaría que gobernara Darien un hijo de Aeris y no los Sallet. Se verían obligados a aceptar lo que no podían cambiar.

Justan lo había planeado como si fuera la conquista de una ciudad extranjera, y aun en el caso de que los planes fallaran y tuvieran que modificarse sobre la marcha, en principio habían salido tan bien como había esperado. El rey estaba muerto, la ciudad era un caos... y solo él tenía la fuerza de voluntad y la determinación de hacerse con las riendas que habían soltado. Justan había estado satisfecho hasta entonces, hasta el momento en que vio a su sicario mirándolo a través de las filas de soldados que marchaban.

Había visto que Elias se fijaba en las cadenas doradas y en las esposas que había puesto en las muñecas de las niñas. No eran para mantenerlas a salvo en la ciudad, sino para impedir que le arrebataran a sus rehenes. La amplitud del don de Elias aún lo aterrorizaba, dado que era hombre que prefería ver el mundo desde una perspectiva sólida. Todos los hombres podían ser encadenados. Todos los hombres podían ser descuartizados o cosidos a balazos. Todos los hombres podían ser eliminados. Todos menos uno.

Justan levantó la cabeza al oír la explosión que seguía sacudiendo el aire. Los Verdes de Sallet que se habían enfrentado a sus hombres se habían quedado sin color ni movimiento. En su lugar, se acercaba una nueva amenaza, una que Justan no había visto hasta entonces. Fuera lo que fuese, lanzaba rayos y truenos como un cañón que disparara de cerca. Apenas podía distinguir el centro a causa del resplandor que despedía. Había una figura oscura en el núcleo de un sol, de una esfera de hebras que llenaba la calle de una luz y un calor que segaban la vida de sus hombres, que se soldaban entre sí mientras se esforzaban por escapar. El general Justan captó todo aquello de un vistazo. Cuando miró atrás, Elias había asido el paño morado del carro y trataba de subir.

El general se apartó del borde. Las dos niñas miraban a su padre, la más joven levantó las manos hacia él. Justan dio un fuerte tirón a las cadenas, Jenny cogió a Alice en brazos para impedir que cayera y trastabilló con ella por la ancha superficie del carro. La cadena dorada era corta y, con las niñas a remolque, Justan anduvo hacia el otro lado. Cuando Elias fue a subir, estalló una ráfaga de disparos y una nube de humo oscureció aquella parte de la calle. Cayeron más Inmortales, alcanzados por los que disparaban a su alrededor, presas del pánico.

Justan no esperó a ver si Elias salía ileso de aquella trampa mortal que había preparado. El cazador no era más rápido ni más fuerte que cualquier otro hombre. Una forma de defenderse de él era la simple distancia. Justan quiso volver a tirar de las niñas, pero de nuevo estaban más cerca de lo esperado y la cadena suelta se sacudió en el aire. Llegaron caballos blancos de guerra y sus oficiales montaron a ambas niñas en una corpulenta yegua, pasando las cadenas por las presillas de la silla de montar para que no se cayeran ni escaparan. Se hizo en un abrir y cerrar de ojos, y Justan oyó a sus benditos capitanes ordenando un ataque más arriba. Darien tenía magos, eso era sabido, aunque él nunca había oído hablar de ninguno capaz de quemar el aire o matar cien soldados de vanguardia. En cualquier caso, tenía más hombres.

–¡Adelante! –gritó el general Justan para animar a sus soldados–. ¡Dispersaos! ¡Asegurad estas calles!

Se dio cuenta de que tenía que adentrarse más en la ciudad. Había sido un error infantil detenerse en la puerta, dejando toda aquella fuerza vital fuera de las murallas. Pero es que ver al cazador, al hombre que llevaba una semana formando parte de sus pesadillas, lo había puesto nervioso. Verlo allí en carne y hueso había superado cualquier otra preocupación. Justan se maldijo cuando cogió las riendas de su propio caballo de guerra junto con las de la yegua, y miró hacia el carro para comprobar si veía acercarse a Elias Post. Al final había faltado poco. Si no hubiera sido por la distracción de aquel extraño fuego, pensó que sus pistoleros habrían cerrado la trampa y habrían abatido al cazador. Era la exquisita negación del don de aquel hombre: porque en el fondo era totalmente vulnerable. Elias Post podía caer de un simple disparo o un buen tajo... si podían alcanzarlo.

El general Justan trató de mostrar confianza mientras los soldados de su legión forzaron su entrada en la circunvalación de Darien, libre ya de los defensores iniciales. Había fogonazos y destellos de luz que se proyectaban en las paredes de las casas de ambos lados. Las vías cercanas a la puerta eran estrechas, una vieja norma de defensa que no iba a salvar a Darien aquella noche. Pero se volvían el doble de anchas a unos cien metros de la muralla y sus hombres casi estaban allí, en la avenida principal y la calle de circunvalación. Y lo más importante, cada paso que daban para adentrarse en la ciudad dejaba sitio para que entraran más Inmortales por la puerta, frescos y preparados.

Una familia, una bruja, por muy poderosa que fuera, no podría retener a sus Inmortales, de eso Justan estaba seguro. Temía más a los Verdes de Sallet, pero habían fracasado como los juguetes chapuceros que eran, leyendas de la ciudad reducidas a inútiles estatuas grises. Tiró de las riendas de la montura que llevaba detrás, para que las niñas fueran en el mismo sentido que los soldados de élite. Pensaba poner a los Verdes sobre las puertas de la ciudad, para que sirviera de advertencia a otros, cuando fuera rey y hubiera acabado la noche.

# 18
# El gólem

El capitán Galen de los guardias de Sallet era un sujeto de aspecto impresionante, admitió Tellius un poco a regañadientes. Alto y de ancho pecho, el hombre sabía moverse con la armadura puesta, aunque, como es lógico, las dotes naturales no podían reemplazar el buen entrenamiento. El soldado había optado por no prestar la menor atención al anciano que caminaba del brazo de *lady* Sallet. El capitán Galen no mostraba signos de encontrar irritante aquella familiaridad, aunque puede que hubiera influido en su modo de acercarse. Otro anciano quizá se habría asustado al verlo aparecer de repente. Incluso podría haber lanzado un grito poco viril. El capitán Galen no abrió la boca hasta verse empujado por el brazo de Tellius, que lo rechazó con tal fuerza que tuvo que dar un paso para no caer.

–Ah, capitán, me ha asustado –dijo Tellius.

Puso algún empeño en volver a adoptar una posición holgada, manteniendo siempre el equilibrio, trazando un arco con el pie, sin tocar apenas el suelo. El capitán mitigó su sorpresa, permitiéndose solo una mirada, aunque Tellius estaba seguro de que *lady* Sallet había visto toda la maniobra. A veces los hombres eran muy infantiles en presencia de una mujer. Dio un paso a un lado e indicó al capitán que avanzara, como si le diera permiso. *Lady* Sallet movió la boca ligeramente al verlo, pero la situación era demasiado seria y su paciencia, escasa. A su alrededor, la calle se estaba convirtiendo en un infierno.

–Mi señora, sin los Verdes estamos demasiado expuestos. No os puedo proteger al aire libre. –Galen señaló los rayos de fuego blanco que chispeaban a menos de veinte metros–. Esa... bruja parece atacar ahora a los Inmortales, pero no la conozco, y no sé si se volverá también contra nosotros. Con vuestro permiso, haré que os alejen de esta zona, quizá hasta la misma finca, más fácil de defender.

–No quiero volver a la finca –dijo rápidamente *lady* Sallet–. No me quedaré esperando noticias. Quiero quedarme y dar las órdenes que haya que dar. La Diosa sabe que esta noche hay demasiados idiotas sueltos.

–¿Y una casa al lado del camino? –preguntó el capitán Galen y estiró el brazo, imitando casi a la perfección el gesto anterior de Tellius.

Tellius miró el punto que señalaba. Fue su turno de sorprenderse. Vio una puerta abierta, con hombres con el verde y oro de los Sallet, apostados fuera y en el interior. El capitán sabía que la mujer se negaría a volver a la finca. Quizá fuera parte importante de su trabajo adelantarse a los caprichos de *lady* Sallet, pero aun así fue impresionante.

Tellius se sorprendió al oír las palabras que dijo *lady* Sallet, tanto que reevaluó su opinión sobre ella y notó que le gustaba más de lo que había reconocido hasta entonces.

–¿Dónde están los propietarios? –dijo.

¿Miró entonces a Tellius para ver cómo reaccionaba este? Él esperaba que sí.

–Los propietarios somos nosotros, mi señora –dijo Galen–. Desde hace unos momentos. Les he ofrecido tres veces el valor de la casa y he firmado con mi anillo.

–Excelente –dijo *lady* Sallet.

Esta vez Tellius estuvo seguro de que lo había mirado al bajar la cabeza. Diosa, ¿sentiría interés por él aquella mujer? Se fijó de nuevo en su porte erguido y en su piel limpia y delicada. Tellius se sintió sucio y desaliñado por primera vez en todo el día. Se pasó una mano por el pelo, recogiéndose algunos mechones tras las orejas.

–Por aquí, mi señora –dijo Galen, volviéndose e impidiendo a medias que Tellius la viese.

–¿Quiere entrar conmigo, *meneer* Tellius? –dijo *lady* Sallet con toda claridad.

Al capitán Galen no le quedó más remedio que apartarse para dejarle responder, aunque la irritación le puso cara de estreñido.

–Mi señora, nada me gustaría más que seguir en vuestra compañía –dijo Tellius con una inclinación de cabeza–. Sin embargo, preferiría ser de utilidad, si es que puedo. Si no os importa pedirle a uno de vuestros hombres que me dé una espada, prometo que me reuniré con vos cuando haya terminado todo. No me sentiría... capaz de abandonar la ciudad sin volver a veros otra vez.

–Y por supuesto, aún tengo su oro –dijo la mujer fríamente–. Y un gólem que buscar.

–Ah, sí. Eso también –dijo Tellius con una ligera reverencia.

*Lady* Sallet hizo una seña al hombre que tenía más cerca. El hombre desenvainó la espada que llevaba a la espalda y se la entregó de muy mala gana.

–¿Sabe... usar un arma así, *meneer*? –preguntó *lady* Sallet.

Tellius sonrió.

–Creo que sí, mi señora. Ha pasado mucho tiempo, pero creo que sí.

*Lady* Sallet se despidió de él con un movimiento de la cabeza, dio media vuelta y cruzó la parte de la calzada controlada por sus hombres, aunque la batalla parecía librarse en todas partes. Fue el momento más extraño y artificial que Tellius podía recordar, todo para mantener a salvo a la señora de una gran familia. Cuando la puerta de la casa se cerró tras ella, se volvió al capitán Galen.

–Una señora *formidable* –dijo.

Galen lo miró ceñudo.

–Vale por una docena como usted –replicó. Estaba a punto de darle la espalda a Tellius cuando se detuvo para mirarlo otra vez–. Pero parece que usted le gusta, así que procure que no lo maten. Mejor aún, quédese cerca de mí y haré lo posible por mantenerlo con vida.

Tellius pasó los dedos por el filo de la espada y sonrió. Había enseñado los pasos del *Mazer* a todos sus muchachos durante aquellos años, insistiendo en perfeccionarlos durante varias horas al día. Aunque debía de ser el hombre más viejo de la calle, rio por lo bajo.

–Gracias, capitán Galen –dijo.

Galen miró al anciano. A pesar de los remiendos de su abrigo y sus pantalones, a pesar de las cerdas blancas de quien era obvio que se afeitaba muy de tarde en tarde, si es que se rasuraba alguna vez, en la postura de aquel viejo advirtió una extraña confianza en sí mismo. El capitán Galen se dirigió a los hombres que lo rodeaban.

–Esa bruja, o lo que sea, parece que está de nuestro lado, pero si se vuelve contra nosotros, la quiero hecha picadillo. Le daré la oportunidad de unirse a nuestras filas. Si no quiere, fuego contra ella, ¿entendido? Golpeen primero el núcleo más importante... norma número uno, caballeros. Así pues, pistoleros a la fila delantera, carguen, apunten y estén preparados. Y quiero que un equipo recoja a los Verdes y los lleve al patio de aquel establo, ¿entendido? ¡Bien, busquen cuerdas! ¡Cuarta compañía! Esa será su misión. Por lo menos averigüen si podemos sacar vivos a nuestros hombres. ¿Está claro? Ahora, a los demás: *lady* Sallet está a salvo. Tenemos que defender esta calle. *Ojo*, pues. ¡Adelante, Sallet!

El capitán Galen se puso al paso de la primera fila cuando llegó a su altura, mirando a izquierda y derecha. Tellius se situó junto a él y una parte de él se sintió complacida, aunque habían transcurrido más de treinta años desde la última vez que había desfilado con la soldadesca, arma en ristre y con un enemigo enfrente. No pudo impedir que una sonrisa de satisfacción cruzara su rostro, como si se sintiera joven de nuevo. Al poco rato, el dolor en las rodillas le recordó su edad y frunció el entrecejo. Sin embargo, Darien era su ciudad de adopción y Johannes había sido su rey. Ni por un momento pensó que el asesinato y la invasión no estuvieran relacionados. Los traidores que entraban por las puertas eran los responsables de llevar el miedo y el caos a su hogar. Tellius esperaba que al menos Arthur no hubiera sido destruido por tratar de salvar al rey.

El anciano cortó el aire con la espada, trazando figuras delante de él, probando su peso. La garganta se le secó ante la idea de usar aquella hoja una vez más, aunque se hacía difícil decir si era por miedo o en previsión de otro sentimiento. Había pasado mucho tiempo, demasiado.

El miedo de Nancy empezó con un encogimiento del estómago, como una cara que se arruga cuando la boca se llena de vinagre. El poder que había arrebatado a los guerreros verdes estaba desapareciendo a un ritmo frenético. No sabía cuánto le quedaba, aparte de imaginar un mar que se evaporaba y se convertía en desierto. Pero con cada rayo de fuego blanco, notaba una sensación absorbente en su pecho y en su estómago, como si el gran torrente se estuviera reduciendo a un arroyuelo, a una teta seca tras una catarata. La pérdida la inducía a llorar, pero el miedo que más la acuciaba se debía a aquellos soldados Inmortales que seguían bloqueando la calzada, delante de ella.

Habían levantado los escudos, grandes planchas de madera y cuero para protegerse de los disparos y las flechas. Aunque aquellos objetos ardían muy bien, los hombres seguían encogidos tras ellos, prefiriendo un calor que conocían y podían soportar a otro que les robaba el aire de los pulmones y les chamuscaba la piel. Durante un rato se entusiasmó con la destrucción que causaba, pero sus rayos se iban reduciendo y sabía que no tardarían en apagarse, y los soldados se abalanzarían sobre ella. Ya veía soldados con la sobreveste de los Inmortales arrastrándose por ambos costados. Nancy los eliminaba, pero eran unos fanáticos. Incluso mientras morían, seguían avanzando hacia ella, hasta que se puso a gruñirles y utilizó todo el poder que había absorbido.

Cuando los rayos de fuego quedaron reducidos al grosor de un cabello, oyó una voz detrás de ella.

–Mi señora, por favor, retroceded –dijo un hombre–. Os estáis debilitando. Nosotros estamos preparados.

Nancy se arriesgó a mirar por encima del hombro a quien le hablaba, y vio un soldado alto con armadura plateada y sobreveste verde. Las balas silbaban a su alrededor y se estrellaban en los escudos de los hombres que tenía a su espalda. Se dio cuenta de que eran de Sallet. Esperaba que no la acusaran de haber arrebatado el poder a sus famosos guerreros verdes.

Sintió que algo se colgaba de su brazo herido y lanzó un gemido; el dolor fue tan fuerte que creyó que iba a desmayarse. Nancy se cogió una mano con la otra y el capitán Galen llamó con el dedo a dos hombres para que la cubrieran con los escudos y la pusieran a buen recaudo detrás de los suyos.

–Llevadla con *lady* Sallet y protegedla –dijo Galen.

La siguió con la mirada unos segundos más de lo debido, pensando que le había parecido hermosísima, con el cabello llameando en tonos rojizos y dorados.

Tellius vio que llevaban a la mujer a un lugar que por el momento parecía seguro. A pesar de sus años, nunca en su vida había visto nada que igualase la violencia desplegada por aquella mujer. Todavía no estaba seguro del origen, ni de por qué se había quedado sin fuerzas. Era suficientemente pragmático para sospechar que *lady* Sallet estaría muy interesada en una bruja tan poderosa, o lo que fuera. Pero en aquel momento tenía otras preocupaciones.

–¡Los escudos! ¡Mantengan los escudos en alto! –gritaba Galen a sus hombres.

Las balas impactaban en ellos y Tellius sacudió la cabeza con malestar. ¿Era así el arte de la guerra para la última generación? La idea le dio náuseas. En su juventud, tenía más que ver con la destreza, con la habilidad, con los pasos del *Mazer*, con todo lo que ponía a punto el cuerpo y la mente para convertirlos en armas móviles. Aquellas descargas eran enloquecedoras... y aterradoras. No le apetecía ser abatido por un soldado sudoroso que empuñaba una pistola con mano trémula. Para empezar, esperaba ver a *lady* Sallet de nuevo.

Los pistoleros de Sallet también disparaban contra las tropas Inmortales. El ejército que presionaba en la puerta oeste había difundido el rumor de que la bruja había caído y de que ante sí tenían solo soldados normales y corrientes. La reacción fue un impetuoso avance que redujo la distancia entre las dos fuerzas, con lo que la avenida se llenó de muerte y gruñidos, dos manadas de lobos lanzadas la una contra la otra.

Tellius levantó la espada y un instante después repartía muerte con ella. Se había enfrentado a un guerrero con armadura que apenas podía creer en la suerte que tenía por haber dado con un hombre tan viejo. Pero Tellius lo había empujado y había desviado la trayectoria de su espada, y le había puesto la suya bajo el gorjal, buscando un punto por donde clavarla. Giró la mano, la sangre enrojeció el metal y los ojos del Inmortal se dilataron por última vez.

–Lo siento, hijo –dijo Tellius–. Ve con la Diosa.

Esperaba que Galen tuviera una idea general del curso de la batalla, ya que Tellius veía su mundo lleno de un salvajismo que recordaba demasiado bien de su época juvenil. Era horrible y estimulante a un tiempo, y todo estaba en juego siempre. Sin embargo, sentía el gusanillo de la duda, como su edad empezó a decirle casi de inmediato. Cada hombre que abatía era un soldado profesional de veinte o treinta años. Tenían una resistencia y una fuerza que él no podía igualar. Tellius se desenvolvió bastante bien frente a los tres primeros, dejándolos tendidos y sacudiéndose de dolor, pero el cuarto casi pudo con él... Lo habría hecho si Galen no hubiera visto al hombre cogiendo a Tellius por el cuello, empujándolo hacia atrás, levantando la espada como si fuera un cuchillo de carnicero. Galen había matado al Inmortal y Tellius se había quedado jadeando y frotándose el cuello, y dándole las gracias con un movimiento de la cabeza.

Tellius comprobó que Galen era un combatiente de talento. El capitán de las fuerzas de Sallet tenía un sentido del espacio circundante que pocos hombres eran capaces de concebir. Cualquiera que se pusiera al alcance de su espada era abatido con dos o tres golpes a lo sumo, un estilo particularmente económico que venía a indicar que Galen seguiría luchando cuando todos los demás estuvieran agotados. Al parecer, *lady* Sallet había elegido bien a su comandante en jefe. Pero en la legión Inmortal había cinco mil hombres. Si estaban tan locos como dispuestos a morir para tomar la ciudad, Tellius no creía que las fuerzas de Darien pudieran impedirlo.

Todavía no había visto ni rastro de las Doce Familias, exceptuando a los Sallet. Con los Verdes fuera de combate, los pocos cientos de soldados de la finca no podrían contener a una legión entera, ni siquiera con la ventaja que suponía la estrechez de las calles cercanas a las puertas. Era indudable que los Inmortales, una vez tomada la puerta occidental, ya se estarían dispersando por la ciudad por otros caminos. Los habitantes de Darien podrían tirarles tejas o ladrillos, pero no presentarían batalla, se dijo Tellius, quizá porque sus vidas no iban a cambiar mucho. Lugares como su taller y sus muchachos seguirían más o menos como hasta entonces si el general Justan Aldan Aeris tomaba el poder. Todo se reduciría a quitar unos gobernantes y poner otros. Las Doce Familias tenían mucho más que perder según quién gobernara. Se enfrentaban a su propia destrucción, así que dependía de ellas defender Darien, si tenían sensatez y voluntad suficientes. Tellius solo deseaba haber visto aquella noche algún indicio. Las fuerzas de Sallet ya estaban retrocediendo y no veía que llegaran refuerzos.

Arthur Veloz siguió trepando sobre las tejas, dispuesto a ver el combate. Se había sentido molesto cuando el cazador Elias lo alejó, aunque entendía que había sido para protegerlo. El hombre había hablado de una casa en un pueblo y de dos hijas. Había pasado una eternidad desde que Arthur había conocido algo así y estaba agradecido por aquella imagen, aunque no acabara convirtiéndose en realidad.

Arthur siempre había sido bueno trepando. Llegó paso a paso hasta la cima del tejado, y se echó boca abajo sobre el borde para mirar. Estaba fascinado. El combate empezó con un incendio y explosiones. El gólem había fruncido el entrecejo al reconocer a la mujer que había visto en los aposentos del rey. No quería volver a enfrentarse a ella, a aquella mujer capaz de arrebatarle la vida interior. Por primera vez en todos sus años de existencia, creyó entender lo que significaba llegar al final. Fue una revelación y, mientras observaba en la oscuridad los ejércitos que avanzaban y retrocedían abajo, no pudo por menos de maravillarse al pensar en la brevedad de la vida de los hombres y en su predisposición a ponerla en peligro.

Estuvo tan inmóvil como una gárgola hasta que los rayos de fuego de la bruja comenzaron a perder intensidad y a apagarse. Vio que se encogía como si hubiera sido herida y se asomó un poco más por el caballete para ver que se la llevaban los de Sallet, herida pero con vida.

Aguzó la vista al ver a Tellius entre aquellos soldados. El anciano avanzaba con movimientos gráciles, casi deslizándose mientras los otros se movían con torpeza. Sonrió al reconocerlo, pero desde la cima del tejado de dos vertientes alcanzaba a ver que los de Sallet eran pocos, que sus filas eran poco profundas... y que eran muchísimos los soldados a los que se enfrentaban. Aunque la bruja había achicharrado a la vanguardia de los Inmortales, estos seguían adentrándose en la ciudad. Al otro lado de la muralla vio una columna de antorchas que titilaban como estrellas y avanzaban hacia Darien.

Se irguió para mirar hacia la puerta. Decidir era actuar y no vaciló ni lo pensó dos veces, como habría hecho cualquier otro. Bajó por la empinada vertiente y recorrió el hundido borde que coronaba la entrada por la que había subido. Desde allí saltó a un balcón inferior, se colgó de la barandilla y de dejó caer a la calle, donde echó a correr.

La inmensa puerta occidental quedaba delante de él, a unos cien metros. Había vivido mucho mucho tiempo y sabía bien cómo funcionaban estas cosas, cómo se abrían y cómo podían cerrarse. Mientras esquivaba y sorteaba borrachos escandalosos y soldados que avanzaban, pensó que la legión Inmortal reaccionaría con rapidez. En cuanto la puerta se moviera, sabrían qué estaba pasando, y el lugar donde él se encontrara se convertiría en la parte más peligrosa de Darien en pocos momentos. Lo matarían, de eso no cabía duda, pero cerraría la puerta o al menos impediría que un sector vital del ejército participara en el ataque. Fuera como fuese, lo importante era que tanto Tellius como Elias estaban atrapados en aquella tenaza sanguinaria y brutal. Tanto si lo sabían como si no, Arthur no podía ver a aquellos hombres con la salida cortada y quedarse cruzado de brazos.

Cuando el empuje de la soldadesca impidió que incluso uno de su tamaño se deslizara entre sus filas, abrió una puerta y se vio en el interior de una taberna, llena de ciudadanos aterrorizados que lo miraron atónitos, en silencio, cuando atravesó el local, sorteó sillas y mesas, y salió por la parte de atrás.

Delante de él había grandes peldaños de piedra que subían hasta los cabrestantes: viejas ruedas dentadas de hierro engrasado y negros troncos de guayacán apoyados contra la cara interior de la muralla. Todo estaba hecho a gran escala, como correspondía a una de las principales puertas de una ciudad como Darien. También era el primer punto estratégico que habían tomado los Inmortales, utilizando hombres que ya estaban dentro de la ciudad. Cada uno de los grandes peldaños estaba vigilado por soldados que llevaban sobrevestes blancas y cota de malla plateada.

Observaban el flujo y reflujo de los combates que tenían lugar dentro de la muralla, disfrutando de una posición que además de permitirles una vista perfecta, los obligaba a permanecer al margen de la pelea. Al principio no lo vieron. Mientras subía, Arthur desenvainó la espada que le había dado el rey Johannes, la sopesó y deslizó el pulgar por el filo.

Johannes había sido amable con él y Arthur no había sabido corresponder a aquella amabilidad.

Había vivido siglos y sentía el peso del tiempo sobre sus hombros. Hasta entonces no había sido capaz de imaginar la muerte. Pero la bruja le había permitido ver cómo era y no la temía en absoluto. Era como el sueño, no había sensación de pérdida ni de error. Solo había oscuridad, sin lamentaciones. Sintió una punzada de tristeza por no haber visto a la Diosa de la que hablaba la gente de Darien. Quizá ella no era para seres como él.

Cuando se aproximó, el primer grupo de Inmortales apartó los ojos de la sangrienta batalla de la calle. Ver a un niño con una espada no los inquietó, aunque uno dijo algo a otro y ambos hombres se echaron a reír. Arthur ni siquiera sonreía. Aquellos hombres estaban entrenados para luchar con gente de su tamaño; Tellius se lo había contado. Era una gran ventaja. Todo aquel al que se enfrentaba Arthur era más alto, así que tenía que derribarlo de un golpe y a continuación matarlo. Había aprendido el estilo tan fácilmente como todo lo demás. Los hombres del primer descansillo se enfrentaban por primera vez a alguien de su tamaño... y no tardarían en adaptarse a las circunstancias. Era la Víspera de la Cosecha, la época en que empezaba la siega, y pasó entre ellos como entre el trigo.

Saltó al descansillo y aterrizó entre los soldados. Uno trató de propinarle instintivamente un puntapié y lanzó un grito cuando la espada le atravesó el muslo; la pierna se le dobló y cayó sobre una rodilla. Se fue al otro mundo y los soldados se quedaron aterrorizados al ver al niño en medio de ellos, dando mandobles y estocadas, manchando de sangre las sobrevestes blancas. Cuando querían atraparlo, se golpeaban entre sí. El niño no dejaba de moverse mientras despejaba peldaño tras peldaño y a los que había arriba les cortaba el tendón de Aquiles de un tajo. Los soldados le daban estocadas, tratando de derribar a aquella malvada criatura, y gritaban y maldecían cuando la espada del muchacho se les hundía en la carne. Habían entrenado durante años para pelear con hombres. Un gólem del tamaño de un chico de diez años era como un torbellino que pasara entre ellos.

Arthur estaba ya en el peldaño cuarto de los doce que había, y a sus espaldas había un reguero de cadáveres. En esto sonó un disparo y un dedo ardiente se le introdujo en el pecho. Levantó los ojos, atónito, para mirar al pelotón de pistoleros que tenía delante. Se llevó la mano al agujero y vio que salía un hilo de fluido claro. Dolía. No lo expresó, pero dolía.

Dio un bufido felino y corrió hacia ellos, cercenó con la espada la mano del pistolero que le había disparado, este echó atrás el brazo y desvió el tiro del que tenía al lado. Pero Arthur ya estaba encima de ellos, dando tajos y estocadas. Los de arriba no lo veían y no podían ayudar a los de abajo, así que Arthur siguió abriéndose camino hasta que estuvo demasiado herido para proseguir, o demasiado cansado. Había recibido cuchilladas y disparos, y sentía una debilidad en los brazos que no hacía más que aumentar.

El secreto de los pasos del *Mazer* era conservar una calma absoluta, una calma que a muchos hombres les costaba aprender toda una vida. Arthur se había dado cuenta de su importancia desde el momento en que vio la exhibición de Micahel en el taller. Control físico y fuerza para mantener el equilibrio... sí, por supuesto, pero la paz dependía de una mente preparada. Así que no se puso histérico cuando le alcanzó otro disparo. Aunque no esperaba sobrevivir a aquella aventura, tuvo que recordárselo cuando empezó a tener miedo.

Siguió subiendo, saltando, matando, pero había demasiados. Vio los últimos peldaños llenos de Inmortales con sobreveste blanca que vaciaban los cargadores con una tempestad de humo y truenos. Se sentía totalmente exhausto, los oídos le rugían y era como el mar. Esperaba que no fuera la sangre de su vida lo que impregnaba los peldaños de piedra, aunque pensó que era muy probable que lo fuera.

–¡Arthur! –Oyó a sus espaldas– ¡Eres tú! ¡Estamos aquí!

Se volvió, sin dejar de agacharse y moverse para no ser abatido. Arthur parpadeó cuando Micahel, Donny y los chicos mayores del taller pasaron corriendo por su lado. Se habían hecho con pistolas y escudos por el camino y los llevaban levantados. No, Micahel empuñaba solo una espada y la levantó para saludarlo al pasar. Ninguno vaciló. Los Inmortales les arrojaron las pistolas ya sin munición, y desenvainaron las espadas que tan bien sabían utilizar.

Arthur se sentó en los peldaños, maravillándose ante el charco de fluido pegajoso que se formaba a su alrededor. Tenía que estirar el cuello para ver, el esfuerzo le hacía daño, aunque no se lo habría perdido por nada en el mundo. Vio a Micahel pasar entre los soldados que quedaban, con una economía de movimientos que Arthur conocía perfectamente y que habría hecho llorar de alegría a Tellius si hubiera estado presente. Los otros no eran tan perfectos, pero Micahel causó muchas muertes con la espada, arcángel en la escalera.

Arthur se dio cuenta de que jadeaba. El aire no le entraba en los pulmones, aunque nunca había pensado en la respiración como tal. Siempre había sido parte de él, durante siglos de noches y días. Cuántas cosas había aprendido.

Volvió a levantar la cabeza cuando se le cayó la espada de la mano con un tintineo metálico. Los chicos estaban girando la inmensa rueda, los veía borrosos, y al fondo se oía un clamor que Arthur no alcanzaba a entender porque sus sentidos empezaban a fallar. Por encima de todo se oyeron rugidos de metal y piedra cuando la puerta comenzó a cerrarse, increíblemente despacio, pero con inexorable fuerza.

Nuevos gritos de ira y pánico se oyeron por doquier cuando los Inmortales entendieron lo que sucedía. Se gritaron órdenes frenéticas para que los que ya estaban al otro lado de la puerta reconquistaran los peldaños y la mantuvieran abierta.

Arthur vio que los chicos del taller se apostaban en el peldaño de arriba, Micahel con ellos. Donny giraba y giraba la rueda de la puerta, riendo al ver la velocidad que adquiría. Otro sostenía un gran escudo por encima de los dos mientras las balas empezaban a llegar desde abajo. El resto formó una fila con escudos, espadas e incluso pistolas, todos preparados y mirando la pelea que se desarrollaba alrededor de la puerta. No todos habían conseguido subir. Pero los que habían conquistado la cima aullaban con aire triunfal. Se habían enfrentado a hombres adultos y estaban vivos para contarlo.

Arthur sonrió a sus amigos y se desplomó sobre el escalón. Durante un instante vio una luz resplandeciente a su alrededor y oyó una voz que conocía, la madre que lo había creado, o la misma Diosa, no estaba seguro.

–Ven conmigo, hijo mío –dijo.

Y en aquel punto murió.

# 19
# FRONTERA AZUL, FRONTERA AZUL

Lord Gandis Hart nunca había cabalgado a aquella velocidad por las calles de la ciudad. Si hubiera sabido que los habitantes de Darien se apartaban tan aprisa al ver caballos al galope, pensó que quizá lo habría hecho antes. En una noche normal, habría tardado una hora en llegar desde la finca de los Hart, que estaba en la muralla oriental, a dos distritos de distancia. Pero él y sus hombres habían adelantado el tórax y se habían lanzando al galope por la avenida de circunvalación como si fuera una pista de carreras.

Aún no podía creer lo que estaba ocurriendo. La Víspera del Festival solía ser su noche favorita del año, una celebración, pero también una liberación de las tensiones, con sus pequeños alicientes de peligro y caos. Los Hart eran la sexta familia más antigua de las Doce y tenían tradiciones propias para esa noche, entre ellas beber la sidra caliente con especias que llamaban *wassail* en la enorme copa de plata que se alzaba en el vestíbulo de la finca, uno tras otro, mientras llegaba la medianoche.

Aquel momento de alegría familiar era ahora un recuerdo. La ciudad se fragmentaba a causa del pánico y la violencia, con gritos que alternaban con el entrechocar de metales y las carreras de la soldadesca. En aquel momento, Gandis añoraba el amanecer más que ninguna otra cosa en su vida. El rey había sido asesinado. El palacio real y la mitad del hermoso arte de Darien habían ardido hasta los cimientos. Aquello por sí solo era ya una tragedia, una pérdida de tal magnitud que no se atrevía ni a pensarlo. Que los Inmortales del general Justan hubieran atacado Darien y se hubiesen abierto camino a la fuerza había sacudido las bases de su fe.

Los Hart se sentían cómodos en la posición media que ocupaban en Darien. Tenían voto en el consejo, aunque la verdad es que cuando se convocaba el consejo ya se había vendido y pagado. Tenían unas cuantas casas elegantes y negocios en la ciudad, así como una finca dentro de la muralla. Las pertenencias de los Hart no eran tan grandes como muchas otras, pero la finca tenía un lago, una arboleda y el edificio era un triunfo del diseño ligero en comparación con otros. Al lado de la residencia de los Sallet o los Regis, por ejemplo, era pequeña, pero para el resto de la ciudad, los Hart tenían un nivel de riqueza superior a cualquier sueño de codicia.

Gandis Hart tiró de las riendas para ponerse al trote, rodeado por treinta hombres a caballo. No tardaron en alcanzarlos otros tantos a pie con las espadas desenvainadas. No le gustaría encontrarse a aquellos hombres en un lugar oscuro, sin embargo no podía felicitarse, al menos aquella noche. Era demasiado tarde para desear haber armado a sus servidores con las nuevas armas de fuego que circulaban por la ciudad. Aquel comercio estaba controlado por la familia Regis y, francamente, el precio de equipar a sesenta hombres había sido demasiado elevado para los cofres de los Hart en tiempos de paz.

Se maldijo por su falta de previsión. Sería diferente la próxima vez que se reuniera el consejo, o quizá construyera sus propias herrerías y talleres. Sí, eso sería mejor aún, competir con los fabricantes de pistolas de los Regis. Pistolas

Hart. Haría que su camarero tanteara a uno de los hombres de los Regis y le ofreciera una fortuna para que abriera una nueva fábrica.

Lord Hart y sus hombres habían atajado por la periferia de Darien y habían llegado en seguida a la puerta occidental, aunque sembrando el terror por donde pasaban. Gandis gozaba con aquello: no podía evitarlo. A pesar de la desesperada súplica de *lady* Sallet, nunca había visto la ciudad a aquella velocidad. Al poner el caballo al trote, volvió a tomar conciencia de sus responsabilidades y obligaciones, y frunció el entrecejo. Incluso entonces, se esforzó por recordar cada momento de aquella cabalgada salvaje, sabiendo instintivamente que nunca volvería a tener una oportunidad parecida. A menos que organizara una carrera alrededor de la ciudad, pensó de repente. Era la maldición de los Hart: ver oportunidades en medio del caos o a causa de este.

Desde el lomo del caballo le pareció ver el resplandor del palacio en el cielo occidental. La idea le dio náuseas, pero ni esa destrucción, ni la increíble traición cometida, eran asunto suyo. El mensaje de *lady* Sallet era claro. La casa de ella necesitaba el tesoro más famoso de la familia de él para ayudar a contener a los Inmortales. Tragó saliva ante la idea de enfrentarse a miles de soldados con sobreveste blanca, dispersos por la ciudad con la orden de asesinar y arrasar. Los Inmortales eran la principal fuerza armada de Darien y se habían vuelto contra ella. Se hacía muy cuesta arriba pensar en ellos como en un enemigo. Por la Diosa, habían desfilado por el centro de la ciudad unos meses antes, y los súbditos del rey les arrojaban flores blancas. ¿Estaría el general pensando ya entonces en este ataque? Era una posibilidad. Gandis sabía que tenía que considerar al general como a un invasor extranjero, terrible y cruel. No habría compasión ni intentos de negociar. Pero el general Inmortal tenía ventajas que no tendría nunca un clan de las estepas o un príncipe extranjero: Justan Aldan Aeris conocía bien Darien, sus fuerzas y sus debilidades. Mientras meditaba aquello, se preguntó cuántos ciudadanos aprobarían el golpe de Estado. Palideció al pensar en los traidores. ¿Quién habría traicionado a las Doce Familias? ¿A quién habrían comprado ya? A los Sallet no, eso caía por su peso, ya que seguían combatiendo para romper la tenaza del general.

En el curso de sus impetuosos y caóticos pensamientos, Gandis se había preguntado también cómo conocía *lady* Sallet el funcionamiento real de la Frontera Azul de Hart, aunque era una preocupación superficial. Con todo el dinero que tenían los Sallet, seguro que habían colado espías en su casa. Mientras no hicieran daño, a Gandis no le preocupaba lo más mínimo a quién hubieran sobornado. De hecho, sospechaba que el dinero de Sallet lo proveía de mejores sirvientes de los que él se podía costear. Después de todo, para ser buenos espías tenían que estar en su sitio y ser excelentes en su trabajo.

La suerte de guiar a los Hart consistía en que la familia era demasiado pequeña para ser una amenaza para cualquier otra. Como resultado, hombres como Gandis, sus hermanos, su hermana, su mujer y sus hijos se limitaban a vivir, a contraer matrimonio y a hacerse viejos cómodamente. Darien era un agradable hogar para los ochenta parientes que había bajo el estandarte azul y oro de los Hart. Gandis no soportaba la idea de perderlo todo, no a manos de un militar loco como el general Justan, que invadía la ciudad con sus hombres y se dedicaba a matar inocentes.

Recordaba a Justan del colegio. Maldita familia Aeris. Entre las últimas de las Doce, si no la última. No era un linaje decente ni rico, pero tenía experiencia militar y se ensoberbecía por ello. Con demasiada arrogancia, por lo visto. El joven había sido el favorito de los maestros de la escuela, pero no tenía ni asomo de bondad o sentido del humor. No, aquello era intolerable. La Frontera Azul iba entre la grupa de dos de los hombres más leales de Gandis Hart. No podía hacer gran cosa, pero desde luego podía utilizar el tesoro de su familia para defender la ciudad que amaba. Y tampoco haría ningún daño que *lady* Win Sallet le debiera un favor en el consejo.

–¡Inmortales delante! –gritó uno de sus hombres.

Gandis detuvo su montura y buscó con la mirada un buen lugar. Tragó saliva al ver la luz de las antorchas reflejada en los edificios del otro lado. Si no vacilaba, aún había tiempo. La avenida se curvaba hacia la puerta occidental y no había bocacalles cerca. Oía el rumor de los soldados que marchaban al paso y sujetó con fuerza las riendas para evitar el temblor de sus manos.

–Creo que ese es un buen sitio, ¿no le parece? Vamos, sargento Owen. Cubra la calle hasta que la Frontera esté desplegada.

Gandis se quedó sobre la silla, aunque su caballo notaba la tensión y se movía con inquietud, sin salirse del camino porque él sujetaba con fuerza las riendas y hacía trazar círculos al animal. El rumor de pasos y el fragor del hierro iban aumentando de volumen, tanto que pensó que los vería en cualquier momento. Se enjugó el sudor del rostro mientras una docena de hombres avanzaba para bloquear la calle, levantando lanzas y picas. Los soldados de a pie, jadeando con dificultad, se mezclaron con los demás empuñando hachas y espadas. Los conocía a todos, por supuesto. Algunos oficiales eran hombres que lo habían tenido en sus rodillas de niño, mientras otros hacían de criados, cocineros o caballerizos, cuando no estaban haciendo instrucción. Los Hart no podían permitirse el mantenimiento de un ejército regular a tiempo completo. Solo el monto de los salarios habría hecho desvanecerse a su madre.

Mientras Gandis miraba a los soldados de sobreveste azul y cotas de malla engrasadas, los reconoció a todos y los vio como a hombres. La perspectiva de verlos enfrentarse a los famosos Inmortales no era agradable, en absoluto. En silencio, elevó una oración a la Diosa para que les permitiera sobrevivir a aquella noche.

La última docena de súbditos corrió para reunir las cuatro piezas de la reliquia que solo había visto utilizar en celebraciones familiares. Solo la Diosa sabía lo vieja que era la Frontera Azul y cómo funcionaba. De niño se había sentido un poco decepcionado por el viejo tesoro de los Hart. La familia Regis tenía sus famosos escudos rojos, los Sallet sus guerreros verdes. Los Harts tenían la Frontera. Y aquella noche, *lady* Sallet en persona la había pedido. Gandis Hart sintió un brote de orgullo.

Dejó de mirar la calle para observar los hombres que elevaban lo que parecían dos inmensos candelabros de bronce a cada lado de la calzada. En la base había tallados unos pies con garras, como grandes zarpas de león. Podían plantarse con firmeza incluso en el barro.

–¡Vamos, no se entretengan! –gritó Gandis.

Una columna había entrado limpiamente, pero el otro equipo parecía haber tropezado con algo y lanzaba maldiciones.

–Sargento Owen, que sus hombres se pongan tras la Frontera, hágame el favor.

Uno de los pocos soldados de su personal gritó las órdenes a todos los demás, como si no hubieran oído cada palabra que había pronunciado lord Hart. Viraron con las monturas y retrocedieron para situarse en el otro extremo de los postes de bronce. Todos los ojos se volvieron a los hombres que seguían forcejeando con el poste recalcitrante.

–¿Lista? –preguntó Gandis.

Un hombre negó con la cabeza mientras gruñía y resoplaba, reluciente de sudor. El tiempo se agotaba. En medio de la desesperación, Gandis lanzó el grito de advertencia que había oído durante años, desde que era niño.

–¡Frontera Azul, Frontera Azul! *¡Lista!*

Delante de él se oyó un rugido y levantó la cabeza.

El general Justan de los Inmortales no estaba particularmente afectado por los reveses que había sufrido hasta aquel momento. Aunque no había esperado que sus hombres sufrieran tantas bajas, sobre todo por culpa del fuego, habían sido entrenados para combatir y él había trabajado con ahínco para que fueran leales a su persona, no al rey ni a las Doce Familias, ni siquiera a la ciudad de Darien. Eran sus hombres, la guardia pretoriana del césar. Los había educado y endurecido como puntas de flecha al fuego. Había sido un padre para ellos y los había castigado para hacerlos más fuertes. A cambio, aguantaban firmes, a pesar de todo lo que la ciudad de Darien les había echado encima.

En las batallas morían hombres. Eso era de esperar. Lo único que importaba era la fuerza del núcleo: que fuese capaz de avanzar mientras el enemigo retrocedía y se convertía en multitud derrotada. Los Inmortales comprendían eso. Confiaban en que él no sacrificara sus vidas, eso era todo. Ponían su honor y su obediencia en sus manos, aunque entendían que alguno podía caer. Ponían la legión por encima de ellos mismos, pensó con orgullo. Eso los hacía... magníficos.

Apretó las mandíbulas mientras cabalgaba. El único indicio de su frustración fue el brusco tirón que dio a las riendas del caballo que llevaba detrás. Esperaba que Elias, a aquellas alturas, hubiera muerto. Las niñas eran irrelevantes, pero sus hombres habían perdido la mejor oportunidad que habían tenido para acabar con aquella amenaza... en consecuencia, el general Justan aún necesitaba a sus rehenes. El hombre se había convertido en una obsesión y sin embargo aún no podía descartarlo. El general Justan Aldan Aeris había sufrido un revés tras otro. Pero no era un necio inexperto que se dejara llevar fácilmente por el pánico. La estrategia tenía que replantearse siempre tras el contacto real con el enemigo. ¿Qué había dicho una vez aquel viejo boxeador? «Todo el mundo tiene un plan hasta que recibe un puñetazo en la cara.» Lo que importaba era lo que se hacía con la boca ya ensangrentada, no lo que se había hecho para llegar a ese punto.

Había fallado el ataque contra Elias. Y fue algo más que un golpe durísimo no poder mantener abierta la puerta occidental. Cabeceó lleno de ira al recordar la desesperación de ver a sus mejores hombres caer en los peldaños, envueltos en el humo de sus propias pistolas, y encima vencidos por niños harapientos. Había mirado con consternación a su espalda, la escena que empequeñecía conforme él se alejaba de aquel cazador que seguía forcejeando y luchando por alcanzarlo. Las grandes puertas de la entrada occidental se habían cerrado sobre las filas de Inmortales, que gritaban aplastados y deshechos por el peso de la madera chamuscada y el hierro, esforzándose desesperadamente por mantenerlas abiertas. Pero el mecanismo era una obra de arte de ingeniería y las puertas se movían despacio, pero no podían ser detenidas por ningún hombre.

Justan apretó los puños que sujetaban las riendas. Había tenido que retroceder, sí. Le habían dado un puñetazo en la cara, pero por entonces habían entrado en la ciudad casi tres mil hombres de los cinco mil que tenía. Aunque había perdido unos centenares frente a los Sallet y su bruja, al menos su legión seguía en Darien. Además, sus hombres no eran los vigilantes barrigudos de las fincas, sino soldados profesionales, la élite de la costa oeste. La legión Inmortal descartaba a los que daban muestras de lentitud o se hacían demasiado viejos para sus cometidos. Se mantenían jóvenes y fuertes con marchas forzadas y licenciaba al diez por ciento más débil cada dos años. Los que se quedaban eran obedientes... y de hierro. Apostaría por sus hombres contra cualquier fuerza que la ciudad de Darien pudiera reunir. ¡Que se quedaran con la puerta por el momento! Él estaba dentro de las murallas, ¿no? Ensangrentado, pero no doblegado. Recordó las palabras de un poema que solía recitarle su madre cuando lloraba en sus brazos, sin ganas de ir a la escuela donde tan cruelmente lo habían golpeado.

«No importa la estrechez de la puerta, ni los castigos que depare. Yo soy el señor de mi suerte, yo soy el capitán de mi alma.» Aún lo consolaban estos versos. Sintió que se le reducía la tensión interior, la sensación de haber ido demasiado lejos. Justan vivía para la guerra y la táctica, como todos los Aeris. Que no hubiera cumplido sus primeros objetivos no quería decir que hubiera fracasado.

Miró a su espalda mientras él y seiscientos jinetes de su guardia de élite se alejaban de la puerta occidental para reforzar uno de los brazos de la tenaza que cercaba la ciudad. Tenía más hombres abriéndose paso desde el centro, hombres que habían entrado en la ciudad el día anterior. Caerían sobre cualquiera que osara levantarse contra él. Esa era la táctica de acumular reservas, convertir una derrota en una victoria. Lo único que importaba era quién quedaba en pie al final.

Asintió con la cabeza, satisfecho de su previsión, recuperando la confianza en sí mismo. No había un rey para gobernar la ciudad. El consejo de las Doce Familias no podía reunirse mientras estuvieran bajo el ataque. Lo único que Justan tenía que hacer era mantener las calles ocupadas hasta la mañana siguiente. Sus hombres habían dormido y comido bien el día anterior, estaban descansados para resistir la marcha forzada y entrar en acción durante la noche. Cuando saliera el sol, cuando tuvieran el control, dedicarían la jornada a imponer el toque de queda y asaltar una por una las fincas de las Doce Familias. Esperaba con ansia esa parte. Todavía tenía tropas suficientes, incluso con la puerta cerrada tras ellos. Aunque no consiguiera volver a abrirla.

Como impulsado por un tic, miró hacia atrás de súbito, hacia el camino que había recorrido, admitiendo finalmente lo que temía. Temía ver a Elias cabalgando detrás de él, en su busca. Aquel hombre era un cazador, después de todo. En aquel momento, las ordenadas columnas de jinetes de Justan se extendían por todo el arco que rodeaba la ciudad y la batalla de la puerta occidental quedaba oculta a la vista. No había ni rastro del hombre que tanto temía. Quizá Elias hubiera caído, aplastado por una multitud que ni siquiera él había podido esquivar. El general cerró los ojos y acarició un relicario que llevaba al cuello. Que así sea, Diosa. No miró a las hijas del hombre, que lo observaban como gatitas hurañas desde el caballo de atrás. Sentía sus ojos clavados en su espalda, acusándolo.

–¡Soldados delante, mi general! –gritaron en la primera fila.

Justan se adelantó hasta la tercera fila, la posición de mando a la que era difícil llegar con una ballesta o un arma de fuego. Estiró el cuello y lanzó un juramento al reconocer las sobrevestes azul y oro al otro lado del camino. Gandis Hart. Gandis el Gordo.

Lo recordaba de los tiempos del colegio, pero de repente recordó más cosas. Comprendió la situación nada más doblar la esquina: grandes columnas de bronce situadas a cierta distancia, cada una tan alta como un soldado montado a caballo. Dos hombres forcejeaban con una de ellas, sacudiéndola con desesperación. Todos los hombres de Hart estaban tras las columnas. Justan puso los ojos como platos al entenderlo.

–¡Ataquen! ¡Rápido! ¡Avancen contra ellos! ¡Aplástenlos!

Siguió vociferando órdenes al tiempo que espoleaba la montura. El caballo que iba detrás lo retuvo, de manera que sus hombres lo adelantaron, pero él no soltó las cadenas doradas que tenía enroscadas en la mano, ni siquiera en aquel momento de pánico. La familia Hart podía descartarse, pero tenía una reliquia de los viejos tiempos, una pieza de tal poder que Justan no podía permitir que se utilizara contra él en las calles de Darien.

Gandis Hart sintió que el sudor le chorreaba por la espalda cuando una columna de caballería de Inmortales blancos cargó inesperadamente contra él. Adivinó su propia muerte en sus espadas y ver a sus jinetes e infantes aprestándose para defenderlo no lo consoló en absoluto. Miró al equipo que seguía forcejeando con la Frontera. El otro lado ya había concluido y los hombres de aquella parte se desgañitaban gritando a los otros. Gandis no sabía qué fallaba. Solo veía el muro de jinetes con armadura lanzado contra él, con las capas ondeando al viento cuando aceleraron. Diosa, aquello iba a hacer daño. Lo único que lamentaba era que no volvería a ver la luz del día. Qué cosa más fea morir en la oscuridad, pensó. Ofreció su alma a la Diosa y sintió que la tensión lo abandonaba conforme aumentaba el estrépito.

–¡Ya está! –gritó el equipo–. ¡Frontera Azul, Frontera Azul! ¡Terminada!

Gandis se volvió bruscamente y vio que la otra columna ya estaba en su lugar. Delante mismo de los Inmortales, sus soldados retrocedieron sin prisas, como si no se hubieran enterado de la presencia de los jinetes que cargaban contra ellos. Gandis respiró a pleno pulmón. Si aquello fallaba, morirían todos. Miró febrilmente más allá de los postes de bronce, más allá de las patas de bronce clavadas firmemente en la calle. En cada uno había una palanca con forma de pico de ave de rapiña. Gandis vació los pulmones cuando levantaron las dos palancas a la vez y se extendió una fina película que abarcaba toda la anchura de la calzada.

Era demasiado tarde para que los Inmortales detuvieran la carga, por mucho que lo hubieran intentado. Gandis no sabía si aquellos hombres entendían a qué se enfrentaban. La Frontera no parecía más resistente que una pompa de jabón estirada en el aire. Sus propios hombres se encogieron por instinto, dado que estaban a pocos pasos de los resonantes cascos y las toneladas de hierro, carne de caballo y carne humana que corrían hacia ellos a más de cincuenta kilómetros por hora.

El choque fue tremendo, como si los Inmortales se hubieran estrellado al galope contra el costado de una casa. Gandis se quedó boquiabierto como un niño, ya que era la primera vez en su vida que veía utilizar la Frontera en serio. Parecía un objeto más maligno ahora que había visto su efecto. Unos cuarenta hombres y caballos resultaron aplastados, heridos, lisiados y contusionados durante aquellos primeros momentos en que las filas de detrás chocaban con las de delante. Gandis tuvo la sensación de que si estiraba la mano tocaría la pierna de un hombre caído delante de él, un jinete que había chocado con la Frontera varias veces y no hacía más que rebotar en ella.

El daño causado fue espectacular y Gandis sabía que nunca volvería a ver el tesoro de su familia de la misma forma. Recordó que una vez, siendo niño, tropezó con el poste de un porche y se rompió la nariz y quedó con un ojo morado, aunque iba andando a paso normal. Los Inmortales iban a la carrera para atacar a los hombres que se apelotonaban tras los postes de bronce, lanzados a toda velocidad con armadura y todo.

Se estremeció. No olvidaría mientras viviera los horrores de aquel momento en particular. Piernas dobladas en ángulo antinatural, hombres reventados contra la clara superficie, y cada instante de tortura visible para los horrorizados soldados que estaban a menos de un brazo de distancia. Ninguno superó la barrera. Los jinetes Inmortales dieron vueltas y murieron como si estuvieran tras un cristal.

El general Justan vio a sus hombres amontonados ante una barrera invisible. Funcionaba bastante mejor que si hubieran estirado un cable a la altura del cuello. Por lo que podía recordar, era imposible pasar la Frontera Azul de Hart. Se quitó de la cabeza cualquier idea de mandar hombres con martillos. Si un caballero con armadura a toda velocidad era incapaz de cruzarla, ningún hacha ni martillo podría hacerlo. Justan maldijo entre dientes y miró a su alrededor. La Frontera Azul era una baratija inútil en cualquier otra situación. Si no lo hubiera sido, no se habría permitido que la tuviera una familia como los Hart. ¡Y sin embargo, sin embargo, sin embargo...! Lanzó un rugido de cólera, incapaz de soportar la frustración. Le habían bloqueado el camino en el sitio justo, el avance sobre la ciudad estaba totalmente cortado. No había bocacalles en aquel sector de la circunvalación. Tendría que retroceder casi hasta la puerta occidental y tomar luego un atajo. Solo había perdido unos pocos hombres contra la maldita barrera. Tenía el resto, todavía frescos y deseando cabalgar a cualquier parte a sus órdenes. Habría dudado si hubieran sido infantes, pero los jinetes podían moverse de un lado a otro, como una lanza arrojada al centro.

Escrutó lo que había al otro lado de la película de la Frontera Azul y vio una imagen trémula, como si la moviese la brisa. Gandis Hart lo miraba desde allí, gordo y con la cara enrojecida, pero con aire inconfundiblemente triunfal. Justan miró al otro lado en busca de sus reservas, pero no vio ni rastro de estas. Estaban más al sur, más en el interior de la ciudad, no malgastando su energía en una parte que se suponía que iba a ocupar él mismo.

Incapaz de avanzar, se volvió en la silla para mirar a sus espaldas y se quedó pálido ante lo que vio.

# 20
# La Piedra Sallet

Nancy volvió en sí sobresaltada y se vio en un tranquilo salón, con fuego en un rincón y ropas colgadas en una cuerda de las que salía vapor y llenaban el aire con el típico olor de la ropa húmeda. Un desconocido le curaba la última herida, le cubría el brazo con vendas limpias y respiraba por la nariz mientras lo hacía. Olía un poco como su padre, pensó en medio de la niebla de su conciencia. ¿Estaba muerta? Se incorporó y se puso las manos sobre el regazo, imitando inconscientemente a *lady* Sallet, que estaba sentada delante de ella, y que parecía tan fuera de lugar en aquella casa como un cisne en un gallinero.

Nancy ahogó una exclamación cuando el desconocido apretó el nudo de la venda de su brazo. Era un soldado de Sallet, pero llevaba en el brazo un brazalete de color rojo sangre que indicaba que había sido adiestrado como cirujano. Nancy le sonrió y le dio las gracias con un gesto de la cabeza. El dolor había disminuido un poco y ya no le producía deseos de gritar. Recordó que las manos del cirujano habían temblado mientras le tanteaba el brazo herido en busca de fragmentos de metal o astillas de hueso. Las heridas de bala aún eran una novedad en Darien y presentaban problemas diferentes de los de las espadas. Nancy había entendido todo eso por las explicaciones que el cirujano dio a su señora, aunque entonces no le había importado mucho. En la cálida cocina, el agotamiento le había caído encima como una pesada cachiporra. Fuera por la falta de sueño o por la pérdida de sangre, se había desplomado en la silla, oscilando continuamente entre el desmayo y la lucidez. Cada vez que abría los ojos, veía a *lady* Sallet mirándola, con la espalda tiesa y expresión grave, resplandeciente con el vestido de amplia falda que llevaba. ¿Habría perdido el conocimiento en algún momento? Nancy esperaba que no.

El combate proseguía en el exterior, eso lo supo en cuanto estuvo lo bastante despierta para concentrarse. El ruido y el choque de armas eran como una tormenta desatada fuera de aquella acogedora sala en la que se encontraban, a resguardo de la violencia. Cuando le habían limpiado la herida, el escozor la había despertado, pero se sentía mareada, como con resaca. Había vivido tantos sucesos que necesitaba unas horas de quietud para ordenarlos. Mientras, solo quería dormir.

Un soldado de Sallet carraspeó y le pellizcó la mejilla. Nancy abrió los ojos, inyectados en sangre por culpa de algo tan vulgar como la debilidad. Trató de cogerle la mano, pero fue demasiado lenta y solo llegó a entrever la figura del hombre cuando retrocedía.

–Tengo que preguntártelo una vez más –dijo *lady* Sallet–. ¿Quién eres, querida? ¿Cómo has conseguido inutilizar a mis guerreros verdes? ¿Eres un peligro para mí?

–Solo quiero dormir –murmuró Nancy.

–Cuando esto termine –replicó *lady* Sallet–. ¿He de obligar a uno de mis hombres a que te abofetee para despertarte del todo? El *meneer* Jacques ha curado tu herida y ahora no estás en peligro de morir desangrada. Así que *espabila*.

Nancy parpadeó y dio un gruñido mientras se sentaba derecha en la silla. Vio que el cirujano y el soldado de Sallet retrocedían, pero *lady* Sallet se inclinó ligeramente hacia ella, como si se negara a tener miedo. Nancy sintió admiración por aquella anciana. Era una pena que el océano se hubiera secado dentro de ella, hundido en el desierto negro. Creía que ahora no podría ni encender una vela y eso la volvía totalmente indefensa. No le gustaba estar indefensa bajo los ojos azul oscuro de *lady* Sallet.

–Los seis Verdes que inutilizaste costaron... Oh, no puedo ponerlo en términos que puedas entender. Tenían un valor incalculable, siglos de antigüedad y eran los principales tesoros de mi casa. Me han dicho que no pueden fabricar otros nuevos. No pueden ser reemplazados.

Nancy se mordió el labio para no adormilarse. Comprendía que la mujer estuviera enfadada, aunque el único signo de aquello era su forma incisiva de hablar. Nancy tuvo la sensación de no haber visto nunca a nadie tan enfadado como aquella mujer en aquel momento. Se dio cuenta de que hacía falta un poco de lubricante.

–Lo siento, mi señora –dijo con toda la humildad que pudo–. Me llamo Nancy Cupertino.

–Hay una calle Cupertino en el barrio sur, ¿no es así? –dijo *lady* Sallet.

Nancy, sorprendida, asintió con la cabeza.

–Debéis de conocer muy bien la ciudad, mi señora. Sí, yo nací allí, donde el río cruza Cinco Caminos.

Se miró los pies, avergonzada por admitir una pobreza que para la mujer que tenía delante significaba un mundo diferente. En aquel momento, Nancy era totalmente consciente de su falta total de poder. En lo que le había parecido un refugio y una salita acogedora había un soldado que se interponía entre ella y la puerta. Notó el sabor de la sangre en la boca y tragó saliva, meditando intensamente mientras *lady* Sallet continuaba.

–Bien, Nancy. Me han dicho que tocaste a todos y cada uno de mis guerreros verdes cuando pasaste por su lado. ¿Es eso lo que tienes que hacer... para absorber la magia?

Nancy levantó la cabeza y vio que *lady* Sallet la observaba como un halcón, sus ojos casi negros a la luz del fuego. Negó con la cabeza, sintiéndose como si se estuviera confesando ante un maestro.

–Solo necesito acercarme, mi señora.

–Ya veo. Causaste un daño incalculable, ¿te das cuenta? –Cuando Nancy fue a responder, *lady* Sallet levantó una mano–. Pero tengo un problema diferente que he de resolver. No puedo entretenerme con todas las cosas que han ido mal esta noche, ¿lo entiendes? Mi sobrino ha muerto y su palacio se quema, pero no puedo ocuparme de eso porque toda la ciudad es víctima de un ataque. No tengo tiempo para explorar tu... habilidad, no con el esfuerzo y la experiencia que exige, porque me han informado que tengo hombres leales que se asfixian dentro de las armaduras verdes.

Nancy se puso pálida al comprender la situación. *Lady* Sallet asintió con la cabeza como si hubieran llegado a un acuerdo en ese momento, aunque Nancy no sabía cuál había sido.

–Así pues, querida, tendrás que perdonarme si me muestro impaciente. Las armaduras verdes contenían una vasta cantidad de magia, todas y cada una, y tan compleja que es imposible recuperarla. Nunca habían sido... vaciadas de su poder, así que solo podemos especular a propósito del tiempo que durarán los hombres que hay dentro.

–Mi señora, no veo cómo puedo seros de ayuda... –dijo Nancy suavemente.

Le resultaba intolerable pensar que aquella mujer dependía de ella para salvar a sus hombres cuando ella no tenía la menor idea de cómo hacerlo. Una cosa era segura, que Nancy no sabía cómo funcionaban aquellas armaduras ni conocía las fuerzas que las movían. Su don le permitía visualizar la magia como un líquido, pero no sabía cómo funcionaba cuando estaba ligada a objetos tan extraordinarios como los Verdes de Sallet.

–Me pregunto... ¿Podrías devolver una pequeña parte de lo que te llevaste? –dijo *lady* Sallet. Además, aquella mujer describía conceptos que Nancy no entendía y hablaba con vacilación, tanteando las palabras–. ¿La suficiente para permitirles salir de las armaduras, quizás? El peso del metal es excesivo, tal como yo lo entiendo. Hay aire, pero no pueden respirar bien. Será un final cruel para esos hombres si no podemos sacarlos.

Nancy solo pudo negar con la cabeza, aunque sabía que la mujer que tenía delante podía ordenar su muerte en cualquier momento. Los Sallet eran famosos en Darien, la casa real de las Doce Familias, al menos lo había sido hasta aquella noche. Nancy cerró los ojos con fuerza un momento, tratando de no recordar caído al sobrino de la mujer, y con el cuerpo acribillado por agujeros azulados.

–Mi señora, la utilicé toda –susurró–. Aunque supiera cómo devolverles la magia, no me queda ni un ápice.

Mientras pronunciaba estas palabras, Nancy se dio cuenta de que admitía que estaba totalmente indefensa. Estaba totalmente desnuda ante aquella mujer que parecía ver en su interior.

–Pero ¿ayudarías si pudieras? –preguntó *lady* Sallet.

–Por supuesto, mi señora. No sabía lo que iba a pasar cuando... cuando los toqué. Es decir, sí lo sabía, pero no sabía que había hombres dentro. Lo siento. Vi soldados entrando y me enfurecí. No quería ver la ciudad invadida, lo quería tan poco como vos.

–Bien. Por lo poco que vi, comprendí que... despilfarraste lo que le quitaste a mis Verdes. –Vio que Nancy fruncía la frente y enarcó las cejas–. ¿Sabes lo que significa despilfarrar, querida? Significa que agotaste tu poder. Habrías hecho mucho más daño si hubieras llevado una armadura, o equipos con escudo caminando a tu lado, para ponerte a salvo de las balas.

Nancy parpadeó sorprendida ante el comentario, pero *lady* Sallet se volvió a un lado y sacó una cajita de madera de un bolsillo de su falda. Estaba muy pulimentada, pero no era lo bastante gruesa para albergar una baraja de naipes. Nancy la miró inquieta, sintiendo un pinchazo incómodo cuando la acercó a la luz del fuego.

–Envié a mi finca a un mensajero para que me la trajera –dijo *lady* Sallet. Sonrió al levantar la caja para que la viera Nancy–. Solía jugar con ella de niña, oh, hace muchísimo tiempo. Mira, fíjate en cómo se desliza la tapa.

La caja se abrió, alargándose bajo la presión de la mano de *lady* Sallet, y dejó al descubierto una gruesa y brillante piedra verde, parecida al jade, sobre un forro de pálido metal gris. Nancy jadeó, como si tragara fuego. Al igual que los Verdes, la piedra estaba cubierta de signos diminutos, cincelados en la superficie con extraordinaria precisión.

Aunque sabía que *lady* Sallet estaba observándola, no pudo ocultar su reacción. El agotamiento desapareció y sintió que la magia entraba en ella como un torrente, incluso se agitó su pelo como si este quisiera alcanzarla por su cuenta.

–Qué interesante –dijo *lady* Sallet–. Al parecer, la caja protegía la piedra de alguna manera. No es un mero ornamento, pero tampoco es mágica, de lo contrario la habrías absorbido.

*Lady* Sallet hablaba con seca fascinación, como si estuviera observando un experimento. Nancy notó que respiraba con más fuerza y pudo ver chispas moviéndose por su piel como si fueran hilos.

–Basta. Por favor, mi señora… por favor, cerradla.

*Lady* Sallet cerró la caja antes de que Nancy terminara de pedírselo. El aire crepitó en la habitación a causa de lo que habían encerrado. Nancy no pudo menos de mirar fijamente la caja cuando *lady* Sallet la puso a la luz del fuego.

–La Piedra Sallet, querida, el auténtico corazón de mi familia, de la naturaleza de las piedras de hogar. Pero nunca pudimos saber cuál era su utilidad. La Diosa sabe cuántos siglos o miles de años tiene, pero lo único que posee es un brillo verde oscuro. Creo que es el origen de los colores de mi casa. Me complace que no fuera solo un juguete, después de todo este tiempo.

*Lady* Sallet estaba incómoda con los cambios que se producían en la joven que tenía sentada delante. Nancy flexionaba las manos como si no las hubiera visto antes. Su pelo parecía retorcerse y había cambiado de color, volviéndose de un rojo oscuro, casi del color de la sangre líquida. El equilibrio de aquella habitación se había alterado y *lady* Sallet entendió que había dejado de ser la señora y había pasado a ser una suplicante. El poder que la bruja había mostrado en la calle era prueba suficiente de eso, aunque *lady* Sallet recordó que la joven no tenía medios para defenderse de un disparo en la cabeza.

Detrás de Nancy estaba el cirujano con una pistola pegada a la pierna, preparado para impedir cualquier posible ataque contra su señora. Era un curandero, es verdad, pero no dudaría en matar si la bruja se volvía loca con el poder que le habían dado.

–Te he confiado algo de gran valor, Nancy –prosiguió *lady* Sallet, alisándose los pliegues del vestido con la caja de madera–. ¿Vendrás conmigo a salvar a los jóvenes de mi casa?

–Si puedo, por supuesto que lo haré –dijo Nancy, poniéndose en pie, ya sin el menor rastro de su anterior debilidad–. Pero, mi señora, no sé cómo hacer lo que me pedís. Mi don consiste en calentar el aire. No sé si habrá una forma... –Dejó de hablar cuando *lady* Sallet se levantó y le puso una mano en el brazo indemne.

–Mi querida muchacha, hay granjeros con el don de saber cuándo plantar las simientes o cómo llamar a su perro de lejos. Lo que tú haces es de un orden totalmente distinto. Como mínimo puedes quedarte con el poder... y expulsarlo como calor. Ahí tenemos dos clases de poder, incluso más. No creo que haya nadie que te iguale en un radio de mil kilómetros. Pase lo que pase esta noche, debes estar a salvo, ¿lo entiendes? Espero, y lo espero desesperadamente, que puedas recuperar a los Verdes de Sallet, pero si no puedes, sigues siendo más valiosa de lo que crees, para mí y para Darien.

Nancy se la quedó mirando fijamente. Sintió que los ojos se le llenaban de lágrimas y no podía decir exactamente por qué, aunque a una parte fría y renegrida de su interior le conmovió el ser valorada y tratada con amabilidad. Puede que se hubiera sentido avergonzada por haberse emocionado tan fácilmente, con unas pocas palabras y una mano en el brazo, pero había sido un día muy largo y había perdido a un buen amigo. Dio gracias en silencio a la Diosa por no haber sido ella quien matara al rey.

*Lady* Sallet señaló una habitación trasera de la casa y Nancy fue delante de ella.

–Están fuera, en el patio de los establos –dijo *lady* Sallet a su espalda.

Nancy apretó las mandíbulas, temiendo de repente la posibilidad de presenciar la muerte de seis hombres por asfixia, de saber que era responsable de más sufrimiento y miedo. Las lágrimas de sus ojos se convirtieron en voluta de vapor cuando llegó al aire libre.

Las figuras con armadura estaban caídas de espaldas como cucarachas muertas, grises como estatuas y todavía con las cuerdas con que las habían atado para entrarlas desde la calle. Los soldados de Sallet estaban agachados junto a ellas, les acercaban vasos de agua para que los guerreros atrapados bebieran sin atragantarse. Los hombres de Sallet levantaron la cabeza cuando Nancy entró en el pequeño patio. La reconocieron inmediatamente. Todos los presentes se pusieron pálidos y corrieron hacia las armas, fueran pistolas o cuchillos; tiraron los vasos mientras sus manos buscaban cualquier cosa con que defenderse. No les habían avisado de que la bruja estaba dentro de la casa, eso estaba claro.

–Tranquilo todo el mundo –dijo *lady* Sallet, apareciendo detrás de Nancy–. La señora es una aliada, no una enemiga. Prestadle toda la ayuda que necesite.

Nancy se giró hacia ella y *lady* Sallet le devolvió la mirada con calma.

–Querida, solo te pido que lo intentes. No voy a fingir que mis razones sean puras, por supuesto. Por mucho que desee salvar a mis hombres más leales de una muerte lenta, también me gustaría ver que algunos de mis Verdes de Sallet se recuperan. Son, eran, un pilar vital para el prestigio de mi casa, y a través de nosotros, para la paz en la ciudad. Ninguna familia se arriesgaría a librar una guerra civil si mis Verdes están en el otro bando, ¿entiendes? Su existencia ha sido una garantía de paz durante... mucho tiempo. Por favor. No sabías lo que hacías cuando los inutilizaste. Es de justicia que ahora los restaures.

Nancy apretó el puño del brazo herido y el dolor fue como un latigazo. Se le había otorgado mucho, aunque ella lo había tomado casi todo sin pedir permiso a nadie. Se quedó inmóvil un momento, con los ojos de una docena de hombres fijos en ella, esperando ansiosamente que hiciera lo que se le había indicado. Pero la muchacha no se movió. Si los Verdes de Sallet eran la amenaza que mantenía el orden, ¿debía desempeñar un papel en su salvación? Quizá ese estado de paz y de orden fuera una especie de muerte, en una ciudad donde solo doce familias gobernaban a medio millón de seres menos afortunados. Donde hombres como su padre no podían recurrir a la ley.

–¿Nancy? ¿Los oyes? –dijo *lady* Sallet de súbito.

Al otro lado de los muros del patio proseguía la batalla, con alaridos, llantos y choque de metales que ahogaban ruidos menores. Todavía indecisa, le pareció oír un clamor débil, llamadas que se perdían en un hilo de voz, hombres que apenas podían respirar y que se ahogaban bajo el peso del metal. Se estremeció al pensarlo. Sería una muerte horrible y comprendió que no podía quedarse quieta si había alguna posibilidad de salvarlos.

Tomó una decisión y asintió bruscamente con la cabeza. Cuando se acercó al escarabajo gris más cercano, que yacía de espaldas, no vio que *lady* Sallet relajaba los músculos de alivio ni que el médico enfundaba su pistola una vez más. Dos hombres se hicieron a un lado, fulminándola con la mirada, pero contenidos por la costumbre de obedecer. Nancy hincó una rodilla en tierra, cerró los ojos y pasó las manos sobre la curva superficie de un peto. Oía perfectamente al hombre que estaba dentro. Oía su respiración y su asfixia; su corazón corrió hacia el hombre encerrado, que pedía ayuda con cada aliento, cada susurro.

–Lo intentaré –dijo.

El mar de fuerza fluyó y creció en ella mientras hablaba. Parecía correr como fuego líquido hasta las yemas de sus dedos y sufrió un sobresalto al sentir el aumento de temperatura. No. Se lo había arrebatado a los guerreros Verdes. Había sido un acto inconsciente, como en muchas otras ocasiones, cuando desbarataba los trucos de los prestidigitadores ambulantes que se instalaban en su calle para ofrecer espectáculos, y los echaban a patadas y les arrojaban tomates podridos. Ella se había reído con los otros niños de aquellos farsantes. La magia no era real y lo sabía. Hasta que la llenó totalmente y la desbordó. La vio semejante a un líquido que circulase por sus brazos y se acumulara en sus manos como oro fundido mientras las presionaba contra la armadura. Oyó un gruñido y abrió los ojos lentamente.

Entre las placas verdes brotó olor a carne quemada. Uno de los hombres que estaba a su lado vomitó de repente, los otros se pusieron a maldecir y se dieron la vuelta. Sus manos habían fundido la armadura, dejando unas huellas oscuras cuando las retiró. El olor le dio náuseas en el momento en que se dio cuenta de lo que era. El hombre que había dentro ya no gritaba ni susurraba ayuda. Se había achicharrado dentro de la armadura. Nancy lo había matado en vez de salvarlo. Se desplomó, con la cabeza gacha, atónita y avergonzada.

–Otra vez, querida –dijo *lady* Sallet a su espalda.

–Los mataré a todos –murmuró Nancy.

–Quizá sí. Pero este era el más débil, el primero que tocaste en la calle. Los otros son algo más fuertes. Quizá puedan guiarte. Por favor. No tengo las herramientas necesarias para sacarlos esta noche de la armadura. O encuentras la manera o los perdemos a todos. ¿Lo entiendes? Es una elección horrible, pero no hay otra. Todos morirán sin tu ayuda, aunque quizá también mueran con ella. Te ofrecí la Piedra Sallet para darles una oportunidad.

–Y para que vuestros preciados Verdes de Sallet recuperen su poder –le soltó Nancy.

–No te he mentido, Nancy. Pues claro que quiero verlos en pie otra vez. Esta ciudad fue construida por mis antepasados, con otras doce familias, en una época diferente. No es perfecta... –Nancy dio un bufido–. Muy bien. Está lejos de ser perfecta, pero hay lugares mucho más salvajes, créeme. Darien es la peor de las sociedades... pero es la única que ha perdurado.

Nancy apretó los labios, se puso en pie y se acercó con decisión a la siguiente figura, que yacía al final de la zanja que se había formado al arrastrarla. Se arrodilló de nuevo. Cuando se levantó había otro hombre muerto y por los resquicios de la armadura salía humo o vapor. Sin decir palabra, Nancy dio tres pasos y se arrodilló al lado del tercero.

Un soldado que estaba allí cerca gritó enfurecido a *lady* Sallet, pero nadie le respondió y se quedó de pie mirando, presa del miedo y la fascinación. *Lady* Sallet no sabía si la joven estaba intentando salvar a sus hombres o destruyéndolos para siempre. Durante aquellos breves instantes, Nancy tuvo en sus manos el equilibrio del poder de Darien.

*Lady* Sallet sintió la mirada de su cirujano y se volvió. Había apoyado otra vez la mano en la pistola y la miraba con actitud interrogadora. Ella negó con la cabeza, levantando una mano para que esperase mientras delante de todos se echaban a perder, una por una, vastas fortunas irreemplazables.

Nancy dio una especie de paso en falso con el tercero. Sin saber exactamente lo que hacía, tuvo un momento de pánico, parecido al miedo a recibir un disparo que había sentido en el palacio. La magia salió a borbotones de su interior y abrió la armadura con un crujido y una repentina ola de calor que parecía hierro líquido. El peto se rompió en dos, pero el ser ennegrecido que se agitaba dentro no tuvo ninguna sensación de libertad mientras chillaba y perecía. Nancy se irguió, jadeando de emoción. Avanzó hacia el cuarto, arrastrando los pies.

El hombre que había dentro oyó sus pasos. Quizá hubiera intuido la suerte que habían corrido sus compañeros o hubiese percibido el olor a carne quemada que impregnaba el aire. También él respiraba con gran dificultad y sufrimiento, y se esforzaba por no dejarse llevar por el pánico en aquel ataúd cerrado que lo estaba matando. Cuando Nancy se arrodilló a su lado, susurró unas palabras en la oscuridad, ya que no alcanzaba a ver nada:

–Buena suerte –le dijo, con la voluntad hecha pedazos mientras forcejeaba con la locura y la asfixia.

Ninguno de los encerrados en aquellas armaduras tenía problemas de claustrofobia, no en un día normal. Las armaduras de los Verdes de Sallet no eran más opresivas que cualquier otra. Sin embargo, para el cuarto hombre fue como un alivio pensar en la muerte cuando sintió que el calor de los dedos de Nancy atravesaba su carne y la quemaba, pues sabía que iba a convertirse en una masa farfullante y retorcida que ni siquiera podría dilatar el pecho para gritar.

Nancy estaba absorta en su misión, concentrada y con los ojos cerrados. No vio la mancha verde que salía de sus manos y pasaba a la armadura. El hombre que había dentro reaccionó con violencia en cuanto sintió que se filtraba en el ataúd que lo contenía. Se irguió para ponerse sentado y Nancy salió dando vueltas por el patio. La muchacha se puso en pie con los ojos muy abiertos cuando el hombre se quitó el yelmo y abrió parte del peto, poniendo al descubierto un guerrero, negro de sudor y con los ojos aterrorizados e inyectados en sangre. No se estuvo quieto; por el contrario, se puso a tocar palancas y botones interiores para que todo el caparazón se abriera y le permitiese salir arrastrándose sobre codos y rodillas, jadeando, riendo y respirando a bocanadas un aire tan puro y dulce como la venganza.

–Ya sabes cómo se hace –dijo *lady* Sallet a espaldas de Nancy.

El guerrero era joven y estaba en muy buena forma, quizá por eso se recuperó con rapidez suficiente para ponerse firme en seguida. Nancy vio que a pesar de todo oscilaba.

–¿Lo intentarás de nuevo? –preguntó *lady* Sallet.

Nancy asintió con la cabeza. No sabía si devolver el poder a los Verdes de Sallet significaba que habría justicia en la ciudad. No podía imaginar el horror de ser aplastada lentamente... y no podía permitir que murieran más hombres de aquel modo cuando podía salvarlos.

Se acercó a los dos últimos, que esperaban con la inmovilidad de la muerte a ser quemados o salvados. El fragor de la batalla por la ciudad seguía oyéndose en el exterior. Quizá los Verdes de Sallet pudieran desempeñar todavía un papel, si Nancy conseguía repararlos. No lo sabía.

Se arrodilló ante el quinto y oyó las aterrorizadas oraciones que susurraba el hombre atrapado dentro.

–Tranquilícese. Voy a ayudarlo –le dijo.

# 21
# El cazador

El general Justan vio que un hombre aparecía por la curva de la calzada y avanzaba hacia él. Las dos niñas que tenía al lado murmuraron «¡Papá!», llenas de emoción. No se volvió a mirarlas, no estando tan cerca el enemigo que más temía. La Frontera Azul le cortaba la retirada, y Gandis Hart y todos sus hombres estaban apelotonados tras ella como despreciables cobardes que eran. No podía retirarse de su posición. A pesar de todo, enarcó las cejas al ver el estado del hombre que iba a su encuentro.

Elias dio un traspié al ver al general. No le había ido muy bien en medio de la multitud congregada ante la puerta. El don no le había servido de nada cuando sonaron tiros por todas partes, desatando el pánico entre la muchedumbre. Elias había conseguido subir una pierna y un brazo al carro del general, pero tuvo que soltarse y cayó bajo los pies de los centenares de personas que corrían. Una bala le había pasado rozando el estómago y sentía la quemazón y la sangre que le resbalaba por la pierna a consecuencia de un corte. No se había inspeccionado las heridas, ya que tampoco podía hacer mucho al respecto. Había optado por evitar en lo posible los pies de los ciudadanos y soldados que corrían y mataban con absoluto salvajismo.

El hombre al que temía el general Justan parecía más un mendigo sin techo que un cazador. El cuello de la camisa de Elias estaba rasgado y colgaba suelto, con las puntadas al descubierto, semejantes a dientes. Estaba sucio, por no decir más, con una mezcla de sangre seca y polvo del camino, y parecía un cadáver andante. Era difícil distinguir qué era suciedad y qué contusiones, aunque tenía un ojo tan hinchado que lo llevaba medio cerrado, por algún golpe que no había sido capaz de esquivar.

El general se animó al comprender que Elias podía recibir golpes y heridas. Un hombre que podía ser golpeado podía ser eliminado. Cuando desapareció el primer estremecimiento de pánico, el general Justan sonrió al ver tan agotado a su enemigo. Elias no era un dios ni un gran exterminador de hombres. Solo era un padre cansado que seguía la estela de un ejército invasor. A ningún comandante en jefe le gusta que le bloqueen la retirada, pero había al menos seiscientos jinetes en la unidad de soldados Inmortales. Dejó a un lado sus miedos anteriores. Se había arropado con ellos, cuando la verdad era que solo se enfrentaba a un hombre. Un hombre que podía ser rodeado, que podía ser arrollado y liquidado.

Las dos niñas rompieron a llorar. Justan lanzó una exclamación de contrariedad. Miró a los tres capitanes que tenía alrededor en espera de órdenes.

–Mátenme a ese hombre, ¿quieren? –dijo–. Una bolsa de oro para el que me traiga su corazón.

Elias levantó la cabeza al oír el estruendo. Sabía que en la puerta había recibido un golpe en la cabeza, un mal golpe a juzgar por lo que le dolía. Se había apartado para esquivar una espada y el movimiento lo había puesto a merced de una estaca que llegó surcando el aire y le dio de punta. El mundo perdió el color unos momentos y él había trastabillado, sangrando y magullado. La experiencia de estar entre la multitud había sido una de las peores de su vida. Para un hombre que prefería no oír ninguna voz humana en todo un día había sido como ahogarse, como perderse entre los rugidos animales y los dientes resplandecientes de los de su propia clase. Había sido horroroso y no obstante se había *estirado* y había pasado entre el gentío de la mejor manera posible, recibiendo unos golpes y eludiendo otros, hasta que llegó un momento en que no había ningún espacio libre en el que aislarse. Recordó haber esquivado proyectiles de armas de fuego, pero le habían dado en las costillas un fuerte golpe con un escudo y había quedado aturdido. Sus movimientos eran cada vez más torpes. La debilidad influyó en buena medida. Aunque previera la amenaza, tenía que ser más rápido para esquivarla. No podía recordar la última vez que había comido o dormido y ya no era joven. Y se quedó sin rapidez.

Escupió al suelo un hilo de sangre y se fijó en el dibujo que formaba sobre los adoquines. No estaba mal, pensó, y con un color brillante. El ruido fue aumentando de volumen, una parte de él lo reconoció y se puso a rugir en un reducido espacio, desesperado y furioso. Vio que la calle se llenaba de jinetes Inmortales con sobreveste y capa blancas. ¡Diosa, qué imagen presentaban! Entornó el ojo hinchado y vio que así enfocaba mejor con el otro. Todos parecían avanzar hacia él. Distinguió un bosque de espadas y por un momento le pareció oír llorar a sus hijas. El agudo sonido espoleó sus facultades y *se estiró* a la redonda, con una intensidad no alcanzada hasta entonces.

Los jinetes que corrían hacia él adelantaron sus propias sombras y cada una era un espectro de posibilidades que nacían y morían a cada instante. Elias cabeceó tratando de enfocarlas bien. Había muchas y el ruido de los cascos de los caballos era aterrador. Vio espadas cuyo centelleo las hacía parecer escudos mientras su don le indicaba los lugares a los que podía desplazarse. Era excesivo y sintió el peso del agotamiento, que le arrebataba toda esperanza.

Cerró los ojos, aunque sus demás sentidos gritaban que no lo hiciera. Había pocas cosas más aterradoras en el mundo que estar ante una fila de jinetes al ataque. Enfrentarse a tal peligro con los ojos cerrados iba contra todo su instinto animal, que le sugería salir corriendo y alejarse del peligtro y el ruido. Pero sus hijas estaban al otro lado y le preocupaban más que su propia vida. Mucho más que su propia vida. En aquel momento habría arrojado todo su futuro por la borda para salvarlas. Lo único que podía hacer era seguir vivo. No había otro plan, aunque percibía una muralla negra en aquel camino de los jinetes, una muralla que no podía atravesar con la imaginación, por mucho que lo intentara.

No tenía tiempo de considerar otras opciones. Sacó el pequeño cuchillo, ofreció su alma y se introdujo entre los jinetes que querían acabar con él.

El último de los seis Verdes de Sallet ya estaba muerto cuando Nancy se arrodilló a su lado. Lo advirtió en seguida y agachó la cabeza, musitando una oración por el alma del hombre. Aunque no conocía a ninguno, era una forma terrible de morir y ella había sido la responsable.

Por consiguiente, no puso las manos sobre la última armadura, aunque sentía que la mujer que tenía a su espalda deseaba que lo hiciera. Era una especie de prueba. Nancy se irguió para enfrentarse a la mujer, seria y majestuosa con sus elegantes sedas. A aquellas alturas conocía a *lady* Sallet lo suficiente para entender que no eran necesarias las palabras mientras se miraban. La jefa de la Casa de Sallet había insistido para que salvara la vida de los jóvenes con el poder que ella misma le había prestado para aquella misión. Había revivido a dos Verdes, calcinado a tres y el último había reventado. Nancy se estremeció al recordarlo, negándose a mirar el cadáver apergaminado del patio.

No cabía duda de que *lady* Sallet le señalaría ahora la deuda que había contraído con la casa, con la familia. Para empezar, Nancy había dejado las armaduras sin poder, sin saber muy bien lo que hacía, pero forzándolo a causa de su deseo de ser un arma. Mientras Nancy permanecía allí inmóvil, con el aire impregnado de olor a carne humana quemada, sintió el peso de la culpa sobre sus hombros. Miró a *lady* Sallet asintiendo con la cabeza y se arrodilló de nuevo ante la última armadura.

Se arriesgaba a fundir la armadura o a romperla. El procedimiento consistía en conectar hilos entre sí, de tal modo que los colores fluyeran de uno a otro y luego reforzar la trama para formar un tejido. Advirtió que los caracteres de las placas absorbían todo el poder que ponía en ellos, consolidándolo como un tinte, o como metal líquido vertido en un molde.

Fue más difícil retirarse, casi como una rasgadura, cuando la armadura de repente extendió el verde sobre el gris. Nancy se puso en pie, desconectando sus sentidos de aquel objeto inanimado. Se estremeció cuando tomó conciencia de la intimidad que había compartido con el cadáver frío que había dentro.

–He restaurado tres armaduras –dijo–. He hecho todo lo que he podido y ahora me gustaría irme.

Nancy miró a los dos hombres que habían sobrevivido y vio que temblaban. Como estaban en buena forma, se recuperarían rápidamente y miró ceñuda las armaduras verdes que los aguardaban.

–Será mejor que mantengáis esas cosas lejos de mí, mi señora. No quiero que se pongan grises otra vez. ¿Trataréis de detenerme si me voy?

–No –dijo *lady* Sallet–. Aunque espero que vengas a verme dentro de unos días, cuando hayamos restaurado el orden y la paz en Darien.

Nancy la miró a los ojos y no vio ninguna vacilación en ellos. Quizá fuera ese el motivo de que la Casa de Sallet gobernara la ciudad, pensó. No había ninguna duda sobre sus derechos. Rasgo extraño; y aterrador. Nancy asintió con la cabeza y tuvo que resistir el impulso de hacer una reverencia. Lejos de ello, giró sobre sus talones, se dirigió a la puerta, la cruzó y pegó la espalda al muro exterior para comprobar si la seguía alguien o si tenía que enfrentarse a alguna otra amenaza.

En el patio, *lady* Sallet observó la puerta y sacudió la cabeza.

–Una mujer impresionante –dijo.

Al margen de las demás cosas que hubieran hecho el general Justan y su legión Inmortal, habían contribuido a despertar una nueva fuerza en Darien, una fuerza extraordinaria.

*Lady* Sallet se acercó a los dos hombres que estaban ante ella, brillantes de sudor y con los pelos de punta.

–No quiero pedirles que vuelvan a entrar, a ninguno de los dos… –Los miró tensa, sabiendo que podía ordenarlo. Había ocasiones en que gobernar una casa noble significaba utilizar hasta el final a los que habían prestado juramento de lealtad. No era como para sentirse orgullosa–. No quiero, pero debo hacerlo. Por favor, caballeros. Entren y prepárense. La ciudad los necesita.

Vio que temblaban cuando se inclinaron, aunque se volvieron hacia las armaduras de suave brillo, se introdujeron en ellas y se concentraron en las operaciones que las reactivaban. Notó el miedo en los ojos de los dos jóvenes cuando bajaron la visera, pero no los detuvo. Pidió un voluntario para la tercera armadura y se quedó mirando al joven oficial que recibía las primeras instrucciones sobre su uso, mostrando orgullo y nerviosismo por igual. Era el arma más potente de la familia y todos la necesitaban en aquel momento.

Al otro lado del muro, Nancy se dio cuenta de que había cambiado el clima de la ciudad en el tiempo que había pasado con los Sallet. Antes del festival, el gentío estaba enfadado y aturdido, pero ahora estaba furioso y además armado. La mitad de la gente que pasaba corriendo llevaba alguna clase de arma, desde espadas y hachas hasta piedras y tejas arrojadizas. La lucha se había alejado de allí, pero seguía librándose cerca. Nancy flexionó los dedos, se apartó de la pared y se perdió entre las atestadas calles de Darien.

Era difícil ver a los soldados Inmortales como hombres, pensó Elias. Los guardias del general lo rodearon como si fueran fantasmas y sombras. Todos los movimientos que podían hacer aparecían y se esfumaban al instante. Había recibido dos puntapiés en la cara y le habían clavado una daga bajo la clavícula, produciéndole una herida importante. No hizo nada por contar a cuántos mataba él. Iba a pie y no podía acuchillar a los jinetes por encima de la cintura, pero había cazado venados y alces antes, y sabía dónde asestar el tajo. En la cara interna del muslo había una vena protegida por todo el músculo y la grasa. Transportaba sangre vital para la vida de un hombre y, si se cortaba, salía toda en un denso chorro. Su padre le había dicho que las viejas legiones entrenaban a sus hombres para que apuntaran allí cuando luchaban.

Algunos caídos ni siquiera se dieron cuenta de que les habían dado un tajo. Elias se introducía entre ellos y asestaba golpes con un cuchillo cada vez más mellado porque hendía cotas de malla o resbalaba al dar contra las corazas. A pesar de todo, falló pocos golpes. Con casi todos abría heridas y descubrió que no podía escapar de las salpicaduras tan bien como de los golpes, así que pronto fue una brillante figura roja que se agachaba y brincaba entre soldados enfurecidos que daban estocadas y hachazos y no encontraban su cabeza.

Cada vez era más lento, y jadeaba con fuerza cuando dos caballos lo atraparon en medio y se quedó sin aire en los pulmones. Lanzó un gruñido, sus costillas crujieron, pero siguió dando tajos y otro hombre gruñó con incredulidad al ver el chorro de sangre que le brotaba del muslo. Aunque llevaban armaduras de hierro, iban sentados en sillas con resquicios bajo las placas. Elias dio otro tajo y oyó un grito de dolor y cólera por encima de él. Uno de los caballos le lanzó una coz, pero Elias se había *estirado* y ni siquiera lo tocó.

Percibió que se acercaba el muro negro y no podía ver nada más allá de aquel punto. Así pues, era la muerte y la mano del fracaso lo atenazó. No sintió mucho pesar y siguió girando sobre sus talones, agachándose, matando y matando. Los brazos se le volvieron de plomo y notó en la boca la sangre de un extraño. Había hecho todo lo posible, pero al final no había sido suficiente. Aunque no podía lamentar haber fracasado en aquellas condiciones, lo lamentó.

Vic Deeds apareció andando por la curva del camino. También él había recibido lo suyo en el tumulto que habían dejado atrás y avanzaba cojeando, con la bota llena de sangre, que chapoteaba y dejaba un rastro a cada paso que daba. No había sido capaz de esquivar golpes y moverse como Elias, de quedarse en el centro de los disparos y revolverse en el momento preciso para eludir los proyectiles y las espadas. Deeds había atravesado una tormenta y había vaciado los revólveres contra los que hubieran podido abatirlo a él. Mientras avanzaba recargó las armas por enésima vez, dejando caer en el barro los casquillos vacíos. Estaba negro de sangre y suciedad, y cuando gruñía se veía la blancura de sus dientes.

Vio que Elias Post, delante de él, desaparecía entre una fila de caballos que habrían aplastado a cualquier otro ser vivo. Lanzó una maldición al ver que los jinetes frenaban los caballos, llenos de confusión, y se volvían para golpear al hombre bañado en sangre que había en medio, esquivándolos y acuchillándolos. El general estaba un poco más allá, montado en su hermoso caballo blanco, sujetando con las manos unas cadenas doradas. Deeds se quedó atónito al ver a Justan Aldan Aeris petrificado y observando. La maldita puerta de la ciudad se había cerrado sobre la legión, dejando a la mitad fuera. La bruja y los Sallet habían matado a varios centenares, pero la sorpresa había venido de la multitud, que se había armado para luchar contra ellos. En campo abierto los habrían hecho trizas, pero en medio de aquella confusión y en calles que conocían, los ciudadanos de Darien habían causado una carnicería.

Deeds levantó la cabeza, temiendo ver más gente en los tejados, arrojando piedras y tejas. Aunque todavía no había nadie, había visto suficiente para saber todo el daño que podían causar. Diosa, lo último que el general y él querían era que la ciudad se sublevara contra ellos. Toda la operación consistía en matar al rey, mantener la puerta abierta y ocupar la ciudad antes de que las Doce Familias tuvieran tiempo de organizarse y responder. Pero en lugar de eso, los ciudadanos habían arrebatado porras y espadas a los soldados muertos, o las habían cogido de las paredes de las tabernas y casas privadas. Se habían lanzado al exterior y en todas las bocacalles y callejones se atacaba ya a las líneas Inmortales.

Deeds miró por encima del hombro mientras buscaba a Elias. El rumor de la multitud se acercaba y se quedó helado al ver el tramo de calle que había dejado atrás atestado de hombres y mujeres con antorchas y hojas afiladas. La multitud bramó al ver los jinetes blancos del general y Deeds tomó una rápida decisión para salvar el pellejo.

–¡Adelante! –gritó al gentío y se puso a disparar contra los Inmortales, que seguían bregando para acabar con la ensangrentada figura que hacía cabriolas en medio de ellos.

El estrépito de la multitud hizo levantar la cabeza a los soldados, pero eran jinetes expertos y reaccionaron de acuerdo con el entrenamiento recibido. Uno por uno, los Inmortales adelantaron las espadas y espolearon a los caballos para lanzarlos a medio galope. Así era la batalla tal como la conocían, no la locura de querer abatir a un hombre solo que no se dejaba abatir. Las líneas apenas tardaron un instante en formar y cargaron contra la multitud, rompiendo huesos y derribando a hombres y mujeres que no paraban de gritar.

Deeds se apartó hacia la acera, tratando de decidir con qué bando estaba. El general no le perdonaría una traición, pero no quería ver a sus pies una trampilla con una cuerda rodeándole el cuello. Deeds quería salir con vida, por supuesto, pero también quería estar entre los vencedores, si podía elegirlos con antelación suficiente. El general Justan no sabía cuántos hombres había perdido en la puerta oeste. Seguro que los Inmortales que estaban con él podían abrirse paso entre multitudes vocingleras durante todo el día. Era lo que estaban haciendo en aquel preciso momento, matando ciudadanos que creían que podían enfrentarse a una unidad de jinetes con armadura y no pagar la osadía con la vida. Era una carnicería y la ruidosa multitud ya había dado la vuelta para salir corriendo. Deeds sabía cómo se sentían. Le pareció ver el resplandor del amanecer por encima de los tejados y respiró de alivio. Había sido derribado, pisoteado y golpeado en la oscuridad durante demasiado tiempo. Era hora de ponerse en pie.

Lord Gandis Hart veía con ojos dilatados que los jinetes Inmortales cargaban contra un solo hombre, apiñándose a su alrededor como avispas, pero incapaces de abatirlo. La Frontera Azul era una ventana en medio de la calle y Gandis veía la acción con total claridad, protegido de todo. Contempló que un pistolero solitario aparecía por la calle, detrás del otro, y luego una masa de gente que llenaba la vía de circunvalación. Gandis tragó saliva al oír que el general Justan gritaba una orden y las líneas de jinetes cargaban contra los ciudadanos de Darien. Se volvió para mirar a sus hombres y observó que lo miraban a él, además de lo que ocurría al otro lado de la Frontera Azul. Gandis adivinó su estado de ánimo y asintió con la cabeza, lleno de orgullo. Estaban de acuerdo.

–Ya se habrán dado cuenta, compañeros –dijo–. Es muy probable que nos maten a todos en esta calle... y no se nos recordará por ello si es así. Pero he visto a esos soldados atacar a la gente de mi ciudad y se me ha ocurrido intervenir para que tengan su merecido.

Sus hombres sonrieron y, por una vez en su vida, Gandis se sintió dirigente y no solo señor de una casa. Quizá el secreto consistiera en encontrar el camino que querían seguir, pensó sorprendido.

–Nosotros solo somos sesenta –dijo–, ellos muchísimos más. Pero habrán notado que el general Justan no está muy lejos del punto en que la Frontera Azul bloquea la calle. Creo que deberíamos ir a por él, si les parece bien, caballeros.

En realidad fue una pregunta y miró a aquellos hombres que conocía de toda la vida, ya que formaban el personal de la finca Hart. Bajaron la cabeza para decir que sí, de dos en dos y de tres en tres, y Gandis tuvo que quitarse el brillo de los ojos con los nudillos.

–Gracias –dijo, deseando que su padre viviera para ver aquel momento–. Desactiven la Frontera, caballeros, y guárdenla bien. Es mi mayor tesoro..., después de ustedes.

Dos soldados de a pie se acercaron a los pilares de bronce y asieron las palancas a la vez. Se miraron y las bajaron en el mismo momento. La película transparente desapareció sin ruido ni espectacularidad, como si nunca hubiera estado allí.

Gandis miró las espaldas de los jinetes Inmortales del general Justan. El jefe de la Casa de Hart desenvainó su sable, picó espuelas y su caballo salió lanzado. Sus hombres rugieron una consigna de desafío y cruzaron la línea con él.

En las calles cercanas a la puerta occidental, el pequeño contingente de los Sallet que mandaba el capitán Galen había quedado muy reducido, aunque todos habían vendido cara su vida. Ni la mitad de los trescientos había sobrevivido al ataque criminal de la vanguardia del general Justan, las tropas de choque de los Inmortales. Solo la estrechez de la calle había evitado una derrota completa, ya que los Inmortales no habían podido ni ensanchar sus líneas ni rodearlos. Los números no contaban mucho si el camino podía bloquearse y defenderse. Se habían salvado gracias a esa circunstancia.

Lanzaron un fuerte grito de entusiasmo cuando vieron llegar a los Verdes de Sallet para reforzar su posición, abriendo a su paso espacios vacíos a los que nadie quería acercarse. Las figuras con armadura parecieron agrandarse a la vista del enemigo. Las tres desenvainaron las enormes espadas que llevaban a la espalda y apuntaron con ellas a los Inmortales que luchaban y repartían hachazos en las líneas Sallet. Eran a la vez un desafío y una promesa, y los hombres del capitán Galen gritaron con más fuerza aún, por el alivio y el orgullo que sentían ante el poder que representaban.

El rumor se difundió y atrajo a cientos de ciudadanos que habían huido de aquella parte de la ciudad. Volvieron para ver a los Inmortales destruidos y, cuando comprobaron que las líneas blancas aún resistían y luchaban, cogieron espadas del suelo, o trozos de cristal, o rayos de ruedas de carros rotos. Por docenas abrieron puertas a puntapiés y subieron a los tejados que daban a las posiciones Inmortales, iniciando una lluvia de tejas que dejaban en el sitio a los hombres o se estrellaban contra los adoquines, rompiéndose en fragmentos cortantes, de tal suerte que caían entre aullidos de dolor. Para ellos no había refuerzos, no con la puerta cerrada.

El capitán Galen miró atrás y se le puso la carne de gallina al ver la violencia que lo rodeaba. Los Inmortales habían entrado a la fuerza en la ciudad. Y ahora estaban encerrados en ella con sus ciudadanos, y Darien era una plaza difícil.

Carniceros, albañiles, carpinteros y herreros empuñaban las herramientas de su oficio y las blandían o las arrojaban contra el enemigo, situándose junto a los soldados Sallet y acatando las órdenes de Galen. Iniciaron el avance y con cada choque y cada giro saltaba la sangre roja. Una batalla podía concentrarse en un único hombre. Y eran millares con deseos de asestar algún que otro golpe, con ansias de derribar a aquellos bastardos que habían osado entrar en Darien.

Los Inmortales no temían la violencia ni las bajas. Habrían luchado hasta el último hombre si no hubiera sido por las tres figuras de jade que se introdujeron entre ellos, rompiendo sus líneas con violencia arrolladora. De arriba llovían tejas y piedras y ninguno de los Inmortales sabía cuándo iba a morir. Retrocedieron a trompicones y la población de Darien corrió rugiendo tras ellos, un mar interminable de furia que los empujaba a islas cada vez más pequeñas mientras picoteaban en las rojas orillas y tropezaban con los que caían.

# 22
# LA BRUJA

Nancy iba por una calle que no se parecía en nada a la que había visto horas antes. Las llamas se elevaban aún en algunos lugares, aunque había grupos de vecinos corriendo de aquí para allá con cubos de agua, desesperados por impedir que el fuego se extendiera. La lucha había dejado huella en todas las calles, en todos los comercios y viviendas de Darien donde había personas preparadas para la defensa, dispuestas a reparar lo único que poseían. Nadie trató de detenerla, quizá porque nadie veía nada que temer en aquella joven vendada que avanzaba aturdida como muchos otros.

Todo estaba sembrado de cadáveres, muchos con sobreveste blanca. Los caballos seguían vivos, pero tenían alguna pata rota, eran incapaces de tenerse en pie, levantaban la cabeza y miraban traspasados de dolor a todo el que deambulaba. Nancy sintió que posaban en ella sus ojos castaños y se estremeció. Los carniceros se acercaban y les abrían la cabeza a martillazos. Era un final rápido, lo cual ya era algo. Pensó que los hombres heridos no recibían tanta compasión y menos si ostentaban los colores del enemigo. Vio a un par de Inmortales arrastrándose en el barro de la calzada, tratando de esconderse; les habían roto los huesos y ya solo eran hombres inútiles y asustados. También había bandas de niños callejeros que los buscaban y avisaban a gritos de su presencia a hombres con ganas de matar. Estos llegaban corriendo y les rebanaban el pescuezo mientras los niños reían y animaban. No había lugar para la compasión y el sol salía ya. Solo en aquella calle había furia suficiente para ahogar una ciudad.

Nancy no tenía ninguna sensación de peligro mientras caminaba entre los muertos y los moribundos. Había otras mujeres por allí, en pequeños grupos inmóviles o atendiendo a los caídos. Y aunque no hubiera sido así, ella no había dado todo lo que había recibido de la piedra para restaurar a los Verdes de Sallet.

Se estremeció al recordar el momento en que volvieron al combate por segunda vez. No había entendido totalmente la brutalidad y eficacia de aquellos seres. Se sonrojaba al pensar en sus hilos blancos y en el pequeño perjuicio que había causado ella en comparación con aquellas inmensas figuras verdes que saltaban sobre las líneas Inmortales y las aplastaban. No se sentía más digna por saber que defendían la ciudad mucho mejor que la destrucción causada por ella. La multitud los había visto y había vuelto a la refriega, armada con todo lo que podía recoger, desde botellas rotas hasta espadas y escudos de la legión. Aún resplandecía el orgullo en los rostros de la gente que ahora miraba con alivio el amanecer. Habían cumplido con su deber y habían arriesgado la vida frente a los invasores. Se habían salvado a sí mismos. Durante un par de horas algunas de las grandes familias de Darien habían luchado junto con los ciudadanos más insignificantes contra el enemigo común que los unía.

Nancy sacudió la cabeza mientras caminaba al lado de un carro desvencijado y cargado de cadáveres. Había cometido errores, pero había sido una noche larguísima. El cielo se volvía de oro por el este y ella ansiaba la luz, para crecer y recuperarse, para curarse y rehacer su vida.

Descubrió que sin darse cuenta había llegado al pie de la puerta occidental, al punto de la invasión. Unos grandes peldaños subían por la muralla y en lo alto vio un grupo de niños harapientos, mantenidos en formación por un joven que se movía inusualmente bien, y que captó su atención como la habría captado un gato brincando, por la sola gracia de sus movimientos.

Dedicó un momento a pensar en Daw Threefold y a lamentar su muerte. Él la había puesto ante un camino, pero no había vivido para ver que lo recorría. Al bajar la cabeza se fijó en un niño tendido en la escalera, un niño que reconoció. Abrió los ojos de par en par, tan sorprendida como si hubiera tropezado con una muñeca infantil en las manos de un extraño. Lo había visto por última vez en los pasillos del palacio, un acontecimiento ahora tan lejano como si le hubiera ocurrido a otra persona, a una mujer consumida por una furia y un deseo de venganza que ahora no eran más que cenizas. Todo había costado demasiado. Quizá fuera así siempre.

Se sentó al lado de la yerta figura y observó su rostro inmóvil. Le abrió la camisa suavemente, haciendo una mueca al ver sus heridas. De ellas manaba un líquido claro en el que se posaba ya el polvo. Se estremeció mientras pensaba. En las calles cercanas seguían librándose combates. Podía oírlo, pero sabía que no iba a intervenir. Había un límite para lo que una persona podía hacer y por la Diosa que ella había llegado al suyo. El poder que quedaba en su interior era poco más que nada, pero aun así lo sentía moverse como arena deslizándose por la piel, concentrándose en las yemas de los dedos sin que ella fuera consciente de ello.

*El niño balanceó las piernas mientras se columpiaba en la rama. Se había sujetado bien con una mano y, por puro placer, se colgó de ella, de manera que los tendones de su muñeca se tensaron como cables. Su madre sonrió al oír su voz.*

*–¡Mírame, mamá! ¡Mira!*

*–Ya te veo, Oryx. Ya te veo.*

*El jardín era un lugar encantador, pensó el muchacho mientras aspiraba aquel aire tan dulce. Había árboles y flores, y suaves colinas verdes alrededor. Lo mejor era la madre que recordaba tan vívidamente como el día que la había conocido. No podía olvidar nada que hubiera aprendido. No había sido creado para eso.*

*Oryx soltó la rama y cayó sobre la hierba, paladeando el olor del césped cortado que para él significaba el verano. Fue a sentarse a una mesa donde ella había puesto platos con sustancias pegajosas que recordaba de mucho tiempo antes, té y pasta para untar. Un bonito mantel blanco cubría la mesa y toda la cubertería era de plata pulida. Conocía aquel jardín desde sus primeros años y solo recordaba haber pasado momentos felices allí.*

*Frunció el entrecejo ligeramente al recordarlo. Había otros recuerdos, de eso estaba seguro, aunque no conseguía evocarlos con claridad. Su madre había envejecido, ¿verdad? Seguro que sí. Pero volvía a ser joven y a tener los ojos claros, y las manos fuertes y el pelo recogido con una cinta. Estaba confuso, pero ella pareció entenderlo. Lo cogió dulcemente de la barbilla para que levantara la cabeza y la mirase a los ojos.*

*–Te he echado de menos, Oryx, cariño mío –dijo la mujer–. Ha pasado mucho tiempo. ¿Te quedaste muy solo cuando me fui?*

*Él, confuso, inclinó la cabeza.*

*–¿Cuándo te fuiste? –preguntó–. Yo... recuerdo... ¿Envejeciste?*

*–Oh, eso no importa ahora –dijo la mujer, rodeándolo con un brazo. Él se hundió en aquel nido, en paz–. ¿Quién es Arthur? –añadió al cabo de* un *rato. Él abrió los ojos y vio que lo estaba mirando–.* Murmurabas *ese nombre mientras dormías al sol. ¿Era un amigo tuyo, Oryx?*

*–No. Yo soy... Arthur –dijo el niño, con apenas un susurro–. Y Oryx. Soy un gólem.*

*–No usamos esa palabra, Oryx. Tú eres mi hijo –dijo la mujer con firmeza–. Te crearon para ser mi hijo.*

*Arthur sintió que algo cambiaba. Apartó suavemente los brazos de su madre. Levantó la cabeza para mirar a la mujer que había empobrecido toda una nación para que lo* crearan *a imagen y semejanza del hijo que había perdido.*

*–Soy algo más –dijo.*

*La mujer se llevó la mano a la boca y él vio que le asomaban lágrimas a los ojos. Muy dentro de sí sintió un tirón que lo apartaba de ella.*

*–Te quiero –dijo la mujer–. Siempre te querré.*

*–Lo sé, madre –respondió el niño–. Yo también te quiero. Te echo de menos. Volveré a verte.*

*–¿Tienes que irte? –dijo la mujer–. ¿Has visto? He recreado el jardín exactamente como era. Lo hice por ti.*

*El niño apenas pudo verla entre las lágrimas cuando la luz cambió.*

Nancy se sintió vacía y se recostó en la escalera. Había percibido los flecos de una tristeza que no conseguía entender, o quizá fuera la idea de perder a Daw lo que la había deprimido, no lo sabía. Pero se puso a sollozar, hasta que se atragantó y moqueó por la nariz.

Arthur ahogó una exclamación cuando abrió los ojos. Miró la claridad del amanecer y se sintió en paz. Durante un momento recordó el jardín que había conocido cuando lo crearon, pero cuando se sentó ya se había desvanecido. No pudo retener el recuerdo, aunque lo intentó, buscándolo como granos de azúcar que no se pegaban a sus dedos.

La joven que estaba a su lado se apartó asustada cuando lo vio moverse. Arthur levantó las manos y comprobó que las heridas de bala se le habían cerrado, dejando en la piel cercos más pálidos.

–No voy a hacerte daño –dijo el niño.

La mujer negó con la cabeza, con los ojos muy abiertos. La había visto en el palacio. Era la mujer del fuego.

–No es eso –respondió ella con voz ronca–. No quiero arrebatarte lo que... Es un poco complicado.

Vaciló mientras lo decía, al darse cuenta de que no había secado a los Verdes de Sallet por segunda vez. Si no era un control consciente, al menos podía ser inconsciente.

Lo meditó durante unos momentos, temiendo que el muchacho volviera a quedarse inmóvil y paralizado. Este la miraba con aire confuso, pero ella mantenía una distancia de seguridad y solo levantó los ojos cuando el joven alto de la muralla bajó corriendo al ver a Arthur nuevamente en pie. Fue inevitable que Nancy advirtiese que el extraño era tan sorprendente de cerca como le había parecido en las alturas.

–¿Lo has... curado tú? –dijo Micahel, presa de un temor respetuoso.

Nancy vio que el muchacho recelaba y que adoptaba una postura de prevención para defender al niño. Nancy negó con la cabeza.

–No exactamente, no. Le he devuelto algo que le había quitado, eso es todo.

Retrocedía mientras hablaba y observó que Micahel se doblaba mientras consideraba y luego rechazaba la idea de detenerla.

–Adiós, chico –dijo a Arthur.

Ante su sorpresa, advirtió que los ojos del muchacho se llenaban de lágrimas, aunque se encogió de hombros y se las limpió avergonzado.

La carga de lord Hart se estrelló contra la retaguardia de los Inmortales, derribando a una docena antes de que el grueso de la formación se enterase de que los atacaban por detrás. Habían estado tan concentrados en la parte delantera de la calle, y tan seguros de que la Frontera Azul no se podía cruzar, que no habían apostado ni un solo hombre de guardia para dar la alarma.

El general Justan se volvió a tiempo de parar un golpe dirigido a su cuello, aunque casi perdió el equilibrio. Furioso, soltó las cadenas doradas y buscó su espada. Sus Inmortales ya se estaban recuperando. No eran vigilantes domésticos ni limpiabotas obligados a vestir un uniforme para que los llamaran soldados. *Eran* soldados. La sorpresa del ataque por detrás pasó rápidamente y Gandis Hart vio morir a hombres que conocía de toda la vida. Había corrido directamente hacia el general y se encontró cruzando la espada con un hombre que, aunque debía de tener su edad, parecía muy cansado, ya que gruñía con cada golpe mientras gobernaba el caballo solo con las rodillas.

Gandis había cruzado la Frontera Azul con sesenta hombres. Vio morir a media docena mientras el general contraatacaba... y había cada vez más Inmortales que daban media vuelta para correr hacia ellos. Los ojos le escocían ya a causa del sudor, le fallaban las fuerzas y solo alcanzaba a parar los golpes. Había estado cerca, pensó. Tenía la mano derecha entumecida por los impactos y se daba cuenta de que podía soltar la espada de la familia en cualquier momento. Intentó rezar, pero el maldito general no le daba ni un respiro para buscar las palabras adecuadas.

Poco a poco, los Inmortales hicieron retroceder a sus atacantes, según las tácticas que habían aprendido. Aunque los hombres de Hart peleaban como leones, el orgullo y la voluntad no podían superar la buena forma física y los años de instrucción de los Inmortales. Caían a sus pies, eran pisoteados y gritaban de ira y miedo al sentir que les fallaban las fuerzas. Paso a paso, el resto se vio obligado a retroceder, perdiendo cada metro que habían ganado, pasando entre los pilares de bronce clavados en el barro.

Gandis había visto a algunos de sus hombres apelotonados junto a los pilares, aunque no se había atrevido a mirar bajo aquel feroz ataque. Solo cuando la Frontera Azul volvió a desplegarse respiró más profundamente, y se arriesgó a sonreír con aire triunfal al enemigo que lo había obligado a retroceder aquellos metros cruciales.

La Frontera Azul estaba activa de nuevo y el general Justan había caído en la trampa. Al otro lado, sus Inmortales retrocedían ante la barrera, conmocionados al ver que hombres y caballos eran partidos por la mitad por la implacable Frontera Azul. Quedaron allí en el suelo, cuatro hombres, cortados por una hoja tan fina que apenas sangraban.

Seis Inmortales habían ido con el general al contraataque. Fueron abatidos con espadas y hachas en pocos momentos, rodeados por treinta o cuarenta enemigos, totalmente superados mientras sus compañeros gritaban a sus espaldas y descargaban el hacha contra los pilares de la Frontera Azul, sin poder hacerle el menor arañazo.

El general Justan se volvió y rugió de frustración. En aquel momento Gandis Hart le hundió una daga bajo la coraza trasera y dio un tajo de lado a lado. El general se puso rígido y pronunció en silencio unas palabras al cielo iluminado. Cayó de su caballo y Gandis se quedó inmóvil, jadeando con furia.

–En formación –dijo a sus hombres para que abarcaran toda la calzada con varias filas.

Se puso delante de los Inmortales que se agitaban en medio del caos y se preparó para decirles que se rindieran.

Elias buscó a sus hijas. Había dejado atrás a la multitud y avanzaba en medio de los Inmortales, con los ojos irritados y brillantes. Estaba empapado en sangre y aún daba tajos a todo el que se cruzaba en su camino, aunque su velocidad y fuerza habían desaparecido y se limitaba a brincar y a girar sobre sus talones en medio de aquella carnicería y aquella locura. Había creído que el muro que atravesaba la calle era su propia muerte, pero se había desvanecido y los guardias de Hart lo habían traspasado.

Vio a las dos niñas corriendo entre los pies de los soldados que había delante de él, arrastrando unas cadenas doradas. Elias observó que uno de los Inmortales se agachaba instintivamente para coger la cadena cuando pasaron por su lado. Lo detuvo algo que percibió en los ojos del padre, que estaba allí mismo. Dejó la mano abierta y los eslabones se deslizaron por su palma.

–¡Papá! –gritaron las niñas, llorando y riendo al mismo tiempo, mientras corrían a abrazar a Elias.

Este estaba demasiado débil para cualquier cosa que no fuera abrazarlas, aunque trató de mantenerse en pie, temeroso de repente de que los soldados los abatieran en el preciso momento en que las recuperaba. No tenía fuerza para levantarlas. Tenía los músculos rotos y media docena de heridas.

Aun así, permaneció erguido, con las niñas colgadas de sus hombros. Aunque pesaban más de lo que recordaba, el peso no era excesivo. Oyó voces exigiendo a los Inmortales que se rindieran a lord Gandis Hart. Elias no hizo caso y siguió andando hacia la puerta occidental, con sus hijas cogidas de su cuello, una a cada lado.

–Mamá ha muerto –dijo de repente Jenny–. Me lo dijo el general.

–Lo sé, cariño. Lo siento –respondió su padre.

Apenas era capaz de ver ni de oír mientras se alejaba de los Inmortales y recorría la curva de la circunvalación. Caminó un rato, sujetándolas, hasta que vio la puerta occidental delante de él.

Allí ya no había lucha, aunque quedaban hombres armados, con los colores de las Doce Familias de Darien. Habían formado alrededor de los oficiales, señores y capitanes de la guardia real y hablaban en pequeños grupos sobre sus próximos pasos. El orden volvía a la ciudad, aunque el terreno todavía era un páramo alfombrado de cadáveres y tejas rotas. Elias vio que el verde y oro de los Sallet estaba entre ellos, y sintió una punzada de remordimiento al pensar en el rey. No había ni rastro de los colores de Aeris. Quizá después de aquella noche no habría doce familias, sino once.

Elias observó un banco a los pies de la puerta. Se dirigió a él, se sentó con un gruñido y dejó que sus hijas se acomodaran a su lado. Las niñas se apoyaron en él, vencidas por el agotamiento, mientras él se limitaba a respirar, únicamente a respirar y a mirar fijamente.

# 23
# Deeds

No dejó de sorprenderse *lady* Sallet por el hecho de sentirse aliviada al ver que Tellius aún vivía. Todo el temor que había experimentado por el gólem de su sobrino se había ahogado en medio de los grandes desafíos de aquellas pocas horas, pero el corazón le dio un vuelco al reconocer al anciano al lado de la puerta occidental, serio y confiado. Se dio cuenta de que el capitán Galen y él parecían muy relajados juntos. Si antes había habido tensión entre ellos, había desaparecido tras las experiencias compartidas por ambos. La mujer sonrió. No había ni un momento en el que no estuviera planeando algo, la verdad que no. Empezó a preguntarse si el anciano querría pasar unos meses en la finca Sallet, rodeado de paz y lujo. Pensó que quizá disfrutara de la experiencia tanto como ella.

Cuando la calle se despejó a su alrededor, vio que Tellius estaba rodeado por un extraño grupo de muchachos harapientos al pie de la puerta. Los chicos se apiñaban alrededor del anciano como si fuera su padre y porfiaban por ser los primeros en contarle sus historias. La visible complacencia de Tellius hizo que el corazón le diera otro vuelco. Había sido un extraño día, pensó. La pérdida de la mitad de los Verdes de Sallet había sido un mazazo, pero gracias a la Diosa, había salvado tres... y buscaría a aquella extraordinaria joven en una época más pacífica, de eso *lady* Sallet estaba completamente convencida.

Había llegado un mensajero de Gandis Hart, no con una caja ni una carta sellada, sino con un informe verbal de su señor que decía que el general Justan Aldan Aeris había muerto y sus hombres se habían rendido. *Lady* Sallet había disfrutado al ver el orgullo y la satisfacción en la expresión del mensajero. Ella lo compartía, aunque aún tenía que ocuparse de diezmar la legión restante, tanto si habían entrado en la ciudad como si no. Antes de que las Doce Familias pudieran nombrar nuevos funcionarios, tendrían que vengar la traición. Ejecutar a uno de cada diez sería un ejemplo saludable, pensó. La sangre podía limpiar una herida. Había funcionado con los césares. Funcionaría en Darien.

Movida por un capricho, *lady* Sallet se aproximó al grupo de muchachos que rodeaba a Tellius, buscando al más pequeño y esperando. El capitán Galen se puso en pie inmediatamente al advertir su presencia. La mujer vio con satisfacción que un par de chicos mayores imitaba al capitán.

–He oído que todos habéis tenido un papel importante en la caída de la puerta –dijo–. Y que algunos dieron su vida para defender la ciudad. Por ese noble servicio aceptaré vuestras solicitudes para formar parte de la guardia de mi casa, si *meneer* Tellius o el capitán Galen responden de vuestra conducta.

Unos cuantos sonrieron ante la idea y Tellius rio por lo bajo.

–Son buenos chicos, mi señora, todos ellos. Aquí Micahel es un maestro de los pasos del *Mazer*, una modalidad de combate oriental. Él apreciaría la oportunidad de dirigir una escuela para enseñar a otros... y en unos años quizá podáis tener una guardia totalmente nueva.

–Muy bien, *meneer* –dijo *lady* Sallet, inclinando la cabeza ante el muchacho de fuerte complexión que miraba sobrecogido el que su vida hubiera cambiado de repente.

Micahel hizo una reverencia y la mujer vio que tenía lágrimas en los ojos. Le complació ver que era capaz de emocionar tanto a otras personas. Era el verdadero motivo y la finalidad de tener poder.

Su mirada se posó finalmente sobre el que parecía ser el más pequeño, que la observaba como un búho, solemne y silencioso, mientras los demás sonreían y bromeaban entre sí.

–Y tú, jovencito –dijo *lady* Sallet–. ¿Qué haré contigo?

–No soy un jovencito –dijo Arthur, sonriendo–. Soy un gólem. ¿Cuidaréis vos de Tellius?

*Lady* Sallet miró al anciano y se sonrojó avergonzada al comprobar que el hombre la miraba a su vez.

–Lo haré, sí –dijo.

Una leve sonrisa se extendió por el rostro de Tellius al oír aquella respuesta. Micahel se echó a reír y le dio un codazo en las costillas.

Arthur asintió con la cabeza.

–Entonces me gustaría pasar el verano con un hombre que ha perdido a su hijo. Tiene dos hijas y vive en el pueblo de Wyburn, al este de aquí.

–Ya. Tardaremos todo el verano en reconstruir el palacio. Tengo entendido que eres hijo adoptivo de una vieja nación. ¿Es eso cierto?

Arthur vaciló y no supo qué decir al principio. Al final asintió con la cabeza.

–Lo es. Mi madre era reina de una docena de ciudades.

*Lady* Sallet volvió a reflexionar, pero la decisión que había tomado antes no cambió. Darien tendría un rey sin avaricia ni maldad. Un rey eterno que nunca se malograría ni se volvería cruel.

–Estoy segura de que con una ciudad bastará –dijo–. Por ahora.

Se inclinó como si fuera a darle un beso en la mejilla y susurró las palabras que Tellius le había revelado al oído. Arthur se puso rígido cuando ella se irguió. Hizo una profunda reverencia a *lady* Sallet.

–Estoy a vuestras órdenes, *lady* Sallet.

–¿Gobernarás Darien como un rey justo?

–Si ese es vuestro deseo, así se hará.

Arthur miró a Tellius y vio que el hombre tenía el rostro totalmente inexpresivo, como si estuviera conteniendo una gran emoción.

*Lady* Sallet miró a ambos.

–Podéis pasar el verano como planeasteis, majestad –dijo suavemente, intrigada, pero decidiendo no preguntar.

Había sido una noche muy larga.

Vic Deeds estaba exhausto. Había a su alrededor tanta furia y tanta maldad que se sentía saturado. La verdad es que no había esperado alejarse de los Inmortales, a pesar de que ya se habían rendido y estaban rodeados. En aquella caballería de élite había demasiados hombres a los que Deeds había despreciado o insultado en la época en que se sentía seguro como segundo de a bordo del general. Un par sospechaba, acertadamente, que se había acostado con las esposas de ambos. Como era lógico y natural, lo señalarían, asegurando que era uno de los suyos, mientras él los miraría con mala cara y anhelaría las balas que ya no tenía. Eso era lo bueno de las espadas. No se gastaban.

Los guardias de Hart no sabían quién era exactamente ni lo que había hecho. No obstante, estaban contentos por haberle quitado los cuatro revólveres y por haberle atado las manos a la espalda junto con el resto de los prisioneros.

No les importaba en absoluto lo que le ocurriera después de aquello. Ya se encargaría otro de separar el trigo de la paja cuando se restaurara el orden en la ciudad.

Deeds ni siquiera estaba consternado por su captura. Cuando la furia se hubiera evaporado, cuando toda la pasión de la batalla hubiera remitido, sabía que la ciudad seguiría necesitando a su legión Inmortal, con hombres duros y sicarios. Y más importante quizá, en Darien siempre habría sicarios que necesitarían una legión. ¡Sería una locura que las Doce Familias destruyeran sus propias defensas por impartir una justicia tan rigurosa y luego sufrieran una invasión! No. Mientras mantuviera la cabeza gacha, Deeds creía que tenía bastantes posibilidades de sobrevivir a los castigos ejemplares que indudablemente se aplicarían más tarde.

No había esperado ser denunciado por segunda vez. Nunca había leído la biblia, pero su madre le había contado una vez la historia de un pescador al que no dejaban de acusar a cada paso. «Tú estabas con él, ¿verdad? Eres uno de sus apóstoles. Él es. Es uno de ellos.»

Deeds se sintió un poco así cuando una docena de guardias del palacio real recorrió la fila de presos, inspeccionando rostros, levantando a hombres mareados y heridos, y mirándolos antes de dejarlos caer. Deeds había sido esposado a una cadena con una docena de Inmortales calzados con buenas botas y protegidos por abrigos blancos. Había visto llegar a los guardias y se dio la vuelta por instinto. Fue mala suerte que uno de ellos pareciera reconocerlo, señalándolo con un dedo tembloroso, como una vieja criada que identificara al tipo que le había robado el bolso.

Deeds se había esforzado por fingir sorpresa ante aquellas horribles acusaciones, pero sus posibilidades de sobrevivir habían menguado considerablemente. Aún había grupos de hombres que exigían venganza en algunos lugares y juntaban a oficiales Inmortales para convertirlos en pulpa a base de golpes y puntapiés. Deeds vio que nadie lo impedía. Era un asunto feo, pero no era nada personal. Darien era un lugar duro y siempre había que pagar un precio.

Deeds había matado a muchos guardias del palacio, pero al parecer no los suficientes. No dijo nada cuando llamaron a un tipo corpulento, con media cabeza envuelta en vendas ensangrentadas. El hombre se inclinó para olerle el abrigo, que todavía apestaba a humo. Deeds vio su propia muerte en el único ojo de aquel tipo y el corazón le dio un vuelco.

–Sí. Estaba allí –dijo el hombre. Ya no pudo seguir quejándose.

Anduvo trastabillando cuando lo empujaron por la calle, lejos de los soldados de Hart y otra vez hacia la puerta oeste. Notó ira y resquemor en los hombres que no habían conseguido proteger al rey Johannes. Vergüenza y placer malvado también, lo cual no era para él una buena señal. Hizo una mueca al ver que uno llevaba una cuerda que desenrollaba mientras caminaban. Parecía que solo estaban buscando un lugar para colgarlo. Deeds no creía aún que su madre hubiera tenido razón desde el principio. Realmente había nacido para ser ahorcado.

A pesar del apuro, no pudo contenerse y tuvo los ojos bien abiertos mientras sus captores y él volvían a la zona de la puerta occidental y vio la destrucción que había allí. Deeds había estado exactamente en el centro en los momentos iniciales del ataque, pero estaba claro que las cosas habían empeorado cuando se fue siguiendo a Elias Post y al general.

Lanzó un silbido de admiración al comprobar las consecuencias de los incendios y la cantidad de escombros acumulados en todas partes. Un guardia lo golpeó en la cara y le hizo sangre en la nariz. A Deeds le habría gustado tener las manos libres en aquel momento. Qué valientes eran algunos cuando trataban con prisioneros indefensos.

Miró aquella escena de desolación como quien mira un cuadro. Había cadáveres por doquier, incluso en todos los peldaños de la escalera que subía a la muralla de la puerta oeste. Vio varios soldados en formación alrededor de una mujer noble con falda. Aunque no conocía a *lady* Sallet, reconoció en seguida los colores de sus hombres. Abrió los ojos de par en par al ver a los altos guerreros verdes que miraban a un lado y a otro en busca de amenazas para su señora. Deeds cabeceó sobrecogido. Sabía que el general había esperado abatirlos a cañonazos, pero había perdido la oportunidad en el caos organizado junto a la puerta.

Dio un suspiro. Estaba tan cansado que apenas podía tenerse en pie. Puede que hubiera llegado el momento de abandonar la lucha. Recordó que hacía mucho tiempo había habido un tipo al que obligaron a ir con la cruz a cuestas al lugar donde iban a crucificarlo. La idea estaba en su mente desde hacía un rato, desde que se había sentido como un apóstol. Pensó que en ese momento tal vez se pareciera al hombre de la cruz. Solo quería quitarse la carga de encima y echarse a dormir.

Aguzó la vista y se puso rígido cuando vio tres figuras sentadas en un banco, a la sombra de la puerta. Elias miraba al frente, rojo como un demonio y rodeando con los brazos a sus dos hijas. En el banco, junto a ellos, había unas cadenas.

Deeds se estremeció bajo aquella implacable mirada. Ninguno de sus guardias podría detener al cazador si decidía ponerse en pie y acercarse. Deeds chascó la lengua con fastidio. Había sido aquella forma de pensar lo que había llevado al general al borde de la locura y, probablemente, le había costado la ciudad. O vivías o morías. No tenía sentido preocuparse. Levantó la cabeza e hizo una seña a Elias. Por toda respuesta, el hombre rojo se puso en pie, alargando las manos para coger a sus hijas. No dio el menor indicio de haber visto nada y Deeds se dio cuenta de repente de que también él podía acusarlo.

Después de todo, no había ido solo al palacio. No importaba quién hubiera hecho el disparo definitivo, las Doce Familias se interesarían mucho por Elias. Deeds entendió que el hombre tenía miedo de que fuera él quien lo señalara con el dedo y por un momento pensó en hundir a Elias tan profundamente como estaba él.

Sacudió la cabeza y se apartó, dejando que Elias cruzara la puerta con sus hijas. Cuando Deeds miró atrás, no había ni rastro de ellos. Vio que habían dejado las cadenas en el banco.

El guardia de la cuerda la lanzó a un balcón que sobresalía de la fachada. Deeds vio con desdén que hacían el famoso nudo corredizo, aunque cada vez tenía más miedo. No habría una caída brusca y una muerte rápida para él, no tal como estaban poniendo la cuerda. La idea de que lo dejaran colgado de la cuerda mientras todos observaban el lento proceso de su asfixia lo puso furioso. Su frenesí aumentó cuando lo cogieron por los brazos. No había encontrado unas palabras finales que mereciera la pena pronunciar.

Las acciones de aquel pequeño grupo habían llamado la atención de un soldado de Sallet que estaba al otro lado de la calle. Deeds vio que se acercaba, esforzándose por no alimentar esperanza alguna, aunque los guardias se pusieron firmes con aire respetuoso, dado que era oficial de una casa.

–¿Quién es este hombre? –preguntó el capitán Galen.

–Fue visto en el palacio, señor. Uno de los asesinos, por lo que me han dicho.

–¿Alguien le ha preguntado el nombre? ¿Lo habéis interrogado?

Los guardias se miraron y Deeds sonrió al hombre que lo había golpeado. Un día más, entonces, seguro.

–Soy inocente, señor... y al final luché contra los Inmortales. Tiene que haber alguien que responda por mí, no me cabe la menor duda.

No haría daño enturbiar un poco las aguas en aquel sentido, de eso Deeds estaba seguro. Percibió incertidumbre en la cara del oficial, pero luego lo vio encogerse de hombros.

–Por el momento, quitadle la cuerda del cuello. Puede esperar con los demás a ser interrogado. Siempre podremos ahorcarlo más tarde, ¿verdad?

Los guardias sonrieron con actitud aduladora. Deeds entornó los ojos y observó que el capitán no dejaba de mirarlo. Mientras se alejaba con el soldado, un guardia le dio un puntapié en el trasero con toda la saña que pudo. Deeds volvió la cabeza y les guiñó un ojo. Del dicho al hecho hay un gran trecho, como decía siempre su madre. Un ahorcamiento pospuesto era un ahorcamiento evitado. La buena mujer había sido un depósito de refranes idiotas. Aún la echaba de menos.

# EPÍLOGO

Deeds estaba sentado en la oscuridad, sin atreverse apenas a tener esperanzas. El ruido que acababa de oír podía ser el de un hombre al que habían estrellado la cabeza contra la pared de piedra. Esa era la debilidad de las celdas, de incluso las que estaban en los sótanos de la finca Sallet. Cada sector, cada tramo de escaleras y cada puerta cerrada estaban vigilados por hombres normales y corrientes con llaves que colgaban del cinturón. Elias Post no tenía más posibilidades de atravesar unos barrotes de hierro que cualquier otro, pero podía dejar sin conocimiento al vigilante sin ningún problema.

Dejó de sonreír al pensar que Elias también podía ir a matarlo. Rechazó la idea por mezquina. Sí, había una pequeña posibilidad de que el cazador hubiera llevado a sus hijas a un lugar seguro para luego regresar a poner fin a la aventura. Después de todo, Deeds aún podía traicionarlo para salvar el pellejo. Sabía exactamente dónde vivía Elias y Deeds conocía más que ningún otro ser vivo sobre su don y cómo contrarrestarlo.

Enarcó las cejas en la oscuridad. En realidad, no se le había ocurrido utilizar esa información para comprar la libertad, aunque suponía que podía hacerlo cuando lo interrogaran. Sinceramente, no estaba seguro de si traicionaría a Elias Post. El hombre merecía algo mejor que eso... pero Vic Deeds también merecía vivir, y si tenía que elegir entre uno y otro, sospechaba que cantaría como en una ópera.

Pegó la oreja a la puerta del diminuto calabozo y oyó que se acercaba alguien por el otro lado. Al parecer, el artífice de aquellas celdas no había pensado en dar lujos a los presos. Las peladas paredes de piedra estaban tan hundidas en el subsuelo que hasta el aire estaba viciado y tan caliente que no había dejado de sudar, y la sed se había convertido en una tortura.

Se humedeció los agrietados labios con la lengua y retrocedió al oír una llave en la cerradura. Oyó chirriar las bisagras y sintió el aire en el rostro cuando la puerta se abrió hacia dentro, aunque no podía ver nada en absoluto. Habría podido ser perfectamente la puerta del infierno y tuvo la horrible sensación de que la Muerte estaba allí, que había ido a buscarlo.

Durante un momento se quedó paralizado por un miedo sobrenatural, luego se encogió de hombros y avanzó. Estar en la celda significaba tortura y ejecución pública frente a la multitud vociferante de Darien. Salir de allí no podía ser peor.

Sintió que el aire se movía de nuevo cuando un bulto se apartó del vano de la puerta.

–Esperaba que volviera –dijo Deeds en la oscuridad. No hubo respuesta, aunque imaginó el gesto de desdén que tan bien había llegado a conocer–. ¿Elias? No mandé a los perros palaciegos contra usted allá en la puerta, así que esperaba que me sacara de aquí. Por eso ha venido, ¿no?

–No –dijo Elias por fin, con voz baja y ronca–. Recordé que usted sabe dónde vivo. –Deeds tragó saliva, incómodo al oír las palabras en su oído, mucho más cerca de lo que había calculado–. Si no fuera por eso, habría dejado que lo colgaran.

–Pero somos amigos –dijo Deeds–. ¡Yo no le he traicionado en ningún momento! No tendrá intención de matarme, ¿verdad?

Hubo un largo silencio y Deeds sintió retumbar su corazón. Luego oyó un suspiro.

–No. Si promete dejar la ciudad y no volver nunca, lo dejaré libre.

–Hecho –dijo Deeds de inmediato–. De todas formas, no se me ocurría ninguna frase para despedirme del mundo.

Notó que le cogían la mano y la depositaban sobre el hombro de su interlocutor. Lo siguió hasta que vio la luz de la luna. Sobre los adoquines yacían unos cuantos guardias. Deeds advirtió que uno gruñía tratando de sentarse. Pasó a toda prisa por su lado.

Escalaron la verja hasta el pedazo de alfombra que cubría la punta de los barrotes. Deeds vio a otros dos guardias inconscientes y sacudió la cabeza ante aquel cazador que había conocido jugando a las cartas en la taberna de Wyburn. Cuando bajaron a la calle del otro lado, alargó la mano.

–Gracias, *meneer*.

Elias se la estrechó pasado un momento.

–No somos amigos, Deeds –dijo–. ¿Entendido? Solo estoy saldando una deuda, eso es todo.

Le estrechó la mano con una fuerza impresionante y Deeds asintió con la cabeza, contento por el solo hecho de estar libre.

Las calles de los alrededores estaban en silencio, nada que ver con la locura de la noche anterior. Toda aquella parte de Darien había sido arrasada y era como una playa alfombrada con restos de un naufragio tras una fuerte tormenta. Elias le sostuvo la mirada unos momentos y le soltó la mano. Deeds aspiró a pleno pulmón el aire fresco de la noche. Los dos hombres se dirigieron juntos a la puerta occidental.

# AGRADECIMIENTOS

Para escribir esta novela no he llamado a ningún amigo para que me acompañe a ruinas lejanas en busca de los nombres de los asesinos de César. De todos modos, me gustaría dar las gracias a algunos de los autores que me colorearon los rincones del cerebro y despertaron mi pasión por escribir. Cada escritor ha sido antes lector. Lo hacemos porque lo amamos.

Brindemos pues por los ladrones de tiempo, por los que cuentan historias:

David Gemmell, Raymond E. Feist, Orson Scott Card, Robin Hobb, Peter F. Hamilton, Philip José Farmer, Michael Crichton, Jim Butcher, Mark Lawrence, Terry Pratchett, George R. R. Martin, Piers Anthony, David Eddings, Robert A. Heinlein, Isaac Asimov, David Feintuch, Harry Harrison, Ursula K. Le Guin, Lawrence Watt-Evans, Warren Murphy y Richard Sapir, Brent Weeks, Robert E. Howard, L. Sprague de Camp, Stephen King, Sheri S. Tepper, Larry Niven, Poul Anderson, Lois McMaster Bujold y Spider Robinson.

Sinceramente, cada nombre de esta lista es una alegría mayor que el anterior, se lea hacia delante o hacia atrás. El mundo es un lugar mejor porque ellos pasearon por él, o quizá porque todavía pasean. Gracias a todos.

CONN IGGULDEN

Esta primera edición de *Darien. El Imperio de sal,*
de C. F. Iggulden, se terminó de imprimir en *Grafica
Veneta S.p.A. di Trebaseleghe* (PD) de Italia en junio de 2019.
Para la composición del texto se ha utilizado la tipografía Sabon
diseñada por Jan Tschichold en 1964.

Duomo Ediciones es una empresa comprometida
con el medio ambiente. El papel utilizado para
la impresión de este libro procede de bosques
gestionados sosteniblemente.

Este libro está impreso con el sol. La energía
que ha hecho posible su impresión procede
exclusivamente de paneles solares. *Grafica
Veneta* es la primera imprenta en el
mundo que no utiliza carbón.